MY BLOOD

陈希我疼痛小说系

# 命

陈希我—著

人民文学出版社

**图书在版编目（CIP）数据**

命/陈希我著．—北京：人民文学出版社，2017
（陈希我疼痛小说系）
ISBN 978-7-02-012350-6

Ⅰ．①命…　Ⅱ．①陈…　Ⅲ．①中篇小说—小说集—中国—当代　Ⅳ．①I247.5

中国版本图书馆CIP数据核字（2017）第026918号

责任编辑　**陈彦瑾**
装帧设计　**崔欣晔**
责任校对　**李　雪**
责任印制　**史　帅**

出版发行　**人民文学出版社**
社　　址　**北京市朝内大街166号**
邮政编码　100705
网　　址　http://www.rw-cn.com

印　　刷　**北京明恒达印务有限公司**
经　　销　**全国新华书店等**

字　　数　275千字
开　　本　880毫米×1230毫米　1/32
印　　张　10.25　插页3
印　　数　1—8000
版　　次　2017年8月北京第1版
印　　次　2017年8月第1次印刷

书　　号　978-7-02-012350-6
定　　价　39.00元

我必多多加增你怀胎的苦楚，你生产儿女必多受苦楚。

——《创世纪》3：16

# 【目录】

# 引

命是生命。

但跟动物不同，人的生命同时又被隐喻化。生命代表着活力。

不仅，生命还指向精神，哪怕生命已经死亡，但“有的人活着，他已经死了；有的人死了，他还活着”。

但对几乎所有男性来说，命仍然很难超越肉体本身。严格说，这肉体就是被视为最重要的某个器官，它被称为“命根子”。“命根子”是肉体，又是生命的精神根基，它承载着精神价值。哪怕命都没了，“命根子”仍然要在。

能超越“命根子”的是超人，在叙事上也往往强调这种人的精神超越性。比如对承受“腐刑”坚持写《史记》的司马迁。但一旦涉及更大的原则，比如国家尊严，就很难超越了。我的《大势》写的就是承载着民族尊严的“命根子”的困境。也许有人会说，这只是在男人，明确说，是在“直男”。但女性不是也以男性价值为价值吗？不管是什么原因造成的，女性超越男权，难！因为这里有个共同难以逾越的价值体：命。

命如此重要，那么最根本的改变就是革命。但革命，不革到自身的命，不是真革命；革命不革到身体，也是不彻底的革命。看那些革命叙事，革命者离家出走，杳无音信，直到献出生命，全然不顾家人，多么洒脱！他们不是人，是英雄。人可以抛头洒血当英雄去，人为自己负责，包括对自己不负责。但更多的时代不再革命，或者说，革命被瓦解。马尔库塞说，美国有办法瓦解任何一次革命，方法是把它转化成某种消费品。这是生命伦理的转换，或者说是回归。大时代呼唤超越伦理的英雄，小时代繁殖被伦理羁绊的凡人。

我们所处的是“小时代”。

但仍然可以把自己的命抛出去。如果命是他人的命，当然可以不顾。但如果是至亲的命呢？

尤其在中国，一个人的命，绝对不只是他自己的，也是至亲的，至少是父母的，受之于父母。

青春期时，我总想着自杀。但想到我父母，就作罢了。特别是母亲，我的母亲总是叫我“命”。在我的家乡，父母喜欢把孩子称作“命”“我命”“命命”，我不知其他地方是否也是。——我不能让我母亲没命，我的命就是她的命。

后来还结婚了。我父亲那阵身体很糟，看着难以为继。趁他的命还在，又赶紧给他生了孙子。猛回头，我不仅为人子，还为人夫，更为人父了。我的儿子也是我的命，同理。少啰嗦，你必须坚忍地活着！

哪怕我再不要命。我曾说过，我可以万事不在乎，除非，拿我亲人要挟我。——这是点中了我的命门。

汉民族盛产革命。神奇的是，虽革命不断，却仍生生不息。有人说现在中国已经变得不认识了，其实中国还是中国，中国人还是中国人，这是永远无法改变的宿命。这宿命就是伦理的羁绊，比如亲子伦理，哪怕是从养子倒过来啃老，哪怕是从孝顺父母倒过来孝顺子女。中国和许多国家都发生过“易子相食”之事，但那是在非常时期；在非非常时期，以亲人之命相要挟的，大概不多见；而在日常中，以温柔的亲情相要挟的，大概中国是典型案例了。中国人于是成了世界上最不要命又最惜命的族类之一。无论要命，还是不要命，都因为背负着伦理加亲情的命，必须忍辱负重活命。因为你无法处置亲人的命——这命活生生、硬磕磕、抹不掉的，它有折不弯的骨，有兜不住的肉，将它囚禁，也得供它吃喝拉撒；

供它吃喝拉撒，它还会生老病死；顾它生老病死，还得顾它感情；它弃绝对你的爱，你还得以此煎熬自己；它要自弃，你还得死死挽留它……拿它怎么办?

怎么办？我也不知道。越来越觉得诸事无答案，虽然我写作，我是作家。越来越倾向于作家不是知识分子。知识分子寻求答案，作家一开始就料定没答案。但知识分子的知识真能给予答案吗？在伦理亲情面前，知识只是写着文字的纸。知识一思考，命就发笑。

这话仿自“人类一思考，上帝就发笑”。上帝发笑无妨，上帝终究会来救赎。怕的是上帝沉默。我承认，在写这本书前，我曾企图写一部探索中国人救赎之路的大书，但写不下去。明确说，是推演不下去，我的活生生的人物走不下去。在我的又黑又小的写作屋,我像远藤周作《沉默》里的洛特里哥,祈求上帝,我期待像约伯那样得到神启。但没有得到。上帝沉默着。上帝沉默着，于是命笑了。

活生生的命在发笑。这里有父亲，有母亲，有儿子，有一家子人，有宠物。

# 【命】

## 1

“你看，虫一样！”她把裤腰翻下来，露出肚子，给我母亲看。

她总是这样，也不顾我在场。也许她觉得我还是孩子，但我已经八岁了，知道上男厕所。

她是我的邻居，在郊区一所小学当老师。有时候我会想，她在学校也会这样把肚子露出来吗？也许她不能不露出肚子，这肚子是她受难的明证。她肚子上确实爬上了许多白色虫子一样的东西，很可怕，许多年后我才知道那叫妊娠纹。

“就是褪不掉！”她摸着它们说，“八年了！颜色浅是浅了些，但变成白色了。白色更难看！”

她肚子上更抢眼的是那道刀疤。竖着，特别丑。当时我不知道那是剖腹产的疤。我母亲没有这道疤，她肚皮上只有皱纹。我探过那皱纹，我母亲说，那是我做的坏事。

“你最初是装在这里的，把它撑得大大的，后来跑出来了。这肚皮就像气球被吹大了，再放了气，就再不能恢复到原样了。”我母亲说。

我玩过气球，恢复不了原样的气球真是皱巴巴的。想想，我没跑出来时母亲也够受罪的，而且还让母亲很难看。孕妇其实是很丑的，腆着大肚子，肥肥的，动作笨拙，皮肤还会变得粗糙，脸上还会长雀斑，鼻子酒糟。但从情感上说，孕妇那是值得尊敬的，所以很多文字歌颂孕育生命的母亲。她们其实应是伟大。要是再挨了一刀，那就更是伟大了。

我的母亲有时候也会拿手摸摸她的疤，她就又说："还挨了一刀，这疤就绝对别想褪了！"

"怎么不用鸡蛋清？"我母亲说。

"怎么没用？"她说，"什么都用过了，什么修复药、疤痕灵，这个灵，那个灵，通通都不灵！刚生下来的鸡蛋也滚了好长一段时间。为了这，还专门去养一只鸡。居委会整天找我麻烦，什么不讲卫生，邻居意见很大……"

邻居，不包括我们。我们家是后来搬来的，不知道她家当初还养鸡。她一个当老师的竟然还养鸡，我更想象不出来。

"生的时候，那疼就不用说了。"她继续说，"命都冷了！"

"命冷"，就是死，这是她的口头禅。我母亲笑，觉得她夸张。"真的！"她说，"胎位不正，竟然脚先出来了！折腾了半天，只得剖了。疼也疼了，还得挨一刀，早知如此，直接剖了。但护士不肯，说顺产对婴儿好。为了命命，什么罪都受了！"

她瞥了一眼她的独女，她叫"命命"。女儿命命在边上玩，好像没有听到母亲的话。她母亲的话，她已经听惯了，用我父母骂我的话说，是"耳膜长出老茧来了"。她只是自己拿手指在桌子边角来回拭着玩，桌子边角被拭得锐亮，像刀刃。

她经常这么埋怨女儿，有时候还会骂她"夺命鬼"。她还说因为生女儿，闹下了一身病，怕冷，怕风，出虚汗，四肢乏力，腰酸……"跟断了一样！"她说。还有关节疼痛，遇到阴天下雨，或者到了冬天，就更加疼。还有头疼。

"比死还难受！我是拿命换她的命的！"她说。

听着她诉苦，我真觉得她生不如死。让她生不如死的，就是她的女儿。当然她也说是她丈夫造成的。

“他快活了，留我们女人受罪！”

这时候，我母亲脸上就会飞过一丝红晕。她为什么说是她丈夫造成的？我当时完全不懂，只觉得她是在冤赖她丈夫。她逮着谁就怪罪谁。逮着女儿，就怪罪女儿，逮着丈夫，就怪罪丈夫。但她女儿的罪孽是证据确凿了。她女儿好像也觉得自己完全无可辩驳，所以低头认罪。其实她是个好孩子，低眉顺眼，很听话。我母亲常说我：

“命啊，你要是有人家半点样子就好了！”

也许因为她只有母亲，没有另一个护着。我父亲打我时，我母亲就会来护我。但即使她父亲在，也拿她母亲没办法。大家议论说，她父亲就是受不了她母亲的气才离婚的。她母亲嫌她父亲没本事，其实她母亲只是小学代课老师，她父亲大学毕业。他们结婚那年，他考上了大学。那是高考恢复后的第二年，大学生是“天之骄子”。他刚毕业工作时，工资还不错，但没几年，“脑体倒挂”了，他成了无用的书生。他也想去赚外快，但一跟她说，就被她否决了。

“不行不行！”她习惯性地伸长着食指，左右划来划去，说了一大通理由。当老师的人就是会长篇大论说理由。最后都要加一句：

“你做什么行？”

斜眼看丈夫。她从来没有正眼看他。

什么事都要由她拿主意，于是他就索性让她拿主意，她怎么说，就怎么做。她又不满了：

“什么都推给我，你干什么吃的？你还是不是丈夫？你还是不是男子汉？”

大家说，他上大学时，要不是已经跟她结婚了，他绝对不会要她。他也没像当时不少人那样，上了大学就把老婆踢了，这也证明他是好人。当然有人说，他之所以没有跟她离婚，是因为有女儿了。但他最后还是走了，一次大吵后，跟她离了婚。

邻居说起她，总是摇头。“女人脾气太强不好！”大家说。但我母亲还是挺同情她的。不管怎么说，一个女人独撑门户不容易。她丈夫跟她离婚后，她没有再嫁，靠她微薄的工资，还有丈夫付给的一点点女儿抚养费，独自一人把女儿拉扯大。

“要是我，一个人绝对撑不下去！”我母亲对我父亲说，撒娇地。

“也没机会让你撑！”我父亲幽默应。

我母亲跟她来往最多，她们经常在一起聊天。但人家丈夫离了，不好聊丈夫，于是就聊孩子，女人最喜欢聊的也是孩子。但其实只是聊自己的孩子，各聊各的，谈不上交流。世上所有的母亲的头脑里都只有自己的孩子。

我母亲说：“我那命呀……”

她也说：“就是呀，我那命命呀……”

我母亲也说：“就是呀，我那命呀……”

她也说：“就是呀，我那命命呀……”

说的都是自己孩子如何好，但常用责备的语气。有时也会说到不好，比如我母亲喜欢说我如何顽皮，鬼点子多。谁都知道，男孩子顽皮等于聪明。她女儿就被比下去了。但她女儿确实不顽皮，是乖孩子。乖就是乖，单纯的乖。世界上所有的乖都是平淡的，不乖才色彩纷呈。说乖，从叙事效果上说，也无法使用欲扬先抑的手法。她就不爽了，站起来，走了。她们聊天常会不欢而散。但并不妨碍过后再凑在一起聊，好像从来没有发生过不愉快似的。当母亲的就是奇怪，也许是太需要彼此了，太需要对方当听众。

但我一直不能理解，她为什么总把生养女儿描绘得那么苦难？也许展示生育苦难是更深层的亲情叙事。其实她还是很疼爱她女儿的，在我印象中，她都不舍得吃东西，给女儿吃。她把东西丢女儿面前，说：

“快吃了！”

女儿就埋头吃。见女儿吃得很香，她就啐：

“没人跟你抢！全吃了，全吃了！”

就好像是她自己吃了一样，那么满足。女儿就是她的命，所以她把女儿叫“命命”。有时候她还会啐女儿：

“讨命鬼！”

确实，生女儿时就几乎要了她的命。其实她怪罪女儿，后来我读懂了，是在重温她和女儿以命换命的生死经历，是在强调她跟女儿的牢固关系。生命因疼痛而存在，而最具体的疼痛就是肉身的疼痛。有疼才有爱。母亲在谈论子女时，往往喜欢涉及肉身，父亲则不会。男人谈论他爱的女人时，才喜欢谈论身体。许多年后我认识到了。男人对女人爱的感受，是一根肉棍戳进一个肉体；母亲对儿女爱的感受，是一块肉团从一个肉体扯出来。这个肉是她的肉，因此她要牢牢抓在手里。也因此有了使命感。她抓的是自己，她的愿望就是女儿的愿望，她可以直接做决定。她为女儿做的最惊动四邻的决定就是给她买钢琴。头一天，她还在跟我母亲说要让她女儿学钢琴，她说她自己读书时就想学钢琴，但没条件，家里没钱。

“那时候家里哪有现在这条件？”她说，“现在的孩子太幸福了！”

其实她家经济条件仍然不好，但她说买就买了。第二天，钢琴就被抬回来了，六个民工抬得哼唷哼唷，惊天动地。

“像拆房子一样！”邻居们说。

大家围着看，她对着民工指手画脚。这回不是用食指划来划去，是用胳膊。她胳膊又细又长，上下左右挥来挥去，幅度很大。民工被她指挥得不知所以，不停地返工。

当晚，我母亲对我父亲说：“她那胳膊，把人家的心搅得乱乱的！”

父亲打趣说：“是那钢琴把你的心压得沉沉的吧？”

我母亲也要去买一台，父亲说不急，钢琴是个大东西，那么贵，有钱也得理性消费。可以先把孩子送老师家学，等学上路了再买。好在没有买，我学两天就死活不学了。每次去学琴，就想办法逃避，母亲就骂，我就哭，家里闹得鸡飞狗跳。我父亲发话了，说钢琴不是还没有买嘛！不学就不学算了。

我父亲解救了我，我这邻居的女儿没人解救，就被母亲押着学钢琴。她母亲本来就很凶，动不动就打她。她还不敢哭，哭了打得更狠。她跟我说她不喜欢钢琴，有一次，被母亲打后，她狠狠对我说，她要把钢琴砸掉。当然她只是嘴上说说，她根本不敢这么做，那样会被她母亲打死的。她非常怕她母亲，有时候我和她说着话，她突然闭嘴了，表情死了一样，我回头，发现她母亲站在那里。就是她母亲站她后面，她都能直觉出来，让我怀疑她有特异功能。

自从买了钢琴，邻居们经常在半夜听到母亲打骂女儿。几乎都因为女儿练琴任务没完成。母亲一边打，一边骂，诉说自己辛苦，工作累，家务累，一个人，一身病。有时候还会扯上她的父亲，甩手掌柜，没责任心，没心肝。说到身体，说到病，肯定就会说是女儿造成的。

“都是因为你我才这样！我都半条命了，你还要我一条命！你这‘夺命鬼’！跟你爹一样没心肝！你爹的种！”

我有时会被她的号叫惊醒。深更半夜，美梦依稀，听着，不寒而栗。我更觉得自己被窝无限温暖了，生在我这个家里，无限幸运。

她还会骂：“早知道不生你！生个笨蛋！废物！”骂着骂着，还会激愤起来，叫，“你不是我女儿！滚出去！给我滚！”

我觉得这样倒好，滚就滚，她女儿可以逃脱她的魔爪了。虽然我们还是小孩，但不走就会被打死，走了还有活路。但她怎么可能真让女儿走？她就是要把她女儿抓在手上打。大事小事都打，我怀疑她打女儿是会生出快乐的。我甚至怀疑，她之所以生女儿，是为了有个可以随便打的人。

## 2

她最初要女儿学的不是钢琴，她想让女儿当舞蹈家。

我猜是她自己想成为舞蹈家，我几次看到她在自己家里跳舞，这跟她平时的样子完全不一样。这也不奇怪，她是语文老师，语文老师在讲课文时常会深情款款，但下课了，脸又恢复成板板的。那时我的班主任也是语文老师，就是这样。

她把她跳的舞叫芭蕾舞，我第一次听到这词，就是从她嘴里。她说芭蕾舞是世界上最美的舞。但她跳得一点也不美，笨得像鸭子，脚尖踮起来，就马上塌下去。她好几次险些跌倒，有一次还闪了腰，结果她也把原因归结到女儿头上：

“为了你学舞，我把腰都闪了！”

大人们总是把什么事都赖在小孩头上，我们小孩总是最倒霉。

“还不快给我揉揉！”母亲又吆喝女儿。女儿就战战兢兢过去揉。

“重一点！手无缚鸡之力！”她又骂。但她的神情却是极为享受。

她的女儿每周被母亲牵着，去区少年宫。那一阵，我也被母亲拉着去学画画。少年宫开了各种各样的兴趣班，学画的最多。对我来说，学画一是有趣，二也容易。只要会拿笔，都可以画，乱涂乱画一气，好玩。但学跳舞就不一样了，要练功。学舞的门槛也高，要挑选。她女儿最初没有被挑选上，但她软硬兼施，才让教舞蹈的老师收了她女儿。

她女儿其实不喜欢跳舞，跟我一样喜欢画画。她说她倒希望教舞蹈的老师把她拒掉。但大人既然把老师说通了，要不去，一切责任就会全怪在你头上，什么我求了半天你却不去，不把我的面子我的口水当一回事，不珍惜我的努力，我都是为了你。大人都这样，这样小孩就不敢造次了。大人们总说我们小孩不懂事，其实我们也是懂事的，也懂得体贴大人。只不过常常控制不住自己。她能控制住自己，所以更不敢吱半声任性的话了。

她女儿老老实实被押着学舞蹈。女儿在舞蹈教室学，她也留在教室里。舞蹈教室跟绘画教室不一样，绘画教室允许家长在孩子身边看，舞蹈教室禁止家长进入。但她坚持要待在里面。

“我脱鞋子！”她说，“我也是当老师的！”

教舞蹈的老师经不住她缠，只得给她破例，让她待在里面。她在教室里，挽着袖子，挽着裤腿，时刻准备上阵。女儿压腿压不下去，她吆喝，再不行，就上前动手摁她。女儿本来就怕她，叫也不敢叫，连说自己会。最怕的是练劈横叉，女儿实在下不去，她就兜住女儿腋下，命女儿把腿劈开。她把女儿往下放，女儿忍不住叫痛，她先还安慰：

“痛一点，只一点！命命，没关系，慢慢地，一点点就下去了……”

这时候她变得很温柔，从来没有的温柔。她女儿试着叉开腿，但确实很痛。她就啐：

“一点痛也不能忍！没用的废物！”

她一生气，就撒手把女儿撂下。女儿正叉开腿，重心本来全依靠在她手上，她这一撂，女儿痛得大叫，把她紧紧抓住。她女儿后来跟我说，她从没有这么需要母亲，因为只有母亲可以救她，但是母亲把她甩掉。教舞蹈的老师赶过来，警告这样会把孩子拉伤的。她母亲却说：

“不成器，留着干什么！”

这简直不像母亲！我母亲总是把她的残暴理解成“恨铁不成钢”，是为了孩子好。这是大人的逻辑。那母亲也总对女儿说：

“都是为了你好！”

严格要求，可以说是“为了你好”，打孩子，故意让孩子受伤，还说“为了你好”？这怎么说得过去？孩子被打了，还会好吗？命都不要留了，还说“为了你好”？

为你好，就是要叫你吃苦。我小时候喜欢吃甜食，特别喜欢吃糖，有一天，父亲对我说：“你已经长大了，不能总吃甜的，应该吃苦。”当时我不吃苦瓜，我父亲就教训我，吃苦瓜有好处。我父亲说吃苦，当然不只是指吃上。我们有很多吃苦的故事，“头悬梁，锥刺股”“卧薪尝胆”什么的。她的母亲也很会说这类故事，毕竟是当老师的，还有格言，什么“攻城不怕坚，攻书莫畏难”，什么“天将降大任于斯人也”，什么“严师出高徒”“棍棒之下出孝子”，什么“锲而不舍，金石可镂”，还有马克思那个“在科学上面是没有平坦道路可走的”。她和我们学校的老师一样，说得一套一套的。但跟我们学校老师不同，学校老师对学生只唱高调，最多会说："不会读书，以后就捏锄头柄"，"你是要穿皮鞋还是穿草鞋？"一边课文上歌颂劳动人民，一边又贬低这些人。但她面对的是自己的女儿，所以会说得很露骨：

"'吃尽苦中苦,方为人上人。'你是想当'人上人',还是'人下人'？'人下人'，喏，就是那些倒马桶的！"

那时候，我们弄堂里每天还有粪车进出，倒马桶。我们总是捏着鼻子逃得远远的。

女儿真的会劈横叉了，她母亲也洋洋得意了，说要是她心软了，女儿就还是不会。

"不逼，就一事无成！"她说。

但她女儿的确不是跳舞的料，到学芭蕾时，就怎么也学不下去了。她似乎毫无思想准备。舞蹈班让买舞鞋，她也买。她给女儿穿上，还拍了照片，还给女儿讲"红舞鞋"的故事。那是安徒生童话，一个女孩穿上红舞鞋，这一辈子再脱不下来了，永远舞下去。她女儿后来转述给我听，我觉得太可怕了。后来我经历了一场又一场的考试，单元考、半期考、期考，初考、中考、高考，还有模拟考，各种各样考。高考完，大家恨得把书本作业本烧了，以为以后就是再有考试，也不至于这么严了。不料还有各种考证，也很严峻。大学毕业，以后再不用考了，但仍然要考。职业竞争更是实打实，也很激烈。真是被套上了"红舞鞋"了。不能不被套上，父母不逼的，迟早也得被套上，父母逼的，早早就被套上。她常说：

"现在竞争这么激烈，怎么敢掉以轻心？不努力，以后没饭吃！"

大人总是拿"吃饭"说事。孩子喜欢玩，就说："玩能当饭吃？"孩子不读书，就说："你以后靠什么吃饭？"小孩事情做不清楚，就说："就吃饭会！"大人要你做什么，就拿吃饭相要挟：

"你想不想有饭吃？"

或："你以后要饿死！"

我小时候不爱吃饭，觉得为了吃饭摊上那么多事，什么事都为了吃饭，什么事都扯上吃饭，实在没必要。后来读到"民以食为天"，很稀奇圣人也爱吃饭。所以中国人见面，总要问"吃了没？"中国人嘴里的"吃饭"，不只是吃饭，而是生存。有人说，总是拿吃说事，体现了中国人的生存焦虑。

但学跳舞明显不是生存需要，她为什么那么重视？中国的父母自己过得像虫，但不妨碍他们望子成龙。

她女儿学跳舞，终结于教舞蹈老师的一句话。她问老师她女儿有没有前途，老师说：

"有个好的体姿总是好的吧！"

她听出来了，学了半天，只是有个形体姿态，她要的是她女儿成为舞蹈家。

那天她把女儿带回来，先是撇下女儿径自走掉，喊着不要这样的女儿了。后来又觉得不解气，回过来搡女儿。到了家还在骂，邻居都以为她女儿又闯了什么祸。我母亲知道原因，去劝她。她理也不理，好像还更觉羞辱，重重摔了一下女儿后脑勺。我母亲明白了，她这是冲我母亲使气的，黑着脸回来，对我父亲说：

"要说不成器，我们家孩子比她女儿还不成器，学画都停了。"

我父亲说："人家孩子是那么生下来的！"

我想我父亲的分析是对的。吃了那么多苦，遭了那么多罪，她一定比其他母亲更迫切希望得到报偿。没消停几天，她又琢磨着让她女儿学唱歌。我们先是听到她自己哼起歌来了。汉民族并非能歌善舞，也羞于当众献演。之前她在自己家跳舞，大家还看不到，但歌声是可以飞出窗户的，她竟然也不顾忌。大家问她，她也不害羞，还纠正大家，不能说"唱歌"，应该说"声乐"。邻居们议论：

"歌唱得鸭子叫一样，还……'声乐'？牙都倒了！"

然后我们就看到，每到周末，她就带女儿去学“声乐”。这下是去市少年宫。市少年宫离家很远，她就骑自行车载女儿过去。从此我们也听到她女儿在家里练声。每天早晨，公鸡才叫，她女儿就练开了。本来她要求女儿要早起背书的，现在要女儿更早起来。天刚亮，女儿就从被窝里被拉出来。女儿稍稍赖床，她就把舞鞋扔到女儿床上去。那舞鞋是自己买的，学不成舞，只好闲在家里。这成了女儿不成器的罪证。那时候打女儿，她就抓着舞鞋打。

女儿练声，她就在边上频繁矫正女儿，做示范。但她的嗓子确实不好，每每力不从心。她过后也会对我母亲说：

“我这破嗓子！都是教书喊破的。再好的嗓子，当几年教师，都要破掉！”

但我父亲认为，从她女儿的嗓子条件看，她原来嗓子就不行。我父亲说，唱歌，嗓子是硬件，硬件不行就是不行。我也觉得对，唱歌跟弹琴不同，弹琴是用琴的“嗓子”，唱歌是靠自己的嗓子。嗓子不好，就是唱不了。她女儿很快也学不下去了。当然又免不了一阵打骂。

那以后她女儿又学过许多才艺，学过画画，学过下围棋，学过游泳。什么都学，完全没有章法。我很奇怪她作为一个老师，怎么跟没什么文化的人一样，见什么抓什么。我母亲就是见什么抓什么，好在什么都被我逃掉了。但平心而论，也不应该完全归咎于她，也有她女儿的原因。小孩天性，常对很多东西表现出感兴趣。一表现出感兴趣，她母亲就立刻畅想她可以在这个领域成才，就让她学。女儿学不好，就又是打，又是骂，结果她女儿后悔不迭。但小孩毕竟是小孩，不长记性，过一段时间又会错误重犯。

## *3*

女儿摊上学钢琴这事，就因为不长记性。一次在商店，她看到钢琴，禁不住上去摸几下。母亲看到了，就动了让女儿学钢琴的念头。但学琴不比学跳舞学唱歌，家里必须有琴，而且那琴非常贵。

“要不怎么叫钢琴呢？‘乐器之王’！”她对我母亲说，“什么都贵，钢琴凳都比普通凳子贵上好几倍。这是艺术的价格，艺术是无价的！”

其实在商店时，她女儿只是出于好奇才去摸了摸钢琴，但母亲就去买琴了。钢琴抬回来时，她女儿趴在窗户上看，我看出她眼神是惊恐的。她知道这钢琴有多贵，她知道这是母亲给她的爱，但她承受不住。她母亲一定没有注意到她的眼神，她母亲只知道给她爱，不知道理解她。没有理解，爱就是负担。

买前，她曾经试探地问母亲价格，母亲告诉了她。她说真贵，是想让母亲不要买，她不敢跟母亲直说不学。她母亲说：

“知道贵就好！我可是砸锅卖铁了！”

过后有一次，我去她们家看钢琴，我想探究这钢琴里面是什么样子，她女儿告诉我，里面都是铁。“是钢吧？所以才叫钢琴。”我说。

“对对，是钢。所以很重，比棺材还重呢！”

她打了这么个比喻，让我吃惊。

无论如何，她必须学钢琴了。我们又听到她母亲的吆喝：

“注意指法！用指尖，用手臂的自然重力，手指，手指……”

女儿总是不留心就让手指跷起来，手背塌下去。母亲陪女儿去老师家，老师教女儿，她也在一边记，记着回来矫正女儿。女儿没有迅速改，就打下去。

“学费白交了！你知道学费多少钱吗？”她说。

女儿手指被打得发麻，还得继续弹。

“基本功最要紧！基础没打好，以后怎么矫正都矫正不过来了！”她说，“再贵的钢琴，也成了一堆劈柴火，只能拿去烧。烧了，还煮不熟一顿饭。知道这买钢琴的钱可以吃多少顿饭吗？能买多少只鸡？买多少补品？我是宁可没吃，也要给你买钢琴，把牙缝都刮干净了，搞得身体这么弱，风吹都会倒。”

母亲总是这么说，最后总要联系到自己身体弱，都是病。女儿就只能无条件服从。有时候我觉得，女儿与其是害怕强悍的母亲，毋宁是害怕孱弱的母亲。母亲宣称自己病弱，固然是在指责女儿，同时也是在示弱。这时候，母亲会比平时更有病人的样子。严重起来，母亲还会当场病情发作。这种情况曾经发生过，母亲骂着骂着女儿，不知怎的，突然倒下了。女儿惊慌救母亲，再有道理也没道理了，赶紧检讨，自责，保证听母亲的话，以后再也不敢了。于是母亲就缓和过来了。我母亲背后里议论说：

“真会诈病！”

女儿不敢违抗母亲，生怕一违抗，母亲就会病情突发。有一次，她母亲还对她说：

“好啊，你把我气死，我变鬼也要抓你！”

女儿吓得几晚睡不好觉。

不但周末，节日也要去老师那里学琴。在老师家里，女儿没学好，母亲就会呵斥，还会当场打。如果不当场打，那就更糟了。当场打无非就打几下，毕竟是在老师家里。如果这打要等到回家，秋后算账，就没那么轻易结束了。

也许因为学琴买琴成本高，她母亲在老师布置的任务之外还布置任务，压得女儿透不过气来。她根本没玩的时间了。有时她母亲出门办事，我会溜到她家，这时她才可以玩一会儿。这是没有征得她母亲同意的，一旦被发现，就大难临头。所以玩的时候，她一直心神不定。玩一会儿，就催我离开，怕被她母亲撞上。好在她家窗户对着大路，可以看到她母亲回来。一旦远远发现母亲影子，她就马上爬上钢琴，大弹起来。久而久之，大家都能从那琴声判断她母亲在不在家了。听到琴声骤起，大家就会说：

“她妈回来了！”

即使没有被撞上，也可以发现破绽。她母亲一检查，就可以知道她是否刻苦练习。

“有没有下功夫，一听就能听得出来！”她说。

其实也没有那么神。这世界上许多事情，被传得神乎其神，其实不过是强调精神，要用心，要认真，付出了才有所得。我长大后觉得，付出未必有所得，命好不用努力，命不好再折腾也没有用。古话说“谋事在人，成事在天”，最后不也是天命起决定因素？那么，既然“成事在天”，为什么人还要谋事？不是做无用功吗？在我眼里，她母亲很多事情都是在做无用功，比如叠被子，每天都叠，叠得方方正正。还要求她叠。她把棉被往床内侧折，也很清楚，但她母亲不认可。反正没过几个小时又要睡了，何必呢？有一次我说出了口，她母亲就把目标对准我，说我这么小就投机取巧。投机取巧是贬义词，但投机取巧又有什么不好？她母亲就这么一根筋，没有智慧。把自己逼苦，也把女儿逼苦。

在我看来，她母亲根本听不出来女儿有没有下功夫。她只是看认真不认真，成果怎样是听不出来的。无非把练习曲子弹得顺溜而已。弹得不顺溜，就打。她母亲老说自己身体不好，但打起女儿时，又如狼似虎，九头牛也拉不回来。

她母亲打她，最初还是习惯性地用那舞鞋，那舞鞋也最有控诉性。但后来发明打手心，舞鞋就不好打了。尺子好打，她就从自己单位拿回来算术老师用的尺子，专用于打女儿。母亲打女儿有套路，起初是哪里都打，最后是打手心，这是必过的一关。

“把手伸出来！”她母亲喝。

她把打得红肿的手藏在身后，求饶。母亲不依。“打一下，才长记性！”

还要她自己伸出手来。她仍然哀求。

“不可能！绝对不可能！”母亲斩钉截铁。女儿绝望了，开始把手移到前面，战战兢兢，伸出，但仍然拳着。

“张开！”母亲又喝。

她没张开。毕竟拳着就是缩着，是一种抵御的姿势。于是母亲索性就着手背骨敲下来。她的手指顿时发麻，又缩了回去。

“你敢收回去！”母亲威胁。

又只能伸出来。

“张开！”母亲喝。

这下有记忆了，张开了，但是手背朝上。“翻过来！”

没翻过来。

“这样会打得更疼！”

确实，这样打下去，是打在骨头上。手心毕竟肉多，手背没有肉。她顺从了，翻过来。母亲就打下去。她敏捷一缩，只打到了手指。她母亲气急败坏把她手指尾端逮住，乱棍一阵。都打到自己手上了。

打完了，又问：

“怕了没有？”

“怕了……”

“记住了没？”

“记住了……”

“再打一下！”

她母亲经常说话不算话。她已经知道，母亲说最后打一下，其实就是打两下。甚至，她母亲再打一下后，忽然又恼怒起来，重新开打。这还是老师！虽然我不喜欢老师，但她母亲是老师中最不让我们心服口服的那类。仗着是老师，为所欲为。她对我说，每当这时候她就特别恐惧，母亲像无法控制的野兽，灾难不知什么时候才能结束，没人救她，她想着会被打死。她于是只能自救，躲闪，躲不了就伸手抓尺子，想控制尺子。她母亲更冒火了：

“好啊，你敢夺！你命要冷了！”

一抽尺子，劈头盖脸下来。她被打得更狠。

有一次，不知怎么了，那把尺子一时找不到了，她母亲就去拿卷尺。起初是拿扫把柄，但那太长太粗，打不了手心。她就要打女儿手心。于是又去拿筷子，但筷子又太细，无力。她看到了卷尺，那卷尺已经坏了，尺身没有收进卷心里，长长伸着，早先她刚用它量个东西。但卷尺看上去可以打，一挥起来却软软的，很不得心应手，晃来荡去倒很容易被对方抓住。女儿抓住了卷尺。

“放手！”母亲叫。

女儿不放手。

母亲就一抽。结果女儿大拇指韧带被切断了。

也许母亲没意识到这尺子就是一把锋利的刀。但我总觉得，这是她母亲太狠了，不顾一切了。之前她女儿学劈横叉时，她也是这样不顾女儿是否会被弄伤。她只顾自己。但是我母亲仍然说她初衷是好的。打在孩子身上，痛在母亲身上。孩子就是母亲身上的肉。

我一直怀疑，她女儿当时紧抓卷尺不放，并非没有意识到后果。母亲没有意识到，女儿却是意识到的。但她就是不放，宁可受伤。

其实之前我就发现她有自残倾向。被母亲打了，她会狠命搓自己的手。她手还红彤彤的，皮肤透明得好像要破了，她却还使劲搓它，那动作一下一下的。有时嘴里还声嘶力竭发出“咦——”的声音。有时候她会揪自己头发。

“我怎么这么没用！这么没用！”她说。

有一次，她还拿水果刀扎自己手腕。只是她下不了狠心用力，但那神情是殊死的。她恨自己为什么不重扎，她用殊死表情让自己下狠心。她的手颤抖，刀在颤抖。那次我刚好去她家找她，被我看到了。我赶忙抢过去夺下她的刀。“你干什么！”我说。

“让我死！”她说，“死了就不害人了！”号啕大哭起来。

大拇指韧带断了，她做了手术。手术后相当长一段时间，她的手扎着绷带。我奇怪即使是手术，需要扎这么长时间绷带？她母亲要解开，她就喊痛。她母亲就随她了。我疑心她是故意的。

痊愈后，她经常会去扳那根受伤的手指。摇来摇去的，让人看了都生疼。她母亲看到了，啐她：

“手贱什么！不疼啊！”

她才收手，那神情是自得满足的。也许，她母亲会这么说，说明她母亲感受到了疼。于是她就越要在母亲面前这么做了，被母亲啐了，她停了，但过后照做不误，像手贱的顽皮孩子。但她不是这样的孩子的。

她母亲再打她，她就把受伤的手伸出去抵挡。抵挡很正常，但她可以用没有受伤的手，但她恰恰相反。这样，就会打到这只手上，她就大叫疼。她母亲就会意识到这是受伤的手，赶紧撤手。

她有了制服母亲的武器了。

母亲撤手，顿时无所适从。有时候会仍然打，打着打着，她自己会哭起来。女儿冷冷地瞧着母亲哭，我怀疑她当初要握着卷尺不放，就是要这个后果。她就是要受伤，她要用这个结果惩罚母亲。

母亲有时候会打起自己的手来，打同样的大拇指，女儿受伤的地方。母亲竟然打自己，她又会害怕起来，不知道接着又会发生怎样的情形，母亲会用更强烈的方式来报复她。

但母亲动她的时候确实越来越少了。只用嘴骂，骂她“废物”，“什么也不会”，骂得比以前更狠，更恶毒。

“早知道不生你！”她还骂。

## *4*

高中毕业，我考上了北京的大学，她女儿只收到一个职业大专的录取通知。那种大专，只顾收钱，她很知道那是什么学校。她说她的辛苦全白费了，身体白白受罪了。

“早知道不生你！”她对女儿说。如果说以前说的还是气话，现在是真的这么想了。

她女儿不该考得这么差的，小学时读得还可以。我总觉得，她女儿读得越来越差，主要原因是花太多时间在学钢琴上。晚上本来就有很多作业，但母亲却还要女儿练一小时琴。星期天更是被占用了整个白天，到晚上再做作业，已经疲惫不堪。

这些是她女儿平时跟我诉苦的，当时我就觉得，她女儿要被她毁了。我印象中，那些会艺术体育的同学，很少有读书读得好的。她作为老师，怎么看不到这一点？也许是因为她女儿最初没有在学习上显示出特别优秀，她才转而培养她搞艺术？也许她认定女儿的才能就是在弹琴唱歌上？也许吧，她女儿确实有这些才能，但她也操之过急了。她老是打压女儿，总是说她多么笨，做什么也不行。最终女儿对学什么都没有信心了。女儿觉得母亲说得对，自己确实什么也做不好，厌学了。只是怕母亲，不敢表现出来。

中考前，她母亲也曾带她去补过课。那时候她刚放弃学钢琴，她母亲可能觉得成钢琴家无望了，转而抓她学习。但效果不明显，只是上了二类高中。到了高中，她完全不行了。倒是我到了高中突飞猛进，她母亲跟我母亲感叹过：

“还是男孩有潜力！我那没出息的丈夫，只会给我生女儿！”

我觉得这母亲想法总是很奇怪，女孩子怎么不行？我们学校，读得好的女生远比男生多。把课本教的知识掌握了，有那么难吗？当然，也许她瞄的是“尖子生”，还是成名成家心理在作怪。要么成名成家，不能成艺术家，也要成科学家。成不了就是不成才。

她开始嫌弃女儿了。女儿对母亲也有怨气。如果说，之前女儿对母亲更多的还是顺服，或者敢怒不敢言，现在她反抗了。她跟我说起她母亲来，总是带着恶毒的语气，有一次还说她往她母亲稀饭里吐口水。但我怀疑是不是真的，她应该不敢，只是说了发泄一下。强势之下她无从反抗，她唯一反抗的方式就是自暴自弃。于是她读得越来越差。于是她母亲冲她叫：

“我放弃你了！放弃！”

高考时，我母亲和许多家长一样，在考场外等我。她母亲没去。我觉得这也好，不抱希望了，失望也不大，到时候她女儿也不会太遭殃。但到成绩出来，母亲还是发飙了。我没料到那强烈程度超过了以往任何时候。也许这是总爆发。应该说是彻底绝望了，是最后的撒野。她又哭又念，又骂又打，活像哭灵闹丧。

“早知道不生你！”她又说，“害得我一身病，一辈子没个轻松。到现在才知道，后悔啊！你害人害己，害己害人。你给我去死！去死！我也死！死……”

我母亲去劝她。因为我考上了好大学，她女儿没考上，我父亲劝我妈不要去蹚这浑水，免得被她认为是来寒碜她的。但我母亲想来想去，女人可怜女人，母亲同情母亲，还是去了。也奇怪，她竟然没有攻击我母亲，也许是实在太脆弱了。那一次，她和我母亲有了很长的交谈。她说自己的梦彻底破了。她说最初的梦很美满，女儿学习不错，再培养她才艺。但女儿上初中后，她看出学习没有潜力了，于是想通过才艺，在中考时给女儿加分。这应该是明智的选择。无论是中考，还是高考，动辄加 10 分、20 分，靠卷面上拿成绩，多拿 10 分都难。也因此吧，多少人去跑获奖证书，各种肮脏交易。还有“三好学生”什么的，每次都争得头破血流。最后往往权力说话，好学生被挤掉。作为教师，她看得太清楚了。只是她没有权力，也没有钱，她只能希望女儿才艺上过硬，凭真才拿到证书，加上分。只是女儿手受了伤，又让她计划落空。只能走读书这个“独木桥”。

读书究竟多大程度上改变命运？我工作后才渐渐明白过来。我算是考上了重点大学，毕业后到了政府机关。我的上司也就中专毕业，七进修八进修，也有了本科文凭。他上头有“天线”，一路被提拔，成了我的领导。他手下全是大学毕业的，他整天对大家指手画脚。倒不是因为我们工作能力，也不是我们文凭水分多，他才是不学无术。就因为他权力大。

我曾跟父母抱怨读书无用，我父亲说：“读书无用？我们这种家庭，不读书，没有考上大学，你连当他下级都没资格！”

原来只有贫寒家庭才需要读书。

我母亲则说：“你不服，你也可以往上爬呀！你有文凭，也可以去当官！”

读书没有用，当官才有用。知识没有用，文凭才有用，有了文凭可以去当官。中国讲“官本位”，“学而优则仕”。对普通家庭来说，跻身权贵的唯一途径只能是读书。读了书，到头来不能当官，这书就白读了。知识没有力量，权力才有力量，知识只有转换成权力才能显出力量。

上世纪80年代，知识曾经一度显得有力量。那时候重视知识，重视人才。她说她一个亲戚，其实是她丈夫那边的亲戚，那时是建设厅的厅长。但他的子女没有一个能够考上大学的，相反她丈夫考上了大学。他一度对她丈夫羡慕得不得了。那时候讲干部“知识化”“专业化”，没有大学文凭，别想被提拔。他觉得他子女没前途了，他们家的家运走到头了。但没几年，他的子女又一个个活络了，靠父亲的关系做生意倒卖物资。留在体制内的，最终也通过特殊途径，把文凭补上了，得到了升迁。甚至还在职读研，拿到研究生文凭，而她丈夫却只有本科文凭，当个中学教书匠。风水轮流转，仍然转到他们家，还是人家赢，中国毕竟还是中国。其实她丈夫不少同学也当上官了，那时候人才青黄不接，机遇很多，但她丈夫是个书呆子。

“因为这，我才跟他吵的！”她说，“早就跟他说找那个亲戚，人家毕竟有权，你有文凭，去机关，很快就上去了。可他就是不听！这都是你们没搬来的时候。后来也不吵了。他就是愿意去找门路，大学生一茬一茬出来了。我对他也绝望了！”

所以她把希望寄托在下一代身上。所以女儿不让她满意，她会骂起她的丈夫来。她就怕女儿遗传了父亲的没出息，果然如此。

“我这是什么命啊！”她说。

我知道她所说的“出息”是什么，明白地说，就是当“人上人”。

我不能理解，中国人为什么就想当“人上人”？中国家长，包括我们的学校教育，为什么不能培养孩子当个人格健全的普通人？后来我才明白，普通，人格就健全不起来。其实她跟她丈夫吵得最凶的时候，就是她在单位被排挤得最厉害的时候。她没有文凭，只能在郊区一所小学当代课老师。本来希望有机会转正，却不料，那阵消息说她这样的老师不仅不能转正，还要被清退。她急了，去找校长：

“我真真是‘吃的是草，挤出来的是奶’。十几年了，为党的教育事业辛辛苦苦，兢兢业业，全不算了？我就不是为共产党工作？”

校长承认她工作不错，但如果是政策，就没办法了。要是她丈夫是官，她早就转正了。哪怕他去托他那些当官的同学。这不是在偏远山区，是城市郊区，像她这样代课教师很少，没有牵扯到大局，其实不难解决。但她丈夫就是不肯去找人。

后来清退的事不提了，她的工作保留了下来，但她总是处在惊弓之鸟状态中。清退的声音几年就会出现一次，几年前，又说可以转正，优秀的代课教师可以转正。她说她教学上已经够优秀的了，但优秀不优秀，还得领导说了算。于是她就硬着头皮去巴结校长。她不认识更大的官，只熟悉校长。家里一有什么像样点的东西，就往校长那里送。

“我的命命真是可怜哪！眼巴巴看着好东西被我拿出去，她不能吃，要给别人孩子吃！”她对我母亲说。她说校长却对她很傲慢。“更气人的是，他老婆说我想勾引她丈夫！我是这种人吗？”

不管她有多大毛病，她应该不是勾引男人的人。

“就因为我没丈夫？”她说，“我没丈夫就贱？不错，我没丈夫，但我可以凭本事吃饭。我也不想要什么，我只要饭碗，给我一口饭吃，这过分吗？我也干了那么久了，一直挣那么一点工资，现在说不算就不算了。这公平吗？谁给他们权力？那些官老爷们就可以随便剥夺我的饭碗？剥夺我命？所以我跟我命命说，你一定要有本事！你要有权有势！有权有势才有得说。没权没势，连基本保障都没有。等你有权有势了，把那些狗官打下去！”

我感觉到，她的心里有个巨大的黑洞，这个洞里翻旋着戾气，所有一切都被这戾气像旋涡一样吸进去。

“还是那句话：‘有势用势，无势找势，打球做戏。’”她说。

“对对对，‘文革’时就这么说。”我母亲说，“那时候我不懂事，没在意。现在看来，还真是这样。”

“现在还是这样，千古真理！”她说，“打球做戏就是通往权势的捷径。你看那些演员、运动员，动不动就将军、中央委员。会读书有什么用？我当老师的，本来不该说这话，但现实就是这样。前一阵我参加一个婚礼，喜娘祝福新人生孩子，已经不说将来当状元了，说当中央委员。状元算什么？我早看透了！我们自己被误了，孩子不能再被误。我们做父母的，就是要把经验教训告诉孩子，免得他们重蹈覆辙。但是他们就是不听！我看有文章说，年轻人就是不相信长辈的话，要让他们自己摔倒，付出代价，才会吸取教训。但这代价怎么付得起？我就是付出代价了，到现在连饭碗都没保障。这不比国外，人家可以去尝试各种活法，反正生活有保障，丢饭碗了，可以申请失业救济。我们有吗？所以摔不起，一摔碗就碎了！老说做父母的喜欢干涉子女，能不干涉吗？孩子是我们千辛万苦生下的，一口一口喂大的。不要说为我争光，不要说给我撑腰，不要说替我教训那些狗官，这些都不指望了，就为了她自己，能看着她没饭吃吗？能看着她在现实中跌得头破血流吗？你说说，你说说！”

我母亲摇头。“可怜天下父母心！”我母亲说。

“你们家还有‘父母心’，我家只有‘母亲心’。”她说，“你还有‘丈夫心’罩着。你命好！哪像我，命硬！”

命硬，就是命坏。汉语不像西语，以句子演绎逻辑，汉语词语本身就包含着辩证法。硬，固然是坚强，但因为你坚强，所以老天认为你受得了磨难，“劳其筋骨”；或者因为你好强，老天惩罚你。但我更相信是老天给她不好的命，她才必须坚强起来。不然怎么办呢？

该闹的也闹了，该说的也说出来了。祭奠完自己的梦想，现实还得面对，她的女儿还得去那个捞钱的学校。她曾经去找她的丈夫，说女儿考上的学校学费高，现在物价也高了这么多，当初付给女儿的抚养费太少了。她丈夫已经又结婚了，虽然女儿已经过了十八岁，但他也肯给。但他忍不住说了她几句，说好好的孩子怎么成了这样？她就火了。

"什么成了这样！你说为什么成了这样？你自己是怎么当爹的？培养孩子本来就是当爹的责任，你一甩手就走了，那么早就一甩手走掉！现在你说闲话了，说得轻松，说得好听。你来规划看看，你来培养看看！好好的孩子？你女儿是什么样子，你自己的种，你不明白？你这么没用的，能生出有用的孩子？还要我糟蹋她？我辛辛苦苦，倒成了糟蹋了？我全身都是病，没有功劳，也有苦劳。你到底还有没有良心？你不管就不管，我承担得起，我拉扯到这么大，再难再苦都过来了。大不了当乞丐，也不向你讨！"

扭头走了。

对方后来还找上门几次，可是她不理睬，不给开门，也不许女儿去见父亲。

"他当初就丢下你不管！要没我，你小命早冷了！"她说。

那男的在门口敲了好久的门，我竟然也没认出他来，一点也看不出来他跟这个家有什么关系。女儿也长得不像他。我模糊印象中，女儿原来是像父亲的，什么时候随母亲了？有科学研究说，人的长相多半是后天学来的。跟谁一起生活，就会渐渐像谁了。所以父母必须跟子女生活在一起，哪怕是厮守，哪怕是互相折磨。

那个职业大专，不仅学费贵，杂七杂八的收费也比其他学校多。她很不心甘地付了，回来对我母亲发牢骚：

"这是什么社会！就知道钱、钱、钱！"

但她又说："好在是省属重点学校，所以就贵了。专业还不错，幼师，就是幼儿师范，当幼儿园老师的。跟我同行！"

她竟然也有点满意了。我不知道从梦想女儿当舞蹈家、钢琴家，到连普通大学都上不了，只能上职业大专，再到感觉满足，她是怎样走完这吊诡的心路的？也许只是被强迫着走，愿意走的走，不愿意走的，被押着也得走。无可奈何，生活总是无可奈何的。

但她的心底应该还是不甘的。一面认命从而满足，一面失落从而不甘。这两种情绪互相纠缠，忽而这种情绪占上风，忽而那种情绪占上风，所以更加喜怒无常。沉淀在心底的不甘瞬间沉渣泛起，她会突如其来发火，没缘由痛骂女儿，骂女儿没出息，骂女儿上了垃圾学校，骂女儿生活琐事，骂女儿不会干家务事，骂花在她身上的钱白费了，那么多钱全打了水漂，又抄出当年学钢琴的事来，敲着钢琴骂，为了让声音响亮，还每每要掀开钢琴敲在键盘上，那钢琴，只有在她痛骂女儿时，我们才又听得到它的声音。那钢琴声在诉说往事，跟她的抄旧账一唱一和。她跟许多女人一样,有抄旧账的习惯。那些旧账确实是她的心病,她的不甘，她不能咽下。

“倾家荡产啊为了你！”她敲一下钢琴，道，“没吃没穿，都花到你身上去了，饿得我现在这种身体，命都没了……”

这下她不是说身体不好是生女儿导致的，而说是饿的。而且好像只有她饿，女儿没饿。当然女儿饿是没资格说的，因为女儿花了钱，而她自己才是纯粹的受害者。但是，又不是女儿要她花这钱的，是她要为女儿花这些钱的。但这绝对是不能说的，父母子女之间这笔糊涂账，只有父母可以算，子女不可以算，哪怕是稍加辨别。有一次，她女儿被她骂急了，嘟囔一句：

“是你要我学的……”

她立刻大哭大闹，要泼一样。“你说什么？你这没心肝的！我把钱花在你身上，还花错了？对，是我要你学的，是我贱，非要培养你！当初就应该把你甩一边去，让你自生自灭！饿死你！不，根本不该生你！把你掐死，浸马桶！我这一身就不会都是病了！”

跟父母理论这些问题，是理论不清楚的。拿到大街上说，孩子都是理亏。她女儿只能自怨自艾。她真的觉得是自己不对，自己不好，自己太差劲。她母亲从她小时候开始，就担心她差劲，没出息，担心往往成了诅咒。

她会自己甩自己耳光。她最理直气壮回她母亲的，是说她母亲生错了她。有一次她竟然说：

“怪谁？怪你自己投资错了，投了个‘垃圾股’！”

那一年，中国股市哀鸿遍野，股民期待搭政策顺风车，却被套住了。到处都在说“垃圾股”。

## 5

大二那年暑假，我回到家里，我邻居这个母亲因为女儿工作的事骂女儿。女儿已经毕业了。母亲骂女儿不听话，其实女儿哪里敢不听话？女儿只是说了可以去的单位。母亲不同意。

那时候大学毕业已经不包分配，大学生自找工作，大专生更没有竞争力。她女儿读的是幼儿师范，公立幼儿园是进不去的。但她母亲却一定要她找公立幼儿园的工作，理由是，私立幼儿园没有编制。她自己就是吃没编制的亏的。

“干到半死，全是空！”她说，“你妈就是活标本！”

其实她女儿还觉得私立也可以去。但她把话撂在那里：“不听我的话，你要去干，你自己负责！到时候别来找我！”

她女儿就不敢违抗了，只能跑到我家来哭。我母亲让我劝劝她，我们单独在一起时，她忽然说，她想离开家。我吓一跳，她怎么冒出这念头来？前一刻她还跟母亲说着在当地找工作的事。她总是忽然莫名其妙地冒出一个念头来，这点上说，她比她母亲更难捉摸。她母亲霸道，但其思维有章可循。她逢事不表态，但却忽然会冒出想法来。虽然我们时有交流，但她那忽然冒出的念头，还是让我吓一跳，好像是天外飞来的，不靠谱，但发狠。也许是因为被她母亲压得太厉害了，也许还因为她什么都做不成，思维就左突右闯。但不想待在家里，这念头我也有。我的同学很多都想毕业后留在北京，找不到工作也要留北京。我们这一代人就这样，她也是我的同代人，我几乎忽略了。

“去哪里？”我问，“北京？”

她摇头。“我去北京，还不饿死？”

我说也不会的，那么多“北漂”。她说一定会的。这时她又现出那么没自信。她说只要离开这个家就行，就在这城市也行，但在这城市，就不能不住在家里，所以只能借口去外地工作。我承认她想得对，她的想法甚至很严密，已经深思熟虑。

“问题在于，你妈会让你去吗？”我说。

“管她。”她说。

“而且你走了，你妈怎么办？”

我又问。这也是我一直纠结的。我不想毕业后回来，在北京发展肯定比在这好。但我确实不能丢下父母不管。他们老了，他们只有我这个孩子。她的母亲也只有她这个孩子。当然我家的情况跟她家不同，我家有温暖。但即便如此，也必须守着父母。“父母在，不远游”。难道西方人就不讲人伦情感？我老是在思考这个问题。中国人不是自己的，是属于父母的，属于家庭的、家族的，乃至社会的、国家的。必须为父母负责，为父母尽孝，为家族争光，为国家争光。你做什么，都要考虑到这些，不能我行我素，否则就是不忠、不义、不孝。过去兄弟姐妹多，还可以开溜，现在都是独生子女。

我曾经向父亲委婉表达不想回来的意思，我父亲不言语。一直是严父的他，没有啐我，没有反对，只是表现出无力的可怜，我也不忍心离开他了。父母全部感情和价值都在子女身上，他们的心需要子女驻守，他们的家是子女的，没有子女，他们就成了空心人，家就成了空巢，他们会很可怜的。“梦里依稀慈母泪。”都说我们这一带没有责任心，其实，只要是中国人，哪怕是被认为再没有责任感的，一出生也被种下了这种无可摆脱的责任心。

她明显也无法回答我这问题。她也不可能那么绝情。

“什么都做不成！”她叹息。回到她母亲家去了，那也是她的家。

以后没听她再说离开家的话，也许那只是她一时的情绪突围。甚至让她走，她也不会走。其实她是个很没自信的人。

实在找不到符合母亲要求的，她只能待在家里。母亲让女儿做家务，煮饭。但母亲出奇地难伺候，邻居又经常听到母亲骂女儿，说她这个不会做，那个做不清楚。

“都是我做，你‘饭来张口、衣来伸手’到现在！”

或：“煮饭婆都当不了，废物！”

母亲不说煮饭，而说“煮饭婆”，我想是对应“钢琴家”“舞蹈家”的。

“受不了！受不了！”女儿经常猛地跑到我家来，摇着头，喘气。她那干活的手甚至还没洗。“命都冷了！”她也从她母亲那里继承了这口头禅。她那神情简直夸张，好像被人摁在水里，拼了命才挣扎出来，捡回一条命。她是用这个夸张的言行发泄。

在家待不下去，还是得找工作。找到一个，就被母亲否决一个。

“不行不行！”母亲伸着食指，划来划去，如同当年对待她的丈夫。她的理由还是要有编制。我返校时，她女儿没找到工作。我寒假回来，仍然没找到工作。我暑假回来，她女儿还在家里。

好容易找到一个区妇联办的幼儿园，女儿求母亲，说这不是私人的，好歹也算公办的，将来也有希望拿到编制。

“有希望？你信？谁给保证？人家都是在骗你。能给你立字据吗？白纸黑字都可以不算数。报纸，文件，都是白纸黑字！满世界都是骗子！你妈就被骗够狠了！一辈子给毁了！”

我发现她的遭遇对她影响太大了，她无法摆脱被害的感觉。

我母亲去说服她，但在她眼里，我母亲当然是不够斤两的，三下两下就被反驳回来了。那时候我正留心工作的事，自以为有很多经验，我母亲也好高，让我上场。我对她说，这编制什么的现在不重要了，都是“合同制”，没编制还可以“双向选择”，更自由。她说：

“自由？说得好听！自由就是不管你。觉得你累赘了，把你榨干了，没价值了，就让你自由去，让你自生自灭！我今天不干，今天就可以走，回家，很自由，但只能喝西北风！我还是业务这么过得硬的，她自由？她有什么资本？什么能力也没有！”

扪心自问，她的话不能说是没有道理。也许，在受挫受骗中苦思冥想，思想已经拧成扎扎实实的钢绳了，当然坚不可摧。她的思想虽然有点钻牛角尖，但我承认，为了说服她，我也是有意回避了一些问题，甚至是根本的问题。在我们这种体制下，自由、选择、竞争实际上是不可能的，只是奢谈，这些冠冕堂皇的概念，只是权力愚弄民众的说辞，或政府逃避责任的借口。

当然我这么说，也因为幼稚。刚走出校门，对现实完全没有接触，黄口小儿，纸上谈兵。从概念到概念，从政策到政策，从理想到理想。几年后，我庆幸当初她没有听进我的话。如果她听信了我，那么她女儿的不幸，我就有责任，我就也成了她所说的骗子。

她女儿最终进那个幼儿园，是她忽然答应的。我们都觉得没有希望说服她了，她女儿也无望了，最后磨她一次。她骂完，忽然说：

“你要去就去！”

就像捆得紧紧的钢丝，突然绷断了。简直难以令人相信。但也许她接着还会说“你自己负责，到时候别找我”。但她没有说。女儿小心地愣在那里。

“还能怎么办嘛！”她又说，“你以为你条件很好？”

女儿跑到我家，拉着我母亲的手，高兴地跳着，好像我母亲才是她的母亲，她家里那女人是别人，是后妈。这时她又有了小时候的样子。

她像小鸟一样飞向了单位。她没敢告诉母亲，那个幼儿园只是让她做保育员。虽然这工作比当老师累，她身体又不好，回到家里精疲力竭，但她怕被母亲发觉，还是竭力做出轻松的样子。做饭，洗碗，收拾卫生，竭力去做。当然也是为了报答母亲允许她去工作。她母亲问她在单位里的情况，她就撒谎。但母亲是教师，学校的事还是懂的，不小心就会露馅，所以她骗得很辛苦。幸好次次过关。但她没有料到，母亲有一天竟然摸到她的单位了。并非母亲发现了破绽，她是带着欣喜去的，想去看看终于能够成为她同行的女儿是怎样工作的，再给她指点指点。

门卫不让进去，她说出女儿的名字。门卫就放她进去了，她看到了女儿在端汤锅。见到母亲，女儿差点把锅砸了。

“命命，你怎么干这个！”她问。

女儿支吾：“配班……配班……”

配班，可以理解成是保育员，她想说边上一个老师是保育员。但那人拿着书本，明显不像，她自己却围着围兜。那被她指的老师讽刺道：

“你是说，我是配班阿姨？你才是老师？”

她恨不得地上有个洞，钻下去。自己是阿姨，却说别人是阿姨，真够丢脸的。但更让她丢脸的事还在后面，她母亲大喊大叫要园长出来，责问园长为什么不分配她去教学。她母亲就没想到女儿本来就不是来当老师的，人家没有许诺当老师。她母亲一根筋认定是幼儿园耍了女儿。她母亲大吵大闹，园长脸一阵红一阵白，边上同事冷嘲热讽，她哀求道：

“妈，不要再说了！”

“不要你妈说？你就这么被欺负？你这个窝囊废！你不要管！不要怕，你妈为你讨个公道！”又对园长，“别看我女儿老实，就欺负她！”

她想拉母亲离开，但母亲比她有力得多，反而把她拉住。

“怕什么？你给我站这里！”她母亲叫。

她母亲从来没有这么力挺她。如果换个场合，她会感激母亲，会为有这么一个强有力的母亲感到幸运。但现在她觉得丢脸丢透了。她把脸躲在母亲胳膊后面。她想告诉母亲，是自己错了，但她母亲一直在质疑园长，她根本插不上话。

园长最后拿出了合同，上面明明白白写着她的工种是保育员。

母亲掉过头来，眼睛像鹰一样戳向她，好像要把她戳烂吃了。她只能蹲下来哭。

“这种工种，还能转正？还能有编制？人家还会拿编制给你？”母亲道，“你干到老，干到死都不会有编制，就没有退休金！”

园长道：“说什么退休金，以后都要改革了，都要去交社保了！”

她母亲道：“你会交？”

园长道：“不交也得交，规定要交，谁都这样啊！”

“规定？哼，规定！”她冷笑，“所以就可以不给你编制了？既然都要交社保了。我就是一直交过来的，拿自己的钱交，那些有编制的，至今没有交。不要交还有退休金。我还不知道？在中国，无论如何都是国家赢。爬上国家这艘大船，吃国家饭，享受国家资源，就是没错！你看国企又吃香起来了。我什么没经历过？”她对女儿说，“什么改革了都要交社保，你傻啊，人家根本就是在骗你！”

园长觉得冤枉。“谁骗了？可是你自己找上门来的！”

“自己找上门来，就该骗了？”母亲道。

母亲不让她干了。她坚信她女儿会被骗的，人家不可能给她编制，也因此不可能拿退休金。她母亲确实太偏激了，简直有被迫害妄想。这是一种逆向妄想。但她的妄想又似乎并非完全无理，甚至还有着深刻的洞察和预见。至今又过去十几年了，那退休金双轨制仍然没有改变。她都已经退休了。

对沦落底层的人来说，偏激是一种救赎。不妨把世界看得黑暗一些，把未来想得绝望一些，就不会被二次伤害。而且，庆幸而又不幸的是，无论做多坏的预想，最终都会兑现。

## 6

我的工作越来越不如意，原来那个上司升职了，来了新领导，一样压迫我们。一旦当官，所有人都一个德行。只不过他觉得更有指责我们的资本,他是“新三届”大学生。他很自豪用这个称呼,我查过,“新三届”是对应“老三届”的,基本是“老三届”在恢复高考后考上大学的那一批。他让我打破了对“老三届”的好感。他天生有整人的基因。

“什么都不懂得！你们这一代，一出生就泡在蜜罐里，娇生惯养，哪像我们这代人！就知道要钱，要待遇，要享受，工作不行不觉得，工资少了就觉得了！”

我的父母也说我一出生就泡在蜜罐里，我邻居这个母亲也这么说她女儿,其实他们是一批人。我也承认我们这代人经济意识强,我们懂事时，恰逢中国转入市场经济。我们是在经济大潮中长大的。社会拿物质来收买我们的，我们不知道我们的历史。

我们也想做事情，但没有正当奋斗的途径。我们只一味被长辈安上“命好”的帽子。我们命好吗？与其是命好,毋宁是无可摆脱地被命定了，是宿命。

我的单位是市委政策研究室，我的工作使我了解到种种社会不公，其中很多根子在体制。刚工作那几年，我身份卑微，却老是想改变现状。写文章，提建议，反让长辈学者觉得我轻狂。他们对我说，他们不是不做事，长期以来，他们做的都是无用功。哪怕是制定了政策，也仍然得不到实施。小地方无法无天，我后悔不该回来，应该留在北京。但是他们说，北京又怎样？“政策不出中南海”。

执行部门说他们也很冤枉。你们这些专家说得一套一套，道理是这样，但许多问题不是道理说得通就能解决的。再说，现体制损害了底层，不错,但底层也分享到了现体制的成果。没有这体制,他们什么也得不到。

不合理还是正当的了？简直是强盗逻辑。我们都被强暴死死绑架着，只能听天由命。维新、启蒙、革命、改革、开放，一百多年了，我们又成了宿命论者。拼爹、论血统、搞裙带、啃老，富二代、官二代、拆二代。但我什么也不是，我无爹可拼，啃老又觉耻辱。我的命也好吗？

我曾经想过了结自己的生命，但又会遭到谴责：父母养育了你，你怎能丢下他们？简直不孝！有爹可拼的当然要孝，无爹可拼的却也要孝！也许应该讲爱？爱跟孝是不一样的，爱讲无条件，孝强调亏欠；爱讲平等，孝讲顺从，所以“孝”跟“顺”连接在一起；爱是宽容的，孝是强制的；爱是广阔的，孝是狭隘的。那么还是孝了。为了孝，再不想活，也得为父母活下去。

还有一句话：国家培养你这么多年。家国同构。这是无宗教的中国人的宗教，为国为家而受难。

但我实在不能认可受难。这也许还真是我们跟前辈人的区别。前辈人能够忍受苦难，我们不能。前辈人在无可奈何中返身拥抱苦难，进行苦难叙事，比如我邻居这个母亲，她的诉说几近炫耀。这也类似于宗教了。但我却不能，我只能投入世俗生活中。中国人不信宗教，中国人的宗教就是世俗生活。它是我的救赎。于是我去结婚，有了妻子。我又被加上一层体制桎梏了。

我邻居那个母亲勒令女儿丢掉幼儿园工作。女儿没有再去上班，她母亲对她找的工作挑肥拣瘦，她就只能待在家里。母亲总是絮絮叨叨地骂，骂女儿没出息，骂她在家里吃闲饭。后来出现了“啃老族”这词，母亲也用上了。

我总觉得，母亲其实也愿意给女儿“啃”。女儿“啃”我，那么就得接受我的管制。没有女儿来挨她骂，她的精神就无所托付。甚至这骂还是她表达爱的方式。所以母亲虽然凶，但女儿还是很安逸的。任母亲骂，爱听不听。日子就这么过下去了。最初母亲对女儿工作是挑剔的，后来成了刁难。最初是担心女儿所找的工作没保障，后来就索性把女儿扣留在家里，由她来保障了。

这样，一年就过去了。

她女儿没有工作，也不去外面交往，没有朋友，也不可能接触男性。我母亲对她说，女儿大了，该考虑女儿的亲事了。

“连工作都没有，谁要？”她说，“就是有人要，那也是什么条件啊！没工作，靠男人养，一辈子苦！”

她说得也对，女人不能被男人养，那样会沦为男人的附属品。

“那还是赶紧找个工作吧！”我母亲说。

我母亲说“赶紧”，她也觉得紧迫了，想想女儿眼看就要三十了。“女人三十豆腐渣”，于是她又催女儿去找工作：

“快三十的人了，还在家吃闲饭！你要吃到什么时候？你不急，我都替你急！”

女儿又开始找工作。这下找工作更难了，竞争更激烈，学校一茬一茬地毕业出学生来。她年龄又大，不年轻，又不灵巧。好容易找到了个私人幼儿园的，她母亲想来想去，也得接受了。

“就为了好结婚！”她母亲说。不是说“好嫁人”，“好找婆家”，当时我母亲没有留意这里的区别。介绍对象的事启动了。我母亲介绍了一个，工作有编制，她母亲也认可，但又提出，要人家结婚后住在她家。

“为什么？”我母亲问。

“我家有房子，现成的，他还不要？”她母亲说，“现在一套房子要多少钱啊？我这虽然是公租房，但以后拆迁，迟早要拆迁的，跟私房一样给补偿。我死了，这房子还不是我命命的？那还不就是他的？我们做父母的，什么不会给子女？肉都可以割出来给子女吃。尤其我这样只有一个女儿。子女不领情，不体恤，也是要给她。我们做的不就是为了孩子吗？所以才不放心。你看她，被我骂一下就那样了，要是被男人欺负，还不死了？男人有几个好东西？”

她记恨着她原来的丈夫，坚决认为错都在他。我母亲回来对我父亲说，我父亲说：

"'娘家房，茅坑房'！她那种不明白的人，性格，还是别作孽了！"

不明白，就是不知理。我父亲说她从来没意识到自己的问题。

但我母亲能理解她，毕竟是那男人丢下母女走掉的，女人容易同情女人。做女人难，单身女人更难，单身女人拉扯着孩子，更是难上加难。她的女儿就更是可怜了。我母亲还是给热心介绍。但都被她回绝了，都因为男方不愿意住到女方家里。有个别的没有房子，愿意住过来，她又嫌人家经济条件差。这么拖着，又过了一年，她女儿又向三十奔了一岁。

她自己的身体更不好了，总觉极端疲乏，比以前更经常头晕。她并没有在意，她一直都觉得疲劳，她是个强悍的人，会忍，久而久之，对身体的敏感度也差了。有一阵，她发现自己的黑板板书写得歪来歪去的，像鬼画符。她是爱面子的人，这让她受不了。但仅此而已。她叹息人老了，字也写得差了。

一天吃饭时，她竟然把筷子弄丢地上。这是从来没有过的。这种事只能发生在女儿身上，她总是骂女儿筷子也拿不清楚。后来才知道，她已经小中风一次了。

身体衰老让她有了危机感，她更急着让女儿有个着落。她态度也松动了，答应我母亲，把男方住她家的问题先搁置起来。不管怎样，先看看，先谈起来再说。

对婚姻，她女儿一直没有态度。每次被带去相亲都很被动。见到男方，都是母亲问七问八，女儿一声不吭，一副事不关己的样子。母亲就啐：

"这是你自己的终身大事！我能活多久？你能靠我多久？"

但一切安排都是母亲做出的，哪有女儿拿主意的份儿？但女儿不上心，好像也不只是因为自己做不了主，她好像对结婚也没兴趣。她木木呆呆的，好像没有什么感情，很难想到她小时候还弹过钢琴学过艺术。学艺术的人应该很浪漫，看那些明星，恋爱、劈腿、各种恋，结婚、离婚、再婚、婚外恋……她竟然一点浪漫劲都没有了。但也许她本来就没有艺术细胞？她本来就是土里吧唧的。

我母亲曾经找她谈过，她说她害怕结婚。她说结婚有什么好？我母亲猜这是她小时候父母争吵，给她留下的阴影。但她父亲在她很小时就离开了，她当时那么小，真有那么深刻的记忆？我怀疑与其是害怕婚姻，毋宁是害怕家庭，害怕家庭暴力。她母亲一次次的暴力，强化了父母冲突时的记忆。

她还说她害怕生孩子。

“我身体不好。”她说。

“你怎么会身体不好？”我母亲说，“年纪轻轻的。”

“我怕。”她说。

“有什么可怕的？女人不都要生孩子？这是应该的。”

“不应该生孩子。”她说。

我母亲愣了。我母亲后来跟我父亲说，她母亲真不该总是强调生孩子苦。“以前我就提醒过她，可她不听，老是说，老是说！这不，把孩子吓的！”

她被拉去一次次相亲，就像行尸走肉。终于有一个，让她有了感觉。“我看她眼睛里有光了！”相亲回来，我母亲对她母亲嘀咕。她母亲也很高兴，说：

“就让他们先谈，谈上了再说条件！”

他们果然谈起来了，渐入佳境。我母亲心里也欢喜，有了成就感。她受命去试探男方是否愿意婚后住到女方这边来。男方一听，马上摇头。我母亲回来反馈，当天晚上，母亲和女儿就大吵起来。最初是母亲去征求女儿：

“你自己的事，你自己考虑！”

要是平时，女儿肯定不会说什么。这次应该是真动心了，她理解母亲是让她选择了。但她还是很乖的，说担心自己走了，母亲一个人在家里，没人照顾。她是真诚的，既然母亲通情达理，她也不忍离开母亲了。母亲说：

“你不要管我！离开你，我就不能活了？倒是你离开我活不了！”

没有缘由地又被啐，女儿已经习惯。但这次她还是很欢欣的，她知道母亲是为自己好。母亲的脾气就这样。于是她就说自己以后会经常回来看母亲。不料母亲勃然大怒了。

这明显不是她要的回答。她既然不让女儿选择，为什么又要假惺惺去征求女儿的意见？既然女儿的意见不算数，为什么又要搞假民主？我母亲听到骂声，觉得男方是自己介绍的，有义务去劝。到她们家，见女儿缩在客厅一角，母亲站在中央，像在演讲：

“常回来？说得好听！每天都能回来？每时每刻都能够回来？半夜三更也能回来？我半夜三更断气了，你回来收尸？”

女儿不住摇头。她应该后悔极了，自己中了母亲的“阳谋”。她辩解：

“不是……”

“不是？那是什么？你不是说要离开我？”

“是你自己让我说的！”

“我让你说，你就要离开我？”

“你说我离开你就不能活……”

“你离开我能活？”

“怎么不能活？”女儿破天荒说了句硬气话。

“你脚骨硬了？你不要我养了？这忘恩负义的‘白眼狼’！”

女儿没她也能活，这未尝不是事实。人家跟她讲事实，她却转而去讲道义了。

“我为了你，闹得全身都是病！”她说，“为了你，一直没去结婚。所以才一个人到现在，孤老到死……”她又打起了感情牌。她话语混杂，轮番上阵，什么对自己有用，就搬出什么来。中国父母往往如此，有时候真觉得像流氓。

关于她为什么一直没改嫁，随着我长大，了解两性感情，我想主要是没人可以跟她一起生活。她这样的女人，哪个男人受得了？现在倒说是自我牺牲了。自我牺牲也就罢了，是你自己要牺牲，却又怪是女儿要她自我牺牲。她要不要再嫁,她女儿什么也没有表态,却成了罪魁祸首了。这又是一个冤案，比生她女儿更冤的冤案。但她女儿已经当惯了“冤大头”,她仍然辩解着。她的声音比原来更小了,那与其是胆怯,毋宁是无望。

“不……是……”她捶着自己的胸，像在拼死发誓。

可是她母亲根本不听她的。“我当初要再找个人，你要走就走吧！我绝对不留你！你死了也不管你！就是怕给你找个后爸，你受委屈。熬了二十年！哦，你才多久，就知道一个人难熬了？”

她说着，竟然伸手去撩女儿下体。女儿吃惊，慌忙躲避。但是她好像找到了愤怒的突破口，执意要剥女儿的裤子。虽然现场都是女人，但我母亲也觉得太不像话了，去制止她。她竟说：

“怕什么？身体是我生的！”

又对女儿：“怕我看？为什么怕我看？”

她女儿脸通红，像被人掴了十几个巴掌，皮都要破了。但她仍然要剥女儿的裤子。女儿死死抓住裤头，突然大号一声：

“我没有！”

脸色变得煞白，眼睛直瞪。母亲这才害怕了，叫：

“命命！你怎么了？命命！”

女儿没有应。她抱住女儿，又叫：“我的命命！你不能死！你死了我也不活了……”

母亲自己突然腿一蹬，倒在地上。

## 7

母亲中风了。罪魁祸首就是女儿。

母亲从此躺在床上。女儿是独女，一切压在她身上。请保姆，保姆的工资比她工资还高。她把工作辞了，在家照顾母亲。但家里几乎没有收入了。她母亲是代课教师，有干有钱，没干就什么也没有了。

她母亲还在医院时，母亲单位领导来探望过一次。她母亲口齿不清，但仍艰难地表达意思。她母亲希望单位能给点补助。单位表示做不到，国家有政策，只能靠医保社保。同病室的人听不下去了，道：

“医保社保？那是她自己交的钱！有几片钱？人家工作这么多年，该交的税交了，这个费，那个钱，你们哪样少收？收了人家的钱，现在丢下不管了？让她这么个女儿管？国家本来就应该承担养老，不应该子女承担！”

母亲也气愤地捶着床沿。她却缩在一边，既怕领导，也怕她母亲。

她从小就逃避母亲。以往，她还可以借口上班逃离母亲，现在必须整天跟母亲待在一起。她母亲病后，脾气变得更坏了，伴君如伴虎。我常寻思，她对母亲有感情吗？我不知道她是否产生过希望母亲死去的念头，要是我就会有，巴不得这样的母亲死掉。但这个母亲却还自以为是地牵挂着她：

“你怎……么……办喔！”

她母亲甚至说自己想死，就因为女儿，她才硬撑着，死也不能。她又说是女儿拖累了她。

中国的父母总认定自己的孩子离不开自己。没有他们，子女就活不了。他们没想到自己是在束缚子女。实际上是他们依恋子女，不肯放手。到了他们衰老了，他们仍然觉得自己对子女很重要。当然很多子女也依恋父母，但不是需要，而是割舍不掉感情。但在这个家庭，女儿对母亲只有惧怕了。当然也难说惧怕就不能产生感情，也许可以产生特殊的感情，比如敬。看看母亲受难的样子，母亲受难都是因为女儿，女儿无法逃脱罪责，这也让女儿心甘情愿地服侍母亲。因为罪责在自己，她必须尽心尽力。她母亲也应该感受出来了，人在羸弱时更容易感受到别人的帮助。何况这是自己的女儿，自己的骨肉。但劳累女儿，就是劳累自己，于是母亲又拒绝。女儿给母亲按摩，没按两下，母亲就不让按了。

“疼……死了！”母亲说。

女儿惶恐。她一直对她母亲诚惶诚恐。她赶忙轻点。

“还疼……”母亲说，“你……不会，别……按了！”

女儿缩着手，站在那里。母亲也觉得伤了女儿心了，又和颜悦色起来：“好……了……好……了……”

母亲对女儿说，妈知道你孝顺，你还是好女儿。她第一次说女儿孝顺，是个好女儿，第一次夸女儿，让女儿浑身骨头酥麻。女儿后来跟我聊起那感觉，小时候每到大年初一早晨，她就有这感觉。这早晨可以睡懒觉，母亲不会骂她，不会去掀她被窝，她窝在被窝里，有着一种不能适应的舒服。

三番五次这样，女儿知道母亲是心疼她了。母亲虽然显出很凶的样子，其实内心是藏着爱的。

“她就是这嘴巴，刀了嘴，豆腐心！”女儿对我说。

这也是她第一次客观评价她母亲。

母亲病后，以前藏在强悍下面的软弱暴露出来了，好像跟原来不是一个人了。瞧着病弱的母亲，回想着母亲原来的强悍，有强悍的母亲作为背景，女儿能够明白母亲这三十多年来是怎样苦苦支撑。一个女人怎么可能不软弱？其实母亲跟她并没有什么区别。区别的是她好强。因为她好强，所以她遭受了更多的苦难，更不容易。现在她再也撑不住了，现出了原形。

一个人是否懂事，就看他对父母的感情方式。当他理解了父母，知道父母不易，他才长大了。

女儿给母亲擦身子。抱着母亲，恍若是抱着婴儿。一次，我母亲过去看望她母亲，女儿在给母亲擦身。她一次又一次擦着母亲肚子上的伤疤，好像那是可以擦掉似的。她把伤疤擦得锃亮。我母亲回来说时，我想起她小时候就这么擦着桌角，擦得像锃亮的刀。

“这是剖腹产留下的。”我母亲提醒她。我母亲觉得她不理性。

可是她仍然擦着。她母亲呻吟起来，叫痛。我母亲奇怪，这几十年的老伤疤怎么会痛？也许是因为她别的不舒服。她特别会喊痛，我怀疑她之所以喊痛，是因为喊了痛，痛就会缓解甚至消除了。

但她喊痛，却对女儿造成了极大的威逼。比如这下，女儿赶紧去吹那道伤疤，后悔极了。比她自己身上挨了一刀还惶惑，还疼痛。她一头冷汗，牙齿打战，自言自语：

“为什么还要生？这么疼……”

她抬起头，眼里有泪。她怜悯母亲。一个懂得怜悯的人，成熟了。

我母亲不知怎么回答。其实她根本就不是向我母亲寻找答案。但我母亲却煞风景地作答。

“都要疼。都这样。生孩子不疼，子女不孝顺。”我母亲说。“不过疼了也不一定孝顺。天底下只有孝顺子女的，没有孝顺父母的。”

我母亲回来跟我们转述时，我父亲叫：“你这么说的？你这‘臭嘴’！”

我母亲真是“臭嘴”，她本意是责备自己的儿子，却让人家听进去了。父母给子女的好处，子女都坦然接受，总是不知报答。这是子女的原罪。她一定感觉到很大的压力。她到处打听治疗中风的药。她听说有一种药，叫一氧化氮导辅因子胶囊，日本产的，效果很好。但是很贵。她咬咬牙，还是买了。她母亲知道了，破口大骂，骂女儿“败家子”，这么贵的东西也能买得下。

母亲坚决不吃，勒令女儿拿去退。这个家庭又起硝烟。

女儿现在知道母亲不是真在骂她了。她懂得从另一方向去理解母亲的骂，那骂就是爱。她怨自己笨，没有把事情做好。如果采取巧妙的方式，比如把药放在饭里，又比如把包装去掉，或者不告诉母亲这药的价格。

她觉得自己一直很笨。并且，她自觉地把这原因归结到自己从小没有听母亲教导。母亲确实仁至义尽了。自己不仅误了自己，还伤了母亲。现在意识到了，但是太迟了，母亲已经倒下了。自己当时为什么要反应那么激烈呢？致使母亲受了刺激，中风发作。让母亲说两句不行吗？她痛悔不已。但就是没有那一次，母亲也迟早会被她气病的。当一个人自觉地把罪责归咎于自己，他的精神升华了。

现在，她希望母亲开口责备她，责备她不孝，宣扬母亲自己的丰功伟绩。像长期以来那样。但母亲不再责备她了，也不再说自己对女儿有功劳了。这让她难受，好像伤口无法得到触碰，也就无法得到抚摸。

但在母亲这里，母亲确实觉得没必要再说了，不能再说了，她过意不去。她其实只要女儿认她的功劳，女儿的孝敬，一旦女儿认她的功劳了，她就不居功了。这是作为父母、大人、长辈应该有的宽厚。

女儿去提起这话题，说要报答母亲。她说不要再说了，有感恩之心就可以了。

女儿当然有感恩之心。于是女儿得到了赦免，轻松了。那一阵，我和我母亲惊异地发现，她回到了童年的状态，回到了还没有被她母亲要求学这学那的时代。她会哼歌，走路像跳芭蕾，做事如弹钢琴。直到有一天，母亲突然啐她：

“干……什么！”

她不知道，她这么轻松快乐，又对母亲造成了伤害。母亲不居功，不是让你忘乎所以。母亲宽赦你，不是叫你不顾她。母亲觉得被冷落了，被忽视了。我这么躺着，在病中煎熬，你却这么快乐，撇下我受苦受难。小孩子就是不能太纵容了！就是不能松懈！如果她能爬起来，她一定要打女儿，加倍惩罚她女儿。她迷恋于打，迷恋于跟女儿纠缠，情感上的爱恨纠缠，身体上的抓打纠缠，搅得血肉模糊，搅成一团乱糟糟的沆瀣一气的被窝。

母亲的谴责就像一盆冰水，当头浇了下来。女儿怔在那里，浑身冰冷刺骨。虽然这骂可能仍是爱的骂，之前她已经理解过的。但是在她完全放松，以为得到宽恕的状态下，这么一骂，简直要了她的命。她条件反射地紧缩，懊悔不迭，羞愧难当。她真觉得自己是疯女，可耻可恨。

母亲正在受难，你却忘乎所以。母亲给你这么多，你却独自轻松起来。母亲说不要报答，就不要报答了吗？母亲不让你报答，你就真可以不报答吗？那段时间她不知所措，常跟我讨论这个问题。不要报答，又要有感恩之心，感恩如何表现？那就是要一直惦记着这个恩了。她说宁可母亲让她报答，最好说出具体要求，她去做，像求佛还愿一样，两清。当然父母和子女也不可能两清，这也没问题。也可以一直惦记着对方的恩，但要清楚到底欠你多少？账目不明了，我就总担心做得不够。还会竭力多估一些，只能这样，再多估一些，估到无价，一生都不够偿还。哪怕这样，人家仍可以不满意，动辄指责我忘恩负义。被指责是很难堪的，其实我不是忘恩负义，我只是没法还，我自己知道的。但由人家说出来，就显得我不自觉，在道义上低劣。

她想得这么多，这么深，简直冷酷，让我吃惊。我没想到她有这么深的思维能力。

她甚至怀疑母亲表现出对她的宽赦，是故意钓她，看看她得意忘形到什么地步，没心肝成什么样子。

但是不管母亲是否钓她，不管讨债的话是由母亲说出来，还是她自己惦记着，她都要偿还这个债。她像一个被逼债的人，惶惶不可终日。有一天，她竟然问我，子女的血是否真可以治父母中风？她不知道从哪个江湖游医那里听来的。我诧异她好歹也是受过教育的人，怎么会信这种东西？也许是那说法听上去也颇为科学，说是中风病人就是血流不畅，子女年轻的血可以促进父母衰弱的血液循环。

她说她可以做。每当母亲喊痛，她就觉得自己身体太轻松，如果没有一起痛，就是冷漠，就不应该，就有罪恶感。她说她可以的，小时候卷尺切开的口子还开着，可以从口子切开。

为什么要从这里切开？这是伤口，为什么偏偏要从伤口切入？我问她，她说不出原因。她说只是觉得母亲这么痛，她也要遭受痛，这样她的罪孽感才少一些。只有她确切感觉到了痛，才能止住痛。

我把她斥责了一顿。“这么荒唐的东西，你也信？想把你妈治死呀！”

也许她真想把母亲治死？

## 8

再没人去提她的婚事。这样的家庭状况，哪里还顾得上这个？其实，她母亲并非我父亲看的那样，是个不明白的人。她母亲其实还是明白的，她知道自己耽误了女儿。她恨自己病，她会捶着床板，喊着要去死。也许真是死了好，她这病，好也好不了什么程度。无论对她自己，还是对女儿，死都是解脱。周围的人也是这么想，只是她喊着要去死时，大家又会去制止。

我不知道女儿心里怎么想？母亲一次次闹着寻死，大家一次次千方百计劝，本来乱糟糟像战场的家，像是又打了一场仗。大家走了，留下女儿打扫战场。但每一次，女儿总精疲力竭地摊着手坐着。

后来她母亲再闹，大家再去劝时，发现上次战场痕迹还在，甚至她几乎没有打扫。打扫也白打扫。生命是漫长的战斗。

这边我妻子怀孕了。我妻子是享受派，如果说在蜜罐里泡大，她才真正是。讲吃讲穿，不能吃一点苦，最后连工作都不干了，让我养。她说有本事的丈夫就得养妻子，她周围很多女人都是由丈夫养的。这几十年，中国人物质生活现代化了，精神却回到了封建时代。不过我也无所谓，让我养，就是卖给我。

只是让我母亲看到了很讨厌。我母亲总是跟她说过去自己怎么苦。但据我分析，母亲的苦难叙事，其实很多是来源于邻居这个母亲的故事。我母亲其实并不怎么苦，只是为了教育后代。大人总是这样。

有时候我会寻思，我邻居这个母亲是否也借用了别人或者书本上的苦难故事呢？甚至是杜撰。可怜她女儿，对此深信不疑。

我妻子才不信这些故事。中国人，两代之间从来没有真诚对话过。要么是为了教育而欺骗，要么是为了自我而逆反。就是相信你的经历是真实的，也不认可你的价值观。我妻子说，人生本就应该及时行乐，生活本就应该是快乐的。前辈艰苦奋斗，不就是为了后辈不再艰苦？难道因为前辈受过苦，后辈也该受苦？这是什么逻辑？难道苦难就那么值得迷恋？又不是受虐狂。

有时我觉得，也不能说中国人回避受难。父母就是。他们喜欢在子女面前强调自己所遭受的苦难，简直夸耀。这点上类似基督徒。但基督徒的受难是朝着上帝的，中国父母的受难是展示给子女的。

好在我们没有跟父母住。好在我妻子的挥霍，很快转向了为孩子挥霍。她买很多保健品，保胎药。我母亲没意见了。但我妻子还怕生孩子痛，说到时候要剖腹产。我就想起邻居那母亲肚子上的伤疤。但妻子说我老土了，现在剖腹产早已不竖着剖了，是横剖，伤疤没那么明显。到时候再去文一朵花，就可以遮住。我母亲听不下去：

"要生孩子又不要痛，哪里有这种好事！我们当初都这么过来的，迫不得已才剖腹产。我看到时候医院也不同意，如果是有良知的医生的话。不走'人门'，还生'人'？"

但母亲不好对她这么说，就说现在科学研究，剖腹产对孩子不好，孩子脑袋经过挤压才聪明。她说聪明不聪明靠的是胎教。她也很热衷于胎教，各种奇奇怪怪的方法，还说是科学。我母亲又说剖腹产没有奶水。她叫：

"我才不奶孩子！"

她说奶孩子会影响身材恢复。瞧着她的样子，我想起了吹气球。吹大了，再放气，还能恢复到原来的样子？这是我小时候母亲打的比方。但对我母亲，我有崇高感，对妻子却没有。也许就因为妻子的身体不像母亲身体那样，带着永远不可抵达的神性。妻子的身体是可以抵达的，抵达了，就厌倦了。

这个身体被厌倦，却还在折腾，自以为是。一次，在我母亲家，她又跟我母亲吵了起来。我打了她，她气得走了。我母亲催我去追。"她肚子里有你的孩子！”这是我不丢弃她的唯一理由。我追出去，她已经不见踪影了。打她电话，她说她想一个人待一会儿。我也不想折回去听母亲唠叨，就转到邻居这对母女家里。

她在她房间，她母亲在自己房间睡着了。那是一个夏天的午后，空气沉闷，安静得像沉在水里。她的头发上有油烟味，她的手刚洗完碗，看得出来没有用洗手液洗过，至多只是用洗洁精洗过，看上去不清爽。她给我端水时，我闻到她手上保留着洗碗水的味道。她动作麻利，完全是主妇的样子，准确地说，是女仆。我喜欢这个样子。

我聊起妻子的事，她说生孩子是很苦的。我问：

“你怎么知道？”

她没回答我，又说：“很疼的。”

我看着她，就是一个疼的形象。这个被她母亲践踏的女人，我要践踏她，像她母亲休味着肉感一样践踏她。

她那样子，就像是中世纪修女，脆弱得让人不忍触碰。但她又异常坚硬，让你绝对不会产生非分之想。她像没有被开发的土地，但正因此，同时又充满了诱惑力。修女、尼姑、老处女就有这种诱惑力。越是不能动，越是有诱惑。像打开一间从没有打开的房间，灰尘味扑鼻。自我妻子怀孕，我就没有过性生活了。我也不想动那身体，见它都饱了。但我要打开这个身体。

我故意继续问：“你怎么知道疼？你又没有经历过。”

她脸红了。但她没有动，好像不明白，又好像在等着我。那是一具被封存的干尸，坚硬而脆弱。只消一碰，就灰飞烟灭。甚至，它就是在警告你，你一碰，我就毁灭给你看！

但这吓不了我。我就是来冒渎的。我扑向她。她抵抗，但并不强烈。她的气息在我脸上，我的气息也喷在她脸上。倒好像在交流气息了。好一阵，她压低声道：

“放过我！”

“不放！”我应，嬉皮笑脸。好像在开玩笑，我们从小一起长大，我是在跟她玩耍。

“不要！”

“要！”

她不理我，她把脸别到一边去，显出生气的样子，我读出的是：“不理你了！”我知道我可以得手了。我把她放倒在她床上，开始剥她，她的手胡乱抵挡着，像抓蝴蝶。她忽然呻吟了一下。

“疼！”她说。

我一看，她肚子上有一道伤疤。跟她母亲肚子上伤疤一个走向，从上到下。

“怎么回事？”我问。

“真的很疼！”她说。

我看清楚了，那是用小刀割的，并不深。“你自己弄的？”我问。

她点头。

“你真是傻呀！”我说。这么个傻女人，这么个可怜的女人。我的心在颤抖。我禁不住亲吻那伤口。她又呻吟了起来。她的呻吟激发起我怜悯她的欲望，我的怜悯就是跟她融为一体。但她在我身下颤抖，像待宰的羔羊。

“我怕……”她支吾。

“别怕。”

“痛……”

“不痛，一点也不痛。”我哄骗她。我断定她身体从来没有被进入过，所以紧张恐惧。这可是一个从来没有被进入过的身体，我又狂野起来了。

她叫了一声。但那与其是叫，毋宁是叹息。我奇怪她到底是痛还是不痛？“没事吧？”我问。

她摇头。“忍得住。”她说。

我知道她真的在忍，但我顾不着她了。“放松点，放松……”我只这么引导她。她把我抱紧了。

我蓦然发现她在自己往我身上顶。之前我以为她在随着我运动。她在主导。接着她又把我的臀部兜住，往她身上顶。她轻声呻吟了一下。我赶紧缩住。但她很快就把我臀部兜向她，一下，停住，又一下，再一下。又呻吟一下。“痛？”我问。

她不应。再一下。她分明是新手，那动作生硬。也许因为生硬，而显得强硬霸道。她根本不顾我的感受。我瞧她脸，她撮着嘴，嘴巴随着动作一歪一歪着。我明白，她在拿我做试验。

她忽然大叫起来。她这么保守的人竟然放肆地叫起来，我担心把她母亲吵醒。但她母亲睡得跟死一样。

她母亲怎么睡得这么沉？这个一天到晚躺在床上的病人，总是睡不着。怎么偏偏这时候睡着了？

结束，她没有马上把衣服穿好，也没有不好意思地打我。她愣在那里，目光凝滞，好像瞧见了鬼。

当天晚上，她就跟她母亲吵起来了。我还没有回到自己的家，就听到那边她声音很高，她可从来没有这么高声跟她母亲说话。

原来是她母亲让她做个什么，她说没空。她母亲就说你都有空坐，怎么没空？她认为母亲是在说她偷懒。她一直很敏感被人这么说。小时候，母亲打扫房间，她都坐不住。哪怕是正在做作业，也不能心安理得坐着不动，随她母亲做。她也会站起来，展着手，做出要帮忙的样子。这表明她的态度。她曾经跟我说过，她如果不起来，母亲就会发脾气说都是她一个人干。她于是几乎神经质了。其实她母亲也没什么要她干的，她那样展着手站着，倒常常碍手碍脚，她母亲就又啐她：

“干什么！挡道！”

她说她早上早起，实际上也是母亲起床了，她就躺不住了。她母亲在外面做事，她就觉得自己太会享福了。

那晚她可能太累了，坐着歇了一会儿，但被母亲逮住了。

“喘一口气都不要？”她说。

她母亲听出了她的不耐烦，这是母亲绝对不能允许的。母亲就说，你还要喘一口气？我生你养你这么大了，什么时候能喘一口气？几十年了。她母亲又开始抄旧账。以往这样也就算了，这次她不接受了。她竟然回答母亲，你既然不喘气，怎么不接连多生几个？现在只我一个人，我一个人干，全压在我身上。她母亲说，那资源也全在你身上。从小到大，我什么都给你，你们这一代真是太幸福了，要什么有什么。这让她不能接受了。首先那些不是她要的，至少不全是她要的，比如学才艺，是她母亲要她学的，逼她学的。当然也不能说完全不是她要学的。但即使这样，她也没觉得自己有多幸福。母亲说，要是我多生几个，就有人跟你抢了。

她后来承认，自己还真没想到这一层。只要母亲多生一个，她得到的就只有一半了：一半的房间，一半的食物，如果另一个是姐姐，还得穿她穿过的衣服，她那职业大专的学费也很难付得起了。这她没有意识到。在她意识里，家里资源理所当然就是她独享。从来如此，就该如此。

但她当时只觉得自己冤。我不知道她为什么变得这么较真。这些话，她不是一直听的吗？她不是一直受冤的吗？为什么今天就受不了了？她到底怎么了？难道是和我发生了关系，她觉得有了我的支持，硬气起来了？女人会这样，全倚靠在你的身上了。或者她产生了爱，爱让她不理智？我很忌讳。

我母亲过去劝解，我不敢过去，只在家里拉长耳朵听。她母亲继续说，财产也是你一人独得。我死了，这房子，这一切，全是你的，你就当做保姆，做护工，也划算得多。这又让她受不了，好像她就是冲着这照顾母亲的。她叫：

“我不要！什么房子，什么财产，你怎么就认定我就贪这个？我什么都不要！”

“你……你……已经……要……了！”

她知道母亲是在说，她已经享受了。她一生下来就稀里糊涂享受了这一切。她觉得冤枉。她叫：

“当初我又没叫你生我！生我前，你又没有跟我商量！”

印象中，她是第二次对她母亲说这种话。之前说过一次，只是无意识地应了一句。这次不一样，她明显是要跟母亲理论理论。之前她只是说不是她要学才艺，是她母亲要她学的，这次她直接说是母亲要生她，她是“被出生”的。

“我也很苦，我也很累！你以为我很幸福？你不能给我幸福，为什么要生我！”她继续发飙。

我也这么想。如果不能让孩子过得幸福，就不要把他带到这个世界来，否则就是作孽。但老一辈人是不能理解的。不只是老一辈人，所有当了父母的，都不能理解。父母总是站在自己的立场，只强调自己付出。但那只是一厢情愿的付出，子女不认账。

她话丑理不丑。相比之下，她母亲的确显得不讲道理。她一会儿拿道义说事，一会儿又拿情感说事，一会儿又拿事实说事。这么多年来，她都是这么说下来的，觉得天经地义，不用过一下脑，就能讲出来了，从来没有质疑过自己的想法。于是显得强词夺理，女儿明显占了上风。母亲只能伸着胳膊，捶床板：

“这……么说，我……生你……还……生错……了？”母亲反问。

“就是！”她应。

“错……了！吃……我的……给……我……吐……出来！全为……了你！忘恩……负义……‘白……眼狼！’”

“为了我？”女儿反问，“还不为你自己！光宗耀祖，养儿防老，炒股，投资！只不过买了个垃圾股！”

她又说“垃圾股”。她母亲却说，投资有什么错？父母都希望孩子有出息，只因你是垃圾股，你太垃圾。女儿质疑的是爱，母亲却在论利。母亲好歹是个教师，怎么理解力这么差？不只因为她病了，她原来理解力就这样。或许就因为她根本没有倾听别人的话的习惯，她觉得自己总是对的，她总是沉湎在自己的话语系统里，她的思维路径已经完全固定。关于这问题，所有人也都这么想，没觉得有什么错。父母生养子女，子女就要力图报答，光宗耀祖有什么错？养儿防老有什么错？所以子女要努力，不能辜负重托。都是这么说。女儿感觉到陷入这话语系统中，母亲根本无法听懂她的意思。她要突围。

"只不过养了一头猪！"她用上更狠的比喻。

但母亲仍说她就是猪。

"我是猪！"她说，"我现在知道你把我当猪养了！"

"我……把你……当……猪养？"母亲叫，"我花……那……么……多钱……养……猪？培……养……猪弹……钢琴？唱……歌……跳……舞？"

女儿是想说，你生我，只是抱着养猪一样的目的，养肥了拿去卖。你一开始就只是期待这个，猪本来就只是猪，不比股票还会升值。"猪有什么好培养的！"女儿道，"所以是你自己愚蠢！别有用心！自以为聪明但愚蠢透了！养猪成本都换不回来！"

我母亲说那女儿："你怎么这么说话？这是你妈！你是她女儿！"

"是妈又怎样？就可以不讲道理了？"她说。

我母亲又说："你就少说两句吧！"

"不行！我不能让她乱说我！她吃了斋粿，把斋皮贴在我身上！"她说。

她的手做着洗刷自己身体的动作。她也有洁癖。

"她不能冤枉我，我没有！"又道。

她母亲没听到这边的话，只大捶床板："没……有……功……劳，也有……苦……劳！"

"那是你自己的事！"女儿应。

"我自己……的事？我受……这么……多苦……全为……了你！"

"全为了我？"

“可……不……是！”

“以为我不知道？”她竟然说。

“什……”

“以为我不知道……你就只受苦？就没有快活？”

我大吃一惊。我知道她指的是什么，我没料到她竟然说出来了。她简直疯了。这个平时唯唯诺诺的人，一旦发疯，简直无法控制。

“我……快活？”她母亲应，“你……以为我……是……你爹？他……要……快活，怎么……快……活怎……么来！”

我想起我小时候她母亲跟我母亲说她丈夫：“他快活了，留我们女人受罪！”我早懂得这话的意思，也早已不去想它。这世界的真相是不能去直视的，可是她却去掀这遮羞布。天要被掀翻。但是她母亲又好像并没有明白女儿的意思，接着又说：

“一甩……手……就走，最……快活！”

谢天谢地，天还在！

我母亲过去劝，我也慌忙跟过去。我向她使眼色。我后悔不迭，都是我犯了错，让这个老处女尝到了性的滋味，就好像让小老虎初尝到了血。我又抱着侥幸，希望原因不在我。在我对她做那种事前，也许她就已经有过那经历了。至少自己摸索过。她已经三十多岁了。那样就不是我的责任了，至少不全是。

也许我的眼色起了作用，她有点冷静下来。但她还是嘟哝了一句：

“都是骗子！”

好在“骗子”是个一般化的词。“我……骗……子？”她母亲道。这也是她经常说的词。她说这世界满是骗子，她没想到女儿也说她是骗子。

“我……骗你……什么？”她问。

她应该怎么也想不到女儿指的会是那种事。她绝对不会往那方面想。人伦意识把造孩子的快感自觉屏蔽了。所有为人父母的，包括他们周围的人，只会想到亲子感情，生育神圣，最多是利益考量，生得值不值得。但子女确实是父母寻欢作乐的结果。

从她对我母亲聊天中，我知道她最初是爱她丈夫的。她埋怨，她诉说，其实也在祭奠她的旧梦。据我所知，当初她是排除家庭阻挠跟他结婚的。他们认识时，他刚高考失败，离录取分数线只差三分。他垂头丧气，她却认定他有前途，跟他结了婚。果然，第二年他考上了大学。那时她已怀上了孩子。

可以想见他们造孩子时是欢欣的，是有激情的。他们相爱，因爱而造孩子。这是自然而然的。爱了，就不可能不做爱。做爱，即使没有爱，也有快乐。

有时候我想，孩子经常会问父母他是怎么来的，父母为什么不能开诚布公告诉孩子，是做爱做出来的？至少告诉他，他是快乐的产物，而不是苦难的产物。

但这很难。我也做不到。而且我还竭力去阻断这个思路。我去劝她的母亲，让她不要气。好像她母亲真没听明白她的话，毕竟病了，脑袋不好使。其他人也没有想到那方面去。我父亲说，这孩子没教育好。我母亲苦口婆心去教育那女儿，跟她说，不能这么说父母，做父母的的确很辛苦，你妈更苦。絮絮叨叨，啰里啰唆，不得要领。我母亲教育她时，她的眼睛四处张望。我知道她根本没有听进去。

我害怕她的眼睛。她的觉醒就是我的灾难。好在她没有再说那样的话。

我尽量回避她，尽量少回我父母家。我回来时，总会听到她母亲捶床板的声音。我母亲说，她母亲捶床板捶得频繁了。她女儿没怎么搭理，忙她的事。那声音就持续着，成了锅碗瓢盆声或者拖动物件声的伴奏。

有时候，母亲会挣扎着爬起，但只能拉抻手臂，在床上翻身。女儿瞅一眼，像瞅着不懂事的孩子，没有去理。母亲扑通掉地上了，她才过去，把母亲抱起来，抱怨几句。

## 9

一段时间后，我发现隔壁那捶床板声有了节奏感。这说明病人对动作的掌控力增强了。女儿不管母亲，歪打正着，反倒让母亲身体得到了锻炼，渐渐康复。

母亲能够起床了，撑着拐杖，颤颤巍巍地到门口，跟人家打招呼。她思维能力也增强了一些，只是说话还不清晰，她说的大家听不懂。她感到很难堪。她是个好强的人，爱体面的人。

她于是不再出门，想等自己康复好一些，再出去。她锻炼身体。她还要把原有的文化知识捡起来。她觉得自己可是知识分子，在这邻里间，她是最有文化的。但她惊慌地发现，那些知识她几乎全忘了。

她要把文化知识补回来。她让女儿拿出当年她教的课本。她挑了诗，诗短，容易背，也最有文化。

她要女儿拿着书考她。女儿不愿意，她说她已经累得精疲力竭，又要买菜做饭，又要浆洗，又要给母亲擦身洗澡，又要按摩，现在还摊上这个任务。

“真是精力旺盛！”她回她母亲，“现在的老人怎么都这么精力旺盛？我命都不一定有你长！”

她说这话时，我可以想见她内心的绝望。她不只是会早于母亲死，而且到死前还不能轻松，她必须一直干到死，被压迫到死。这是奴役者送被奴役者，被奴役者不可能过上一天舒心的日子，就这么被彻底断送了。甚至，她还不能想死就死。她欠着母亲的债，她还没资格死。她的命完全掌握在对方手里。

“命！命！”母亲道，不知是回应女儿那句“命都不一定有你长”，还是只是叫女儿的小名。

“好啦，知道啦！”女儿道，“谁叫我的命是你给的？我欠你一条命！”

母亲好像知道女儿接着要说什么，她们已经交锋多次了，都可以想到套路了。母亲摇头，嘟囔，说不是这意思。女儿却硬说道：

“好，好！谁叫我吃了你的，穿了你的，花了你的！”

女儿答应了母亲。母亲像得到恩赐一样高兴。她赶紧选诗。“毛……主席……《七……律……长征》。”她说，“我现……在开……始……新的……长征！”

她先自己背。女儿抽空做自己的事。她觉得会背了，把女儿叫来，让女儿拿着书，封皮对着她，考她。但是她第一句就忘了。她瞪着眼睛让女儿提示，女儿提醒：“红军不……”

她连忙制止女儿，表示想起来了，会背了。“红……军不……怕……远……征难。”

但第二句又不会了。

“万水千山……”

她又制止。她应该也觉得很难为情，所以故意去解释词语，好像她并非不会背，那么女儿的提醒也无效了。

“这……‘万……水千……山’是成……语，我……教过……学生！”

何止“万水千山”，整篇课文她都教过，教了好几轮了，但又怎样？还是不会。女儿不理她，又接着提醒：

“只等闲！”

“只……等……闲！”母亲道。

又不会了。女儿又提醒：“五岭！”

“五……岭。”

“逶迤！”

“逶迤……”

“腾细浪！五岭逶迤腾细浪！”女儿不耐烦道。

母亲急躁地拍着自己的嘴，好像是这嘴不利索，阻碍了她的表达，并非她不会背。她显出懊丧神情，这恰是患这种病的人经常会有的神情。她想借此逃避羞耻。但女儿没理睬她这种伎俩，直接道：

“你等于都不会！”

“怎，怎……么不会？”

“提醒一句背一句，这叫会背吗？”

这话很熟悉。我蓦然想起她小时候，她母亲考她背诵，就这么责备她。这情景也很像当年情景，像电影一样重演了。只不过角色对调，女儿成了考官，母亲成了学生。当时她才读小学。

“这才是《长征》，让你背背《蜀道难》！”女儿叫。

我猛然想起一个往事。记得那次我们学校举办“六一”诗歌背诵大赛。我不喜欢“儿童节”，从来没有一个“儿童节”是由我们儿童自己做主的，都是大人说要怎么过，搞活动也是大人说了算。那些表演的同学很可怜，要你表演什么节目，你就表演什么节目，这些同学只是演员，表演幸福，表演欢乐，表演学校好人好事，表演祖国好风貌。表演得不好还得挨骂。没有表演任务的也得去学校充当观众。她也讨厌这样的活动，她说完全是她母亲要她参加的。她母亲觉得自己是当语文老师的，女儿绝对有优势。现在想起来，她母亲最初对她的文化课学习也是抱有奢望的，只不过更看重才艺培养，这比赛其实也是才艺比赛。

她母亲专门为她买了漂亮的衣服，还在她头上扎个大蝴蝶结。她母亲从不用化妆品，就把红纸沾湿，用手指染上，在她脸蛋上抹了两个大红块。她母亲凶巴巴地牵着她去学校。我溜到后台看她。她跟许多报名的选手在一起，他们也都打扮得漂漂亮亮，像马戏团里的动物。这种比赛只是家长们的角斗场。家长和老师脑袋凑着脑袋，商量着。背哪些诗早已定了，抽签定谁背哪一首。

开始抽签，由选手自己抽。别的选手争先恐后，她磨磨蹭蹭。“干什么都拖拖拉拉，从来这样！”她母亲骂，又开始翻旧账。有几个选手抽出来了，高兴得手舞足蹈。一定是抽到好背的了。她担心好背的都被人家抽了。所以母亲才会这么紧张，必须抢。什么都要抢。一个从小就要抢的社会，一个从小就知道别人就是敌人的社会。

她抽到的是《蜀道难》。天哪，背这个？这是最难的。她脑袋轰地一响，什么也记不起来了。

第一个上台的选手确实很利索，不需要母亲开口，她自己就爬上台去了。她一站在台上，就昂首、挺胸、收腹、丁字脚，造型铿锵。她抽到的是《赋得古原草送别》，她一张口，嗓门抬得非常高，像唱歌。背诵好了，行礼，左一下，右一下，等着大家鼓掌。大家鼓掌。接着是一个男孩，背《卖炭翁》。

轮到她了，她简直是被推上台的。她的母亲好像也紧张，从后台转到台的侧面。她竟然取代报幕，叫：

"预备……开始！"

这是母亲吹响了号角。她后来跟我说，她像被推了个踉跄，下意识地张口，把标题吐出来了：

"蜀道难……"

下面就卡壳了。这等于什么也不会，只是标题，内容呢？但她怎么也记不起来。本来她会背的。她母亲低声鼓励她：

"继续！拿出水平来！有挑战才有机遇！"

可是她真的想不出来。她母亲的目光转而失望，明白她是忘了，背不出来了。她把头伸出来，提示：

"噫吁嚱……"

女儿脑门一亮，就这个！怎么忘了呢？为了弥补，她大声背道："噫吁嚱，危乎高哉！"

她母亲放心了，把头收了回去，眼睛眯着，等着欣赏女儿接下去的朗诵。好在女儿记得下面一句："蜀道之难，难于上青天！"可是接着又忘了。下面骚动，那些家长也很恶心，本来就希望把别人孩子比下去。她母亲很难堪，又提示："蚕丛……"

"蚕丛及鱼凫……"她想起来了。可是接着呢？

"开国……"她母亲又提示。

“开国何茫然。”

接着呢？仍然不会。她母亲急了，也许是羞臊，干脆冲到台中央来。“尔来！”

“尔来四万八千岁，不与秦塞通人烟。”又背不出来了。

“西当太白有鸟道。”

这下整句都提示出来了，观众中有人哧地笑了。有这样提醒的吗？确实很令人难堪。但更糟糕的是，她仍然背不出下一句。越急越背不出来。她母亲简直发怒了，大声叫：

“可以横绝峨眉巅！”把她胳膊一掐，“你连差生都不如啊！”

一个家长叫：“哎，你怎么打孩子！有你这样当妈的吗？”

她母亲瞪眼道：“我怎么当妈，要你管？”

那家长叫：“你怎么说话的？孩子不是你自己身上的肉啊？你不疼？”

“我不疼？你疼？”这正击中她的痛处，“你以为你生了孩子就疼？你是怎么生孩子的？我是怎么生孩子的？”

她竟然又开始翻肚皮。她真的在学校翻肚皮了。虽然没有脱裤子，只是把衣服下摆掀开，但也够丢人的。她就站在台上开始诉苦。台下一片惊骇声，简直是起哄。她女儿后来跟我说，她当时特别恨自己，也恨那些家长。她渴望自己能背出来，顺顺当当，竹筒倒豆一般，为母亲争气，自己也能免受惩罚。也许是恨让她冷静，她竟然记起后面的内容了，她想背，但母亲还在演说。她想跟母亲说她记起来了，但是母亲丝毫没有注意到她。负责这个活动的老师也过来劝，劝她母亲下去。她母亲一拽她，要把她一同拽下去。

“我会了……”她低声告诉母亲，但母亲完全没有听见。她从那铁钳一般的手中，感受到母亲有多愤怒，也知道自己将要受到的惩罚，简直是灭顶的。她觉得这下是撑不住了，命冷了。那负责活动的老师拦不住，被她母亲撞到一边。她希冀有其他人来拦，哪怕是那些可恨的起哄的人，不管他们出于什么目的，是不是装好心。但是没有。她被母亲抓着胳膊，拉回家，又是一顿痛打。

母亲打女儿的时候太多了，我忘了这事。不料她还记得，这么久了，三十年了，我感到不寒而栗。

也许我一直把她看得太单纯了。但也许这只是沉淀在她的记忆里，适时沉渣泛起。人的大脑是一个黑压压堆着记忆的大仓库，这仓库乱糟糟的，人自己都不知道里面堆着什么。但无论她是无意的，还是有意的，这都是一个长期被虐待的灵魂的恶毒爆发。

我不知道当时她母亲什么反应。背诵戛然而止。但过几天，背诵又继续了。女儿斥责母亲，母亲唯唯诺诺。女儿叫：

“还不会！你连差生都不如啊！”

而且还要高声说，好像特意让邻居听到似的。邻居们议论：

“啧啧，这样说自己的妈！”

她完全可以不蹚母亲背诵这浑水的，她母亲也可以不勉为其难，去背诵什么诗。但是情形就这么出现了，并且一而再，再而三。女儿骂母亲时，母亲会像孩子一样笑着。女儿就更气了。

“笑，笑，笑！瞧你这傻样！有你这么傻的妈，才会生出这么傻的我！”

她的话像恶毒戳向母亲的刀，母亲哪里疼，她就往哪里戳。

“谁……谁说……你傻了？”母亲道。

“从小，你不是一直说我没出息！”女儿道。

母亲愣。“我……那是……要……激……发你……”

女儿冷笑。“这不？确实没出息，只能吃你的住你的了。可以守着你，孝顺你了！”

母亲傻笑着。她是否意识到自己犯了大错？她想培养女儿成才，却摧毁了她的自信。教育孩子，首要任务就是树立他们的自信，但中国的父母却挖空心思让孩子自卑。只有自卑，才能尽孝。

有一次，女儿急得打了母亲。她自己哭了，但母亲却仍然笑着。跟她小时候不同，她小时候，母亲打她，她哭。现在她打母亲，母亲笑，傻傻而又坚韧地笑着。

对不会背诗，母亲最有力的辩解是：自己毕竟老了，老了就是不行了。有一次，我母亲去看那母亲，那母亲又如此辩解。她说这世界属于年轻人了，属于她女儿的了。

“属于我？”女儿自嘲，“什么属于我？”

我母亲赶忙说，你妈说的是背诗。

“我也不会背。我也是差生。差生对差生！”她说。

她忽然冲她母亲叫：“你为什么要生我！你自己是差生，为什么要生我！为什么！”

我母亲后来描绘说，那母亲像被逼到绝境的兔子。

好在过后又风平浪静了。这个家里时常上演着打打骂骂。我母亲有时候劝那女儿，你妈是病人，她不过是想证明自己还会背诗，不过是玩玩的，你就满足满足老人这个愿望吧，哄哄她，别那么当真。

那女儿道：“我实在受不了她这么笨！看了都会急。”

打打骂骂成了生活的常态。时间不知不觉又一年过去了，我已经是父亲了。我身上又被加上一道体制的枷锁。我也不那么在乎了。我已经对我的职业没有兴趣，我不研究中国问题，转而研究中国智慧。我的生活和谐而安逸。

那女儿也越来越能干了。她母亲的身体也迅速得到康复。邻居们又看到了那母亲，她坐在轮椅上，有时被女儿推着走走。

母亲有时也撑着拐杖，自己站着。有时也颤巍巍移动几步。有一天，她让女儿推她到江边看风景，已经好久没见到江景了。女儿推她到桥上。她说口渴了，想喝水。女儿没有不耐烦，把母亲放在桥上，跑去买水了。回来时，那里围了许多人。母亲掉江里了。

女儿也跳了下去。母女俩再也没有上来。

母亲怎么掉下去的？当时周围刚好没有人，没人说得清。桥上有栏杆，她的腿还抬不到跨过栏杆的高度。难道是用手？她的手有力。难道她是用手让自己滚过栏杆的？她不是掉下去的。

她为什么要去死？她已经渐渐康复了。这个康复的身体内部到底发生了什么？随着身体康复，清晰起来的大脑都在想着什么？她傻笑的背后藏着什么？

也许她恨女儿。她是揣着恨锻炼自己的，让自己身体强壮起来，能够结束自己的生命。但恨女儿，就应该让人们知道是自杀，让女儿受谴责、被唾骂。但她却瞅着没人的时候跳下去。她设计得简直周密，让人们相信她是失脚掉下去的。

那女儿根本不会水，这我很清楚。我至今没有想明白她为什么要跳下去。她应该清楚跳下去不但救不了母亲，自己还会丧命。也许因为周围没人伸出援手，她只能跳下去。

也许她是清楚结果的。但那么多眼睛在盯着她。濒临死亡的可是给她生命的母亲。以命抵命，天经地义。

但她可以向大家求助。哪怕明知没人会伸出援手，哪怕是假装求救。还可以在求救中拖延，母亲就救不回来了。不回来，不是好吗？不是好了结吗？她答应母亲到这里，包藏着怎样的祸心？她怎么这么听话了？她去买水没有任何不耐烦，把母亲一个人撂在这里。当然她会受到责难，但她只是疏忽。相反，没有人援助，更值得谴责，这是人情冷漠，人性丧失，社会无良。当然她还可以哭得死去活来。然后，她就解脱了。

但她就再没有母亲了。

她命一冷，就跳了下去。

# 【父】

## 1

“又迷路了！”父亲说。

父亲坐在床沿。“这不是在家吗？”我说。

“老是迷路……”父亲仍然说。

父亲六年前就担心迷路了。那时候他还能骑自行车，整天往外面跑。那时候母亲还在世，父母和大哥一起住。母亲去世后，大哥说他家开餐馆，没法在家给父亲做饭，父亲就到我这边来了。当初我鼻血滚滚的，还有点反衬兄嫂不孝的意思，长久下来就后悔了，我根本管不住父亲。好在他喜欢往外跑，这样中午这餐就不要为他准备了，他自己外面解决。他能跑，也说明身体还好。但不久他就做迷路的梦了。

“我年轻时‘大串联’，去北京都不会迷路！”他说。

都什么岁数了，还提年轻时。一次他还说要做个牌子挂在胸前。我笑：“人家还以为是‘牛鬼蛇神’呢！”

不过写个地址放在他的衣袋里还是好办法。但一直没有做。一拖两年过去，父亲真的迷路了。

最初迷路是在鼓楼购物中心。他很久没有去那里了，钻进去就摸不出来。还好最后有个热心人把他带出来。那一次我开始警惕，又想起写字条。但没人会按字条上的地址把他带到家，只是给他指点。第二次迷路，他七转八转，到天黑才摸到家。

要是父亲有手机就可以给我打电话了。我要给他配，但他坚决不用。他说手机是个怪物。“线也没有，对着空气呱啦呱啦，以为是神经病！”他说。

父亲早已跟不上形势了，对新事物总是抵制。他自己当年还是个满嘴“社会主义新生事物”的人。这是个新生事物层出不穷的时代，他早已跟不上了。他因此总是很不满，抨击这个，怨恨那个，说要给自己挂个牌子，也是出于对这时代的怨恨。但能抨击，说明他还有精力，脑子还能想。但接着又一次迷路，表明他脑子也不行了，他竟然记不得衣袋里揣着地址条。他坐在路边，边上围了许多人，招来了协警。问地址，他记不起字条。最后人家索性动手搜。我感觉问题有点大了，劝他不要出去，但他不听。

“一个人待家里，等死？”他说。他为自己辩解时，脑子又灵光了。他说他一个同事退休后，整天待在电视机前，不到半年就痴呆了，再过几个月就死了。这例子他说了无数遍。现在想来，那也许只是他思维重复。

家里人要么上班，要么上学，他一个人待着也确实无聊。他不爱看电视，也不看报纸。最好是有人来家里玩，但他没有朋友。老同事都跟他有矛盾。当年他当车间主任，跟同事关系搞得很僵。一退休，就没人理他了。他只能到外面转。但他还爱管人，人家聚在一起，他一掺和进去，就搞得不欢而散。人家不欢迎他，他一到，人家就散了。他就转去远一些的旧工人文化宫。三天前，他又跟人家大吵了，回来发誓不再去。这样，他的去向就没法判断了。

我是下班回来发现饭桌边没有父亲的。父亲这时候一定要坐在饭桌边酌他的酒，“地瓜烧”。饭还没做，他就先喝上，那是他早年养成的习惯。等到吃饭，还没见到他。我没心思吃饭，让妻子和儿子先吃，出门去找。问小区门卫，门卫也是个老头，说看见我父亲早上就出去了，他还问去哪里。

“他怎么说？”我问。

“应都不应。”门卫说。父亲就是这个做派。

“早上几点出去的？”我又问。

“好像是下午……好像是早上……”门卫说不清。

不管怎样，找吧！先在小区附近转，没找着。于是扩大半径，仍然不见。抱着侥幸心理往家打电话，是儿子接的。问爷爷回来没有，儿子说：

“神马都没见到！”

“还有心思贫嘴！”我啐。

“现在你有心思了？”妻子接过电话说。我知道她指的是什么，她几次跟我说不要父亲住在我们家。首要原因是父亲不肯交伙食费。之前我母亲在，由母亲交，母亲一走，父亲就不交了。大哥大嫂把他赶出来，深层原因是这个。只是他们不说，只说没法照顾父亲。父亲过来了，第一个月不见交，第二个月、第三个月也不见交。在妻子压力下，我去提醒他，他竟然勃然大怒：

“操，我把你养这么大，要算多少伙食费？”

“操”是父亲的口头禅。我只能去做妻子的思想工作，说父亲也没多少钱，就当他是食客吧。却不料这个食客却要当主人。他什么都要管，管自己的儿子、孙子也就算了，还管儿媳。他看不惯我妻子很多东西，最看不惯的是化妆。有一次他酒喝多了，还说她扑粉是“白脸”。我们这里“白脸”就是娼妓。搞得妻子要跟我闹离婚。那以后妻子就不要父亲住我们家。父亲第二次迷路，妻子更催促我，说担心父亲在我们家出事，无功也就算了，还有过。于是父亲住谁家的问题又提出了。父亲四个儿子，我是老二，上有大哥，下有两个弟弟。小弟在美国，没得指望了。三弟离了婚，他说他自己有上顿没下顿，哪能照顾父亲？大哥还是强调自己一家早出晚归。我妻子针锋相对，我们家不也是早出晚归？你可以早上把父亲一起带去店里，餐馆有东西吃，也热闹，老人怕寂寞。何况父亲原来就是从大哥那里出来的，更何况，大哥现在住的是父亲的房子。大哥无法反驳，就采取拖延战术，能拖一天是一天。我也不好逼兄弟，反正没出事。现在出事了。

“你大哥饭都吃了吧？”妻子又说。

我一看时间，已经10点了。大哥是开餐馆的，要打烊后才能吃饭。这话倒提醒了我，得告诉大哥。我打电话给大哥，大哥说他扫尾后过来。我又给三弟电话，他说在加班。他总说在加班，典型的“甩手掌柜”，不指望他了。在大哥来之前，我想再找找。妻子又来电话，说饭冷了。

“我不能一热再热！”她下最后通牒。

我才扒几口饭，大哥就到了。大哥满身油烟味，一脸疲惫，语气有点急躁：“怎么搞的！”他脱口而出。妻子不高兴，甩了手，进卧室去了。我向大哥使眼色，大哥也觉出自己冒失，解释道：“一个客人叫来物价局，说我暴利。我那怎么是暴利嘛！还敢暴利？稍微一提价客人就不来了！一直半义务，客人还不满意，还投诉。到现在饭都还没入口……”

妻子还揣度人家饭吃了呢！我叫他一起吃，他不吃，没心思。我也没心思，推了碗，和大哥一起出门找。坐着大哥店里运货用的小面包车，能跑远些。整个城市跑遍了，还是不见父亲。已经零点过了，大哥说再过三个小时他得去农贸批发市场采购，我天亮也得上班，就只能先回家。希望最后有惊无险，像前几次那样。

“一个大活人，应该没事吧！”我说。大哥也表示认同。他还特意抱怨了父亲几句，说他吃太饱了，太闲了，能量过剩。我知道他在强调父亲身体好。身体这么好，苦也经受得了。又是夏天，不会冻。当然有蚊子，也该让他被蚊子咬，看他下次还敢乱跑！

我们兄弟两个互相打着烟幕弹回家了。但我睡不着，辗转反侧，虽然我知道明天还得上班，得赶紧睡。其实父亲身体并不好，只是他喜欢动。人家是运动，有节制有保护，他看不上，盲动。这样他过一段时间都要大病一场。这两年来更加频繁了，动不动上医院。现在看病手续他已经不会做了，都是我陪他去。有时候半夜发作，得马上送去医院。打点滴，就一夜别睡了。更不要说他两次做手术。一次是小肠疝气，一次是前列腺增生，本来想叫护工陪护，但一说，父亲就生气了。他说他生了四个儿子，除去美国一个，还有三个，就没有一个指望得上？让人笑话。最后白天请护工，晚上由我们兄弟轮。大嫂和我妻子是女人，不方便，三弟动不动就加班，基本是我和大哥轮流。

父亲是个折磨人的人，不让你消停。一会儿要叫护士，一会儿要翻身，一会儿要揉这里揉那里，一会儿要喝水。因为他怕痛，没有用导尿管，所以喝了还得顾他撒尿。我很奇怪父亲当年不是这样的，他是我们家最耐磨的人，就像他那一身耐磨的工衣，到老了竟然娇气起来了。一会儿就叫一次，我就干脆坐着等。但他又要我躺下睡。我哪里睡得了？刚迷糊下去，他又叫了，这更难受。有时候我真的眯下去，被他一叫，像被鬼拉醒一样。

这还是小手术，如果生了更大的病呢？更大的灾难简直不敢想。年纪一年年大起来，他的身体一年不如一年。我忽然想起，他有高血压，药带在身上吗？赶紧起床查看，没带。这应该想到的，父亲出门不会带药，我也没想到让他带。反正一天一次，他总会有在家的时候，就没想到常规生活会被打破。如果是对我的孩子，就会替他预防发生意外情况，甚至安排到自己死后子女怎么生活。对父母就不会这样。天底下只有“孝顺子女”的，没有孝顺父母的。也许是因为父母是从强壮到衰老，不知不觉他们已经脆弱了。

*2*

早晨我给大哥打电话，说父亲没带高血压药，还得抓紧找。大哥在批发市场，正忙着。想想还是得把三弟拉出来，平时“甩手”也就算了，到现在这份儿上也该出力。三弟一接电话就问：“爸找到了？”

“躲得远远的能找到？”我没好气。

“你还睡过了，我还没合眼呢！”

“你以为我合眼了？”

“你又没加班，怎么不睡？”

“爸呢？”

三弟被噎住了。他头脑里就没有父亲这概念。“你们别以为我就不惦记着爸！我走不开，加班！你们犯不着骂我嘛！”

骂？一听才知道，大哥刚电话他，骂了他。既然如此，他应该知道父亲没找到，他却还问“爸找到了？”他这脑袋鬼得很。他提议报警，说警察毕竟专业，他说大哥听不进去，只道他想“甩手”，逃避。我说大哥说得对，你这是态度问题。

“什么态度不态度？”他说，“态度能够解决问题？”

“不管怎样，你就先有个态度！”我说。

我之所以要拉上他，还有个原因，他有驾照，可以开大哥的车。车毕竟跑得远。三弟答应下班后来，约在大哥的店碰头。大哥只出来交个车钥匙就又钻进厨房了，他是站厨的，这是最忙的时候。三弟一个多月不见，瘦得跟猴子似的，眼睛满是血丝。看来真是累坏了。我也不忍心了，让他回去，我来找。三弟不肯，说来都来了。我说你都累成这样了，他说：

“没事，死不了！”

他就爱说这样的话。我啐他，他笑了，又说：“真的嘛，不会‘过劳死’的！”

“过劳死”这个词不会产生在父亲那一代。那代上班基本是混。我小时候去父亲工厂，他们抬个东西都要一群人，也不知谁用力，谁没用力。现在，你敢偷懒看看？上头不逼你，你自己也会逼自己。父亲，你可知道你儿子们活得艰难？还要折腾出麻烦来。

过去老听父辈叹息：“上有老，下有小；既要忙内，又要忙外。”其实我们这代才是。而且外头干，回家还得干。当年祖父母没有给我父亲什么麻烦，虽说得赡养，也只是给碗饭吃。下有子女，也不过给饭吃。

我们几个兄弟都是放养大的，没给父母添多少事。母亲说，父亲抱都没抱过我们。哪像现在的孩子，在肚子里起就没让父母省心。所以三弟才执意不要孩子，就因为他不肯要孩子，老婆跟他离婚了。“总不能像爸那样对孩子吧？知生不知养。”他说，“你们说我是‘甩手掌柜’，爸才是‘甩手掌柜’！”

确实，对家庭，父亲是“甩手掌柜”。家里的事通通不管，就知道喝酒。家里什么都可以省，他的“地瓜烧”不能省。一上饭桌，把饭推一边，先喝酒。母亲常在灶边瞪他：

“喝，喝，喝！喝死你！”

他喝醉了，还会发酒疯，骂人打人，还会打母亲。他说他必须喝酒，工作累。大家都在混，只有他积极。但其实他也不过是在整人上积极。他喜欢整人，所以很遭人恨，我们都受连累。大哥带我去工厂玩，传达室不让进。大哥报出父亲名字，传达室说：“不报你爸还让进！”那些被我父亲整过的人的孩子，还朝我们扔石头。大哥跟他们打起来。人家告上门来，父亲先是跟人家吵架，然后再关起门来打大哥。父亲管儿子的方式就是打，不管三七二十一。有时候我会替大哥鸣冤，说都是因为父亲，他们才欺负我们。父亲说：

“不想做我儿子滚出去！”

有一次，大哥真的离家出走了。被找回来，又痛打一顿。大哥从此变得沉默寡言了，跟人打架的风格也变了，只打架，不哼哼。见儿子被打得鼻青脸肿，父亲说：

“瞧你这本事！有本事把人家打死啊！”

“去就去！”

大哥真的要去把人家打死，这态度却又冒犯了父亲。你可以打遍天下，但唯独我这个老子不能冒犯。后来我发现，所有独裁者身上都有两种原则并存：砸烂一切，唯我独尊。也因此，所有独裁者的追随者都有一个共同心理：取而代之，随即鞭尸。当时大哥就常狠狠发誓：

“我操！等你老了再打你！”

不知大哥长大后是否还记得这话，但明显他跟父亲不亲。我们兄弟对父亲都没有亲近感。当时还常常冒犯地觉得，外面人讨厌我父亲是有道理的。我们既不亲外人，也不亲父亲，我们孤独地站在外人和父亲之外，我们从小像野兽一样独立。父亲太不通人情，但这只是对下。对上，他会揣摩领导喜好。领导喜欢搞形式，他就动不动敲锣打鼓，送决心书、倡议书。领导喜欢他，让他入党。但下面的人讨厌他。他也无所谓，对比他低的人能踩就踩。“老子又没本钱合在你那里！”他说。

那时他应该没想到那体制会改变，工厂会倒闭，他会和大家一起下岗。据说最后一天，有人故意找他，挑衅道：

“有权不用，过期作废！这不，作废了！”

我不知道父亲当时是怎样心情。他后悔了吗？但他的脾气是“粪坑石又臭又硬”。甚至你越反对，他越来劲。从此他虎落平阳，掉了毛的凤凰不如鸡。人家人缘好，有了新饭碗，他没门路；人家去卖早餐，当门卫，他觉得丢人。有一次，有人介绍他去一家小私企当管理人员，他没几天就跟老板吵架，被辞回来。他说那是资本家剥削劳动人民。他开始骂社会，这个社会还是不是共产党的天下？要是毛主席在，早把你们抓去枪毙了。他的脾气变得更坏了，好像内心总揣着一个火盆。他老往外面跑，可能也是因为要去散热。我从自私角度说，他到外面去，家里就安宁了。但他毕竟年龄这么大了，就提醒他别出什么事。他竟然说：

“你是不是最想我出事？”

我要辩解，他说：“别狡辩！我都知道！”

他总是觉得自己很懂，而这懂就是把人把世界往坏里想。他的内心极其黑暗，时刻准备着斗。“与天奋斗，其乐无穷；与地奋斗，其乐无穷；与人奋斗，其乐无穷。”三弟对这点也有印象。他说当时他尚小，父亲的一些话常让他震惊，他渐渐地觉得这世界可怕，不可掉以轻心了。

不知不觉车开到江滨路。边上拉过一队人马，走在机动车道，是一队白发苍苍的老人，他们的身体好像就擦着车身。这些也是不能安静的老人。我很奇怪现在老人为什么那么爱折腾？印象中，我祖父祖母整天坐着，后来就躺床上，然后就死了。哪里像现在的老人那么多事？现在的老人精力比我们还旺盛。

队伍浩浩荡荡，统一服装，前头有人举旗，中间每隔十米就有吹哨子的，还有人手里拿着高音喇叭喊话，让我恍惚又回到了“文革”年代。这是这些年老人们玩出了新花样：街头暴走。“暴走”本是日本年轻人的词，老人们也赶时髦。但其实这不过是多年前的时髦，无论是日本还是中国的年轻人已不用这个词了。这给人一种错位感，就好像“红歌”是从他们腰间的科技新成果小巧播放机放出来的。

路堵了。前面传来消息说，一个“暴走”老人被车撞了。

父亲也爱在马路中间走，我也担心他被车撞。跟他讲多少遍，他就是不听，还说：

“把我撞死吧！操！把我抓去杀了，判反革命，死刑！”

有时候心平气和，他会说路是公家的，他有路权。他也学会“路权”这个时髦词，他有时也挺与时俱进的。毕竟他当年也是个小干部。

应该不会是父亲。父亲不可能加入这种团体。但他是赞成街头暴走的，难说不会掺和在一起。我到前面看，大家议论纷纷，都说这些老人怎么不好好在家里待着，满大街跑。老人反驳，我们跳舞你们有意见；不跳舞了，走路，你们也有意见。你们还让不让老人活呀？我们老人为你们劳累大半辈子，为国家贡献了大半辈子，到老了，才知道生活本应该这样的。过去傻，只知道干活，为别人活，现在要为自己活。为自己活有错吗？人人都需要实现自我价值，就你们年轻人需要实现？被你们赶来赶去，你们也有爹妈，就这么赶你们的爹妈？没有我们，哪有你们？

父亲也常说这样的话，摆功劳，倚老卖老。他下岗后，脾气更坏了，越老脾气越坏，到了蛮不讲理的地步。一次上公交车，一个小年轻没给他让座，他竟然吆喝人家起来。人家说让座是我的风格，不让是我的权利，他啐：

“你讲权利？当初老子就不知道讲权利？但是我们讲共产主义！什么都‘共’出去了,哦,现在轮到你们了,你们讲权利了？我们白贡献了？没我们当年贡献有你们？这社会全是白眼狼！你不让也得让！”

人家就是不让，他就抢了，把人家衣领提起来。人家起来了，嘟囔几句，他竟然还甩人家耳光，说是教训教训。人家又不敢还手，不小心就打出什么毛病来。现在社会，最凶的就是老人。他们也不怕公安。父亲在外闹事，公安来了，还叫嚣公安把他抓进去。

“死在里面，看你吃不了兜着走！”他说。

反正老人可以耍无赖，耍无赖就会赢。但这耍无赖是拿羸弱的生命当赌注的，想想是更大的悲哀。以卵击石，以险求活。眼前躺着的这个老人似乎并不幸运，他真的被撞坏了，躺在地上，眼睛紧闭，一摊不可收拾的形骸。120 来了。120 晃着焦人的灯把老人运走了，接着就要联系家属了。眼前不是父亲，不等于父亲不会出事；父亲不在此处出事，不等于不在别处出事；此次没有出事，不等于接着不会出事；不会出车祸，不等于不会出别的事。我承认我更担心父亲出事，那样我就必须去收拾，不可收拾也得收拾。我回到车里，跟三弟念叨起。三弟说先别想这些，努力找吧。他显得很理性，他当然可以理性，父亲没有压在他手上，我承认我有焦虑症。但我确实不能不想。我还是絮絮叨叨，要是父亲真出事了怎么办？他说，所以要赶紧找啊！你看车可以动了。我仍说，找到了已经出事可怎么办？三弟叫起来，肚子痛，他要找个厕所。

车刚停,他就逃也似的钻出去了。他这种形骸我不陌生,父亲住院时，好容易他值几个晚上，早上我到医院，他就已经站在病房门口等我接班了。我一进病房，他就说上班来不及，拎起包就走。简直迫不及待。

等他很久，我给他打电话。电话才接起来了，他说他拉肚子了，中暑了。好家伙，父亲还没出事，他先出事了！

“正擦着呢！一边手拿电话。”他说。他描绘着，我知道他是在用幼稚和低俗来掩饰他的慌张。

他好容易出现了，仍捂着肚子。坐上车，他装作无意看看手表。“啊，9点了！”他叫。

这么迟了，他又生病了，我提议结束。我之所以这么提议，也是因为我无法面对我所焦虑的问题。但三弟却说继续找，他倒好像比我干劲大了，也许他真是想赶在父亲出大事前把他找回来，毕竟如果父亲倒床了，他也逃不了干系。

“反正今天不加班。”他又说。这是什么意思？我明白了，他是在说明天还得加班，明天不可能再找了。但剩下这么一点时间，怎么可能有收获？寻找于是成了消耗时间，一个钟头一个钟头地消耗掉。谁也不抱希望，或者说，谁都害怕找到的不是自己希望的。在店里的大哥倒乐观，打电话来问怎么样了，我说没结果。三弟凑近道：

“老天不负有心人。大哥，你店里不是有观音吗？拜拜去！”

“我知道拜！”大哥说。

“保佑找到全身的！”三弟说。他终于也暴露出来了。

“全身？”大哥愣。

“你希望找到半身不遂的？”三弟说。

“犬吠！”大哥啐，“你这乌鸦嘴！”

## 3

三弟继续加班，大哥店里放不下，我也忙。我的工作是推销员，一上班就连轴转。忙了一天，回到家里，觉得有什么不对，是少了父亲。家里已经不能没有父亲了。当初父亲搬出大哥家，大哥是否有这种感觉？也许不会有。大哥一整天也没给我电话。当然打给我干什么？我又不在找父亲。我给大哥电话，商量接下来怎么办。大哥声音里夹杂着掂勺声和抽油烟机声，我才意识到这不是时候。我能想象他正皱着眉头炒菜的样子，被火烤着，他的声音也满是火气。他说他正忙。

我又给三弟打电话。他说因为没加班，事情堆了一大堆，现在饭还没吃。他们都忙，倒好像我不忙似的，可以回家吃饭，有闲暇让感觉纤细。

三弟说，还是得报警。也只能报警，警方无论如何总会有些行动。报完警，我觉得有点轻松。与其是相信警方，毋宁是在走投无路之下，好歹把任务交了出去。

我把报警的事告诉大哥，我说是三弟的意见。大哥说："他说报警就报警。"

大哥这话是什么意思？是讽刺？还是赞同？我解释说也只能报警，父亲已经失踪三天了，也去找了，能找的地方也都找过了。大哥说，我知道，也只能报警。

大哥也只能这么表态，要不然，他有空去找吗？虽然害怕父亲出什么事，但我还可以晚上付出行动，他做不到，只能顺其自然了。不管怎样，我们有了共识，三个兄弟齐刷刷把目光投向警方。我虽然晚上仍出去找，把找过的地方再找一遍，希望奇迹出现，但也不过抱着侥幸心理。想，父亲应该不会有事的吧，老人被撞只是个案，父亲的高血压也没有严重到哪里去，不会几天不吃药就出问题。出点小事也就罢了，我们不可能那么倒霉。

一天过去了，两天过去了，警方没有消息。我跑去问，警方说还在找。大哥和三弟倒沉得住气，跟没事发生一样。我挨不住了，特别到了天黑，心会不能遏制地焦灼起来。想想还是得自己想办法，又给大哥打电话，大哥说：

"老三不是主张报警吗？"

大哥这是什么话？他不是也同意的吗？我仔细琢磨，他的表述跟三弟的话并不一样，敢情他是把责任推给三弟的。

"他就那样，老是加班，你又不是不知道……"我说。

"忙？总有吃饭时间吧？我是连吃饭时间都没有！"

“我们有吃饭时间，怎么了？”可能是大哥太大声了，我妻子在边上听到了，她冲着话筒应。我连忙把电话按掉。

“大哥又没说我们。”我说。

“他就是指桑骂槐！”妻子说，“我们有吃饭时间没挣钱时间，他拿吃饭时间挣钱，他挣了钱归他自己，我们为大家照顾你爸，白照顾，还说你爸补贴我们钱！”

女人就是爱翻旧账。父亲到我们家没交伙食费也就罢了，但大嫂嘴贱，来刺探我妻子，问父亲交多少伙食费。妻子认为大嫂是别有用心，认定父亲把钱补贴了我们，就吵着要大哥把父亲领回去。我好容易把妻子安抚了，现在她旧事重提，说父亲找回来，绝不能再住在我们家了。我只能一再说明，大哥确实不是指我们，是指老三，老三那德行。

“老三那德行？他又是什么德行？我还不知道？”妻子应，“你爸又是什么德行？谁像你这么傻？从你哥到你两个弟，到你爸，全是人精，你们兄弟如狼似虎，就你是羔羊。还当沉默的羔羊？嫁给你，也跟着你吃亏！你能吃得了亏，我可吃不了！”

她要我给大哥手机拨电话。我当然不能从命，她就来抢我手机。我抢不过她，手机到了她手里，她拨通了大哥。

“大哥，我们是有时间吃饭，但我们没有饭吃，我们要拿时间去挣钱吃饭。还要付房子月供，你们不要付月供，你爸的房子现成住着。你爸住这边，我们养不起供不起，以后就住你那了！”

她把电话掐了，不让大哥有回嘴机会。我说人家大哥还听不清楚她说什么，她说：

“他不明白？他心里明白得很！看看他来不来问！”

果然，大哥没来问。过后他再没有了音讯。想想，应该大哥也知道把父亲推给我们，理亏，只是他也搞不定大嫂，只能躲着。但他躲着，父亲怎么办？时间一天天过去。多拖一天，父亲就危险一天。妻子也是不看时候，偏在这种时候抛出这问题，等父亲找到了再提不行吗？先把父亲找回来再说。我想向大哥表达这个意思,电话通了,他掐掉了。再打,又掐掉了。我只能跑到他店里。他正在掂勺,不理我,只顾炒菜,炉灶噪声很大。炒好,他关上煤气装盘,我开口了。我刚开口,就被他挡住了。

“你那老婆,没法说!”

我有点生气,怎么没法说?她说的又不是没道理。这些年父亲在我家,还不是主要她做事?但我忍住了,不跟他吵。“她那边,总会有办法的!”我说。

大哥动作停了,瞧着我,那眼神几乎是喜出望外。我知道这最能宽解他。

“不管怎样,还是先把爸找回来!”我又说。我没有给他明确许诺,他的眼神又暗淡了下去。埋下头继续干活。但我也只能说到这,我怎么可能打包票?大哥你后面有老婆,我后面也有老婆。我只能硬着头皮继续:“好不好?先找回来。”

“我又不是不想找回来!”大哥说。

“那得想办法呀!”我说,“现在警方一点声音也没有,爸又高血压,没带药,要是有个什么事,找回来个躺着的,你家里我家里更不好做工作了!”

大哥拿勺的手软了一下,险些把菜洒出来。

“所以得尽快想办法!”我又强调。

“我有屌办法!”大哥暴躁起来。

“你是大哥啊!”

“大哥又怎样?也不比你们大几岁!都是成年人了,我还已经是老年人了呢!他才几岁?”

我知道这“他”指的是三弟。“他比我们都年轻!”大哥说“我们”,把我拉到跟他同一战壕里了,矛头只对准三弟。“他从小脑子就比我好使。他有文化,我没文化,我是站厨炒菜的,我懂什么?我有什么本事?我能做什么?我又没有他那样门路!”

“这件事，三弟估计也没门路！”我说。

“估计？你怎么知道他没门路？他是藏着自己用！他那人我还不知道？早看穿他了。你不问他，他会告诉你有门路？他会自找麻烦？用了门路，人情谁来还？还不得他自己来还？大家的事，让他来还债，他会愿意？”

我倒没想到这。我说，可以向他表示，这费用大家一起出。

“他怎么可能答应？兄弟间的，自己爸的事，跟你们算钱？何况他自己也得出一份！”

大哥这么想，有点过分了。不管怎样先问问三弟。我掏出手机，大哥说：“找老三？我来问！”

他竟然自告奋勇。他撒下勺，到一个稍微安静的角落，从围兜里面掏出手机。电话通了，他竟然一开口就骂。什么都没讲，就开骂，骂三弟死得远远的，甩手掌柜。大哥怎么这样？

三弟当然不是好惹的，跟他对骂了起来。三弟最初还有点迟疑，但大哥不停地进攻。虽然是亲弟弟，人家也是成年人了，树有皮，人有脸。当然可以把大哥的举动理解成是去扎破三弟坚韧的皮，否则他不会被触动，他一直很赖皮。但如果这样，三弟被刺起来后，就得收兵。何况出菜口有伙计在找，但大哥没有停下来的意思。他不是很忙吗？他也没有提出实质性的要求，比如由三弟你去找门路，比如托门路的钱我就是不付，比如父亲将来住你那里，哪怕是无理要求，他都没涉及。他只是没头没脑地一顿乱棍。

“我还得炒菜！店倒了！”他猛然刹住，把手机一掐，回灶边，丢灶台上。开炉火，继续炒菜。他这是干什么？他这不是去解决问题的，是去向对方开火的，是去挑衅，是去激化矛盾，纯粹激化矛盾。

他的电话响起来了。他腾出一只手，捡起手机，瞄了一眼，掐掉了。

“老三的？”我问。

“还有谁！”大哥说。

三弟也是多事，怎么反找过来了？接着我的手机响了。三弟跟我诉冤，发泄愤怒。“我找也去找了，请假也请假了，还生病了！”他说，“现在老板对我意见大了，还不知道会不会被‘炒鱿鱼’！”

前几天他只是说事情堆积，现在又变成要被炒鱿鱼了。

他说他本来还在想办法，找门路，让警方尽力找。现在大哥这样对他，他不管了。这么说，他还可能有门路。还真难说，他在大公司，不像我们在底层滚爬。他在上面，七拐八弯总会找到点关系。中国办事靠的就是关系。我跑到外面去，劝他不要生气，不要跟大哥计较，把精力放在找父亲上。但他说坚决不管了，大哥他有本事，他自己去把父亲找回来。我只能一直劝，说父亲又不是大哥一个人的父亲，是我们大家的父亲。我苦苦相劝，晓之以理，动之以情。他不好再固执了，但他要求大哥要向他赔礼道歉。这简直不可能，大哥那脾气，都不知什么叫道歉，三弟他又不是不知道。但三弟坚决要求大哥道歉。大哥跟三弟从来是猫跟狗不能同巢，平时常有争吵，但也不至于牙齿咬得这么紧。僵着，根本无法商量找父亲了。事情又耽搁了下来，他们怎么就没想到拖一天，父亲就危险一天，只顾着吵架？真是愚蠢！

“你才愚蠢呢！”妻子说，“你还看不出来？他们是存心的！”

“存心？存什么心？”我不懂。

“他们故意在拖！”

我也知道他们在拖，但拖有什么好处呢？对他们也没有好处。

“拖到彻底解决！”妻子又说。

彻底解决？什么意思？找到父亲才是解决。

“说你傻就是傻！”妻子说，“找到又能怎么样？”

一丝冷风拉过来，我的心发毛。我好像明白过来了，让父亲消失，永远消失才是彻底解决。这简直太可怕了。我的兄弟怎么会有这种想法？他们怎么会是这种人？对自己的父亲，漠不关心也就罢了，见死不救也就罢了，怎么能故意让自己的父亲死？他们是不孝，但他们怎么会是杀人者？但他们确实就是在拖延，他们明明知道拖延的后果，我已经明确警告了，他们还在争，还在吵，还在纠缠不清。他们揣着什么心理？他们是我的同胞。他们虽然不是善类，但也不是魔鬼。同胞间还是有基本信赖的，对同胞的认同就是对自己的认同。也许只是妻子瞎猜的。如果可以切割，妻子比兄弟容易切割。兄弟是手足，妻子不过是衣裳。妻子毕竟是外人，我更愿意怀疑她。妻子你怎么这么想？结婚十几年，我第一次发现妻子原来这么可怕。你怎么就这么想我兄弟？难道就因为不是你父亲？“小人之心度君子之腹！”我啐妻子。

“我小人？他们君子？”妻子道，“好，我小人！我就小人了！你要当孝子，你当去！”

“我是什么孝子？”

“你不是孝子吗？”

“我是什么屌孝子！”我叫。

妻子诧异地瞧着我。其实我一直受用于被称赞为孝子的，平时虽然觉得冤枉，但被人称为孝子，还是像被摸顺了毛的猫。人总有荣誉感。但现在，我却像被扎了一针，跳了起来。我也不知道自己怎么了，我忌讳被称为孝子。也许是不愿意被端在“孝子”的烤炉上烤，兄弟们可以逃之夭夭，我却逃不了。如果父亲被找回来，好也罢孬也罢都要我承担，除非他死了。

死！我怎么也想到死？称我孝子，就像是对我的揭发，好像一道强光打在我脸上，我慌忙通过皱脸来平衡阴暗。其实妻子把我高看了，在父亲问题上我比她更焦虑。她只是儿媳，我是儿子，我无路可退。其实我也隐约意识到这是改变局面的契机。要是父亲没失踪，现有局面只好延续下去。现在可以了，“彻底解决”。

当然我的“彻底解决”跟兄弟们的不同，我只是想把父亲推出去，不是要父亲死。但某种程度上说，兄弟们的残忍却是我造成的。我为什么让妻子给大哥打电话下最后通牒，从而导致他去刺激三弟？我一个大男人，怎么让一个女人把手机抢到手了？难道我不是有意让她把手机抢到？她跟大哥说的，正是我想说的，我不便说出的。

我难道不了解大哥的行为方式？他一旦急了走极端。但我却放任他。在他店里，他自告奋勇给三弟打电话，难道我就没有觉得蹊跷？我难道真是那么愚蠢？

我看穿了自己。但我又自我辩解：虽然我有可怕居心，但毕竟没有去实行。谁的灵魂是经得起凝视的呢？谁是圣人？这时代已经不相信圣人了。灵魂深处闹革命已经被证实太荒谬。而事实是我一直在竭力找父亲，我的错误只是失误，所以可以原谅。这样，我在谴责自己和原谅自己的平衡中，又过了几天。

这几天，兄弟没有消息，他们相安无事，也达成了平衡了。妻子跟我冷战，这可不好，一个屋檐下，低头不见抬头见，见了不说话，总被提醒有着什么事。什么事呢？父亲的事。所以还是必须说话，让生活恢复常态。我跟妻子说话了，想好好谈谈。“我们讲道理，讲道理……”我说。

“好啊，摆事实，讲道理！”妻子说，“是不是你爸最不疼你？”

确实。父亲最疼大哥，因为是长子。

“你爸不疼你，却还要住我们家，他认我们好了没有？”

“没有。不过也不能说没有，他应该还是知道我们好的。”我嘀咕，但我知道我的声音妻子听不见，我只是说给自己听的，告诉自己，我在抵抗。我不想让妻子继续不下去，她在讲道理，也是在为我理清逻辑。

“你那些兄弟认我们功劳没有？”

“没有……”

“为什么你爸和你兄弟都没有认？因为你是窝囊废！”妻子道，“窝囊废是用来用的，坏孩子是用来疼的！坏孩子越坏，父母越爱。特别是父亲，特别是对父亲看儿子！”

这还真的是。大哥老跟父亲对着干，父亲其实骨子里挺欣赏大哥。“东风吹，战鼓擂，现在世界上就是谁怕谁！”这是父亲的一个口头禅。大哥那脾气明显是遗传了父亲。三弟也遗传了父亲的不顾家，母亲指责父亲对家庭不负责任，父亲说，男子汉大丈夫要在外面干大事。小弟从小争强好胜，在学校，成绩比他好的都成了他的敌人，父亲很欣赏他这一点。我也爱读书，但我没考上大学，父亲认为我书白读了，说我是没有用的人，窝囊废。我一说话，父亲就认为不着边际。

在四兄弟中，我本来最不像父亲。父亲曾骂我太软弱。我确实软弱，当初大哥要把父亲推我家时，我也软弱。当时没人愿意接纳，最后让父亲自己选，父亲竟然选来我家。父亲房子在大哥那里，他又不疼我，怎么选我家？更让我无话可说的是，父亲竟然说是为了帮我照看孩子。不错，我儿子当时才读一年级，但父亲又不是母亲，能做什么？学校就在我们家边上，也不用他接送。我简直冤死了。

尽管我接受了，父亲仍然没有喜欢我，作践我，让我这样，让我那样，没个满意的时候。也许我的软弱让他想到他晚年的衰弱，他竭力要摆脱衰弱，摆脱失败，于是要把我踢开。

其实男人家庭、人伦意识强，就是衰弱的表现。女人成了母亲，从而懂得体恤母亲，是女人的进化；男人成了父亲，从而懂得体恤父亲，是男人的退化。所以父亲终生要奴役别人，母亲被他奴役了一生。弱者被奴役，又得不到尊重。

道理不辩不明，我和妻子站在了一起。当然我也渴望兄弟们站在一起，“兄弟阋于墙，外御其务”。现在是共赴家难。但我的兄弟们实在很可恶，难以逾越。何况大哥跟大嫂之间也有墙，三弟跟她未来的妻子之间也有，难道三弟就不要再娶吗？现在谁愿意嫁进有老人拖累的家庭？简直是障碍重重，隔墙林里，军阀割据，山河破碎，无法解决了！无法解决，无法解决……大家都很难，我知道兄弟他们也很难，我不是不通情达理的人，我善良，我不好去逼他们找父亲。但我又无能为力，我已经尽力了，我本来就是个窝囊废，我承认。好在已经报警了，相信警察吧！相信人民警察，人民警察为人民。但警方那边仍然没有任何发现。我又想起父亲口袋里也许还揣着家庭住址，也许会有好心人帮他回家的。我明明知道这世界上碰不到好心人，但我仍然抱着侥幸心理，期待着，慵懒着。在慵懒中，又过了几天。

## *4*

“爸，不找爷爷了？”儿子问。

“谁说不找……”我支吾。

“你都在家里！”

这是周末。家里有小孩真是麻烦，口无遮拦，没轻没重。太放肆了！大哥总是对他的孩子绷着脸，孩子就不敢乱问。不敢乱问就没有问题。

“警察在找……”我说。

“对了，警察有电子监控，我知道！”孩子说。

“就是嘛！”我说。

“要是监控坏了呢？”他又说。

“不可能！”我说。

“怎么不可能？电视上都说了！”

电视上常有报道哪个地方监控成了瞎子的眼睛。这小孩，懂得太多了！他那眼睛好像窥视到了我的心思。

“跟你说不可能就是不可能！你这孩子怎么胡搅蛮缠！”我啐他。

我还甩了他一巴掌。我破天荒第一次打孩子。他实在太烦人了。都怪我平时对他太民主，看来对小孩子还是专制点好。当大人在阴沟里，专制就是窨井盖。本来在阴暗中，一潭死水，好好的，就这样，就这样，保持现状，维持稳定，也实在是无计可施……忏悔，只在忏悔中，麻木，死……可是他却去搅这潭水，简直恶毒。

儿子被我打，哭起来了。妻子叫：“你打孩子干什么？你拿孩子撒什么气！”

她难道不觉得被搅局了吗？她也是局中人。你怎么站到我的对立面了？也许因为是女人，爱孩子，爱使得她丧失了理智。作为男人的我可不能，我要冷静。但这又反衬了我的冷漠，冷酷。好吧，我也有心肝，妻子你有心肝，孩子有心肝，我也有。妻子你既然因为爱孩子，不顾父亲找回来的后果，那么我也可以不顾，走失的是我父亲。我对孩子说："爸爸当然想到监控会坏……"

"那为什么还依靠监控？"孩子责问。

"没有依靠监控，是依靠警察，警察不只是有监控，还有很多找人的手段，还有公安网络系统。"

"那为什么找不到？"

"警察也不见得都找得到……"

"那你为什么不去找？"又回到最初问题了。

"找了呀！整个城市都跑遍了。"我说，"而且还在找。"

"你不是在家里吗？"

"大人的事，小孩懂什么！"只能又转而镇压，"你就觉得没有爷爷了，没人陪你玩了！"

我这么栽赃孩子，也并非完全没有根据。孩子平时就喜欢跟爷爷打闹，爷爷这时候就跟老小孩一样，显得可笑又可爱。"你以为爷爷是你的玩具？"我说。

"不是！"儿子冤枉争辩，又哭了起来。我也知道我是冤枉他，他已经过了玩玩具的年龄了。但我必须反转矛头。

"你还有理了？"我说。

"就是有理！"儿子说。

这孩子真犟。你犟，你有理，不就是因为你不需要承担吗？"你有理，我就没有？"我说，"你可以哭，我怎么哭？丢的是你爷爷，还是我爸呢！"

我知道我这么说很没有当爸的风度。

"爷爷疼我！"儿子说。

“就不疼我了？”我说。

我简直是疯话正说。父亲怎么会疼我？只是孩子难以对付，只能这样镇住他。孩子不知道父亲从小就不疼我，有一次作文，写父亲和我，他想当然地把我和他的情形套在我父亲和我头上。他不知道中国父子关系已经发生了天翻地覆的变化，而这变化的基础，就是我这代付出代价：既要哄上，又要哄下，没得到上一辈呵护，却要给下一辈温暖。还要装作得到极大的天伦之乐。但话说回来，父亲对我儿子好，不疼儿子疼孙子。他老了，不能长时间抱孙子，一会儿就要别人接手，但稍缓过力气来，就又要抱。谁会嫉妒自己的儿子？当爸的怎么会跟自己的儿子争宠呢？我说：“我知道，我知道爷爷疼你……”

妻子搂着儿子，摸着他的头，劝他，眼睛也红了。我父亲不喜欢她，但对她的儿子好，她也多少原谅了我的父亲。疼孙子也就是疼她的儿子。而且，现在被孩子激发，还头脑发热，孩子说要上街去找，她就命令我带孩子找。我暗示她都不起作用，拦也拦不住。

该找的地方都已经找过了。但找得到找不到，得先去找。找不找是态度问题，是给孩子做榜样问题。

烈日下转了一天，孩子累得精疲力竭，好像有点中暑了。但他没有打退堂鼓的意思，仍然计划着第二天。小孩子就是任性，这孩子就像他爷爷一样任性。第二天只能继续出发。不停地走，这哪里是我带他？简直是他押着我。要这么一直走下去，我要死在路上了。儿子不会死，我会死。我一边被儿子逼迫，一边还得考虑找回来的后果，万一真找到了呢？这问题毕竟无法逃避。也许最可行的方案是大家轮流。但大哥和三弟能同意吗？即使同意，父亲那么乖张，他肯依吗？都是问题，都是问题！我太累了，走不动了，我这种年龄，体质正迅速走下坡路。我心力交瘁。我得回家。

但我不能说我要回家，我只能把孩子打发回去。我说你得回去做作业了，学习是最冠冕堂皇的理由。

“不找爷爷了？”

“谁说……找爷爷是大人的事！”

“也是我的事！”他说。

“你一个小孩，不给大人增添负担就行了。你看你走得这么慢！”

“我可以走得快，我会跑！”

“你很本事啊？”

“我真的很会跑！”

“病了怎么办？你就要病啦！到时候大人得照顾你，怎么找爷爷？”

孩子无话了。

“听话！你回去，爸爸来找！”

“那你一定要把爷爷找回来！”

“好。”我说。

“要说‘一定’！”

“好，‘一定’！不是跟你说过了吗？你爷爷是我的爸，就像是我跟你的关系。你丢了，我能不去找吗？”

“不对，是你丢了！”儿子说。

“对，我丢了，你能不去找吗？”

“不会！”儿子说，“我找不到就不回家！”

这么说，他是觉得我没找到爷爷，也不能回家了？我暗暗叫苦。和他一起回家，才擦了擦身子，喝了水，就感觉到他严厉的眼睛。我简直是被他赶出自己家门的。我在外面流浪，到了傍晚，终于可以回家了。没有找到爷爷，但我明天要上班了，大人要上班，怎么能像小孩那样任性？“又不像爷爷那样不要上班！”我又说。

“那怎么办呢？”孩子问。

“还是交给警察吧！有事情找警察，人民警察为人民。”我说，开玩笑地笑了。孩子没笑，表情依旧严峻。我赶忙收起笑，认真说：“毕竟警察专业，光是警车都胜过我们‘11 路汽车’，”我拍拍两条腿，“只要搞个‘地毯式搜索’。”

我没想到我这话，在他那小脑袋里起了作用。他孕育起一个惊人的计划，竟然联络上大哥的儿子，第二天逃学，跑去派出所，要人家出动警车搞“地毯式搜索”。人家把他们轰出来，大哥儿子像大哥，是个暴脾气，去跟人家打。人家就把他们控制了起来。问家长，不敢报父母，就报了三弟。孩子们跟三弟好，三弟会跟孩子们打打闹闹。三弟接到警方电话，马上通知我和大哥。我赶到派出所时，撞见大哥给他儿子一个耳光。

“打我干什么！”大哥儿子横道。

“替警察打！”大哥道。我知道这是打给警方看的，是在控诉警方。打罢，大哥对警察指着自己儿子，“你们满意了吧？”

大哥儿子哼哼：“有本事打警察啊！”

“我不敢打？”大哥做着挽袖管的样子。警察一边退，一边叫：“你别乱来……”

“乱来又怎样！”三弟的声音。才发现三弟也在场。他不要上班了？三弟一下逼到那警察跟前，“你们能乱来，我们就不能乱来？”

警察说，是孩子父亲自己打孩子。三弟说，为什么会打？还不是原因在你们？警察说，原因怎么会在我们？你们孩子自己跑来捣乱。“捣乱？要你们履行职责叫捣乱吗？”三弟说，“我们父亲失踪，报警了，你们不作为……”

“我们都在找！”警察说。

“你们怎么找的？”三弟问。警察愣愣地说不出来。

“说不出来吧？”三弟说，“别抵赖！小孩都看得出来！你们就这么敷衍我们？把我们当小孩一样敷衍！”

三弟像逮着了证据一样得意。

“你们干什么屌工作！”他突然发火，把桌子一拍。这火发得冒失，但任何一个丢了父亲的人都会发火的。这火发得不理性，但丢了父亲还能理性？理性就是冷血，就是不孝。三弟一跃成为最孝顺的儿子。我瞧见大哥也往前一冲，我也下意识地跟上去，我不能不跟进，我不能手指向外扳，我也不能显得事不关己。

“你们想干什么？”警察叫。

“这应该我们问你们！”三弟说，“你们都干了什么？拿人钱财，总懂得为人消灾吧？”

“谁拿了你们的钱！”警察紧张辩污。

“你！你们！你们的工资哪里来？是我给的，我们！我们是纳税人！”

这话绝！三弟历来维权意识极强。对方哑口了，只瞪着冤枉的眼睛。大哥趁势也喊起来，说警察拿钱不干活。大哥绝对不是有权益意识的人，他是被三弟启发了。更让我不可思议的是，大哥那么大年龄的人，竟然手舞足蹈。不是打架的架势，而是唱歌跳舞似的。他从来没有这种样子。大哥和三弟一唱一和，联合发难。这不只是问责警方，甚至根本就不是在问责，而是在进攻。他们身上都有着戾气，大哥平时很恨戴大盖帽的，现在找到了发泄机会。三弟是什么都恨，在公司被上司和客户欺压，到社会上囊中羞涩。但这样闹，难道就于事有补？三弟可是比大哥理性的人。他为什么要这样？警察眼看要发威了，但他没有罢手的意思。难道他相信自己能够凌驾于警方之上？我于是转而劝他，他把我甩开，叫：

“怕什么！大不了一条命！”

这语气像极了父亲，三弟骨子里有父亲的决绝劲。但我总觉他的激愤底下有点虚，倒像是表演。他嗓音很高，动作幅度很大，但他眼神冷静，这眼神出卖了他。我蓦地明白了，他是在策划事态升级，要跟警方关系恶化，矛盾打结，再也无法打开。我明白了他怎么这么积极跑来，他发现了这是一个契机。也许大哥暴怒打儿子也是出于同一个动机。

当然我也可以把他们想得人性一点，这么多日子，不再找父亲，他们也会不安，毕竟丢失的是自己父亲。风平浪静更容易想起父亲。我就处在这种状态，如同被隔离审查，期待着外面哗变。机会来了。

矛头对准自己家人，总不如对准外人来得踏实。兄弟算计，亲人反目，指责来指责去，无论如何都牵扯着自己的影子，抛不开自己的责任。指责外人就不一样了，特别是指责公权机关，大家都对公权机关不满，只要骂公权机关，骂者一定被同情，没有人会同情公权力。“臭头鸡仔大家啄”。

但这骂也只是骂，只停留在愤怒，盛怒。从头到尾，无论是三弟，还是大哥，当然我也是，都没有说出对警方具有实质性威胁的话。其实只要扬言要去上级机关告状，警方就会软下来。或真到网络上发帖，敲几个字，鼠标一点。但我们只是骂，辱骂。彼此心照不宣，冲向一个结果：警方从此不理我们，怠工，扯皮，踢皮球……我父亲要有个三长两短，你们得负责！但警方能负责吗？这是中国。问题大而化之了。我们怨恨这个社会。这不是美国。我们自怨自艾。早知道当初送父亲去美国，去小弟那里。

## 5

小弟已经移民美国。家里有事，已经想不起他了。他也乐得逍遥。母亲去世时他都没回来，说是公司没法请假。这符合父亲的意识形态：人家母亲死了也不让回家奔丧，资本主义没有人情味。但我觉得是小弟自己的问题，根据我的阅历，西方人对家庭是很看重的。

他躲在国外，只是一段时间打个电话问问父亲。他跟父亲说不了几句话，基本是跟我说。他问父亲情况，我常觉得他是在审问我。父亲就过着日常生活，过就过了，要我汇报，就跟写总结报告一样。本来没有问题，一经盘问，就显出问题来了。当然我可以诉苦，但这样他就会指手画脚，这个不对，那个不该。我做事，反而有了错。多做事就多出错。不做只动嘴，永远没错。做事的人，做得好是应该的，做得不好就是不应该。他应该也知道父亲那脾气的，可能时过境迁了。

但毕竟他比大哥三弟会念叨父亲。其实我也愿意父亲过得幸福。父亲虽然不如母亲好，但毕竟是父亲。母亲走了，想着父亲还在世，总会有一种安逸。只是父亲别住在我家，他住在别的地方，我愿意每周去看望他一次，每三天也行啊。我愿意给他买很多东西，在我跟他在一起的短暂时间里，任凭他怎么折腾我，我可以忍，因为有尽头，这只是阶段性的。这才是理想的尽孝状态。小弟做到了，我无法做到。归根结底是他有本事，他有能力远走高飞，我只能搁浅在我出生的地方。我对小弟，更多的是羡慕夹杂着嫉妒。

有一段时间，父亲烦我管他，说要搬去养老院。那一阵媒体在讨论中国养老问题，说到了养老院。父亲说他要去养老院，不求子女。他显出很硬气的样子，其实他哪里是真想去？他住院请护工都不愿意，再说，他丢得起这个脸？无非是赌气，要寒碜我。他还故意大声嚷嚷，说得邻里都听见。

他说起养老院，总会描绘一番悲惨景象，挨饿，挨打，被绑在椅子上，死在床上。这些从各渠道获得的传闻，他特别容易记住。但有一点他从来不说，就是孤独。其实在养老院，他所列的情形未必会发生，但孤独是肯定会的。也许孤独是水一样无法把握形状，他可以回避。也许孤独是指向内心深处，男子汉大丈夫活到老了，暴露了脆弱的内心，多么丢人。

有一次我跟小弟说到，父亲吵着要去养老院，小弟竟然说，国外老人去养老院是很正常的。但中国怎么能跟国外比？国外福利好。

说到国外福利好，三弟出了主意，让父亲移民美国，进美国的养老院。小弟回国探亲时，三弟对小弟说。当时小弟就慌了，说父亲的移民申请很难批的。三弟又将他一军：那就先探亲。小弟又强调他工作忙，压力大。三弟说现在国内生存压力也大，工作也很忙。小弟又说国内好歹有三个兄弟，可以互相支援互相帮衬，在外面他只有一个人。说到急了，他强调他从来都是自己一个人打拼，一切全靠自己，父母没有给他什么。他出国，父母没给他一分钱，是他自己申请到伯克利的奖学金，路费也是他向朋友借的。这是事实。但父母没有给你好处，就可以不管吗？我也没得到好处。

小弟也知道自己的话站不住脚，就说："二哥你不也是？都靠你自己。三哥你不也是靠自己打拼？"

我和三弟被他统战了。"其实大哥也是，"小弟又说。大哥也在场。小弟可真是统战高手，"大哥也是白手起家。"

大哥除了住着父母房子，也没有从父母那里得到任何东西。其实我们这代人，谁能从父母那里得到什么？大哥叹息："爸就是这种人！珠蚶都不分我们吃一颗。"

大哥揭开我们兄弟共同的记忆。小时候，家里穷，我们吃不饱，父亲却还要喝酒，用珠蚶下酒。珠蚶小小的，放在他嘴里吮着，配合着"地瓜烧"的香气。我们兄弟站着看他吃。有时候邻居看不过去，说他，他还理直气壮：

"小孩子不要吃！"

我们现在做父母，千方百计首先保证子女，巴不得给子女多一些，再多一些。

那一次，话题转成了声讨父亲，感慨命运对自己这一代的不公。小弟逃过了一劫。虽然如此，他也被吓得够呛。他走前，还跟父亲吵了一架。我们都怀疑他是故意的。那次父亲跟外面人吵架，动了手，人家告到家里来。这种事也不是一次两次了，我总是出去赔礼示软。谁叫我摊上这么一个父亲？一边还得哄父亲。小弟却怪我太软弱，他坚持要父亲自己去承担后果。父亲恼了，骂他吃里扒外，骂他出国出傻了，这是在中国，中国就是拳头说话。他说父亲：

"你这样，要在美国，是要坐牢的！"

他强调父亲这样子，到美国根本无法生存。我知道他是不想把父亲接去美国。其实小弟多虑了，父亲也不会去美国。父亲不喜欢美国，还讨厌美国，那是他青壮年时期意识形态教育的后遗症。当然主要原因是不适应，他熟悉的人中也有老了去国外的，往往不适应跑回来。当然还有叶落要归根的原因吧。政治、文化、经济种种因素，父亲根本没有去美国的念头。我曾经试探他，问他愿意不愿意去美国，他说：

“为什么要去他美国？在中国就饿死了？”

这回答里有太多的信息。父亲不是说不去美国，而是反问为什么要去美国？不是说“美国”，而是说“他美国”。难道我这么没骨气？难道我非要离乡背井？难道你们逼我去？难道我不去就要把我饿死？饿，是他们那代人深刻的记忆。我不会被你们饿死，我花自己的钱。甚至，美国还欠着中国的钱，他们才会饿死。

但父亲有时候又会炫耀小儿子在国外，从世界名牌大学毕业，在大公司工作。但他很快又会显出不在乎的样子，说：

“小孩再本事也是小孩的，跟我们做大人的什么关系？”

但有时他又会骂小弟，说他跑远远的，没有对他尽孝。所以小弟的谨慎也是有道理的，说不定父亲要他尽孝，表态要去呢？就像当初父亲表态要住我家。父亲常让我们捉摸不透。

小弟应该肠子都悔青了，这时候打电话回来，简直是自投罗网。如果他不打电话回来，他还可以装作不知父亲失踪。

座机响起时，我已经躺下了。这座机是专门给父亲用的。大家都用手机了，父亲坚持不用手机，只能给他留着座机。半夜打来，只有小弟。电话比以往迟了一个小时。他后来说，他总感觉父亲有什么事，心一直很焦，想打，又想是自己多疑。犹豫来犹豫去，最后还是打了。这么说，他本就是要自投罗网了？也许，他是没想到父亲出了这么大的事，失踪。这不是电话关心关心就可以的。

妻子当时已经睡下。我们用的是子母机，子机在父亲房间，母机在我们床头。电话把妻子吵醒了。小弟问起父亲，我支支吾吾，我又怕他责备我，毕竟父亲是从我这里走失的。妻子戳我胳膊：“你要死呀！这么大的事，你瞒得住？”把电话抢过去，朝话筒喊，“你爸走丢了！”

她特地说“你爸”。

“怎么会这样？”小弟叫。

这是普通的疑问句，但我们心虚，理解成了责问。“什么‘怎么会这样？’”妻子应道，“你爸那脚，你管得住？家里就两三个人，白天不是上班就是上学，哪里有办法看得住他？”

“这我知道，”小弟说，“早知道送养老院。”

我简直怀疑我的耳朵了。他怎么这么说？话说出来，他好像也意识到不妥，赶紧又说：“毕竟养老院有那么多人看着……”但已经没有用了，他已经刺伤我妻子，他是在怪罪我们。而且偏偏是当初他说要去养老院，我反对。我妻子应道：

“是啊，还是该去养老院，就你二哥这傻子不让去！这不，出事了！最好是去美国养老院！”

“也不见得……”小弟支吾，“美国那养老院也不见得就好……”

“以为我们不知道？”妻子说，“至少比国内好多了。光是福利就不知道要好多少倍。中国是怎样的？过去是‘国家来养老’，后来变成了‘政府帮养老’，再后来干脆变成‘养老不能靠政府’，靠自己，还说可以靠房子，‘以房养老’。但中国房子只有七十年产权。你爸倒有房子，混着养完他自己还可以，但你大哥占着。我们都是自己交社保养自己，希望着六十岁退休就能拿了，现在又说要六十五岁才能退休，还得交！美国不这样吧？我听说美国还有叫‘间接财政转移’的？”

我没想到妻子还知道这么多，也许她是真关心的，毕竟我们也到了快退休年龄。

小弟道：“虽然是……但人家美国，是对人家的国民。你一个外国人，老了去人家那里吃福利，要是都那么容易的话，那还不都跑去了？人家为什么给你？人家美国人享受福利，是因为做了贡献，劳累到老，像我。再说，国内人以为在美国工作就那么轻松？知道我的压力有多大吗？爸要是来，不要说让不让定居下来，就是定居下来了，我也没法照料他。

我自己这边一摊子家庭。这里的老人都是自己生活，外国人，子女才不管呢！”

还是老掉牙的理由。我妻子应：“你又不是外国人，你是中国人，怎么可能不管呢？”

小弟明显不是我妻子的对手。他说：“我这不是在管了吗？”

“你在那么远，怎么管？”我妻子道，“得先回来嘛！”

“等我回来怎么来得及？”小弟说，“不管怎样，先去找啊！”

“你怎么知道我们没去找？找到了，放你那怎样？”

“以前不是都跟你们说了吗？签证签不下来！”

“怎么知道签不下来？你去签了吗？”

“怎么知道我没去做？”小弟也是急了，明显撒谎。送没送签，需要国内提供材料，这我们还是知道的。但说实话，他要坚持说签不下来，我们也没办法。毕竟那么多人没签下来，他再在材料上做个手脚，我们全是外行。但我妻子却要他表态，到时候他把父亲接美国去。也许因为我妻子逼得紧，他慌张了，就是不肯表态。“还是先把爸找回来再说！”他说。

他习惯于说“再说”。我妻子说：“‘再说’？‘再说’这么多年，从来没个下文。你们兄弟，谁也没有给个说法。我们一直承担着，也只有你二哥才会做锤砧。到头来还要说我们没有看好老人！”

“二嫂，我真的没有怪你们的意思！”小弟苦苦辩解。他慌得先把电话挂了。

“他肯定说断线了！”妻子说，“你们兄弟都是什么德行，我还不知道？要不是长途，我就挂过去！”

## *6*

我觉得妻子对小弟也太尖刻了。不过把他顶回去也好，免得又来个搅局者。我以为他就此会躲起来了，没料到第二天，大伯来了电话，问我父亲失踪的事。

父亲的兄弟姐妹，在世的还有大伯和姑姑。父亲平时跟大伯不怎么来往，他们曾经为分祖产搞得剑拔弩张。现在大伯竟然关心起我父亲来了。大伯怎么知道我父亲失踪了？一听才知道，是小弟向他告了状。小弟说他得知父亲失踪，一个晚上没睡着。他说他人在国外，公司又不让请假回来，只能请长辈们帮忙了。倒好像只有他孝顺似的。

我知道小弟是在争取舆论支持。也许他还更深谋远虑，他怕父亲找到了，我们真把父亲甩给他，到时候他推托，会得到亲戚们理解。

大伯仗着是长辈，当晚召集开会，在我家，让我召集大哥和三弟到场。“别说没空，不来他自己负责！”大伯语气强硬。

大伯还拉来了姑姑。长辈思维，先是问责，怎么会把父亲弄丢了？我妻子一听，就不接受了。她说父亲有两条腿，总不能把他绑起来吧？

媒体上曝光有的子女，害怕父母乱跑，把他们绑起来，舆论总是一边倒指责子女，老实说，是站着说话不腰疼。大伯就是这样的人。他斥：“你这是什么话！自己的爸，绑起来？”大伯不冲我妻子，冲我，“你要学电视上那些不孝子？”

我噌地火了。说我的孝，最刺激我。“我不孝？我已经够孝了！”我叫。

我最不能容忍被说为不孝。我觉得自己一直在为尽孝付出牺牲，简直高风亮节。妻子制止我：

“你做再多也是不孝！不如不做！全给狗做了！”

“你说什么？”大伯叫。

“我们是不孝！”妻子直对大伯，“孝子大有人在，四个儿子，总有孝顺的吧？比如在美国，一定文明多了。”

“就知道算计！”大伯道。他明显偏袒小弟。

“算计？”我道，“我要算计还能撑到今天？”

“就算算计，让他尽义务有没有错？兄弟四个，又不只有我家一个！”

“人家在国外嘛，”姑姑说，“国内还有三个嘛！”

“三个？哪里有三个？我以为只有一个呢！”妻子道，“做事时只有一个，出了问题，就一个个来问责了！”

“我们又没有怪你们！”我妻子其实是指大伯，但大哥心虚，连忙说。他害怕引火烧身，一开始就很低调，坐在角落。这下妻子真把矛头对准他了。

“没有吗？第一天来就露马脚了！还有，什么我们家有时间吃饭？”

“那是我口误……”

“口会误？我口说我心！”

“我真没这意思！”大哥苦苦辩解。看得出来他已很愠怒，但他竭力忍着不爆发出来。我知道他不敢爆发，如果爆发了，大伯、姑姑在这里，脓疮捅破，那么就来解决一下父亲住谁家问题。他是长子，长辈就讲长幼有序，何况又是住着父亲的房子，完蛋的绝对是他。他甚至还自打耳光，说：“我自己都做得这么差，我怎么可能去指责你们？我又不是有的人，躲在外国，还觉得自己最孝顺，做得最好！”

他想纠正枪口朝向，也想把枪口朝向小弟。三弟也怕转向他，说：

“对，自己做不到，就不要说别人，就应该感激做事人！我历来都感激二哥、二嫂。二哥、二嫂已经做得够好的了！要换成我，我都不知道怎么跟爸相处。一想起跟爸待一起，我就要做噩梦。老实说，爸要给我照顾，恐怕早就没人了！”

“说什么！”大伯喝道。

“不是吗？”三弟道。他敢对大伯硬气，大伯虽然是长辈，但对他的利害得失没有影响。他甚至挑衅：“不信，您来试试？”

“我干吗试？”大伯道，“我是他什么人？他儿子全死光了？没人管了？无处收容了？”

“不是叫您收容，只是说跟他相处相处。也不行？”

大伯语塞。

“对了，其实您跟他相处过，还吵了那么大的架！”三弟指的是当年分财产的事，“您觉得我爸好说话吗？”

大伯脸白了。

“所以嘛，还是那句话：自己做不到的，就不要说三道四，满嘴仁义道德。”见大伯要爆发，三弟又说，“我是说美国那个。”

大伯没理由爆发，只能用颤巍巍的手指戳着三弟。三弟懒懒地跷起了二郎腿。大伯什么也说不出来，拂袖而去。

“姑姑在这，”三弟继续道，“我在这里要表个态，二哥、二嫂，对你们，我一直是心存感激的，万分感激！你们怎么做我都没意见！”

“我也没有意见！”大哥也急着表态。

我蓦然意识到不妙，没意见？那岂非要保持现状？他们两个岂非合着算计我？好一个没有意见！没有意见就没你们什么事了？两个人都说没有怪我们，抢着表态，显得境界高，其实是没把父亲当一回事。在他们眼里，父亲就是一坨屎，不沾就好，管你怎么处理。

姑姑应该也看出来了，她朝大哥和三弟道：“你们可以走了！”

两个兄弟好像不敢相信，犹疑着。姑姑又朝他们挥挥手，那动作很无力。

“他们不能走！”妻子叫。

妻子这么一叫，他们立马像被踩了尾巴一样，逃走了。

姑姑冲着门的方向道：“畜生，还能指望什么？”

姑姑骂得这么狠，也把我们镇住了。姑姑又安抚我妻子，摸着她。“会急，会理论，会抱怨，说明还有心！我们做大人的，眼睛还不至于瞎掉，心像镜子一样清楚的。”

妻子哭了。

“儿子生那么多什么用！”姑姑又说。

姑姑说，要不是她劝住，父亲当初还要再生一个。父亲觉得他一连四个都是男孩，第五个肯定也是男的。但姑姑觉得家里经济负担重。好在后来实行计划生育了，超生要处理。那时候父亲还顾及他的政治生命，才作罢了。

父亲延续香火思想很重。父亲表面上思想进步，其实骨子里很封建。也许应该说是强权意识重。父亲崇尚强权，他要生男孩，与其是为了延续香火，毋宁是显示强大。他经常说：

“儿子排成一排，铜墙铁壁一样，谁敢来！将来抢也抢得过，夺也夺得过！”

却不料这些如狼似虎的儿子，连父亲也不认了。这是父亲的报应。

“生得对，生一个就够了！”姑姑说。这“一个”明显指的是我。我有一种被抚摸的酥麻。我感激姑姑承认我的功劳，现在我更要配得上姑姑的信任，他们都不管，我一个人也要把父亲找回来。

姑姑想出个寻找的法子：跳神。她熟悉一个跳神的，说是很灵。这种事我历来不相信，这是迷信。但不敢违抗，否则就是没孝心。何况也没有别的办法了。

神汉高深莫测坐着。室内幽暗，隐约看得到香案、神位以及供品。供品是塑料的，蜡烛也是通电的，这让我产生了不信任感。好在请神的香火还是真的。点着，渐渐有气氛了。神汉闭着眼睛，嘴里念念有词，我们跪着。神汉忽然浑身颤抖起来，迅速抖得厉害了，我知道这就是神附到他身体上了。他手里的铜锣碰撞，很快敲打起来。他完全失控了。姑姑知道时机已到，催促我问话。我问我父亲在哪里。对方的话我听不清，努力辨认，才辨认出他说的是：

“踏破铁笼凤飞去。”

“飞哪里去了？”姑姑问。

“北……方……”

“北方哪里？”

“……北……京……”

这似乎不靠谱，怎么一说北方就是北京？我知道很多神汉巫婆是没文化的，也许他只知道北京，因为北京是首都。

“北京哪里？”姑姑又问。

神汉说了什么，我无论如何听不清了。姑姑也听不来，急道：“你大声点！”

还是听不清。对方声音是放大了，但只是噪声放大。正竭力张大耳洞，对方忽然口吐白沫，扑倒于地。

一会儿，他苏醒了，说神已离去了。

“就是没听清北京哪里！”姑姑遗憾道，“北京那么大。”

我想，也许是因为具体的方位难以忽悠，他干脆醒了。

出来，姑姑说：“还是很准的。‘踏破铁笼’，你爸在你家，就是像在铁笼子里。”

我愣。

“不是说你不好！”姑姑怕伤了我，说明道，“你做得够好了！”

姑姑这么说，我倒愿意心平气和检讨起自己来了。我知道父亲在我家一直不太适应，但也不至于是“铁笼”啊！该给他的，我们都给他了。要说限制他，该限制的不也得限制？他实在不听，也就随他了。他是我们家最自由的人，爱骂谁就骂谁，爱怎样就怎样，简直是“太上皇”。

“其实你爸觉得挺亏欠你的。”姑姑说。

“他会吗？”我说。

“会！他跟我说过，他最疼的是你大哥，最不疼的是你。姑姑是多话，你不要介意！”

这我知道。

“他最疼的是你大哥，所以他不舍得劳累他，选了你。他自己做事不公允，做大人的就怕这样。当时我就劝他了，可是他不听劝。但他在你那里心是不安的，他总觉得亏欠你。你毕竟也是他的儿子啊！你还记得他疝气开刀住院那次吧？他跟我说，把你折腾苦了。你晚上陪护，他知道你困，他想让你躺下，去睡，不要坐着。他说作为老人，要自觉！

可是他一会儿就尿急，一会儿就口渴，只得又把你叫起来。”

原来父亲也知道累着我啊！

“他又没钱补贴给你，他自己就那么一点钱。”姑姑又说，“他那点钱啊，只够他喝‘地瓜烧’！”

那也不止，但我知道姑姑是在强调父亲手头拮据。

“喝了一辈子酒，戒不掉了！也没必要戒，这种年龄了。我们也没想要他那点钱。”我借机说明，“只是大嫂还说我们揩了父亲的钱……”

“这事我也知道，她是嘴贱，不要跟她计较。”姑姑说，“我们亲戚大小都知道你最孝顺，知道你没用你爸的钱，你爸还吃你的！”

“老人家，也吃不了多少，合着吃也省。”我客套道。

“正因为这样，你爸才压力大了！”姑姑继续她的话。

“怎么说？”

“他觉得是蹭你们的啊！”姑姑说，“他那性格！所以他又要显出不怕你们不给他吃的样子，他自己有能力养活自己。”

怪不得，父亲一旦不高兴，就会宣扬：“老人手上就应该有钱！有钱了，就不怕子孙嫌弃！”这话特别令人生气。妻子曾经说：“说得这么绝情！我们做了这么多都白做了。好，他反正不领情，那就让他交！伙食费、住宿费全交。”但说是这么说，真的向自己的父亲索要，我实在做不出。我只能去安抚妻子，老人家，不要跟他计较了，不理睬他就是了。但我们不理睬他，他却要管我们，他是父亲，他要干涉我们的生活。比如他干涉我妻子化妆，一半是价值观问题，一半是消费观问题，他觉得化妆品贵，没必要用。买卫生纸，父亲会因为我们买的价格贵几元而指责我们浪费。但买便宜的，不经用还容易破，其实更浪费。为了卫生纸的事，父亲不知挑起了多少次冲突。有时候他还会强词夺理，说过去用的还是草纸，早年农村还用竹篾刮屁股，现在屁股就娇嫩了？

“你妈用一辈子草纸，那屁股还生了你们四个兄弟！”

把儿媳说得发臊。父亲就是这么粗鲁，“大老粗”一个，过去说是工人阶级的语言朴素，其实是流氓语言。

他骂孙子浪费,我是赞同的。现在孩子确实不懂得节俭,比如吃东西，挑肥拣瘦。但妻子却不同意，觉得我们家孩子已经享受得少了，现在哪家孩子不是蜜罐里泡出来的？孩子不爱吃饭，爱吃别的，妻子就同意把饭剩下，再给他做别的吃。父亲就骂孩子：

“你把饭剩下？谁吃？”

“倒掉呗！”孩子理所当然道。

“浪费粮食，要遭天谴的！”

“哎呀怎么说得这么难听！”妻子忌讳父亲这么说。

“难听？不听难听的，就怕会难过，过不下去！”父亲说，“这样浪费下去，家里有多少钱经得起这样浪费？”

妻子表面上没再说，背后对我说，这又能浪费到什么程度嘛！简直小题大做。再说，家里钱又不是他挣的。他要担心家里开销，怎么不把钱拿出来？

父亲大概也知道我妻子不认同他的观念，他就自己行动。有一次，儿子汉堡没吃完，他捡起来吃。妻子对我说：“你爸这是干什么？他这是抗议我们！他如果想吃汉堡，也可以给他买嘛！”我跟姑姑说起这事，姑姑说：

“这是有点过了！他这人，寒碜起人来没情面！但还是担心你们家钱花光了。他本来应该把自己的钱补贴进去，但他担心自己以后。不是说你不孝顺，不是说怕被子女抛弃，老人家嘛，总是会担心，所以手头上总得留点钱。我是没工作，交了养老保险什么的，还得靠子女。平时你表哥给点钱，我就攒着，能省就省。”

“那他还给孙子七买八买？跟他说过多少次了，这才是浪费，才是纵容小孩，他就是不听！”

“还不是要孙子高兴？”姑姑说。

“这我知道。但这是溺爱！”

“还不是想让你们高兴？你们就不高兴？”

我愣。确实，我们内心也是高兴的。

“你们高兴了，他就可以在你们家待下去了！”

不至于吧？那他为什么又要跟孙子抢吃的？孙子吃零食，他常会要求：“给我吃一点！”孙子不让。孩子一旦占有，就不愿意让出来了。开始我们以为父亲只不过逗孙子玩，不料孙子不给，他却执意要。爷孙俩像两个小孩一样你争我抢，互不相让，家里闹得鸡飞狗跳。有时候零食是父亲买的，他还会说：“这还是我买的！”

“你给我了！”孙子应。

“我后悔了！”

“不行！大人不能后悔！”

“我不是大人！我是老人！”

听这话说的，像倚老卖老，但又像表明自己是弱者，乞怜对方让他。每当这时候，我妻子就会说：

“你爸越来越没大人样了！”

有时候我会想，父亲是不是返老还童了？我让儿子让爷爷，儿子不肯：“爷爷赖皮！”

“怎么能这么说爷爷！”我制止。我想按父亲的脾气，一定会当真，甚至发怒。却不料父亲仍然嘻嘻笑着，贪婪盯着儿子手上的东西。看来他真的是只在乎得到这东西。儿子最终被我说服，把东西给爷爷了，父亲竟然一脸满足的样子，甚至憨憨的，那样子简直像白痴。

这种跟孙子争夺的事情，近年发生得越来越频繁了，成了我新的烦恼。我不明白他为什么要这样？联系到他的迷路，我以为他真的是脑袋出了什么问题。我把这跟姑姑讲了，姑姑笑道：

“他那是装白鼻子丑角！他有时在我这里也会装。我是知道的。你们是晚辈，看不到！”

我蓦然有一种被算计的感觉。难道那一切都是父亲装出来的？就为了讨我们欢心？或者，也许干脆是想让我们相信他已经痴傻了，就不会跟他计较了？

想想我也是糊涂。父亲也是经风雨见世面的人，精明强干，怎么可能幼稚成那样？他这么丑化自己形象，出卖自己尊严，就不觉得羞耻？他不是个争强好胜的人吗？一个强人。

一个强人，竟然装傻卖乖，跟孙子抢东西，取悦儿子、儿媳，父亲的内心是怎样的扭曲和绝望。

## 7

对父亲的内心世界，我几乎一无所知。我甚至从没有意识到父亲有个内心世界。

在我，在我们兄弟眼里，父亲有着金刚不坏之身。即使看见他身体衰老，也只是关心他的身体，不会想到他还有一颗心。对男人来说，心这东西太软，难以拿出来给人看；对生存角斗士来说，心碍事，所以心灵空间必须挤压。我也是男人，我有这体会。我也不会去探寻他人内心，那是一种猥亵和冒犯。

实际上，父亲虽然身体还能自立，但他的心已经弱不禁风。他已经像孩子一样，需要大人牵着。所以他一改壮年时的习惯，变得喜欢跟大家挤在一起。这在我看来，简直是怪癖。我虽然也能体会他的孤独，但我很快会觉得，我对他内心的关怀已经够多了。当我自己为生计疲于奔命，我会觉得他的孤独是闲出来的。所以也可以不满足他的需求，就像小孩要求去玩，大人完全可以拒绝。

或者，敷衍一下。对父亲，我更多的是采用敷衍策略。相反，对我的儿子，我更多的会满足他。我年轻时候，中国人意识到了孩子的心灵世界，但至今却忽略了老人的心灵。也许是因为老人是尊长，一开始就高高在上，像我的父亲，他总是那么威严，我无法在他面前柔软。有些事一开始没有做，就永远无法做了，就好像有些话一开始没有说，就永远说不出来了。

我们兄弟几个和父亲都从来没有交流，连坐下来谈话都没有。小时候，我们做了坏事，父亲就打骂了事。小弟有一次回国，聊起美国家长不这么对待孩子，父亲就说：

“中国爹妈就这样，你认美国人去！”

在我的记忆里，父亲和祖父母也没有好好坐着谈心过。那时祖父已经衰老，父亲从没有好好坐下来听祖父说话。祖父跟父亲说话，父亲总是一边做着他的事，一边听。我也从父亲那里学了这种习惯，但父亲会不满，说：

“你开会也这样？”

他还记着开会。他所说的开会，就是当年单位里的开会。但我的时代已经不开会了。当下的事情，父亲往往会遗忘，过去的事情他却记得很牢。有时候我不禁会想起一句俗语：“病狗记得千年屎。”

“要是当年我讲话时你这样……”父亲说。

他不说“说话”，说“讲话”。“讲话”是会上领导说的话。虽然当年他不过是个车间主任，但他讲话时，严格要求下面的人不乱走乱动。

父亲一直忘不了当年的身份。也因此，他老被他同时代的人群攻击，比如那些聚集在旧工人文化宫的老人。对这些，我有所风闻。那些老人就像那文化宫一样，被时代废弃。他们牢骚满腹，父亲也牢骚满腹，但因为父亲过去是管人的，他们是被管的，父亲就被他们排除出去。其实父亲也是那时代的牺牲品，他只不过是车间主任，要被提拔了，粉碎“四人帮”了，他差点被当成“三种人”。后来干部“知识化”“专业化”来了，他更没机会了。再后来就是下岗，他跟普通工人一样拿一万五的“割头子”补偿，不像那些领导，合伙廉价出卖企业，大捞一笔。工厂卖给了私人，父亲想去看看，人家门都不让进。他没得到好处，却还要承担责任，他当然不干。

既然他不愿意承担责任，他可以把自己从这个群体切割出去。何况严格上说，他并不属于这个群体，至少也可以不跟人家念叨他当年的事迹。但他做不到。现在想起来，那是他人生的巅峰，残存的一点可夸耀的资本，他的人生已经被那个时代所绑架。他只能反过来为那时代辩护，说当初做法是合理的，不惜强词夺理。但事实胜于雄辩，实践检验真理，结果证明一切。他于是又变换了话语：

“没功劳，也有苦劳嘛！”

他的话语经常变来变去，就好像一汪水，这边被堵住了，就往另一边突围。我一直觉得三弟和小弟这点上很受父亲影响。但也许不只是父亲，整个社会都是如此。在一个缺乏客观的价值观的社会，只能哪个实用抓哪个，赢就是硬道理。

父亲对他的时代，无论是炫耀还是辩护，在我看来都是可笑的。父亲的年代，一部分也是我的年代。我们的历史部分重叠。在我有了思辨意识时，那与父亲重叠的历史被认为是荒谬的，我努力切割。我生命力最旺盛的时代，就是否定父亲的年代。当时我真年轻。

在否定父亲上，小弟与我类似。小弟刚懂事时，中国就改革开放，他不明白父亲那一代怎么会发生那样的事情，对父亲的年代，如果说我是切割，他则是置身事外。我强调那时我还小，至多只是红小兵，跟屁虫，对历史我没有责任，他则是完全不知情。所以我们有理由“弑父”。

暴力者是无视被暴力者的，于是对父亲视而不见。其实我怎么可能愚蠢到不知父亲有个内心世界？别人，哪怕是不相关的新闻事件里的人，他们遭受不幸、不公平，我都会被刺激起来。我会关切远在天边的人，唯独无视身边这个人，这个给予你生命的人。

那些在广场上、讲坛上慷慨激昂者，置生死于度外，可曾“梦里依稀慈母泪”？无视亲情伦理的革命家，是怎样样的革命家？

当然我也会竭力体会父亲的心情，但只是以未衰老的甚至是年轻的心态推测之。虽然我已经不年轻，已渐入老境，但在父母那里，子女总会显得年轻。以年轻的心体会衰老之心，必然会得出“无非就那样”的结论，老人了嘛！自然规律。我也会对他说：“没关系啦！”看似安慰，实际上是无关心。

父亲失踪前,我又对他说过“没关系啦！”那是他从工人文化宫回来，情绪恶劣，说再不去那种地方了，我自然推测到他又是跟人吵架了。他是否真的跟人吵架了？他跟谁吵架？为什么吵架？从吵架到他失踪，父亲内心里发生了什么？我利用周末时间，去了工人文化宫。

那些老人，我从来没有正眼瞧过他们。他们一群一群的，特别是黄昏，半晦半明中，好像一群群黑压压的昏鸦。他们骂现状，但他们对现状一点也不重要。对同样是牢骚满腹的我也不重要，我可以实际去挣钱，他们只剩下了骂，还有回忆。他们怀念他们年轻力壮的时候，怀念那时候的好时光，那时的社会风气是好的，那时没有贪官污吏，那时老人摔倒不会没人管，那时候到处都是雷锋。他们前几句还在控诉那时代，接着就又怀想那时代。他们其实是在怀念自己的青春。实际上他们也跟我父亲一样，被那个时代所绑架。他们无法跟那时代切割，那毋宁是切割自己身上的肉，尽管这肉是伤口上的坏肉，但也已经成了身体的一部分。

中国普通人，从来没有像他们这一代人被赋予政治荣誉。他们被说成国家主人翁，工人成了领导阶级。他们还被告知，自己的国家是世界革命的中心，西方也在学中国，像老牌资本主义国家的法国。我第一次知道世界上有个叫法国的国家，就是从父亲嘴里。父亲有一次喝醉了，跟邻居显摆革命形势。他从上层的学习材料里知道，法国有个叫拿破仑的说中国是一只狮子，只不过一直睡着，现在这只睡狮就要醒来了。

后来我猜想，父亲跟邻居讲拿破仑时，他并没搞清楚拿破仑不是当代人。邻居们更根本不知道拿破仑，甚至怀疑“拿破仑”这名字都是父亲杜撰的。他们背后里给我父亲取个外号叫“狮子”。这外号叫了好一段时间，连我母亲跟父亲吵架，也会说：“你还真是狮子！”

母亲明显是带着贬义的。中国人对狮子的观感并不好，相比同样是猛兽的老虎，狮子不仅凶蛮，外形也邋遢，还禀性苟且。母亲这么说时，是带着自怜自艾的。如果父亲是公狮，那么母亲就相当于母狮。传说母狮除了产小狮子，还要负责捕猎食物等一切事情，公狮什么事也不做。母亲一辈子都在跟父亲争这个。母亲说，她不是家庭妇女，她也要工作，新中国了，男女平等。父亲思想进步，满嘴革命，但就是无法做到跟自己的老婆平等。这是共产革命中妇女解放的奇观。

许多年后，偶然的机会，我看到儿子语文课外读物，说到狮子。据科学家发现，公狮不仅会占有他者的母狮，残杀它们的幼狮，对自己的孩子也很残忍，会将它们抛弃，让它们挨饿，饿死，甚至也会在饥荒时吃掉它们。这让我联想到父亲和我们。当父亲做着“狮子梦”时，他是否想到他的儿子们在他衰老时会怎样对他？

上世纪 80 年代，我知道拿破仑确实说过那话。那时全国铺天盖地引用这句话，中国这只睡狮要醒了。但父亲却开始衰弱了。父亲像一只被打败的老狮子，即使竭力让目光如炬，仍然无可奈何地睡眼惺忪。他被驱逐出丛林了。

现在想来，父亲长时间来过着被驱逐的生活。最初时代变了，他还有单位。后来单位倒闭了，他还是党员，街道还叫他过组织生活，读读报。我跟他说，你就别去了，你还什么党员啊？还得交党费。但他愿意。想想也可以理解，他这样才能牵紧主流的衣摆。但不久他自己跟组织闹翻了。别的地方返还的党费，可以拿部分作为党员福利，发点小饼什么的，他这里却没有。他去闹，人家说：

“你入党是为了利益？”

他说：“你们贪污，我就该死？”

其实他也没证据证明人家贪污。他骂骂咧咧，再不参加组织生活了。他曾经拥有的被一步步剥夺，职务、职业、社会地位、日常生活，哪怕最日常的穿衣，他都很难买到想穿的衣服了。当年，父亲的服装总是工衣，另备一件中山装，放正式场合穿。上世纪 80 年代后，工衣不再是原来朴素的工衣了，有了胸饰袖杠等装饰，父亲觉得花里胡哨。中山装，人们渐渐不穿了，很难买得到。有的店有，但都是改造了的款式，时装化流行化。父亲认为那根本不是中山装。人家说：

“你要那种土不拉几的呀？都什么年代了，谁还穿？”

穿衣都这么难，现在想来，父亲的内心应该是惨淡的。他看出来了，这世界不属于他了。

整个城市没剩下几个会做中山装的裁缝，价格也比较高。父亲也做了。在我看来简直奢侈。穿别的衣服不行吗？但父亲说，别的衣服就是穿不出去。

父亲不是奢侈的人，但某些方面又显出奢侈。一是喝酒，二就是穿衣。前两年，他又迷上了保健品。他本不是讲保健的人，体检都不去，还老说现在人太娇嫩，他怎么就被那个叫恬恬的推销员给迷惑了？他买了很多保健品，都写着根据祖国医学研制，一看就是忽悠。父亲不是容易被忽悠的人，怎么就被忽悠了？我自己就是产品推销员，那些伎俩我太清楚了。不让他买，他说他用的是自己的钱。我说你自己的钱我也替你可惜，他就说：

“你可惜，你怎么不掏钱？”

他还会装身体不好，做出病恹恹的样子给你看。

有一次，那个叫恬恬的推销员竟然跑到家里来了，我亲眼看到她是怎样忽悠我父亲的。我要把她赶走，父亲说：

“你不关心我死活，也不让人家关心我死活！”

我承认，推销员那作态，那些话，我确实无法做出说出。但是父亲你怎么不明白，那都是虚的，都是盯着你的钱。她会给你做一餐饭吗？会给你洗一件衣服吗？她会供你生活费吗？她只会抠你的钱，嘴上说得好听：“客户的需要永远是我努力的方向！”那是经营策略，“银发经济”。

我们总以为亲情不需要经营。现在想来，我也只是满足父亲的基本需求。那些聚集在文化宫的老人，他们的子女最关心的可能就是他们不要跌倒，不要被车撞，身体不要出事，没有想到他们还有一个心灵。所以精明的推销商苍蝇一样聚集在那里。父亲就是在这种地方被上套的吧？

推销的最高境界，不是让对方相信他需要产品，而是产品需要他，社会需要他，时代需要他，他不可缺少。对被边缘化的老人，还有什么比被需求更重要的？我记得那个恬恬还要邀请我父亲开讲座。她甚至会直接让我父亲救她的业绩。这明明暴露了她的商业面目，但我父亲乐呵呵地答应了。也许父亲把对方当作应该呵护的孩子了。甚至是英雄救美。人老了，并不等于心也老了。

文化宫边上有个简易茶馆，设有内室。电视曾报道这里发生卖淫现象。取缔了几次，又死灰复燃。原因是无法下大力度，执法会遭到老人们围攻。嫖客年纪大，突然抓捕，身体要是有个好歹，责任担不起。

那些卖淫女都已人到中年，在老人间穿梭，打情骂俏。她们表现出对老人的喜欢，但我很奇怪，老人难道就不明白自己并没什么值得这些女人喜欢的？不过是谋你的钱。自己身体完全不行。当然报道说老人基本只是摸摸，但这毋宁是对老人更大的奚落。本来存在的事实，现在确凿地被证实了。也许是那些女人干脆表明她们需要老人的钱生存？或是老人有着“同是天涯沦落人”的感觉？一边是沦落风尘女，一边是穷途末路人。既然如此，还求什么？无所谓操守，无所谓晚节，无所谓名誉。整个社会都不守节操，凭什么要我们这些将死的人守？能捞多少算多少，及时行乐。老子就是这样，又怎样？我父亲就喜欢说“又怎样？”我总觉得，这句式承接的是那句“造反有理”。老子造反了，又怎样？老子就是吵你了，又怎样？老子就是骂你了，又怎样？把我杀了吧！怕什么？我揣测，这些老人就是抱着这种心理进入暗室的。我看到，一个老人进去前，说道：

“土都埋到脖子了，怕什么！”

我惊愕地听说，我父亲也去过那暗室。老人中流传着关于我父亲的桥段。我父亲出来时，说了一句堪称经典的话：

“操，奶都平了，抓着可以摇铃！”

据说父亲说出那话后，就发誓再不去了。他不去文化宫，并非跟人吵架。

## *8*

父亲轰然坍塌了。

过去，父亲尽管难侍候，尽管霸道，不近人情，那还是父亲。甚至父亲就是霸道的。现在这个搞女人的人不符合父亲的形象。他可耻地挂着生殖器。虽然我也应该知道父亲有这器官，我就是这个器官的产物，但人伦禁忌，自动屏蔽了这些内容，代之以崇高的生命繁殖。虽然骂人时,会以性内容攻击对方,但并没有真的性意识。大哥小时就受父亲影响，“操”挂在嘴里。 次跟父亲吵架，他骂：

“操！”

“操？”父亲应，“我没操会有你？”

没想到父亲会这么说。大哥赶紧噤声。那是我们不小心涉进父母性领域，就好像不小心掀开父母蚊帐，看到我们不该看到的。不，是父亲竟然转过身来，把赤裸裸的下身亮给我们。

小时候，母亲经常跟父亲吵。父亲迟回来吃饭，母亲就说：

“我们吃！人家外面有饭吃！”

有一次，母亲直接说父亲“风流筋翘”。当时我还不明白什么叫“风流筋”。后来知道了，想，父亲凶巴巴的，怎么可能有女人喜欢他？但有一点很蹊跷，父亲爱听歌。有时还会在喉咙口哼哼，但只是悄悄地，很快就收敛。父亲性格霸道，从来不知收敛，却偏偏在哼歌上做贼似的。被母亲捕捉到，他就显得很理短。母亲说他不正经，他辩说，这有什么？这是革命歌曲，文艺宣传队都可以当街唱。现在想起来，父亲是把情欲的私货藏在光明正大的政治皮囊里。这实在是一种巧妙策略。汉民族绝对不是能歌善舞的民族，没有这种“政治正确”的伪装，怎么可能毫不腼腆地高歌扭腰？现在那些在公园里唱“红歌”、在路边跳街舞的，如果没有这种“政治正确”的坚韧皮囊，怎么可能唱得起来扭得起来？父亲的政治，毋宁是体制。

现在想来，当初母亲的猜测可能是对的，父亲就是会搞女人的人。想想，他享受着母亲的侍候，喝着母亲给他端来的“地瓜烧”，心里却想着外面的女人。我为母亲鸣不平。这不只是背叛，背叛这种说法太明亮，也不是欺负，是欺侮。

但我归根结底不想介入父母间这种事，那有一种“混账”的感觉。我特别不愿意正视父亲的性。我从小就躲避父亲的身体。小时候有一段时间，我睡父母床上，我总要睡母亲那侧，不肯睡在父亲那侧，也不肯睡他们中间。母亲以为我是害怕父亲，其实我是忌讳与我同性别的父亲的身体的味道。我青春期时身上也有了这种味道，我对自己也产生了恐惧。这是荷尔蒙的味道。其实我是忌讳父亲的欲体。

父亲住院，不能下床小便，我给他把尿壶，都要他自己把东西掏出来。我的眼睛也竭力移开去。替他擦换下身，都要小心翼翼不让手接触到他肉体。有一次给他换姿势，不留心去拉他的手，只是手，那温度就像电流一样闪来，我赶忙撒手。

但其实那未必如电流一般强烈，只是肉麻。也不是麻，是一种敏锐的感应，一种不该有的私密交流，像通奸。

我后悔我为什么要去工人文化宫。我也不敢告诉兄弟们。难以启齿。兄弟间谈论父亲的性事，像乱伦。

我更不敢告诉我的妻子。父亲的奸情就是对我的指认。“有其父必有其子”。

这秘密我只能自己消化，烂在心里。我暗夜潜行。我揣着父亲的黑暗，忍辱负重。

一天，那个推销员恬恬又来了。她找我父亲，说是前几天我父亲买了保健品，来做个回访。我问她什么保健品，她说我父亲知道，她要见我父亲。她听说我父亲失踪了，慌忙走了。

我感觉她有什么隐瞒着我，也许她知道我父亲去哪里。我去文化宫找她，没有找到她，撞见了一个父亲的熟人，姓霍，父亲曾经把他带回家来。父亲极少带人到家里，恬恬算一个，霍老算一个。我向他问一个叫恬恬的保健品推销员，霍老说知道她，带我去找，也没有找到。我问前几天我父亲买过的保健品，霍老变得躲闪起来。“你自己去问你爸吧！”他说。

我告诉他，我父亲失踪了。他惊讶得合不拢嘴。“还真是，说去就去！”他嘟哝。

“去哪里？”

“……北京。”

去北京？我几乎叫出声来。“踏破铁笼凤飞去。”飞去哪里？北京。难道真被那跳神的说中了？我们家没有亲戚在北京，也没有朋友，父亲去北京干什么？我问霍老，霍老不肯说。我说现在我正找父亲，父亲已经失踪这么多天了，现在只有您能救他。他才告诉我，父亲去北京找一个叫方小红的女孩子。

我更糊涂了。我怎么没听说过这个名字？父亲这秘密，竟然藏得这么深。他真是“风流筋太翘”了，这么老了，对方还是女孩子。霍老说，我父亲说那叫方小红的才十八岁。这是他的孙辈，也就是我儿子这辈，他也下得了手？简直太荒唐了。

“就是那个药害的！”霍老说。

“药？”

“中国就这样，保健品药品不分！”他说。

我想起来，父亲出走前几天，有一次吃饭，裤袋里一盒保健品掉了出来。他的保健品从来是到处乱丢，但这个却揣在裤袋里。孙子要去捡，他竟然慌张地抢起。当时我没有留意，以为是比较贵的保健品。

"我劝他不要信，保健品是保健品，药物是药物，两回事，报纸上都在说，国家三令五申，但他就是不听，跟吃错药的老鼠一样。对，就是吃错药的老鼠！结果呢？没用！"

"没用？"

"当然没用！"霍老瞥一眼茶馆。我明白了。为了让霍老消除顾虑，我告诉他我已经知道父亲去那个地方，别人跟我讲了。

"他们那些人的话，"霍老摇头，"不真！"

他告诉我，我父亲出来时，神态并非赖皮的，而是黯然。父亲进去，是去试试自己吃药后的能力的。他俨然是战士上战场，这样，失败就成了惨败。

我就奇怪了，他都这把年纪了，怎么还有那么好的预期？霍老说，不是预期太好，而是一直太坏，反生出了狂狷。因为害怕、自卑，所以渴望表现得好，所以才去吃药。

那么既然已经被证明不行，怎么还去北京找那个方小红呢？对方可是小女孩。霍老说，我父亲把原因归咎于那些卖淫女人不行，太老，没有魅力。他说自己本来是行的，不需要药都行，看着她都勃起。于是他决定去找方小红。

原来父亲不是迷路，是出走。既然如此，应该带行李。但他没有带。衣服也没带，除了身上穿的，都在家里。身份证呢？不然怎么买车票？我赶回家，父亲的身份证没有找到。我又找他存折，他的钱平时都是他自己收着，我没去管。我翻箱倒柜也找不到，也许也带上了。

带着身份证带着钱，父亲是蓄谋的。倒是我们傻乎乎地着急寻找他。我有些安心了。只是父亲是怎么认识这个方小红的？他平时又怎么跟她联系？他不会上网，没有手机。难道是写信？但那么个小女孩，谁跟你一个字一个字地码？难道用的是家里的座机？我查了话单，无论是呼出还是呼入，都没有北京的号码。

父亲平生只去过一次北京，那是他二十多岁时，"大串联"。父亲那时已工作结婚了，他是和几个同事混在学生队伍里去北京玩的。因此没去上班，还被当旷工处理。这事让父亲跟领导结下了梁子。那领导没多久失势，父亲是斗他最凶的一个。我长大后偶然知道父亲当年跟领导的事，还觉得有点不可思议，我印象里父亲满脑子都是领导思想。想想也不稀奇，那时候父亲还是年轻人，谁没有年轻过？何况那个时代，何况有仇怨，父亲这种性格。

当年和父亲一起去北京的，有个姓高的同事。“大串联”事件后，“当权派”被打倒，“革委会”成立，父亲这拨人得势。老高比我父亲运气好，爬得高，但没两年就摔下来了，到了我父亲车间。据说我父亲管他也挺不客气的，所以他对我父亲也很不满，没往来。有一天，我在路上碰到了他。我叫他，他瞧一眼我，想装作不认识。我说，您不是高伯伯吗？当年跟我爸一起去“大串联”的。听到“大串联”，他才眼睛发光。

“还什么‘大串联’啊！”他马上又叹道，“哪朝哪代的事了！”

“我爸还经常提起呢！”我说，“常提起您！”这是我编的。

老高停了许久，拿中指戳着我。“你爸这人哪！”

他说，他和我父亲曾经是那么好的朋友、战友，所以才一起去北京。一路挤火车，白吃白喝白住，到了北京，正赶上毛主席第六次接见红卫兵。他们被安排在同一个方阵，又是唱歌，又是拉歌。当时他们方阵里有个女的，歌唱得好，指挥也好。一到方阵间拉歌，大家就一起喊她的名字，推她出来指挥。

我的心一个咯噔。

“当时我们在天安门东侧，”老高继续回忆，“从傍晚开始就出发了。说是要从东向西经过天安门，接受毛主席检阅，毛主席会站在天安门城楼上。我们都兴奋极了。队伍走走停停，停停走走。走了一夜，一会儿在灯火通明的大街上，一会儿走进忽明忽暗的巷子里，一会儿周围黑漆漆的，有人说可能是到了郊区。什么也看不见，解放军就让大家每个横排手臂挽着手臂，防止队伍被挤乱了，冲散了。大家就按解放军说的做。

那手从腋窝穿过去，痒死了。但也得穿。好在我左边就是你爸，平时玩，打闹惯了。你爸左边的，”老高顿了顿，我的心揪紧了，“就是那女孩！”他说。

“也是天注定！”也不知过了多久，老高说。

“后来呢？”我问。

“后来，”老高说，“没有见到毛主席。到我们走到天安门，毛主席已经走了！”

我想知道的不是这。也许这对他们很重要。“再后来呢？”我问。

“我们等于陪你爸去北京了！”老高说。

怎么会是陪我爸去北京呢？我父亲不是也没见到毛主席吗？“再再后来呢？”我追问。

“队伍散了！”

“你们再没联系了？”

“那么多人，五湖四海的，怎么联系？”

“我是说……那个女孩。”我只能直接说了。

“再没见到了！”

“没有联系？”

“怎么联系？我连人家胳膊都没碰过！”

我猛然明白，他为什么说是等于陪我爸去北京。“不知道地址？”我又问。

“怎么了？”

“没什么……我爸去北京了……”

“去北京干吗？人家是不是北京人都不知道！”老高怎么反应到我父亲是去找她？

“口音是北方口音，普通话讲得很好听。”

老高细密回忆着。他说得这么细致，身临其境，我也有点恍惚了。“她叫什么名字？”我问。

“方小红。”

我大吃一惊。父亲不就是去找一个叫方小红的吗？见我惊异的样子，老高问：“怎么了？”

我告诉他，我父亲失踪了，他走之前跟一个熟人说，他去北京要找一个叫方小红的女孩子。

“人家怎么还是女孩子？”老高叫起来。

我愣。

“早跟我一样老了，老太婆了！”老高道。

他粗野地说“老太婆”，不是“老太太”“老人家”。他这么说时，重重往自己胸口戳，那简直是在作践地表明自己已经老朽了，但又似乎在炫耀，自己是和那女的一同老去的。“我们是同龄人，我们是一代人。甚至，你的父亲都还在其中，还说人家是女孩子呢！还去北京呢！”是啊，父亲怎么就没有意识到人家已经老了呢？难道他糊涂了？难道他老年痴呆了？但他都把身份证和钱带上，怎么可能痴呆？

难道他独独在这一点上认知障碍？印象中有“部分认知障碍”这种说法。我查了一下，确实有。认知是人的心理活动之一，是指认识和理解事物的心理过程，它由多个认知区域组成，包括记忆、计算、定向、注意、结构能力、执行能力语言的表达、理解等方面。记忆障碍的临床表现是记忆错误：错构症和虚构症。

父亲应该是属于记忆错构，或是虚构。还有一种临床表现是记忆增强。是什么导致父亲把那么久远的记忆放大，错构和虚构？也许父亲内心一直有着一个结，只是他没有跟我们说，他没有倾吐的习惯，我们也不可能去听他说。我们只知道他言行怪异，不知道那就是老年痴呆的前兆。

我曾寻思祖父那代怎么没有“老年痴呆”？其实按病征，祖父就是老年痴呆。现在我们很知道这种病了，还知道它有个学名叫阿尔茨海默病。其实父亲有些行为是对得上这种病征的，只是我潜意识在回避，只愿意想是他脾气不好，至多是老糊涂。一方面过于焦虑，一方面又竭力回避。

## 9

如果父亲真患上了老年痴呆，怎么办？这可是个严峻问题。

我本应该立刻告诉警方父亲可能去北京，这样寻找就有方向了。但我没告诉。我总是很忙。其实只要一个电话就可以了，但我很忙。时间浑浑噩噩又过去了，一天，我突然接到警方电话。我有点恍惚，我甚至想不起警方为什么会给我打电话。警方说，在火车站监控里发现了我父亲。他们竟然一直在找。我的心提了起来。

警方说，查火车票，我父亲是去北京了。我有一种被逮住的感觉。

警方又说，通过全国公安联网，北京果然有一个信息跟我父亲相同的人。“哦。”我说。

警方说这个人躺在医院里。

“哦。”我说。

警方说这人是倒在路上，被人发现送进了医院的。

“哦。”我说。

是突发脑溢血。

“哦。”

“你听清楚没有？”警方说，“你父亲是突发脑溢血！还昏迷不醒。”

“那什么时候醒？”

“这不知道。可能要做长期准备了！”

长期准备？什么长期准备？我好像完全没有反应过来。但我的心已经沉到了谷底。我已经后悔了。

我实在后悔！如果早点发现，如果我们抓紧找，如果我们不互相推诿，不互相计较，如果我们想到父亲会出事。

其实我也想到父亲会出事。大哥、三弟也想到，所以才担心。如果真担心，如果我一知道父亲去了北京，立刻就赶往北京，也许父亲还不至于昏倒。至少，我可以抢在他昏倒前，把他扶住，撑着。只要他不倒下去，就不算倒，就不会躺倒，就还有救。

“还好发现及时……”警方说。

及时？还及时？都倒下来了，还不如不要发现。只是我没有说出来。我瞧见了自己的卑劣和冷酷。

我没有将父亲去北京的事告诉兄弟们，好像也不只是羞于启齿。羞耻感那么重要吗？难说我就没有叵测居心？其实在我潜意识里，隐约在等着出事，父亲远在北京出事，中国人冷漠，警方又不作为，那么就好了。是谁这么热心把我父亲送进医院的？警察怎么变得这么敬业？这世界真荒谬，而我却算得太如意。人算不如天算。到头来不但不能好，还更糟了。

后悔啊！但后悔来不及了。哪怕痴呆，都比现在好。完了，一切都完了！拖你几年，十几年，几十年……下半辈子要全搭进去了！回忆往日，父亲尽管烦人，但生活能自理。那些日子都变得令人怀念了。但一去不复返了。现在想来，让父亲住在家里就那么难吗？难到过不下去的地步？只是不愿意付出牺牲。其实连牺牲也谈不上。如果把幸福期望指数调低一点，有什么不能忍受的？但谁也不愿意调低。

我也不愿意。某种程度上，正是我造成了现在的局面。我忏悔。我得把父亲接回来，义无反顾，继续住我家就住我家吧！

警方问我什么时候去接父亲。我一惊。这太复杂了，父亲还昏迷不醒，怎么回来？不能坐飞机，不能坐火车，总不能抬着担架一路走回来吧？问题太大了，问题太多了，难以解决。我愿意解决，但实在是难以解决。我说我得跟兄弟们商量。

我打电话给大哥。我说父亲找到了。“在哪里？”他问。

“北京。”我说。

“怎么跑北京去了？”大哥说。

“北京的医院里。”

我把父亲的情况说了。电话那边没了声音。好半晌，我才听到大哥喉咙里咕噜出一声：“操！怎么会这样？”

“他跑北京干吗！”又半天，大哥又问。

我就把父亲去北京找女人的事说了。还没听完，大哥就愤怒了。“操，我们到处找他，他倒好！寻花问柳去了！告诉老三了吗？”

我说还没有。“走，告诉他！”他坚定说。

大哥竟然撂下他的店，跟我一起去找三弟。这在我看来并没有必要。到了三弟单位，我告诉他父亲找到了。他愣了一下，笑道：“别吓我！”

什么吓你！我说，是警方通知我的。三弟表情僵硬了：“警察会这么敬业？”跟我反应一样。我告诉他，父亲是在北京找到的。“他跑北京干吗？”他的反应跟大哥如出一辙。毕竟我们是一个娘肚子里出来的。我说去找人了。“谁？”他问。

“一个老相识。”我说。

“老相好！”大哥不耐烦道。

“我怎么都不知道有相好？”三弟道。

“我也不知道！”大哥说，“他把我们都给骗了！”

“把咱妈也给骗了，”三弟说，“骗到死。”

听三弟这么说，我感到悲痛。母亲去世多年了，但母亲仍然是我的念想。父亲背叛母亲，我不能接受。虽然我不是头脑封建的人，我承认母亲去世这么久了，父亲有权利寻找新伴侣。但我本能上抵制父亲这么做。即使父亲光明正大明媒正娶，我也会反对。当这种情绪占上风时，我宁可自己照顾父亲，也不要那个可以照顾他的女人。我的正义感道德感亢奋地勃起着。

“其实早应该想到了！”大哥说，“妈在的时候就老猜他外面有人。”大哥回忆了一些旧事。三弟表示惊讶：“我怎么都不知道？”

“那时你还小！”大哥说。

“我更像傻瓜了！”三弟说。“这可是原则问题！”他说。三弟从来不是有原则的人，现在讲原则了。“这不是孤立事件！是他一贯的作风，是前科再犯！这种事，会搞一次，就会搞第二次，第三次！自作孽，不可活！这样的人，我们做子女的为什么要认他？”

三弟不是说“爸”，而是说“这样的人”；不是说“我们”，也不是说“我们做儿子的”，而是说“做子女的”，这使得这指代超越了我们具体单个家庭。这样的人，是社会公德也不能容许的，大家都不能原谅，我们怎么能？

三弟说“为什么要认他”时，动作幅度特别大，胳膊甩了起来，脸却别向一边，好像要背弃而去。我的心也像刚杀的鸡内脏一样热了起来。父亲的丑事，之前是困在我内心，所以彷徨，不敢发泄出来。现在放在明里谈论，公开鞭挞，旗帜鲜明。我们三个兄弟站在三弟公司大楼前的大街上，怒不可遏地声讨父亲。

可是再可恶，也是生我们的父亲。三弟说，生我们怎么了？他也不过是因为那个快活才生下我们，我们只是他快活的副产品。

三弟这话说得也太白了。我不自在起来，转换话题。我说毕竟警方在催，父亲这样躺在北京医院，也不是办法。至少费用，每天都在产生费用，医疗费、床位费、陪护费……

“不是有相好吗？”三弟问。

“那是你后妈！”大哥道。

“后妈就后妈！反正能把爸接手了就行！”三弟说。他的话让我恶心，大哥则笑他想得太美了。“后妈在哪里？”大哥反问。

我告诉三弟，父亲发病时身边没人，那女人现在还不知道在哪里。父亲是被路人发现了送医院的。

“那人是谁？”

“不知道，打电话报警，没露面。”我说。

“这蹊跷了！”三弟说，“这可得搞清楚！”

他给警方打电话。他说应该找到肇事者。“哪有肇事者？”警方说。

“不是没有，是逃逸了！打个电话逃了！”

“人家那是好心……”

“那为什么要逃？”

“可能怕误解吧……”

“误解把他当肇事者了？他是好人了？他是雷锋？”这想法当初也曾在我脑子里闪过，只是我觉得这么想不近人情，“我们家从来没有撞上好运，运背着呢！怎么这次偏偏被我们撞上好人了？”

“怎么能这么说！”对方声音有点恼怒。

“你别激动！你也不在现场。”三弟说，“你也不知道这个报案人是不是肇事者。我知道我不该这么怀疑,但我爸这样了,换成谁都会这么想，将心比心。你可以说我小人之心，是小人，可到我这份儿上只能当小人。而且我还可以告诉你，肇事者还是个女的！”

“你怎么知道？”

“我们当然知道，你们调查一下就知道了！”

三弟简直疯了。调查？怎么可能调查出来？何况老实说，我也不能确切断定父亲会遇到那个方小红，而且，那个小孩子的方小红是否就是那个老太婆的方小红。三弟难道就想不到？

警方说，调查需要时间，如果你们等得起就等吧。我们当然等不起，如果调查没有结果，肯定不会有结果，那么医院里的费用又要增加了。天知道警方拖到什么时候。

三弟说，不怕，有人可以付美金。我知道他指小弟。三弟看时间，下午五点，那边是凌晨。但还是打了，用三弟公司电话。

小弟一听父亲躺在医院里，就表示要回来。这次他表现得很积极，我们都没想到。三弟说：“爸还没死。”

“我知道。”小弟说。

“可能要做长期打算了！”我也说。

“我知道。”他仍然说。

“你到底是醒还是没醒？”三弟道，“你以为爸这么快死？你回来能待多久？我们都在国内，可以出力，只是费用上很成问题！”

“多少？”

“不是小数目。”三弟说。

“具体是多少？”小弟问。

“还不知道。”我说，“得去北京后才知道。”

“怎么还没去北京？”

“去北京容易，”三弟道，“就是费用问题。”

“不去怎么知道费用？难道车票、机票也买不起？”

“你这是什么话？”三弟道，“你以为就这费用？医院要讹多少钱？那可不会是小数目。还有，爸这样子，回来了，接着怎么办？我是喜欢‘丑话说前头’的，免得到时候发生纠纷。亲兄弟明算账。”

“我知道，又没说不算。”小弟说。

“算就够了？”三弟说。

“够不够，也要接回来才知道够不够。”不知是否小弟装糊涂，就是没法说到点子上，“我们会去接的。”我把电话接过来。

“那不就结了？”小弟说。

三弟索性道：“我是说，我们穷，到你这里化缘来了！”

“不需要化缘，是我自己的爸！”小弟说。

“真会说话！”三弟说，“还知道有个爸！”

“我当然知道，”小弟说，“所以我知道回去。你能吗？你就在国内，你会去接爸吗？”

三弟被噎住了。他突然喷出话来：“你怎么知道我不会去？大不了丢工作！大不了当乞丐！”

“那好，北京见！”小弟说。

“见就见！”三弟冷笑，“见了又怎样？我还不知道他？钱抓得紧紧的，人跑回来见？还不是做个姿态，我也很孝顺，我也尽心尽力了，我公司不能请假都硬是跑回来了，冒着失业的危险。然后，一抽脚又跑回美国去了！”

“人家小弟又没说不承担费用。”我说。

“那他说啊，表个态啊！承担多少？你听他说的是‘再说’。你回忆一下，他说‘再说’，什么时候有个说法？”

“也许这次不一样了……”我说。

“什么不一样？对，是不一样了，爸昏迷不醒，爸要成植物人了，需要全护理了，永远不可能好起来了，会把我们拖老，拖垮，拖死！还有，还有不一样的，爸外面有女人了……”

“他又不知道这。”我说。

“他知道了，我看连回来都不会回来了！”三弟说，“他还会回来当孝子？当这样的父亲的孝子？可能吗？你以为他境界多高啊？你以为他去了西方就成了圣徒了？我操！他是耶稣啊？我操！耶稣从西方来啊？太阳从东边来，耶稣从西边来啊？我操！我操！这世界上有耶稣吗？”

“扯什么乱七八糟的！”我说，“当务之急是订机票！”

“我还得请假。”他说。他瞅大哥。

大哥说：“看我干什么？我又没说要去北京！”

“没问题啊！”三弟道，耸耸肩，“哈，我去没问题啊！但是接回来后去哪里，你们可得想好了！”

“还能住哪里？住医院啊！”大哥说。

“长期住？钱呢？”三弟举举手，“人家会同意吗？”才发现电话没挂。拿起来听，那边挂了。

“所以最后还得住家里。当然得住他自己的家，最后从自己家里走。”

大哥说他要回店里了，顾客要把店炸了。三弟冲大哥背影嘲讽道：“不能解决，白忙！”

我回到家里，跟妻子说起父亲将来住哪里。我没去搬三弟的话，担心妻子也说大哥住着父亲的房子，让父亲住过去。明显大哥不会同意。妻子说，还是去养老院吧，全护理。这倒是一个办法。

“爷爷不去养老院！”儿子插嘴。

“谁说爷爷不去养老院！”妻子道，“爷爷不是闹着要去养老院吗？”

“不对，爷爷怕去养老院！”

“爷爷自己都已经不知道了……”妻子说。

“不知道了就可以不管吗？”

“谁不管了？”妻子恼了，“我们到时候也要去养老院！爷爷这代，还有我们可以给他养老，我们这代，你能吗？你这小孩，什么都不懂！两边四个老人，还不送去养老院？有没有钱去养老院还不知道呢！你能照顾我们？别想了！”

孩子瞅瞅母亲，又瞅瞅我，眼神幽幽的。我感到害怕，小声制止妻子：“说什么呢！你这是在教孩子吗？”

妻子赶紧不作声了。

睡前，妻子对我说，可要说好了，这养老院的钱大家分摊。要说穷，你是四兄弟中最穷的。妻子说得在理。但这也是令人头疼的。三弟明摆着要推给小弟，小弟又不明确表态。正想着，座机响起来了。这点钟，肯定是小弟打的，正好，再跟他沟通沟通。我妻子上次刚跟小弟吵过，怕她又来搅局，我跑到父亲房间接。

## *10*

小弟说，他已经订好机票了，明天就出发，直接去北京，我们在北京会合。

“你公司那边，走得了吗？”我问。

“公司……没什么事了！”他说。

他这话怪怪的。“马上要被裁的人，还有什么事可干？”

我大吃一惊。怪不得他这次马上说要回来。

“当然兄弟们、亲戚们也可以认为我之所以会回来，只是因为闲着。”他又说。

“不会不会！”我说。要在平时，我应该会这么想。但现在他落难了，我就不能这么想了。何况他毕竟说回来就回来了，而我们这边，连去不去接回父亲还不能统一意见。

“会的！”他说，“换成我也会这么想！”他说得很冷酷。

“都是兄弟……”我说。

“三哥说我的我都听到了！”

我就猜他听到了。

“他说得对，我不是耶稣，不是耶稣西来，我本来就是东来的中国人嘛！”小弟说，“一辈子都是，二代三代能否改变？不知道。反正我这代是变不了了。当初出国，也就是想改变，至少下一代不按这轨道走下去。我承认，我逃出国去，也在逃离我们这个家，逃离爸。我从小见爸就总想掉头逃走。但是最后还是逃不了。我是爸的种，妈说过这话。这是遗传！基因的力量是非常强大的。自从知道肯定被裁员，一下子闲下来，我才有时间，失败让我想很多。或者说是黑洞。据说每个人内心里都有或深或浅的黑洞。所有物理定律遇到它都会失效。黑洞是个无底的深渊，大人的黑洞对小孩有着很强的吞噬力。”

这我不懂。

“你还记得父亲那个外号吗？狮子。”

“记得，前几天我还记起爸当初喝酒说狮子的样子，他说拿破仑说中国是一只狮子。”

“其实拿破仑根本没有说中国是狮子。这是中国人自己编造的，中国人自己想成为狮子。多少年来，中国人做着‘狮子梦’。穷时做‘狮子梦’，现在有钱了，在国际上就露出了狮子的牙齿，所以被人家忌讳，被人家讨厌，被人家排挤。我公司裁员，第一个就找我谈。也难怪，我抢过别人的客户。但不抢我的业绩就上不去，我是移民，而且我是中国人移民，我不能失败！不要说别的，我要失败了，我是个穷光蛋，爸会认我吗？当然我也没拿什么钱给爸用。”

小弟还算坦诚。这让我信赖他。

“我也很羡慕人家‘老外’。在外面，看到人家好，就会想，为什么我们做不到这样？可就是做不到。因为我们就不是生在那样的娘胎里，我们的父亲就不是那样。你看我们的父亲是什么样？人家老人安安静静，不，是……静穆，”他斟酌词句，“对，静穆！有一种庄严的力量。有时候我也想把爸接出去，但是……据说上帝的原型是人类的父亲，所以上帝身上有着父亲几乎所有的正面品质，可我们的父亲呢？”

我承认父亲拿不出手。有朋友来我家玩，我都会希望他到外面去。他要在家，我就尽量不让他跟客人说话。

“我在伯克利时，”小弟说，“曾跟一个搞中国文化的教授谈，他说中国人没有信仰是个最大问题，很多问题都可以追究到缺乏信仰。其实中国人哪里没有信仰？比如信佛，我们家没有少供。‘文革’时不让供，妈就偷偷供。供品爸也吃，他也觉得吃了可以避邪，他那还是党员呢！即使没有信仰，还有人伦嘛，还有亲情，这也是一种宗教心。不需要供拜，以宗教心养育孩子，以宗教心赡养父母。但为什么也不能做到？就是太功利。都说父母把子女当作工具，传宗接代，老有所养。子女对父母不也是采取实用策略？你老了，没有利用价值了，就必然生出遗弃之心。你已经被用过了，即使赡养你，也只是尽尽义务。但你死了，又不一样了，你的地位又高了，你成了能够保佑子孙的神了，但也是供供你，利用利用而已。这样的供拜，就是有宗教形式，又能怎样？吃斋念佛却不事善行，捐赠寺院却不赡养父母，建立功德却无视公德，还有，父亲那代为革命事业牺牲家庭，我这代，提倡振兴中华，却无视个人权益。其实不过是野心在作怪，无视基本伦理的革命者或是宗教者，不过是野心家，拿冠冕堂皇的东西掩盖自己。我告诉你，就在上周，知道父亲失踪了，我还跑去教堂。我知道我在躲避，我躲在国外，不敢正视现实。我谴责自己，我要去忏悔。但到了教堂立刻逃了出来，因为我发现自己不过是企图获取‘义’。基督教认为是没有义人的，人所有的‘义’就像污秽的衣服……”

我一惊，好像被他的刀尖剐到。

“之前我打电话给大伯，我其实就是想取得长辈的认可，让他们觉得我有孝心，我有‘义’。放下电话，我就谴责自己了。我不知怎么办？所以我跑到教堂去。我不是基督徒。其实我不过是临时抱佛脚，不过是想穿上‘义’这件衣服，给自己看。但是在教堂那个气氛里，我看到了自己不过是法利赛人，觉得自己已经把金钱奉献给神了。”

我不知道基督教这些东西，但我能感受到小弟对自己的苛刻。在那件事上，我也在跟小弟抢着“义”。被否定，我那么受不了。我觉得自己无疑是亲情伦理上的“义人”，不可否定。

“其实，关于把父亲接出来，归根结底是因为我不想把他接来，什么理由都是借口，文明可以培养，习惯可以改变，就是我自己不愿意。”他又说。他这么说，我没有想到。在我看来，父亲的素质，这硬件确实是个问题。他竟然把刀剖向自己。

“我承认，我甚至还想过父亲你为什么要赖着我？我又没有得到你的好处。”

这话他过去说过，但此时此刻听起来，我觉得未尝没有道理。不，很有道理。事实难道不是这样吗？我因为认同小弟的忏悔，从而认同了他的观点。但是他自己却不认同。“我怎么能这么想呢？这不也是利用逻辑吗？”

我觉得被他抽了一巴掌。

但是我不怪他，因为他是在忏悔。“我告诉你，我甚至还有过很不该的想法……”

“什么？”

“父亲你为什么要生我？我又没要求你生我！你生我之前跟我商量了吗？你在我没有意志前生下了我，养了我，我得到了你的好处，现在要向我讨还债务！我欠了你的债了！我怎么会有这混蛋的想法？畜生的想法！”

他把自己骂得这么狠，令我吃惊。这个小弟，我从来不知道他有如此自省之心。也许就是进了那次教堂。宗教的力量是神奇的，中国问题就是缺乏宗教，人人都在维护自己。而他，却把自己剖得鲜血淋淋，甚至并没有道理，鞭挞，往死里否定，暴虐，这也是暴力，但是宗教的暴力。至少，区别在于这是自己对自己的暴力。只有这样才能救赎。那么我就真可以得理不饶人吗？我就真有理吗？实际上我未必比大哥、三弟好多少，我们都一样。甚至，我比他们还差。我也竭力把自己往低里踩，越是踩，就越有上升的反弹力，越能升华，升华到了宗教境界。人人都会渴望到这种境界，就好像小草渴望阳光。那是一种宣泄，一种畅快的突围。有一种喷薄的感觉，像一轮太阳升起，我能听到它的声音。我简直感动。我听到小弟在继续说："……是我的问题！但是到我明白过来，已经晚了！后悔已经来不及了！"

"还没有，爸还在！"我说。我这么说，心里是欣慰的，我确实感觉到父亲在世，哪怕是现在这种状况，多么值得宽慰。我这不是敷衍，不是虚伪，不是矫情，我真是这么感觉的。但是小弟仍然痛心疾首道：

"已经这样了！在有什么用！太迟了！一些事拖拖没关系，但一些事拖了，再没机会了……"

"还来得及，还来得及！"我安慰他。

"所以我一定要回去。我都想不出来了，永远回去！回家，陪在爸身边。当然这也不可能，毕竟我这边也有一个家。"他说。

"我知道，我知道……"

"但我真想把爸接出来！可惜接不出来了！"

"不用接，这里有我们，至少有我。我不跟大哥、三弟计较就行了，我不计较！"

晚上，我睡得非常踏实。父亲失踪以来，我从来没有睡得这么踏实。我受了一场洗礼，脱胎换骨了。我的灵魂高高飞扬，这让我忽略了一个知识盲点：美国人并非都是基督教徒或天主教徒。当然可以理解成清教徒思想影响了美国人的价值观，但清教徒讲的恰恰是开拓、致富是上帝对其选民的要求，相反，贫穷是对上帝赋予的荣耀的贬损。西方人有那么长的征服史，征服者多是有信仰者，甚至征服以上帝名义。

我还忽略了，小弟与我的思维中的一个逻辑破绽：我们畅想上帝，只不过要逃脱我们的父亲。希望逃脱暴君，只能皈依上帝。

我还忽略了一个客观现实：美国老人不需要子女赡养和照料，他们的子女，哪怕是再虔诚的教徒，也不用被压上中国子女那样的义务。

我更忽略了一个实际问题：父亲去养老院的费用还是没有落实。

值得庆幸的是，大哥答应去接父亲了，因为他儿子被拘留了，校园暴力，虐打同学。大哥的儿子得大哥遗传，有暴力倾向。本来这种事在中学生中屡见不鲜，基本是批评教育一下就过去了。但这阵发生了中国留学生在美国的校园暴力事件，媒体炒得沸沸扬扬，说是按美国法律，可能判终身监禁。国内舆论呼吁对此类事件严加惩处。大哥的儿子撞在枪口上了。

大哥没有任何门路，只能求签拜神。他想起我曾经去找的那个跳神的，让我带去。跳神的说，是父亲的事没有做好，惩罚到长房长孙了。

大哥相信了，答应把父亲领回来，该怎样就怎样。有大哥这话，三弟就放心了，他说他可以去北京。我也可以放手干了。我马上去公安局办手续。警方拿出我父亲的卷宗，到里间给北京那边打电话。隔着玻璃，我看见他打了一个电话，又打了一个。我听不到他的声音。他转头瞅我，目光愣愣的。

父亲去世了。今天凌晨一点。

我给大哥电话，还没开口，大哥说："不是都说好了吗？先接回来！"

我给三弟电话，还没开口，三弟说："知道啦！我现在就买机票。"

我让三弟给小弟电话，叫他不要回来了，得赶在小弟动身前。

我打给妻子。妻子说："爸怎么偏在这时候走了？"

她说"爸"，不说"你爸"了。

我想，父亲不给我们机会。

小弟电话打到我手机，表示他仍然要回来。这是送父亲最后一程。他说要给父亲办最隆重的葬礼，还要做满“七七四十九天”。我很赞成，这也是我的愿望。但我把这计划跟三弟说时，三弟反对，他说还没去把父亲接回来，事情一大堆，你们还有心思畅想这？我说这是尽最后的孝心。这刻薄鬼说：

“什么孝心！过节啊？你们不过是在消费父亲！”

这是什么话！这简直是对我、对小弟的侮辱。算了，凡事跟他都商量不来。我又去找大哥，大哥心不在焉。我想起他的儿子还在里面，父亲突然走了，他没有机会讨回家运。我建议他再去找那个跳神的问问，该怎么补救？在给父亲办丧事上好好弥补。但他不去。再问才知道，他忧虑的是他现在住的那个房子。房子是父亲的名字，父亲去世，必须更换名字。兄弟四人都有份，那么必须分割，他只能拿到四分之一。房子本来只有两间。

我主动说我放弃分割。“我知道你好！”大哥感激说。

“一家人嘛！”我说。我还说小弟应该也不会来争的。大哥将信将疑。我说你们都不了解小弟。

傍晚时分，小弟又打我手机，说他准备去机场。他改签了早上最早的航班。他喘着气，好像在赶路。他说到机场还会给我打电话。他等于一路直播奔丧了。他说昨晚忘记说了，他本来准备承担父亲医疗和养老院所有费用的。我说，我知道，我知道你的心意。

手机显示有电话进来，是妻子。我挂掉小弟电话，回拨妻子。妻子说：

“你快回来吧！”

“怎么了？”

“你爸回来了！”

“怎么可能！”

“儿子电话我的！”

“你还没到家？”

“你先回去看看！”

我往家赶。这怎么可能？难道警方消息有误？我打给警方，警方又打北京，父亲确实已经去世。那怎么可能？父亲回来了。没有人接，他自己回来了。如果这是真的，如果父亲真的回来了……推开家门，没有见父亲。

“在哪里？”我问儿子。

“这不！”

儿子指着饭桌。但我没看到父亲。“别瞎说！”我说。

“我没有！爷爷，你自己说！”

我没有听到任何声音。

“你再瞎说！”我喝。

儿子急得哭了，哭得证据确凿似的。“爷爷，你说话！你别喝‘地瓜烧’了！”

我毛孔竖了起来。

“那你问爷爷去哪里了？”

儿子冲桌子问。我听不到回答。

“爷爷说了：‘出去转转不行？操！’”

我愣。

# 【母】

## 1

“怎么办？”

“你说……”

“索性……”

我打个寒战。

“怎么样？”

“问题是……能行吗？”

“其实，一断了氧气，就差不多了。”

“嗯……”

“这就去吧！”

我放下电话，往外走。妈妈你去哪里？女儿叫。我一惊，这小鬼精的眼睛正盯着我。有事……我支吾。

“什么事？”

快吃饭吧！我喝她。丈夫在给她喂饭，端着小勺，等在她嘴前。他也望着我，我这才意识到，应该跟他交个底。我向他使个眼色，他放下碗，我们拐到卧室里。可是我却说不出来了。丈夫说，我听到了。

“听到了什么？”女儿钻进来，问。

“大人的事，小孩不要问！”我应。

也许是为了堵她的嘴，我拿起勺子给她喂饭。她嘴里还有饭，她总是把饭含嘴里。我叫 :“快吞，快吞下！妈妈来不及了！”

妈妈要去上班吗?

是的，每天早晨，这个时候，我都是去上班的。快快把她喂了，送幼儿园，然后我去上班。我说 :“是……你快，妈妈上班来不及了！”

“妈妈不是去上班！”她却说。

我一惊。她怎么知道的?

“你刚才就要走了，没送我去幼儿园。”

噢，这小鬼精。我说 :“今天爸爸送你去，妈妈有事。”

“不要，我要妈妈送！”

“听话！今天妈妈有事……”

“什么事?”

这家伙，倒像存心来逼供的。我如芒在背，我的秘密被她窥视了。是的，我不是去上班，我是去结束一个人的生命。我烦躁，把碗一摔 :

“不吃就别吃，死了算啦！”

我夺门而出。外面车水马龙，我处在其中，这是一个上班的早晨。我忽然羡慕起大家来了，他们是去上班的。他们虽然步履匆匆，但他们是安逸的，可以按部就班。我等不了公交车，打车，可也没那么容易。好容易打到一辆，我又差点不想上去了。出租车计程器在跳，我的心比它跳得还急。我这么急着去干吗?去结束一个人的生命。计程器上公里数在快速推进,时间一分一秒地缩短。路程每推进一步,时间每缩短一分，那个人的死期就越近了。她知道不知道死神的手正在向她伸近，她还躺在床上，一点也不知道。

她更不知道，要处死她的是我。司机对我说了句什么，原来他在问我做什么工作的。我没回答。他又猜,一定是知识分子,因为看上去斯文。他要知道我去杀人，他还会说我斯文吗?出租车也堵住了，车窗外立刻塞满了摩托车，让人觉得即使道路疏通了，也不可能马上就走。难道我就这么着急？我不知道。我最好不去，最好跟我无关，哪怕永远被堵在路上。可是我没有这福分，我只能去，因为那个人不是别人，是我的母亲。

我居然要去杀母亲，简直大逆不道。但这不是我决定的，是二姐。我只是同意而已。何况这是母亲她自己希望的。她躺在医院已经五天了，鼻孔插着鼻导管，手上挂着点滴。她很痛苦，不停地挣扎，不停地惨叫。她的头上大粒汗珠沁出来，固定鼻导管的胶布翕开了。护士又把新胶布盖上去，固定住。但很快又翕开了。护士给换上了面罩。她似乎在罩子里更加难受。我们瞧着她，握着拳头为她使劲。但我们什么也不能做。我们知道她老人家很痛苦，可是我们只能看着她苦，我们不能替代她，也不能为她增加气力。我们束手无策。

这已经不是第一次了。光是被送进医院抢救，就已经三次了。是心力衰竭。半夜三更，二姐打电话来，母亲又不行了。赶紧叫急救车，我打车直奔医院，抢救，又缓过来了。回家，一段时间后又发作了，又被送到医院来。就连医生都把她认熟了，就是刘医生。抢救过来后，母亲也认得他，说他跟自己的儿子一样亲。母亲没有儿子，就我们姐妹三人。不，应该说是就剩下我们姐妹三人。在我们中间，本来还有几个，其中就有男的，但是都夭折了。

母亲还说要刘医生当他的干儿子。刘医生也笑呵呵的，虽然没答应，但心是贴近了。他没事常到病床前看看，聊聊天。同病房的人以为真是儿子，说母亲真有福气。

什么话！福气？到医院享福？

母亲渐渐康复了。病人们都说还好母亲身体的底子不错，能扛得住。刘医生也这么说。这种病就是这样，挺过来了，又好了。他说，不过像她这样这么多次，也少见。体能，不能不说是个关键因素。

母亲是辛劳过来的，虽然苦，但也锻炼了体质。第一次、第二次，我们也欣慰。可是接下来，我们就高兴不起来了。正是因为母亲体质好，才使得她一次又一次遭受折磨。倒不如底子不好算了。但是这也由不得她，她必须辛劳，她就是辛劳的命，她的身体也就无可选择地强壮了起来。这生命就像被吹大的气球，要消失，只能把它压爆。但那是多么可怕！只能任其继续胀大。但这更加恐怖。

## 2

五天前，母亲再次被送到医院。她躺在急救室，眼神呆滞，木然，没有痛苦神情。我曾经杀过一只公鸡，放了血后，把它拧了脖子丢在一边烧水去。我回来时，居然瞧见它站起来了。它昂首阔步，却又摇摇晃晃。它走不动，但它又被生命的本能推着走。它瞪直着眼，现在母亲就是这种眼神。

她在挣扎着，身体一挺一挺着。刘医生把床板摇立起来。“这样会舒服些。”他说，眼睛戳戳墙边监护仪上的指示。“当然很难受。”他说，“她的心脏在做无用功。”

她只能艰难地抽气。她的肺像漏洞百出的风箱，吼吼作响。每一次抽气，都要付出极大的努力，说不定什么时候就抽不上来了。但这不是由你决定的，在不知抽得上来抽不上来时，你就得抽，你不能不抽，生命的本能驱使你不由自主地去抽。想到每个生命到了尽头都要这样，简直不寒而栗。

她要坐起来。但她很快又躺了下去。很快又要起来。她自己也不知道该怎么办，怎样才能舒服一些。惨白的脸上沁着汗珠，这使她的皮肤好像湿的白纸一般脆弱，一拉就要破。

她的左手在竭力提起来。护士不明白她要干什么，还帮着抬了抬它。那抬起来的手向脸部伸去，伸向氧气罩。我想母亲是觉得氧气罩不舒服，我对母亲说：

“知道，知道，一会儿就好了……”

话音未落，她的手已经按住了氧气罩。护士制止她，可是力向错位，护士以为她要去按紧氧气罩，不料她却侧向扯下了它。

“你干什么！”护士把氧气罩死死揪着，叫。

母亲摇头：“不要了……”

“她说什么？”

“让我死……”母亲又说。

她突然发不出声音了。她焦急地挣扎着，可是没有用。这使得她的手更加用力了，好像全部的希望都寄托在这只手上，她把全部的力气都聚集在这里，她要孤注一掷。但护士毕竟是两只手，还是把那只手镇住了。可是母亲的另一只手又起来了，这是打点滴的手。护士惊叫着又去制止。她的手插着针头，这使得她具有优势，只要她挥动，就能达到把针头扯出来的目的。护士两头不能兼顾，扭头冲我们喊：

“你们来帮帮呀！”

我们才意识到我们闲在一边，只是握着拳头。刘医生出去了。护士的叫声好像把我们踩了一下，我们跳起来，扑上前去，七手八脚控制母亲。我们好容易把她制服了，我们累得直喘气，她也好像把所有的力气都用光了。

母亲怎么这么不懂事！母亲一直说我们不懂事，我们长大了，她还这么说，觉得我们还是小孩。可她自己现在也跟小孩一样，简直是老糊涂了。母亲晚年确实越来越糊涂了，爱耍脾气。她一耍脾气，二姐就叫我过去解决，好在她还听得我哄。本来一直是她哄我们的。我上大学那一阵，老感觉活着没意义，不如死了算了，她就骂我：

“我这么大年纪都不想死，你年纪轻轻就想死了？”

那时我常想，好像她比我还年轻，还有干劲生活。她总是说，将来会好起来的。后来我知道这只是一种策略，有了希望，就有了活下去的力量了。至于希望能否实现，倒是无所谓的，因为到你盘点一生的时候，你已经过了这一生。你发现一切是虚妄的，但一切已经过去。这就是成熟人思维跟不成熟人思维的区别。那么，她也可能处在发现虚妄的时期？

这次奇迹会再出现吗？也许不能。但也许还能。即使能，熬过了这一关，毋宁意味着还得面临一次煎熬。我忽然明白了母亲的意思。也许母亲并不糊涂，就像回光返照的人的意识，会突然清晰起来。

母亲又剧烈挣扎了起来。我们慌忙扑过去，把她的手按住。可是她却昏迷下去了。难道母亲就这样去了？我刚才的念头荡然无存。我们叫喊着母亲，只希望把母亲救回来，无论如何，即使她已成植物人。可是母亲叫不回来了，这好像是对我刚才罪恶念头的回应。急救室外人声鼎沸，吵得慌，什么东西咣当一声掉地上了，乱成一团。我感到害怕。刘医生闻声跑进来，二姐摇着刘医生的胳膊哭求：

"求求你了，一定要救我母亲，一定要把我母亲救过来！"

她忘了刘医生待我们亲如家人了。母亲每次被送到医院，只要他在，他都优先抢救。既然熟悉，他不能不这么做。但也正因此才让母亲活到现在。如果是一般关系，医生一拖拉，怠惰，抬杠，母亲可能就过去了。

心内注射。护士拿出一根穿刺针，比常见的针长得多。母亲的衣服被解开了。母亲裸露出了她的身体。光亮得扎眼，两颗乳头赫然在目。这就是我母亲的金贵的身体！我虽然出自这个身体，小时吸过这个乳头，但是对它的模样并没有记忆。我也从来没有想过要去看母亲的身体。对母亲的身体，我只是崇拜，觉得它不可看，不可亵渎，它是我们心中的圣地。母亲总是把身体包得很严实，在我们姐妹面前，她也穿着整齐。这对我们三个姐妹影响很大。大姐说过，母亲从不像有些女人那样，当街撩起衣服就奶孩子，我们也非常注意。现在这身体被毫无商量地要野蛮撕开了，我们感觉非常难堪，就好像我们的身体裸露出来一样。我下意识去看刘医生，刘医生已经转到边角的桌边，背对着我们，好像在做什么。

所以感觉难堪，也许还因为这身体的寒碜。乳房已经软塌，空布袋似的甩在腋下。整个身体白惨惨的，像一堆死猪肉，简直丑陋，我原来对母亲身体的美好想象整个被破坏了。它的主人要是有知，一定拼死把自己掩盖起来。可是她现在一点能力也没有。我们也没有能力。人到了这份儿上，身体只是一块肉，抢救的目的不过是让这块肉活起来。

护士的手在上面探着。她的手定在一个地方。消毒，拿起穿刺针，垂直对着那部位。难道就这么扎下去吗？那针又特别大。她真的就这么扎下去了！母亲身体猛地弹起来，又重重砸在床上。我仿佛能听到她的尖叫。可是她并没有醒过来，她只是在昏迷中痛。也许本来，她是不需要被这么扎的，她可以这么顺势去了。现在她毫无抵抗能力，只能由人摆布，听凭别人扎她。

护士继续深扎下去。黑黑浓浓的血溢上了针筒。血回流上来了，护士紧张的神情舒缓了下来。于是注药。

母亲醒过来了。她陌生地瞧着我们,我们让她瞧着,我还对她笑了笑。母亲好像终于辨认出我们，但那神情仍然是冷漠的，也许是平静。也许因为药物的作用，她平静了些。

送重症病房。刘医生跟着，帮我们拿吊瓶，他个子高。到了病房，刚搬上病床，换上住院衣服，她又难受起来了。她又开始扯氧气面罩。这下我们有准备，两下就将她制服了。我和二姐分别镇住她的左手和右手。她就蹬脚，把身体转过来，折过去。护士压住她的两腿。母亲的四肢被牢牢摁住，再也动弹不得。我感觉她的手在我的手中颤抖，一如被抓住挨宰的鸡的脚，那与其说是反抗，不如说是无法反抗之下的忍受。

可是她终于又无法忍受了，又开始挣扎。她把身子顶起来。我和二姐把整个人压了上去。边上一个穿医院白衣的女人也来帮忙，我猜她是医院里的工人。母亲终于又安静了些，也许也乏了。

那女工说，这样按着也不是办法，把四肢绑在床栏上。

我简直不相信自己的耳朵了。绑？对我的母亲？我怎么也不能把这个词跟母亲联系在一起。如果说之前的施暴是为了治疗，那么绑，则完全是暴行了。我不同意。

可是护士明显赞成那女人的意思。也许这在医院里，已经稀松平常了。护士看着我们,要是平常,护士可能会抛下一句话:“你们自己看吧!”一走了之。但是护士知道我们跟刘医生关系好,仍然说服我们。我瞧二姐,二姐喘着气,面无表情。她没反对,我知道就是默认了。我真有点怪她。但是我也喘着气。至少,要是二姐不帮我,我也没办法。

护士招呼那个女工拿来粗布条。她们开始绑脚了。然后上来绑手。先绑二姐那边的,二姐被换下来,一屁股瘫坐在床头柜上。我瞧着她,也顿感再也承受不住了。护士来换我时,我顺从地把母亲交了出去。我瞧着她们绑,头脑一片空白。只是有一刻,我叮嘱一声:“别太紧了……”

母亲被绑在床栏上,摊着四肢,好像在受刑。她浮肿的腿被绑出深深的印迹,好像无法愈合的伤痕。我走近她,她愤怒地瞪了我,好像瞪着仇人。是的,是我们不好,我们是刽子手。可是母亲,我们是为了你好的,为了能救活您,让您活下去。挺过这一关,一切都好了。回家,我们好好补偿您,我们好好孝顺您,我们负荆请罪。您要打我们也可以。只是您现在要坚持治疗,挺过去。

母亲好像绝望了,开始自顾呻吟。她企图侧身,可是不可能。她只能竭力把身体像弓一样顶起,又落下去。也许她动动会好受些,一个病人,本来够难受的了,却被限制住,不能换姿势,她只能这么直挺挺地硬撑着,熬着。她一挺,一个呻吟,一挺,一个呻吟。这要到什么时候?

刘医生来了,我问他。不知道。他说,反正什么都衰竭了,能挺到现在,已经是奇迹了。

这些话,其实他早就跟我们说过,我还问,与其是抱着些微的希望,毋宁是想推卸责任。我假装没听懂,看二姐。她是老二,我是老三。但二姐索性装作没听见,毫无反应。她也不敢做出决定,只有问大姐。可是大姐住在北京。“大姐跑哪里去了呢?”二姐念叨。

大姐一直没联系上。电话过去,是大姐夫接的。他说,大姐跟他因为大外甥女的事吵了架,不知去哪里了,几天没回来了。大外甥女要临产了,正需要她做事,大姐夫也急得要命。她没去大外甥女那里,她已退休，也没有单位可去。她的朋友们也没见到她。

“会不会发生意外？”二姐问。

大姐夫道：“凭她那种性格，逼她去死都没门！”

大姐夫话里明显还带着气。大姐性格好强，大姐夫受尽了她那脾气。大事小事总找大姐夫的碴儿，这次大姐夫顶了她一句，她就受不了了，把家里存折金银细软卷了走了。她要去死，就不会卷了这些走。大姐夫呀大姐夫，你忍了大半辈子了，这次怎么就不能再忍一下呢？要是忍了，大姐就不会出走了，我们就可以找到她了。可是现在，她把存折金银细软都卷走了,明显是要做长期的打算了。我们怎么等得了？母亲已经这样了。

让大姐夫拿主意，大姐夫又哪里敢做主？他现在也后悔自己去顶撞大姐了,就求她消气了回来。“一回来就马上让她联系你们！”大姐夫说。

可是连他自己都知道这很渺茫。何况，她回来了能不能来，还要打个问号，大外甥女不是要临产了吗？

母亲又煎熬了一天。我们不敢离开，轮流守着。我还好，家里有丈夫衬着，二姐就不行了，二姐夫去世了，家里只有上高中的二外甥女，还需要照顾。二外甥女在电话里说，她也来轮班，被她母亲啐了一脸：

“你来轮？不想读书啦？考不上大学，到时也像你妈这样子，一辈子受穷！”

二姐是穷。工厂倒了，只得这干干，那干干，她是我们姐妹三人中境遇最差的。恰在这时，护士来通知我们欠费了。我说我去交吧，二姐想说什么，但又没法说，就又对话筒那边喊：

“你要这么有本事，就不要读，给我挣钱去！我现在就急需钱，也不知向哪里要！”

她忽然悲怆起来，把电话一摔。“还不如死了好！”她说，瞥母亲。这样倒好！

母亲又挣扎了起来。她不再吱声了。可是她似乎不甘心，又嘟囔了一句：

“活着受罪，倒不如死了算了！”

我的心一个跳。不知她有意还是无意，这话正扎中我的隐秘之处。“我交钱了！”我慌忙说，跑出去。我并没有那种不该的想法，我是去交钱，我这是让母亲继续活下去。

我和二姐轮班，她白天要上班，只能轮晚上。我单位可以溜，就跟丈夫交替着值白天。二姐上班本来就累，晚上又没能休息，很快就不行了。只能由我们顶上。我也很快撑不住了。这时候又来了例假。简直生不如死。丈夫说，请护工吧。

医院让那位女工介绍她的老乡。一天七十元，还不肯值夜班。“要包晚上也可以，一天一百二！”她说。

二姐又爱惜钱了，说她可以来。我说我来出，她不肯。我只得跟护工说，就跟我二姐说七十，余下的我私下补给她。

即使如此，我们也不敢随便离开，不过具体事务由护工去做罢了。母亲处在危险中，什么时候过去都不知道，让我们完全走开，我们也不放心。二姐还是晚上跑到医院来躺着打盹。有时候就我去。仍然心力交瘁。瞧着母亲在病床上挣扎，我更能深切感受到她的痛苦了。如果把我这么绑着，让我这么受折磨，我怎么熬下去？

每次二姐来交接，我都迫不及待地逃离，像从监狱里逃出来一般。一分钟都不想多待。想想经过的每一分钟，都觉得可怕。当然我知道母亲的每一分钟更加难熬，只是我不去想。如去想，我的呼吸也要艰难起来。

早上，二姐给我来了电话。她说她想了一晚上，我们没办法了，实在没办法了！与其这样熬着受苦，不如干脆来个了断，放弃了算了。

我跟刘医生谈过了，他说：“我们要抬回去，他们就停止治疗。我们不抬回去，放在医院，他们就只能治疗。”

我没话。我们受苦不算什么，是我们自己选择的，我们要活。可是母亲是被我们绑架着活着，她不想活了，不想再受折磨。作为子女，让母亲死，当然大逆不道，可是正因为我们是子女，我们才看不下去母亲受苦。

母亲已经七十五岁了，也已经上寿了。我这么想着，让自己有些许安慰。

## *3*

我没料到大姐出现了。我刚到医院，她就打我手机了。

她是自己回家的，是去一个大学同学家了。问为什么把存折金银都带走，她说：“要不带走，那窝囊废管得了？弄丢了怎么办？”

她立刻从北京飞过来。

大姐一来就责问护工为什么把母亲绑起来。“病人不是犯人，怎么能这样对待病人！”

护工把目光投向了她的老乡。她老乡投向了我们，好像在说，这样做是得到我们默许的。我们都不吱声。放弃治疗的想法更是不敢说了，肯定会被她骂个狗血淋头。

大姐历来专横，年龄又比我们大许多，我们都怕她。现在，母亲倒下了，她更是可以行使家长的权力了。她骂：“你们都怎么搞的？把自己的母亲绑起来，亏你们想得出！”

我道：“我们也是没有办法……”

“没有办法！”大姐又啐道，“是没有办法，还是不想有办法？”

二姐听不下去，应道:“你这是什么话？你当然好，平时离得远远的。”

二姐说得对，平时，母亲的事都是我们在料理。特别是二姐，伺候母亲，抓屎抓尿，更不要说母亲发脾气的时候了。这是没有长期待一起所不能想象的。做一天孝子容易，永远做孝子难；偶尔献献爱心容易，你长期献献看？比如我的孩子，谁都说要疼，这个抱那个抱，还教训我应该多抱他。他皮，他们就更觉得好玩了，这个逗那个逗，逗哭了也是好玩的。可是你们好玩，你们手抱酸了，逗腻了，走了，我们还扛在手里，我们得做许多细微具体的事。大姐又道：

“谁叫她当初要占着母亲？就因为母亲能给做饭，当老妈子。你用母亲时怎么就不觉得累赘？”

当初大姐曾要把母亲接北京去，可是母亲不愿意。二姐道：“天地良心，是母亲自己不愿意的。你那北方，母亲怎么能住得惯？也不是没住过，不到一礼拜就受不了了要回来，这你又不是不知道！”

“那你也不见得做得好，要做得好，母亲也不会给我打电话。”

我知道，大姐指的是什么。那一次，母亲脾气又发作，正好大姐电话打回来，母亲就在电话里大骂二姐。我道：

“大姐，话可不能这么说。整天碰在一起，舌头跟牙齿还打架呢。离得远当然就什么事情也不会发生了。事情做得越多，错误越多。母亲这些年的情况，你又不是不理解，人老了，脾气坏了，莫名其妙发脾气。你可知道二姐这些年做了多少事？母亲越来越不懂事了，喜欢吃上火的东西，不给吃就吵，吃了就便秘，拉不出来，二姐都用手指抠过。有时候又拉稀，拉了一身都是，就得换得洗。母亲又爱干净，还得洗澡。母亲习惯是天天要洗澡，她自己又不能洗，都是二姐给她洗……”

大姐无话，但又不甘心，道：“那现在给洗了吗？现在天天给洗了吗？她戳着躺在病床上的母亲。”

母亲这样，怎么能洗？

“把她绑着，当然不能洗！”大姐道，“擦身，也只能擦前面，后面擦不了，就省了一半工作了，最好是全省了算了！”

她越来越不讲道理了。好像我们什么都没做的样子，好像都是她在孝顺的。我说：“真是站着说话不腰疼。好，让你像二姐那样做，你做做看，你会怎么样？你有多孝顺？看你会比二姐孝顺？”

二姐说：“我也不要你说孝顺了。我快死了！我昨晚一个晚上没睡，我要回家去躺。”

大姐道：“你走吧！以为没有你们，地球就不转了？”

她说“你们”，把我也包括进去了。我本来还想着她刚下飞机，让她歇一歇，现在不管了，让她做，让她一个人做！我也拿起提包。大姐也没有留我，自己大声吆喝护工把绑的布条给解了。

护工瞧我，好像不认为大姐也是女儿，她只认识二姐和我。我想阻止也是没有用的，她不会听的，我也够累的了。我猛然感觉深入骨髓的疲乏。这与其是因母亲生病而劳累的，毋宁是大姐的折腾带给我的。我不管了，什么也不管了。护工怔在那里，大姐又叫：

“听见没有？怎么？我就叫不动你？”

我索性扭头走。护工只得去松绑。一松绑，母亲就又乱抓起来。大姐慌忙去控制母亲的手，可她根本没有经验，阵脚大乱。倒是母亲好像早有蓄谋，手法娴熟，声东击西。大姐抓了这边，顾不了那边。大姐还没弄明白怎么回事，氧气罩已经被母亲抓下来了。

她赶紧去夺，但是母亲的手指搭在面罩边缘上，这样她的手就跟氧气罩紧紧把持在一起，要把氧气罩拉起来，手就跟着一起起来了。只能去掰手指，让它们从氧气罩脱出来。顾了氧气罩，输液管已被她抓在手里。她一抽，手背上血涌了出来。

我们赶忙返回病房。我们其实都没走，都在门外看着。即使我们生气，不想帮大姐，我们也放心不下母亲。我们合着大姐控制住母亲流血的手。我们叫护工去叫护士来。

护士来了，是另一个护士。她不高兴地问：“谁让你们松绑了？”

护工看我们。我们不敢吱声。大姐也不敢辩，只是说：“快点吧，流血了。”

先把氧气罩盖上。二姐把母亲一边手压住，不让再抬起来。然后，护士转到另一边手上来，把针头抽出来，要重新扎。让我们压着手臂。但她的手臂挣扎着，十分有力。所以有力，是因为她身体扭动，她整个身体带动着手臂动。护工有经验，骑到母亲身上去，把她整个身体压住。

现在只需要对付她的手臂了。可是它仍然可以转动，骨碌碌地滑来滑去。针头扎滑了，没见回血。针头在皮下游来游去，令人难受，大姐说：

“不行就再扎一次吧！”

又扎，又滑走了。大姐冲护士叫：“你们什么技术！”

护士瞪了大姐一眼，正要反驳，她的眼睛看到了什么，不吱声了。原来是刘医生来了。大概护士也知道刘医生跟我们熟。于是刘医生也就必须出来表态了。刘医生安慰那护士：“不要急，慢慢来……”

大姐啐道：“慢慢来？仗着不是你们自己的母亲！”

大姐刚来，不知道刘医生跟我们的关系。我连忙制止大姐：“是大姐，她太激动了，对不起！”

但刘医生敏感了。他口罩上的眼睛闪着认真冷峻的光。“我们都是把病人当作自己亲人的。”他说。

他认真地挑起眉毛，语气严肃。他这话也就否认了我们是他的亲人。我知道他介意了，毕竟，人家不是你的什么人，只是医生。我真是气得没法说。再扎，再次失败了。我冲母亲喝道：

“你安静点！一直动，还得再扎！”

母亲的头剧烈摇晃起来。我知道母亲的意思。我们都知道。可是大姐不知道，问：“怎么啦？”

她的耳朵凑近母亲的氧气面罩。母亲的嘴在面罩里面动。她在说：

“不要了，让我死……”

“什么？”大姐叫起来。

母亲摇着头。“我受不了了……”

大姐道：“很快就会好起来的！”

母亲说：“不会……”

大姐道：“妈，别这么说，会好的！”

“不会好的……让我去吧……”

“不行！”

对母亲的话，她根本不加考虑。是的，她不可能考虑的，因为她没有痛苦到那种程度。专制者的毛病就是不知道将心比心。母亲一再说，还没说完，她就专横地打断：

“不行！绝对不行！不要再说了！”

母亲只能继续挣扎。也许她认定行动比语言有用。我们按着她，累得满头大汗。刘医生也来帮忙按，毕竟是男的，力气大。好容易扎进去了。我们仍不敢松懈，仍按着。护工一个人按着两条腿，肩膀像跷跷板似的歪来歪去。她叫：

“我撑不住了！这样，给我三百块都不干。”

大姐瞪了她一眼。护工不高兴了，要撒手走人。

我连忙说：“我们会想办法的。”

护工道：“什么办法？还是得绑起来，总不能这样一直摁着吧？你们能行，我可不行，钱能买人命啊？”

我们的命也要没了。我们看大姐。大姐不作声，也许是想到这一场折腾就是由于她的失误，她不再张狂了。护士也道：“要是针头再拔出来，我们可没办法了。我们忙得很，可不能耽搁在你们这。”

大姐看我们。我们不看她，意思说，你要按，你一个人按去吧。她不情愿道：

“你们要怎么办就怎么办吧！”

## *4*

我想想还是让大姐先去休息。可大姐仍说，要在这里陪母亲，这么多年没跟母亲在一起了。二姐撇撇嘴。

“还不是想立牌坊？平时不照顾，这时候来做样子。”走到电梯口，二姐对我说。

我想了想，还是不敢走。但我也没有回到病房去，在外面椅子上坐着，能够看得见病房里的母亲。母亲被绑着。也许是药物的作用，母亲显得平静了。她好像睡着了。一会儿她醒了，精神也好了一些。难道奇迹再次出现了吗？难道这次，又可以回家了？这种情形以前就发生过，跟开玩笑一样。

护士把氧气面罩换下，换成鼻孔给氧，说可以给她喂点东西。可她摇头，不吃，神色愠怒。重新被绑，让她感觉屈辱。第一次被绑，还是在混乱之中，她还处在半昏迷状态，但是这次是在她清醒状态之下的。

这种清醒好像更让她清晰地看到了自己的前景。即便这阵过去了，但她还会重蹈痛苦。也许很快就会，从她的反复发作过程看，间隔越来越短。她一定感到紧迫了。她必须采取果断措施。最有效的就是把氧气管抽出，可是她的手被绑着。她开始试探着手活动的范围，绑的时候是留有余地的。可是很有限，根本够不着氧气管。她于是开始转动手腕，企图从绳套里溜出来。我有点紧张，想跑进去制止，可是很快我就发现她根本不可能得逞的。她试图靠头的摆动让氧气管脱出来，但是也不可能，插管跟着走。她于是又试着用鼻子擤。可是被大姐发现了，被制止。

一会儿，她企图把大姐支走。她说要睡一觉：“你走吧。”

大姐说：“我不走，就这里坐着，您睡。”

“你在，我睡不着。”母亲说。

“刚才您不是睡得好好的吗？”

母亲冷酷道：“你走！不要你在这里！”

大姐没法了，走了出来。我避到一边，不愿让大姐看到我还在外面，那样她会更加嚣张。好在大姐只在外面站了站，就从病房另一扇门进去了。母亲明显看不到，我瞧见母亲开始凶狠地擤鼻子，同时扭动着头。她果然把插管擤脱出来了。大姐扑了过去。

母亲才发现大姐原来没有走。恼怒加上绝望，她索性要泼了。她更剧烈挣扎起来。大姐按着她，大叫护工。我奔进去，护工和护士也闻讯赶来。

我们控制着母亲。突然，母亲的脚踢向大姐。这是她有意识要踢人，之前那脚只是挣扎。大姐惊叫着闪开去，也许不是怕被踢到，而是母亲会踢她，她没有想到。我也没想到。

那氧气管重新送入她鼻孔，可是一凑近她鼻孔，她的头就剧烈晃动，就是插不进去。大姐把母亲的头死死按住。终于插进去了。护士撕了个非常长的胶带，把她整个头圈住。她再摇晃，也是徒劳。母亲绝望地瞧着护士走出去，把脸别到一边去。

也许是感觉歉疚，大姐拿热水瓶里的开水兑了矿泉水，倒在汤匙里，送到母亲嘴前。母亲一甩头，汤匙被甩掉了。母亲目光愤怒。

“想烫死我呀！”

大姐脸红了，尴尬地愣在那里。要是平时，按她的脾气，一定不会轻饶对方。但现在她只得老老实实捡起汤匙，擦着被打湿的地方。

母亲却不饶人，仍然咄咄逼人：“这是你平时太没做啦！从小到大，都怪我宠着你，连一个碗也不叫你洗……”

确实，作为大姐，本来应该多做事的。但是母亲总不让她做，为的是让她专心读书，好出人头地。为了她，我们也付出了牺牲，二姐做了大姐应该做的事，就连我，小小年龄也被摊派了家务。

大姐又舀起一汤匙，用嘴唇碰了碰。“不烫呀……”

“要怎样才能烫死我！”母亲道。

她好像又不想死了。我知道她是向大姐发泄怨恨了。你们阻止我去死，现在冤有头、债有主了。她说：“我苦了一辈子，苦到头了……”

母亲苦，我们何尝不知？她从小就没了父亲。我的外公在她五岁时去南洋谋生，再也没有回来。我们的外婆也很早就去世了。为了有个依靠，母亲嫁给了父亲，不料我父亲又是个好吃懒做的人，养不了家，她只得自立。我从小就有印象母亲把街道工厂的纸盒拿回家糊。她又要忙外，又要忙内，我深知多么辛苦。可那时母亲却不止一个孩子，她要带三个孩子。

母亲是个很理性的人。她知道，没有人能救我们孤儿寡母，只能靠自救。要彻底改变现状，归根到底就是让孩子读书。她全力让大姐读书，将来读书出仕。不料刚要考大学，就来了“文化大革命”，大学梦破了，然后被送到山区去。接着二姐也要上山下乡。好容易粉碎“四人帮”了，大姐终于考上大学了，毕业，眼看要挣钱补贴家用了，但没几年，又“脑体倒挂”了。二姐情况更糟，早年根本没好好读书的环境，大学自然考不上，进工厂，又下岗了。至于我她就更没指望了。她说我从小就最不懂事，最让她操心。虽然考上了大学，可到毕业，撞上大学生取消分配。连个安稳的工作都没有，连大姐都不如！母亲说。

母亲她一直很看重安稳。咱们小民折腾不起的，她总是说。她的一生是太折腾了。

“我为你们辛辛苦苦卖命，到头来你们竟要烫死我！”母亲说，“你们就这么报答我！”

“我们怎么报答您了？”大姐辩，“我们是要救您……”

“报应啊！”母亲仍然嚷，好像没听见大姐的话。也许她根本不听，她明白对话根本没用。她就不管三七二十一硬说你。我怀疑那是母亲的策略。这几年跟她打交道中，我就发现她常会这样。可是大姐没有发现，毕竟她这么久没有跟母亲在一起。她仍然争辩，说她是为了母亲好，她是孝顺的。

“你孝顺，就这样孝顺吗？孝顺把你妈绑起来吗？”母亲提提手。

大姐看我。最后是你拍板的，我想，可是大姐看着我，就把责任全推给我了。我只能说：“也不是我们愿意这么做的，是实在没有办法……”

可是母亲仍然道：“什么办法！对自己的妈，还要什么办法？对阶级敌人呀？”

我们愣在那里。这个词我们都已经很陌生，但母亲却还记得清清楚楚，运用自如。母亲又叫：

“报应哪！”

大姐冤枉道：“谁把您当阶级敌人了？不就因为您不肯……您想想，我为什么要把您当敌人，您是我妈，生我养我，对我的恩情我一辈子也报答不完，我为什么要跟您有仇？我这么老远回来，不就是因为要救您？我自己家里还有很多事，很多事……您又不是不知道，我也活得很累……”

她眼睛红了。平心而论，大姐也活得很累。她也有一大家子要照顾。大姐夫虽然人好，但却是个什么也不管的“甩手先生”。平时我们只看到大姐的好强，但也是被逼的，谁不想轻松呢？谁想累呢？但总不能一个甩手了，另一个再甩手吧？

“……可是您是我妈，再重要的事，也没有您重要，所以我赶回来了。您说我不孝，我还要怎样孝？”

可是母亲根本不听，仍继续叫：“报应呀！你自己也是母亲，以后你女儿也这样对你你怎么办！”

我们姐妹生的全是女儿。老天让我们生的全是女儿，也许就为了让我们完完整整遭报应。母亲这话好毒。可是母亲，您也是外婆的女儿，如果外婆要去死，您能让她去吗？将心比心。女人的心都是柔软的，您就狠心这么践踏吗？我不能再待下去，我跑回家了。

丈夫已经回来，也把女儿接回来了。女儿问：“妈妈怎么没来接我？”

我说：“妈妈有事……”

“什么事？”女儿眨着贼溜溜的眼睛问。还是这问题。这丫头，她来审问我了。现在的小孩精得很，缠人得很。我该怎么说？我说：“大姨回来了。”

“大姨是谁？”女儿问。确实，她脑子里没有大姨这概念，从来没有见过。我说：“就是妈妈的大姐，外婆生了三个女儿，最大的就是大姨……”

我忽然说不下去了。好在丈夫过来解围，对女儿说：“不要再问了，自己玩去，改天带你去看大姨……”

女儿终于被哄走了。我跑进卫生间，狠狠洗了把脸，把一切都抹去了。刚觉得清爽，二姐又电话来了。

她问：“怎样了？”

我说：“没事。”

“没事？”

噢，没事？什么没事呢？是指母亲没事，还是我们没事？我们没事了，母亲就有事，她明明在床上挣扎，一分一秒都在遭受折磨；如果让她停止挣扎，她就死了，那么怎么叫没事？我们陷入了悖谬的逻辑中，我们被这种悖谬拉扯得心力交瘁。我说：“就这样。”

二姐又问：“大姐住哪里？”

是啊，我才想起这问题。忙乱，争吵，把这事给忘了。大姐的行李还在医院里，总不能让她住医院吧？大姐已经跟二姐挂脸了，我这边条件也好些，我说，就住我这吧。女儿一听大姨要来住，高兴地跑出来。敢情这孩子还在偷听我们的话。我说了什么不适合的话了吗？唉，还得防孩子。我啐：“去去去，没你的事！”

女儿嘟着嘴走了。她一定很不满。报应？她以后会怎么对我？唉，什么乱七八糟的。二姐在电话里叫我。她说：

“那么，今晚就我去吧！”

二姐还是通情达理的，毕竟都是姐妹。也好，我也要把大姐接回来，给她安排一下。正要给大姐电话，大姐电话来了：“母亲又不行了。”

果然！这么快又发作了。我连忙通知二姐。我们赶到病房，刘医生已在那里。

母亲很快又被抢救过来了。又罩上了氧气罩。她没有挣扎，她已经太虚弱了，她的力量只够用来抽气。她眼睛瞧着我们，我知道，她清清楚楚瞧得见我们，但目光惨淡。

刘医生走出门去，大姐跟出去，问：

“医生，这样能保持多久？”

刘医生说：“只要有办法，我们都会尽力抢救的，救死扶伤是我们的职责。”

刘医生避开了实质性问题，而且说起了套话。他明显生分了。我把大姐拉开，问刘医生。刘医生叹息道：

“难说。能拖一天是一天吧！你们要治，我们就给治。这不？又好了。你们家属要治疗一天，我们就一天不会放弃。如果严格按照‘脑死’的标准，那还要更久……我的意思，明白吧？”

我明白他的意思。我们不约而同回头瞧病人，母亲在艰难地抽着气。虚弱，但又被牵制着抽气着，仅有的力气都被拉去抽气了，欲罢不能，简直受难。她还神志清醒着，她清晰地忍受着这种苦难。如果脑先死，倒好了。现在是要先熬到心死。

“而且，这一天费用，你们是清楚的。”他又说。

我们当然清楚，只有刘医生才能这么对我们说。可是大姐却道：“钱倒没什么。”

“说得轻巧！”二姐说，“问题在于，花钱给母亲买罪受！”

大姐道：“那你说该怎么办？”

“该怎么办就怎么办。”二姐嘟哝。

大姐问：“什么叫该怎么办就怎么办？”

二姐横下心，道：“该怎样就怎样……”

“什么？”大姐叫起来，“你居然抱着这种心？”

“什么这种心？”二姐道，“别让病人无谓地受罪……”

二姐不说“母亲”，只说“病人”，大概也是心里发怵吧。

大姐叫：“什么‘无谓地受罪’？我看你是在想‘无谓地花钱’！不是吗？你肠里几只蛔虫，我还不清楚？你光屁股都看到了……”

刘医生尴尬了，走开了。大姐没有发觉，仍说：“好，不要你钱，钱我全包了，不要你出一分钱！”

## 5

钱确实是个因素。我们都是挣工资的，二姐连工资都挣得不稳定。

大姐在北京，工资高一些，但是要真让她来支付，那费用可是无底洞。再说，我也不可能让大姐一个人出，二姐也不会愿意。

二姐道："你有钱，什么了不起？我们也有钱！"

但她真是没有钱，这是谁都知道的，装也没有用。于是她又攻击起大姐来："你那么有钱，平时也不见多寄给母亲，小妹多少，你也多少。"

确实，大姐付的赡养费一直跟我一样多。她从来没有提出多给。也许她想过多给，但又作罢了，吝啬了，想想自己也不是钱太多。她只是有时候寄些东西给母亲，毕竟寄东西比给钱省些。人总是这样，没有到生离死别，就还浑浑噩噩地混，迁就了自己的私心。但这也并不妨碍她到时候幡然悔悟，慷慨补偿。

大姐没有应，走回母亲床边。大概她估计我们刚才争论，母亲是听到的，母亲会赞赏她的。她伸手去抚摸，摸母亲的胸口，不料母亲把身体躲开去，不让她摸。她的手仍然跟过去摸。母亲挣扎。她一挣扎，汗珠从脸上沁了出来。

大姐道："妈，你就安静着吧！"

母亲应："我不是你妈！"

大姐苦笑："怎么不是我妈呢？"

母亲道："我没有生你这个女儿！"

大姐掩着脸，哭了。"妈，我们也是迫不得已的，我也活得不容易。特别在外地，一个人打拼，不像在家乡，有亲人可以帮，有妈可以依靠。"

她说这时，我觉得她有点做作。大姐历来干巴巴的，我总怀疑她是智商有余，情商不足。她从不会说温柔的话，从不撒娇发嗲。她怎么说起这种话来？也许是她没有办法了，为了说明自己确实是想念母亲，她只能嗲一下。我感觉她的脸有点羞红。

"我可是时时刻刻都想着妈妈您的，"她又说，"我还记得那首《砻砻粟》。"

我一愣。大姐不爱唱歌。她小时候还唱过一些歌，比如这支童谣，但是越长越大，她越板得紧了。但她居然哼起来了，明显还羞涩，哼得哼哼哈哈的：

> **砻砻粟，粟砻砻。**
> **糠养猪，米养人。**
> **青蛤养鸭母，鸭母生蛋养主人。**
> …………

这童谣，我小时候经常唱。我是从二姐嘴里学来的。二姐摇着摇篮，哼着这童谣。二姐曾告诉我，她是大姐教的。我想象着大姐当初还会唱歌的时候，那天真的样子。大姐应该是母亲教的吧。母亲摇着大姐的摇篮，哼着这曲子。大姐听熟了，学会了，摇着二姐的摇篮哼着。二姐也听熟了，学会了。二姐又摇着我的摇篮教给我。好像摇篮就是筛米的砻子，筛着，筛着……想想当时姐妹几个是多么的好，虽然也会争吵，但争的都是无关紧要的东西，只是我们自己觉得很重要，争个不休。

母亲总是叫："不要吵了，你们跟上辈子仇人似的！"

母亲的语气是甜蜜的，与其是喝，毋宁是呢喃，幸福的呢喃。她甚至头也不抬起来，只顾干自己的活计。那情景多么温馨啊！

我跑过去，抱住母亲，说："妈，我也记得，《砻砻粟》……"

我也唱了起来。二姐在那里愣了一会儿，也过来，抱住我，望着母亲。这是我们共同的母亲。

母亲曾经是多么疼爱我们。恨不得把肉割给你们吃！母亲总这么说。那时候市场紧缺，什么都要凭票供应。限量的肉，还得摊着熬油炒菜，全家一个月还吃不了两次肉。母亲总是说自己不爱吃肉。直到她晚年，每当吃肉，她还要说自己不爱吃肉：

"老年人少吃肉，身体好。"她说。

我们告诉她，现在再怎样也不至于像过去那样了，肉还是吃得上的。

可是她就是不听。她老糊涂了，总是记着过去的记忆。

有时候搞得我们很烦。我们把肉夹到她碗上，她又把它夹出来，放回盘子里。搞得二外甥女再也不碰那盘肉了。

我们叫："妈，你就顺着我们点吧！你以为是为我们着想，我们又不要你为我们！"

可是她依旧不改，她就是执意要为我们着想。

这个执意为我们着想的人，现在躺在我们面前。她已经自顾不暇了，轮到我们为她着想了。她呼吸得很艰难，我也抚摸她的胸口。母亲不再挣脱了，让我们摸着。也许抚摸确实能让她舒服一些。但那身体仍然羞羞缩缩的。我们从来没有摸过它，它已经羞于被我们摸了吧？她在迁就我们。她现在仍在迁就我们，把自己的身体献出去。这个身体满是松弛的肉，这身体生育过我们，是被我们糟蹋了的。她每生育一个，就要遭受一次糟蹋。母亲的身体毋宁是被蹂躏的战场。父亲的铁蹄从这里践踏，我们在这里把它撑大，再从这里出来，把母亲身体摧残得伤痕累累，更不用说分娩的危险了，如同闯鬼门关。即使闯过来了，接着还要哺乳，还要带孩子。同样作为女人，我很清楚，孩子简直就是扛在女人手上的永远放不下的包袱，做父亲的倒可以甩手。即使他有心，也未必承担得了。

当然现在时代风气变了，女人可以选择保全自己而不生育。但是不生育的女人是女人吗？有几个女人不想生育的？这就是女人的宿命。当然也可以生育而不给孩子哺乳，不带孩子。但不是亲自拉扯大的孩子，对你不亲。有付出才有得到。"糠养猪，米养人。青蛤养鸭母，鸭母生蛋养主人……"

母亲叹息道："唉，养什么哪，都是作孽！"

本以为母亲会说句谅解的话，不料她却这么说。

大姐道："妈妈，我们真是感激您的呀！您对我们的养育之恩……"

"那也是作孽！"母亲道，"不养不行啊……就当我没有养你们！"

她说得这么绝情。也许是的吧，可是毕竟已成事实。"可是毕竟您已经养了我们了，您是我们的妈，我们爱您，我们已经爱上您了，我们依恋您了。”我说。

“不要你们依恋……”

“可是怎么可能？再说，从道义上我们也不能不认您，不管您。我们都在这里，谁都知道您是我们的母亲，我们是您的女儿，刘医生，护士，护工，邻居，还有亲戚，所有所有的人……他们都在看着我们怎么对待您。您可以不管，您不会有错，因为您已经对我们有恩了，现在考验的只是我们。我们无论如何必须得做好，不然就被谴责。我们必须承担责任，不孝的罪名我们承担不了！”

“你们承担不了？我是一直在承担着呢……”母亲道，“几次想自杀……用刀，怕死在屋子里，让你们承担不孝的罪名……跳楼，但人家仍会认出来。去远些地方吧……人家不认识我，但我又走不了。只能熬着……我是为你们熬啊！现在我熬不住了……你们却还要挟我……”

二姐道：“那我们又被谁要挟呢？我们还本来不想被生下来呢！”

我愣。二姐话说得不好听，但这是真的。父母生孩子，完全没有征求孩子的意见，包括我现在对带孩子如此抱怨，可是是我擅自把她生下来的，生下她，还不就是为了自己需要？母亲怕孩子对她不亲而带孩子，难道不是为了自己的需要？这不是自私吗？为了孩子亲，才自己遭罪，然后让孩子承担这个债务。妈妈，你不要对我这么好吧！我也不想得到你的好。可是不可能，她就是要对我们好，我们已经稀里糊涂地接受了这个好，已经反悔来不及了。

“看现在过成什么样，”二姐仍道，“早知这样，还不如当初你别生我。”

大姐瞪二姐：“你怎么能这么说？没有功劳也有苦劳。至少，给你煮了那么多年的饭。”

二姐应：“要是没生我，我何必要吃饭？何必要煮饭？你以为我吃的是什么饭？”

母亲更剧烈地喘起来。“算我对不住你们……”她说。

我连忙把二姐拉出去。“她净会胡说！”大姐瞪着二姐背影，对母亲说。

“她说得对！”母亲道，“我不怪她，要怪就怪我自己作了孽，现在，你们让我结束这个孽，是我自己要的，不关你们的事。”

我们以为母亲讲的是气话。“妈，不要再说了！”我们说，“不要生气！”

母亲摇着头，好像在说，不是生气。她喘得更厉害了，眼看又要憋过去。我们大叫，外面的二姐慌忙跑去叫医生。

母亲终于又安稳下来了。她说要笔和纸。她的手还被绑着，拿笔纸干什么？她要干什么？她说：“我可以写字据。”

“什么字据？”

“证明是我自己要死的。”她居然还说。“实在熬不下去了！求求你们，让我走好了。这样走，自然而然，人家也不会说什么了。”

说到这份儿上了。我瞧大姐，大姐瞥瞥我，她动手整母亲的被单。母亲等着她，像个顺从的乖孩子，让她整理着。不料大姐立起身，仍说：

“您好好歇着吧，会好起来的。”

好像一切并没有发生。我明白了，纵使她同意，但她也不敢承担这个责任。没有人肯承担这个责任。二姐要是在，也许她肯，那么我就附和。要不是大姐突然来，我们早按我们的计划办了，但是机遇失去了。

当然可以再提起，让二姐提出。我跟二姐说了，不料二姐却说：

“我成什么人了？好像就我不孝！”

也许是被大姐攻击，也许还因为她自责，自己说了那样的话。现在她要是再提出放弃治疗母亲，那罪责就实实落在她头上了。

那么她就不顾惜费用吗？无底洞。

谁也不说，也是谁也不忍说吧。毕竟是自己的母亲。于是就只能忍心看着母亲受罪了。虽然也不忍，但是这样，生命总还在，要怎样，还有得选择。如果生命没有了，反悔也来不及了。

母亲好像彻底绝望了。她不理我们了。这倒没什么，只要能保存下她的生命，总有求她谅解的机会的。即使她不谅解我们，她能活着，我们也欣慰了。

又是一个晚上，母亲又熬了一个晚上。是二姐值夜。本来大姐说她反正没有上班，由她来值，但是二姐不肯。

她在跟她怄气。大姐对我无奈地摇摇头："也罢，好心被雷打。我还累着呢！"

但是大姐并没有休息好。半夜里听见她起来，我披衣出来，她说：

"老二她会不会照顾得清楚啊？"

我说："怎么会不清楚？这么多年都是她照顾过来的，大姐你还是少操这份心了！"

"你就是向着她。"大姐说。

早上，轮到我接替二姐，大姐也在家待不住，说她也去。我们一起去医院。一路上我在盘算着自己的事。昨晚我跟丈夫商量了，丈夫说："还是让母亲回来吧"。男人比女人理性，这时候需要理性。但是单独面对大姐，我不敢说，我想到了医院，二姐在场时再说，至少二姐附和总会吧？

母亲面色苍白，目光呆滞，简直跟死了差不多了。只有偶尔的抽动，让人知道她还活着。二姐说，母亲整个晚上都没睡，当然，怎么可能睡？要睡下去，也就死了。可是不睡，不死，她更难受。我更坚定了说的决心。我把大姐、二姐拉到门外，说了。果然，大姐睁大了眼睛。她的脸很快转成了愤怒。我预感到谩骂会像骤雨一样砸在我的头上。

突然，我听到一声哭。我们都没有反应过来这是谁发出的，大姐愤怒的表情仍在脸上，只是僵住了。我瞧见护工似乎也没意识到，她正在向卫生工领东西，愣了一下，还继续领。我们猛然意识到什么，才慌忙往房间里冲。护工也撒下东西，跑了进来。

居然是母亲哭！我简直不相信。

印象中母亲几乎没哭过，可眼下却哭得跟小孩似的。这些年母亲越来越像小孩了，虽然如此，但毕竟跟小孩不同。她耍脾气，你给她说道理，她就会理解的。毕竟是成年人，智力再萎缩，也比还没有培养起来好。

我们劝她，问怎么了？其实这是个白痴问题。还能怎么了？难受嘛。我们这么问，其实只是为了引出问题。可是她不说。以前她都会说的，说了，就有的放矢了，就好办了。但是现在她不说，只是哭。也许她太痛苦了，已经顾不了倾诉了，她只能哭，哭是她的本能反应。

哭声惊动了整个楼层。许多病人或家属都跑来了，挤在病房门口看。真是丢人！母亲历来自尊自爱，现在却被人指指点点。她在众目睽睽之下哭。以前，遇到再大的事，她也不会哭的。即使是父亲去世，别的女人会当众哭天抢地，还念念有词，可她却没有。当然也因为她对父亲感情不深，但毕竟从此家里少了一份收入，从此她就更苦了，她也应该为自己，为自己的命苦而哭。其实她还是有哭的，我瞧见她在蚊帐后的马桶角揩了眼泪，但是她不在人前哭。遇到再大的事，她也不在人前哭，就像她从来不求人似的，一切自己解决。母亲在我们眼里，在大家的眼里，是很有尊严的。可是现在，她的形象稀里哗啦全垮了。

我们也觉得很丢面子。我冲过去，把病房门关上。可是他们又把它挤开了。我又不能把门拴上，护工跑去叫护士了，她们要进来。大姐就压低声喝母亲，让她别哭了。可是母亲不听。如果只是小孩，被一喝，就会害怕的，可是母亲是大人，这种办法不灵，她才不怕呢。有什么可害怕的？女儿还能把她吃了？再说，到了这份儿上，如果真能把她吃了，倒是个好事。也许她就抱着这个想法的？她是存心的，这是她的另一个阴谋：既然跟你们说不通，那就要赖好了。想想，她这样被绑着，手脚都动不了，还能做什么？除了哭。

而且手脚被这么绑着了，还有什么尊严可言？

人到这份儿上，真是惨不忍睹。如果让一个人自己解决自己的生命，那还是有尊严的，甚至因为勇敢而非常有尊严。但是当连自己解决自己生命的能力都没有的时候，只剩下苟延残喘，丢人现眼了。这个濒临死亡的老人，完全被打败了。她闭着眼睛，不看我们，只管哭，完全不管外界的存在。她用闭眼来抹掉这个世界。我们怎么劝，她都不理。她哭得落花流水，不惜把自己的脸抓花了。真是急死人了！

我听见门外大家在议论我们，说生孩子没用，老了这么被子女对待，不孝！可是你们知道什么？正因为我们要孝，才落到这样田地。你们事不关己，高高挂起，当然能说漂亮话了。我们多想像你们那样，我们也可以袖手谴责别人。如果我们稍微帮一下，哪怕只是帮助托一下，递一杯水，提一个建议，还会受到赞赏，轻轻松松就可以得到好名声。可是我们不能像你们，我们面对的是母亲，我们的母亲这样了，我们必须管，推不掉。

我求母亲:“不要哭啦,妈,求你啦！”我也哽咽了。“妈,你怎么这样？这样让我们怎么活人？”可也许她就是恰知道这是我们的软肋，她偏要这样。她哭得很张扬,要不是手脚被绑着,她一定会手脚助阵。但我发觉，一般哭泣，总有个间歇的时候，情绪会因为发泄得到消解，眼泪也有限，声音也会嘶哑，这时候就会缓和下来。可是她却是马拉松似的，一旦后劲不足了，她就又组织起一次冲锋，让哭声再度高扬起来。我甚至怀疑她眼睛是眯着的，偷看着外界，看我们的反应，看门口大家的反应，看大家如何对我们施压。我还真发觉了她眼皮在动，她眼皮内的眼球在转。一旦我盯上她的眼睛，她就闭紧了，然后更大声号啕起来。这简直是小孩的伎俩。又好气，又好笑了。

二姐也发觉了，啐：“你别鬼哭鬼号的，号什么！”

老而不死，是为禽兽。自己不像话了，子孙也不看重她了。但是我制止了二姐。这把戏只有我们发现,外面那些人并没有发现,要是戳破了，母亲就更丢人了，连痛苦的形象都没有了，只剩下可笑。可是他们不知道，就认为是二姐不对。他们指责怎么能这么跟母亲说话！大姐也不明白，也用眼睛瞪二姐。我只得把二姐的手捏了捏，让她不要反驳，就忍受委屈。可是二姐不依，气呼呼道：

“就你难受，就你会难受！你难受了，就有天大的道理了！”

大姐反啐：“给你天大的道理，你也受一受看？”

二姐硬嘴道：“受就受！”

我当然知道母亲很难受。并不全是伎俩，首先是因为她难受。所以出此伎俩也是因为她太难受了，她忍无可忍了，无法遏制了。不料母亲应了一句：

“到你死时！”

她说话时，停止了哭。说完，又记起似的，连忙又哇地大哭起来。这突兀反应，所有人都感觉到了。这下大家笑了起来，甚至有人叫：

“再哭，再哭！哭大声些！”

我气急败坏冲过去。“有什么好看的？没看到你妈死呀！”

我吃惊我说出这么粗野的话。我把门关上，拴上。

大姐也看出来了。她愣愣瞧着母亲，好像不认识自己的母亲似的。她一屁股坐在床头柜上，望着墙，一脸惨淡。

## *6*

母亲又昏厥过去了。又是抢救。只能抢救。

然后又是醒来，又要死；又昏厥，抢救……大姐也绝望了，终于同意让母亲回家。回家，就是放弃的意思，只不过表达得委婉些。大姐一直没有说“放弃”二字，她只是说，家里的环境好些，倒好像母亲还有很长的生命，还有希望活下去似的。

我们也没有用“放弃”这词。但是彼此心里都明白，不过心照不宣，自欺欺人罢了。

刘医生也没在病历上用“放弃治疗”这类措辞。他教我们回家后用氧气袋给母亲供氧。医院没有卖氧气袋，他指点我去一家医疗器械用品商店买两个。什么样的袋子，怎么用，他耐心教我。

“医院可以充气吗？”我问。

他点头。

“二十四小时都有充吗？”我问。

“上班时间吧。”他说。

“那我买三个吧，免得来不及替换。”我说。

他不置可否。我不知道，我想得太好了。刘医生为什么也不告诉我？他一定知道的。也许他是不忍。

护工说她可以联系老乡来运送。她老乡来了，谈好价格。二姐说：“得给抬上五楼啊！”

二姐家在五楼。

他们诧异：“人家都是放杂物间的。”

确实，一般来说，将死的人抬回去，都是放在杂物间。说是免得到时候搬来搬去，其实真正的原因是家人忌讳死在屋子里。那是二姐的家，如果她要放杂物间，我们也没办法。可二姐却啐工人道：

“要是你妈死了，你也放杂物间呀？”

工人赔笑道：“也不是……那得加钱。”

二姐道：“加钱就加钱！加多少，说吧！”

我们很惊异。二姐是孝顺的，其实是最孝顺的。

把母亲抬回家。我指挥工人把母亲抬进她自己的房间。工人想当然地把头朝向窗户一侧，母亲叫起来。工人没明白，我也没意识到怎么回事，二姐过来，道：

“你们懂什么？朝这边！”

我和大姐全成了废人。是二姐的家，我们既不熟悉，也不敢随意作主，只能听二姐调遣。母亲要什么，我们只能传达给二姐，由二姐拿。我们走出母亲房间，随手关门，母亲就叫嚷。二姐来了，把门打开。母亲就不叫了。

“她半夜睡觉都要开着门。”二姐说。这些年来，我虽然经常来二姐家，但是从没有在半夜来，所以完全不知道母亲这个习惯。

大姐更尴尬了，有时候她不好意思去问二姐，就去问二外甥女。

母亲靠氧气袋供氧。她仍然不肯插氧气管，我们只好又把她的手绑起来。很快地她也不挣扎了，我们试着松绑，她果然不再去抓。她闭着眼睛，好像昏迷着。

偶然发现，母亲开始依赖起吸氧来了。换氧气袋时，换得迟缓点，她的鼻孔就会迫不及待地寻找插管。她喘得厉害，我们一旦把氧气旋大些，她就会安详下来。

氧气很快就用光了。一袋氧气用不了三个小时，这样下去，一天要用多少袋！我跑医院充气。我还庆幸我买了三个氧气袋，一下子可以充两袋，可是医院只让充一袋。我找了刘医生，刘医生的面子，终于答应给充两袋了。谢天谢地！但以后怎么办？总不能每次都找刘医生吧？只让充一袋就一袋，我刚换下一袋，就拿医院充。不料医院又不让充了。医院说他们不能无限期地供应氧气。怎么会无限期？这病人已经这样了……我没有说出来，忌讳。冷静想想，我们还真想着母亲的生命可以无限期延续下去了。这些日子，我们没去想这问题，也许是不敢想。

但即使想到了，也不能给母亲断了供氧吧？我说：“你们当初答应过给充的。”

“不是充过了吗？”他们说。

怎么能这样？真是不讲信用！我又去找刘医生。刘医生又去说情。充了，但是对方说：“下次坚决不行了。”

“可是病人在等着呢！”我说。

“那也没有办法，医院的规定。”管充氧气的工作人员说。

我看刘医生。他当初怎么让我们买氧气袋呢？刘医生抱歉地低下头，嗫嚅道：

“我也没想到你们会让她拖这么多天。”

“什么意思？”

“可以旋小一点。”工作人员说。

什么？那岂不是不让母亲活了？我猛地愣了。也许正是这个意思。刘医生的话也正是这个意思。我背上一阵寒冷。

“本来也就是个形式。”那工作人员又说。

其实，我们当初让母亲回去，不就是让她等死吗？

我们只能把氧气旋小了。母亲明显难受起来，她的手脚开始又挣动。她说不了话了，只能手脚挣动。她的手企图伸向氧气插管，可是她够不着，她已经没有力气维持她的手举到脸上。我帮她支着，她的手终于能碰到插管了，她竭力将它往深里按。

现在她需要氧气，她要活。这是人的求生本能。她不想死了，可是氧气没有了。

她的手很快就不能动了，只剩下随着身体的抽搐。她像一只被打伤的濒临死亡的小动物，明知猎人向她走来，她却无能为力，只能听凭命运宰杀。

我们急坏了。我疯了似的满街找医院。丈夫也动员起来，托门路。好容易有医院愿意给我们充一袋两袋。也难以为继。我们走投无路，求助无门。

我跪在母亲床前哭。面对着母亲的求生欲望，我们无能为力。我真后悔为什么要把母亲抬回来。如果在医院，就有办法了。再把母亲送医院吧！我脑子里闪出这个念头。那么，难道不是一切又要重新开始？我满足了母亲的求生欲望，就等于延长她痛苦的过程。她一直是在痛苦之中的，所谓缓解，也不过是痛苦之下的缓解。

还是把氧气旋大了。可是旋大了，很快就会没气了。彻底断了供氧，就好像猛地把她捂死。那情形多么可怕！不如给个缓慢的过程，慢慢地没了，也许还好些。

有一天，母亲忽然睁开眼睛了。难道这次又出现了奇迹？我简直不敢相信，都已经到了这种地步了。但无论如何我们感到宽慰。我们给她喂水，她摇头不吃。看来还是不行。

到下午 4 点多，她忽然说煮饭的时间到了。她要去煮饭。她居然想撑着起来，我们把她劝住。这些年，只要她不病倒，一直是她煮饭的。可怜的母亲，煮了一辈子的饭，这时候还在惦记着煮饭。二姐说："我会煮的。"她也没坚持，其实她根本没力气爬起来。

"《东方红》响起来了！"她催促说。

这都是多少年前的事了。每天下午 4 点半，有线广播开始播放，我们旧家门口的屋檐下挂着一台广播机，这时候就会响起始播曲《东方红》。那时候家里没有钟表，家庭主妇们都是听广播煮饭的。早已不是那种年代了，我们也搬了新家，家里也有了钟，母亲也懂得看钟了。可现在她怎么回到过去了？

"快去开门，"她又说，"外婆来了……"

外婆？我们从没见过外婆。外婆早在我们出生前就死了。我们只看到她的遗像，我们小时候，它一直挂在厅上。后来母亲跟二姐了，因为是二姐夫的家，就搁在母亲自己房间的柜子上。后来柜子上东西越摆越多，照片就被挡住了，已经很久了。想到从那阴暗角落里走出了外婆，我们简直毛骨悚然。

大姐明白了，是回光返照了。赶紧去联系丧事"一条龙"公司。庆幸的是，上个月我丈夫拿了数码相机来给大家拍照，其中母亲的一张照还可以，可以裁成遗像。

我连忙叫丈夫去裁剪打印，然后让他把女儿叫来，见外婆最后一面。好在今天母亲形骸还可以，虽然憔悴，满脸皱纹，但是神态还安详。前两天女儿就一直吵着要见外婆，我一直没让她见，怕吓了她。我对她说："外婆去外地了。"

"去哪里外地？"

这小家伙真缠人。我说："去大姨那了。"

“大姨不是在这里吗？”

唉唉，我怎么把这给忘了？大姨来了，大姨家里还有其他人呀！

小家伙还想问什么，被我岔开了。

女儿一进来，就问：“外婆去外地回来了吗？外婆去大姨家就生病了？”

这是什么话！真怕大姐介意。好在大姐不介意。都这时候了，还介意小孩一句话？

母亲见到小外甥女，明显兴奋了些。她的身体动了动，又停住了。她的眼睛在找二姐。“冰箱里有上排……”她说。

我们以为她想吃，正要高兴，她却对我女儿说：“二姨煮面给你吃。”

以前小外甥女来，她总是张罗着这那给她吃。不，所有的客人来，她都要煮点心。“妈，都什么时候了，您还操这份心！”

我女儿说：“我不吃！”

“要吃！吃了好长大！”她说。

我几乎要哭出来了。她长大，你也看不到了。我说：“都是一家人，还这样干什么嘛。”

可她不依。二姐只好说：“好好，我去煮。”假装去厨房，转到她看不到的位置。毕竟，不愿让母亲再不高兴。

母亲高兴了，笑了。她居然笑出声来了，笑声爽朗。

大姐忽然提议：“要不咱们一起吃吧！”

我诧异，大姐怎么还有心思吃面？大姐，你还吃得下吗？我胃堵得慌。我看大姐，大姐在向我使眼色。我蓦地明白了什么。

“吃太平面！”她又说，“有鸭蛋吗？”

有鸭蛋。线面加上两颗鸭蛋，就是太平面了。我们这里把鸭蛋叫作“太平”，因为它跟“压浪”谐音。我们这里的人过去漂洋过海谋生，船常会翻，因此走前吃了鸭蛋，就能压住大浪了，就能保住生命，就能再回来团圆了。外公就是没吃太平面才回不来的吧？现在也可以团圆了，母亲不是见到外婆了吗？一定也会见到外公的。活着不容易，但在生命尽头，团圆了。

大姐说："一家人终于聚在一块了，咱们一起吃！"

大姐长期在外地，聚少离多。"大家高高兴兴，团团圆圆！"她又说。

大姐也老了，最知道老人要什么。老人就求个团圆，人就求个圆满。大姐做出很高兴的样子，好像一切是真的。我真佩服大姐能装得这么好，忍得住。也许这就是大姐胜过我们的地方，她见的世面比我们多。可是，母亲毕竟要离开我们了呀！说什么团圆？什么圆满？但是，人最后总要这么结局的。与其凄凄惨惨，不如坦然接受。与其让她恐惧着走，不如让她开开心心上路。何况，她自己也选择了走呢，就好像自己选择了旅行一样，应该好好为她送行。

当然她最后又不想走了，但是没有办法的事。她已经不能自我把握了，我们就不能替她把握吗？

二姐也明白了大姐的意思，大声答应着，真下厨房了。用高压锅炖上排，捞线面。二姐做得磕磕碰碰，毕竟平时大多母亲做。

二姐叫我过去帮忙。肉炖在高压锅里，我看着直倒胃。二姐好像一直在忙着，无暇顾及我，只背对着我说："把蛋壳剥了。"

二姐的嗓音是发黏的。锅里在烧面汤，汤气弥漫，我看不到她的脸。她忙着把面下到汤里，低头探锅里，怕太硬了，又怕坨了。面捞起了，下到两个盛着肉汤的碗里，让我先端出去。外面，大姐在跟母亲说话，一边抚摸着母亲的胸口。母亲和颜悦色，好像完全原谅大姐了。云开雾散，一片祥和气氛。

我让母亲和大姐先吃。大姐说，她要喂母亲吃。"妈，让我喂你吧！"她请求母亲。

大姐因喂水被母亲斥责过，她居然还要喂。我明白了，她要在哪里摔倒，就在哪里爬起来。给走前的母亲留个好印象，让母亲宽慰。

母亲答应了。母亲也很配合，但其实她根本吃不下了，但她顺着大姐的意思，用嘴唇碰了碰。

“不行哟，大姐把孝顺全抢了！”我故意说。

大家大笑。母亲对大姐道：“你呀，是有‘孝’无‘顺’！”

母亲以前曾经这么说过大姐。“当初毕业，让你回来，你不回来，说在北京有前途……你这个孩子哪，就是这样！我也由你了……毕竟小孩有自己的前途，可是却受苦啦！”

大姐道：“没有受苦，是得到锻炼了。就跟上山下乡得到锻炼一样。其实，我什么都会做，要不然怎么把孩子带大？”

大姐忽然记起她的女儿，说要给北京的女儿打电话，让她跟外婆说话。可惜二姐家没有电脑，不然可以网络视频。社会进步了，人类联络越来越方便了，可是我们却没有利用起来。我曾想过把母亲接到我家，让母亲在电脑里看看大姐一家，举手之劳的事。可是今天拖，明天拖，拖到现在没做到。永远也没机会了。也许正因为是举手之劳，我们才疏忽了。人就是这样！

电话接通了，用免提，大外甥女的声音响起来了。有点认不出来了，毕竟已经到了要做母亲的年龄了。她一听外婆的声音，就叫：

“妈妈她骗我！外婆您这不是好好的嘛！”

她不知道她外婆的状况，她完全不知道。她又说：

“妈妈，我这边都乱套了，你却跑了！一个多月就生了……”

大姐啐道：“还有一个多月，还早呢！”

我们只盯着今天，明天都不可知了。

“生孩子好可怕！”大外甥女仍说。

母亲安慰道：“不怕，外婆都生了那么多个。”

大外甥女问：“是不是很痛？”

母亲道：“不痛，外婆教你，你就吃炒鸡蛋……”

这是母亲的妙招，她曾经教给我们，现在她又教给大外甥女。一代代传下去。她是我们所有人之母。

她还要详细说，但她喘了起来。大姐连忙说我们全知道了，我们不就是这么做的吗？那边对大外甥女说，外婆要休息。但是对方仍说了许多不着边际的话，还快乐地笑。我们都要哭出来了。大姐不由分说把电话掐了，冲进洗手间。我只能先忍着。大姐出来，眼眶里还湿湿的，我就也迫不及待钻进去。眼泪唰地流了下来，我咬着自己的手，不让自己哭出声来。

二姐的女儿当场哭了起来。二姐出来喝道："不想吃面就别吃，哭什么？这孩子就是不想吃东西！"

母亲道："你不要这么骂孩子。你呀，就是脾气不好！"

大姐故作风趣道："面倒做得挺好，我以为都是妈妈做，她不会做呢！"

大姐这么说，等于承认了二姐的功劳。我连忙说："当然了，要是换成我，都不知怎么办了呢！"

我丈夫也道："最不会做的是我家这位了。"

我撒娇道："我怎么不会做？还不就因为你也做了些，心理不平衡呀？人家丈夫都这么做的，要不然，我要你干什么？"

大家笑了。母亲也笑着，我们围着母亲吵吵嚷嚷，说着笑着。蓦地发现母亲又眯下去了。我们知道这下她是彻底不行了。我让丈夫把女儿抱出去,赶紧去旋大氧气开关。可是氧气已经不多了。只剩这一袋了,不,只有三分之一吧。我把旋钮旋到最大，氧气袋明显地瘪软了下去。天哪，我要氧气！哪里有氧气卖？多少钱我们都买！可是没有人卖给我们。叫天天不应，叫地地不灵。只能把旋钮旋小。可是我又瞧见母亲在抽气。我手在旋钮上旋来旋去，不知所措。母亲抽得越来越艰难了。她好像不再抽了，但我感受到她是在身体里抽，已经微弱到不能在外表体现出来了。她一定更加难受，她身体内部在进行着殊死搏斗。

我们瞧着母亲，无能为力。只能求这种搏斗快点结束。好了，好了，就要好了……我们心里念着。

氧气袋彻底瘪了，氧气光了。母亲也完全安静了。好了，好了……

没有了动静。大姐拿手在母亲鼻孔上试了试，又从边上拿一张纸放在鼻孔下。纸没有动。

我的手还停在氧气袋的旋钮上。“是我害死了母亲！”我叫起来。

大姐、二姐也哭了起来。她们也叫是自己害死了母亲。我们把母亲害死了。要是我们不把母亲抬回家，她还不会死。至少医院还会给我们供应氧气！是我们害死了母亲！我们都是刽子手！现在，我们都没有母亲了。天地苍茫。我们没有母亲了，好可怜！大姐把我搂住，我也去搂大姐。大姐又把二姐搂过来。二姐顺从地被她搂着，也抖抖索索摸上了大姐的肩，又搂住了我。我们抱成一团，号啕痛哭起来。

## 7

火化了母亲，我们仍沉浸在悲痛中。不，是凄惨。收拾着屋了，做着事情，忽然就发呆了，然后会不由自主流下眼泪来。

我们望着墙上母亲遗像，竭力回想母亲在世时的情景，我们小的时候，我们长大以后，她临走前的最后一天，上排面，我们的笑声，母亲的笑容，像放映电影似的。可是很快，这一切就被另一幅情景所叠替，母亲的挣扎，寻死觅活，哀求，凶恶，耍赖，假哭，小孩似的痛哭流涕……

无法抹去。也许是把母亲看得太圣洁了，一经玷污，污迹就怎么洗也洗不干净。这就是我们的母亲！闹到了这种地步，真惨哪！我们为母亲可惜，为我们自己感到可怜。

我们在这种情绪中难以自拔。只有在“做七”的时候，在僧人的诵经声中，我们的心才得到一些安宁。我们仿佛随着诵经声，随着袅袅香气，离开了现实的世界。

工人在扎纸房。摆上纸糊的家具，绘上庭院花草，扎上纸轿纸马，配上丫鬟仆人，童话世界一样，一个跟现实不相干的另一个世界。要是真有童话世界该多好。

“化库”了。把纸房投进火中焚烧，纸房被火舔软了，化了，成了灰，飞上了天。母亲在天上等着，等着她的东西。把母亲留下的衣物也烧了送去，所有的一切，包括箱子、柜子……我们不想留。我不想留，二姐也不想留，大姐也在搬着母亲的东西投向火里。我们姐妹三人的想法出奇地一致——让熊熊大火把一切全烧了吧！

最后只留下了母亲的遗像，挂在墙上。因为没有了柜子，外婆的照片没地方放了，也将它跟母亲照片挂在一起。我女儿从没见过我外婆的照片，叫：

“外婆！”

我愣。才发现她们长得非常像。外婆看上去，就是年轻时的母亲。

“不是外婆，是大外婆。”我纠正道。

“大外婆？”她没明白。

“就是外婆的妈妈。”

“哦，大外婆。”女儿第一次听到这个词。“大外婆……”

“大外婆比外婆年轻！”她忽然说。

“什么？”

“大外婆比外婆年轻！”

我一愣。我外婆去世时只有三十多岁，照片上的她，年轻，漂亮。相比之下，母亲却是满脸皱纹，憔悴不堪，被岁月糟蹋得惨不忍睹。

“傻瓜，那也是你外婆。”我说，指着我的外婆。

我们把母亲的照片摘下了，留下年轻漂亮的外婆。也许外婆死前也曾有惨不忍睹的一幕，但是我没有看到。没有看到的，就是不存在，我们不想去探究，为什么要？我们还得活下去，我们还得纪念母亲。

我们把母亲的照片也烧了。

# 【子】

## 1

那阵子我们排成长长的队，弯来弯去，我在队头，看不到队尾。只要主人打开前面的那扇门，我们就进入输精管。但主人好像把我们给忘了。我们心痒手痒，憋得难受。那天主人忽然下达了指令，简直不是在下达，只是一闪念。甚至都不是念头，只是一个情绪。前面的门霍地开了，我们冲杀出去。与其是冲锋，不如是突围。前面是无数的触须，张牙舞爪。它们在收缩，拧成一根粗粗的管子。管嘴粉红，引诱我吻它。我如愿落在那唇上，但很快就又脚底踏空，摔在一个池子里。那里堆着比我更前冲出去的战友，后面还不断有精子掉进来。我们又喊又叫，那粉红的嘴唇竟低了下来，伸到池子里，吮吸起我们来。我们争着被它吸，我和其他精子不再是战友，是竞争对手了。我很强壮，在主人身体里时我就最强壮。我最适合在他身体里存活，很多精子都被垃圾毒死了。主人住的地方周围都是垃圾场，我靠着野蛮劲，适应他吸进来的垃圾尘和吃进来的垃圾食物。外面轰隆隆响着，我知道这是又在倒垃圾。总是这时候，天一黑，渣土车就排着队来了，倒垃圾。垃圾堆满了，又运走。我曾听我主人骂:“又赚了一道钱！”但很快地，又有垃圾运进来了，没完没了。我主人曾经打电话投诉，人家让他等待解决，却一直没有解决。主人于是报警，警车咣咣来了，赶走渣土车，但警车一走，它们又来了。没办法，只能去适应，最后竟也能在轰隆隆声音里睡着了。现在他在轰隆隆声音中把我们射出去。我被吸进那粉红嘴里，进入了一个管道。我埋头往前冲，没留意后面主人已经退走了。

外面安静了下来，好像渣土车开走了。我听到我进入的这个身体在说话："快盖上，别着凉了！"

我的主人，现在是我的旧主人，横躺在床上，没有盖被子。我已不能感受他的体温了，我只感受到新主人身体很长时间都很燥热。我在这个身体里奔跑，仍然有精子跟我争，不小心就会出局。

我的旧主人是爸爸，新主人就是妈妈。

那天爸爸忽然把我们发射出去，是因为那个比我新来世上的女孩子，爸爸妈妈叫她大宝，后来我知道应该叫她姐姐。姐姐读小学三年级，爸爸每天都要送她去上学，中午托一个体育老师带着，监督吃饭，吃完做作业，傍晚放学还是由爸爸接回家。头一天，爸爸去接姐姐，没有在路队里看到她，爸爸马上判断她是被老师留了。三天两头就这样。爸爸只能进学校去领。老师说姐姐上课吃零食，把我爸也教训了一顿，怎么能让孩子带零食到学校来。"吃什么零食了？"爸爸问。"你问她！"老师不跟爸爸说，眼睛戳姐姐。姐姐说吃的是辣条。爸爸说他没有给孩子辣条，老师说："还要你给？校门口摊子就有！现在的孩子，又不是傻子！你根本就不该给孩子钱！"

"当着孩子的面这么教训我！"爸爸回来对妈妈说，"总是这样。过去我当学生时，学生犯事，叫家长，老师跟家长在同一战壕，一起批评学生；现在怎么这样？把家长推到学生那边，一起骂。好歹我是家长！"

"现在谁跟你站同一战壕？你是他什么人？"妈妈说，"不过这次还真是你有错，谁叫你给孩子钱？"

"我有什么办法？"爸爸说，"不给，她肯依吗？连学都不肯去上了！不上学也算了，在家谁看她？"爸爸要上班，妈妈也要上班。听爸爸说话，他干的是销售，妈妈是在银行。银行工作一步都离不开，所以傍晚接姐姐的任务就压在了爸爸身上。好在爸爸工作时间灵活，接了姐姐，在家继续给客户打电话。他有打不完接不完的电话。但也不能只打电话，有时也得人去，吃饭喝酒什么的，这样就不能接姐姐了。只能又央求邻居胖婶帮忙，算费用给她。“总不能交胖婶带吧？”爸爸说。

“胖婶？人家见她也头大了！她上幼儿园时都头大了！”妈妈说。

爸爸妈妈本来要全委托给胖婶接送，但姐姐太不听话了，胖婶管不住。一再央求，才答应在爸爸实在接不了时接一下。“今天早知道让胖婶接！”爸爸说。

“让胖婶替你去挨骂？”妈妈问。

“什么替我？那我替谁？”爸爸说。

“替我？”妈妈说，“也是你的孩子！”

“那我就辞了工作，专职在家看她算了！”爸爸说，“我也太累了，虽说搞销售，时间自由，但下班不是下班，上班一样是上班！”

“那也没钱给她买辣条吃了！”妈妈逗趣，爸爸笑了。

“我还是觉得她有多动症。”爸爸又说，“怎么医院都说没有？是不是标准抬高了？像糖尿病、高血脂，过去已经是超标了，现在却还在正常值里，有病也算没病。人类变异了！”

今天姐姐又被老师留了。她犯了更严重的事，打同学，把人家打出血了。那同学的爸爸、妈妈、爷爷、奶奶都赶到了学校。我爸是被电话召到学校的。“一听到她老师电话，我就心惊肉跳！”爸爸后来对妈妈说，“那学生家长一见我，就围过来，好像要把我吃了！我说我赔，他们说：你也让我们打，我们也可以赔你！你以为有钱就可以？有钱就可以打人？这是什么话！班主任也不说句公道话，就看着我被围攻。当然谁叫我是那孽债的爸？那个孽债，打死好了！”

爸爸回家确实打了姐姐，把姐姐按在沙发靠背上，打屁股。爸爸打得浑身发热，爸爸的手掌打在姐姐屁股上，姐姐屁股也发烫。爸爸打时，妈妈回来了，赶紧劝。爸爸不听劝，继续打。一边打，一边断断续续数落着发生的事，一边夹杂着“打死算了”。妈妈道：

“人家孩子被打全家护着，把孩子当心肝宝贝。你倒好，要把自己孩子打死！”

爸爸说：“人家是什么孩子？我们是什么孩子？”

爸爸、妈妈两个竟吵了起来。爸爸、妈妈观点并没有什么不同，都恨姐姐，只是妈妈舍不得姐姐被打。妈妈拦不住爸爸，叫：“你先打死我好了！”就哭了。爸爸才作罢了，撤下姐姐进卧室去了。

妈妈挂着眼泪去做饭，做几下，实在没心情，就也撒了手去卧室。爸爸仰躺在床上，妈妈扑到床上哭。爸爸慌了，返身去摸她。妈妈说：“你不是要打死我吗？”

“我哪里有……”爸爸申辩。

妈妈仍说：“你打死我吧！打死我吧！”

妈妈抓起爸爸的胳膊抡她身上。爸爸把妈妈搂住，“要打你打我，要死一起死！”外面蓦地响起了轰隆声，垃圾车来了。“又来了！”妈妈说，“死了好了！”她又哭了起来。“死了好……”爸爸也嘟囔，他的身体里涌动着污流，暗暗的，我们就在这污流中。爸爸一个挣起，把妈妈压倒。“死……死……”后来想起来，他不知道自己在干什么，会有什么后果。他不是把我们发射出去，是把我们发泄出去，过后就把我们忘了。妈妈也没有在意我们，她也睡着了。我们在她身体里奔跑，到了受精区。不停有精子进来，也不停有精子被排挤出去。为了不被排挤出去，我拼命摇尾巴，让自己打转，扭圈圈，一边巴望着上头两个管口，后来我才知道我期待的东西叫卵子。卵子终于出现了，但我还得降服它，突破它三层壁垒。别的精子在跟我抢，如果它们比我先突破，我就没机会了。我最勇猛，最先进入了。

## 2

天亮时，妈妈喊姐姐起床。姐姐没有应，推门进去，姐姐发烧了。妈妈说就因为挨打才发烧的，爸爸说："她就那么不经打？又不是一次两次！"

他嘴上这么说，还是去翻看姐姐昨天被打的屁股。"什么也没有，她打别人还打出伤口了！"爸爸说。

"只是表面上看不出来！"妈妈说。

"表面就行了，我连表面都应付不上了！"爸爸说。爸爸指的是上班要迟到了。姐姐起不了床，只能叫奶奶来。爸爸给奶奶打电话，奶奶很快就来了。我第一次见到奶奶，很瘦的一个老人。当然她还不知道有我。奶奶一见我姐就抹眼泪。"又挨打了吧？"奶奶问。爸爸说："没——有！"爸爸抵赖，做出油里油气的样子。

姐姐点头了。

"也下得了手！"奶奶说，"这么蒙着，哪有不生病的！"奶奶又说，要去开客厅的窗户。爸爸制止。"有垃圾不生病？"爸爸说。

奶奶才记起窗外是个垃圾场，停了手。"你这垃圾山什么时候清掉？多少年了！你们等于生活在垃圾堆里！"

"别说了！"爸爸说，"又不能解决的问题，自己找烦哪！"

爸爸、妈妈赶着准备出门，奶奶问："你们昨晚没吃饭？"

"怎么会……"爸爸不承认。

"我还不知道？看看冰箱！"

"妈，你又开我的冰箱！"爸爸叫。

"开冰箱怎么了？你们生活过成什么样了，不能关心一下？"奶奶说。

"能过成什么样嘛！"爸爸说。

"什么样？饭都没吃！"

"你怎么知道我们没吃饭嘛！"妈妈说。

“菜动也没动。”奶奶说，“你们只吃饭？”她又去揭电饭煲，妈妈才记起，昨晚连饭都没舀出来。“饭也没吃一口！”奶奶说。

爸爸辩道：“这是备着今晚的！”

“你是会做准备的人吗？”奶奶说。

爸爸慌张瞅了一下妈妈。妈妈进卫生间去了。我听到外面爸爸在埋怨奶奶：“妈，你说什么嘛！”

“我只是说你！”奶奶说。

“傻子才听不出来呢！”爸爸说。

“听得出来就听得出来！”奶奶竟然说，“也该听！不做饭，全家挨饿？她自己不吃饭，丈夫孩子总不能也不吃嘛！”她回头对我姐姐，“怪不得生病了！这么小的孩子，怎么经得起饿！”

“怎么经不起饿？”爸爸说，“现在的孩子都营养过剩，能量过剩，所以才那么不安静。饿几餐又有什么关系？”

“营养？哪有营养？都是吃垃圾食物！”奶奶说，“什么肯德基啊，还有你公司做的那些垃圾食物。”原来爸爸推销的是垃圾食物。“这种东西哪里有营养？只有害。你说现在孩子怎么这么皮？都像野兽一样，就是这些乱七八糟东西吃的，都是激素！政府也不管一管！该管的不管，不该管的却来管。不过现在好了，全面放开二胎了！”

爸爸愣住了，好像没有反应过来，奶奶怎么说着说着，拐到这话题上来了？妈妈也提溜起耳朵听。

“你不叫我，我这两天也会来。”奶奶说，原来奶奶是为说这而来的，“这个政策，你们应该比我更早知道吧？”

“凭什么说我们早知道？”爸爸那口气，他应该是知道。

“你们自己的事啊！”奶奶说。

“我们什么事……”爸爸支吾。

“昨天报纸上明确登了，明年1月1日开始实行。”奶奶说，“你会没看见？就想瞒着我！”

“我怎么会看报纸？整天那么忙，早上眼睛一睁开就开始忙。你还天天看报纸？”

“别打岔！”

“我怎么是打岔？”

“从小就这样，不愿意听的就打岔！”奶奶说，“说你！”

“不是关心你嘛！”

“关心？你要真关心，就知道你妈心病是什么？就想抱孙子！”

“这不有了吗？”爸爸说。

“我说的是孙子！”奶奶说，尾音连忙缩小了。但她接着又理直气壮地说：“一‘女’，再加上一‘子’，就是‘好’，就是圆满了嘛！所以还得生一个。”

“就是生，怎么就能保证是孙子？”

“到时候可以让何主任看看。”奶奶说。

“人家孩子都毕业那么多年了，还会认你这老师！”爸爸说。

“何主任是重人情的人。”奶奶说，“人走茶凉，茶还没凉。刚好，政府允许了，所以要赶快！”

“我还是赶快上班！”爸爸说。

“你就这样！不想听就上班！”奶奶啐。

妈妈迟疑了一会儿，只能出来。她躲着奶奶，贼一样逃出家门。

奶奶看着姐姐，一直到爸爸下班回来。妈妈回来时，一边炒菜一边对爸爸说：“你妈一来，她就成了一家之主了！”

妈妈对奶奶一直有意见。当初生姐姐前，奶奶说好帮带孩子，她刚好要退休。但孩子生出来后，她又去返聘了，搞得妈妈措手不及。当时妈妈本不想这么快生，但奶奶跟爸爸说，爷爷身体不好，在他活着时让他看看孙子。但孙子还没出生，爷爷就走了。而且又是女孩，妈妈说这是她不带的原因。奶奶压爸爸，爸爸来求妈妈，所以妈妈把一切责任都算在爸爸头上，爸爸很理屈。

“当老师的，”爸爸敷衍说，“当老师当了一辈子，觉得全世界都是她的学生了！”

“我可不是她学生！”

“你是她儿媳嘛！”

“儿媳又怎样？我住的是我自己的家！还按揭着呢！”锅铲声音伴着妈妈的声音，铿锵地。

“我是她儿子嘛！”

“那你给她生孙子去！”妈妈说。锅铲声停下来，搁盐、佐料。

“我能生？我倒希望我是能生又不能生。”

“什么意思？”

“能生，又生不了啊！”爸爸说，“或者不让生，‘计划生育’，她就没话了！天知道怎么就又不‘计划生育’，允许‘二胎’了，还全面放开了！”

“只是允许，不罚了，只是放开，又没有给你保障。”妈妈继续炒菜，“连号召都不是呢，当初当‘英雄妈妈’还是号召。”

“但不罚了，在他们那里就是保障了！”

“不禁止就是有保障了？”妈妈冷笑，把菜装进盘里，锅放回灶上，“中国人就这种生存要求？牲口啊？再说，也得生得出来，这种年龄了！”

妈妈猛地愣住了，锅铲一搁。

“你发什么愣啊！”爸爸说。

“你说我发什么愣！”妈妈啐，“昨晚你拿出来没有？”

这事在我是再自然不过的事，但在这世界上却成了羞耻。所以人们说它时用黑话。爸爸也对黑话心领神会，愣了。“我也记不清……”

“这怎么能记不清呢？”妈妈说。

“应该没有。”爸爸说。

“你怎么这样！”妈妈叫。

晚饭吃得没声没响的。姐姐倒老实，以为大人还记着她犯的事。病了一天，她好像也懂事了点。她不安地瞅瞅妈妈，又瞅瞅爸爸。她很快明白了妈妈是在生爸爸的气,就又活跃了起来。爸爸烦道:“你还不知死!不吃下桌去！”

晚上睡觉前，爸爸安慰妈妈：“别担心，不会有事的！”

“你能保证？”妈妈问。

“保证嘛……”爸爸支吾，“但你想想，我是那么厉害的人吗？这你又不是不知道。”

“我不知道！”妈妈说。其实她这么说，更多是出于惶惑。她很清楚爸爸并不厉害，但她还是心里没底。

“而且那么久没做了,”爸爸又说，这也是实话，“一次就中彩了？”

“中彩了，要你赔！”妈妈说。

我知道这“中彩”是坏事了。也许我们那天是错误接受了爸爸的指令？或者是爸爸发出了错误的指令？但我已经在妈妈的身体里了，不能再退出去了。

## *3*

我才知道我是不受欢迎的。好在爸妈也不再提我的事，他们太忙。他们不仅要忙工作，还得忙姐姐，还得忙家务。单说下班，爸爸把姐姐接回来，一边吆喝她不要乱动，一边接打电话。抽空把冰箱里的东西掏出来化冰，洗槽里还有早上没洗的碗。于是又抽空去洗碗，化冰的东西跟碗盘搅来搅去的，他就这么敷衍着洗，他已习惯了。

爸爸不会炒菜，只会把饭下锅。妈妈要到天黑了才能到家，一放下包包，就钻进厨房。妈妈一下班就紧赶慢赶，路上遇到人都不敢停脚说话。做饭，吃饭，洗碗，最要命的是还要管姐姐，姐姐总是不乖。“什么都要讲三遍！”妈妈常这么说姐姐，“你有耳朵没？”姐姐不但在学校不乖，在家里也不乖；不但吃饭不乖，学习也不乖，妈妈每天晚上要监督她做作业。爸爸没办法，他要不停地打电话。“做完一项打个钩！”妈妈指着姐姐抄作业题的本子，这个本子记着无数的作业，姐姐好像也不担心做不完，也许她根本就没想把它们做完。妈妈一次次催促她，威胁，甚至打。“才三年级，就这样！以后怎么办！”妈妈说。终于完成作业了，赶着姐姐去睡了，妈妈也爬到床上，对爸爸发牢骚：

“现在老师怎么布置那么多作业啊！”

“要不布置这么多，你心里还不踏实。”爸爸说。

“也是，”妈妈说，“那些不好的学校作业就不多，学生交不交作业都无所谓。”

“睡吧，累死了！明天还要上班。”爸爸说。

然后就睡觉。没有再发生那晚上的事。这样过了一个多月，妈妈忽然发现了什么。“我那个还没来。”她对爸爸说。

“什么？”爸爸说，心不在焉。他对妈妈说话常会心不在焉。

“那个啊！”妈妈又说黑话。

这下爸爸没反应过来。“什么嘛！”

“那个！”妈妈叫，“这么迟钝！你过去可不这么迟钝，没结婚时。”

“啊？”爸爸叫了一声，明白过来了，“难道真的……怎么会？怎么会！”

爸爸的样子让妈妈害怕。“你看你的承受力！”妈妈说。

“这种事，谁有承受力？”爸爸叫。

“小声点！”妈妈说，“你要满大街叫啊？你不知道我历来不准的？”妈妈这么说，好像是在证明自己没事。但是我在妈妈身上，我感觉到妈妈的血流得迟疑了。其实她是要稳住爸爸。

“不会这么巧的！”她又说。这好像更是说给自己听的，她的血又流得畅快了些。

接下来的一星期，妈妈身上的血动不动就会流得迟疑了。我知道妈妈在担忧，她在计算我到她身体里的时间，爸爸也配合着算他把我排出去的时间。他甚至不承认有把我排出去。“我还有精虫？”他说。

“男人七十岁还能生呢！”妈妈反驳。

“我是这么厉害的人吗？”爸爸说。

“不管是不是厉害，你看，就是出事了！”妈妈说。

“你不是历来不准吗？”

“要是碰巧呢？”

“哪有那么巧的？从概率上说，不厉害，概率就低。”

“但明显没有来！”妈妈说。

又拖了半个月。这半个月里，妈妈照例很忙，爸爸也照例很忙，姐姐也照例一次又一次闯祸，又生了两次病。她一生病，就得把奶奶搬来。奶奶一来，就又说生孩子，妈妈就又像做贼一样溜出去，直到奶奶走了才回来。“你妈疯了吧？”妈妈对爸爸说，“怎么发了狠地提这事？跟巫婆一样！”

“还是没来？”爸爸才恍然又记起。

妈妈摇头。

妈妈到网上百度怀孕的测试办法，最简便的还是用测试纸。妈妈买了测试纸回来，有尿了，忙跑进卫生间，爸爸焦急地在外面等。妈妈在卫生间里做了一系列很奇怪很丑的动作，把尿滴在测试纸上，咬着手指甲等。我感觉到她几乎要窒息了。她突然一屁股坐在马桶上，嘟囔了一声：“完了！”

爸爸在外面敲门。妈妈懒洋洋开了门，爸爸就迎上来，看见妈妈的脸，爸爸问都没问了，不需要问了。

晚上妈妈拼命埋怨爸爸。爸爸像做了错事的孩子，没有争辩，还拿拳头敲自己。“也许不准呢！”爸爸忽然说，“你买的是不是假冒伪劣产品啊？现在什么都是假的，到处都是垃圾产品！我就是销售垃圾产品！”

妈妈倒真希望她买的是伪劣商品。但她是到正规医药商店买的。当然正规不正规，天知道。“我发现，这世界上没有什么是可以相信的！

自己也不可信，说不定操作方法不对。”

“要是自己能测得准，那还要医院干什么？”爸爸趁机说。

既然这么说，就得上医院。爸爸妈妈第二天都请了假，去医院。他们一起去，姐姐生病时他们也没一起去的。妈妈把装着尿的盏子放到一个玻璃窗口内，等结果。爸爸和妈妈都没有说话。从早上去医院路上，他们就几乎没说话了。玻璃里叫妈妈的名字，妈妈踉跄过去，她的包都掉地上了。

“恭喜您！”玻璃里一个女的说。

妈妈脑袋缩了缩。“为什么恭喜？”她好像一下子不明白了。爸爸也跟了过来。“怀上了！”那女的瞥了一眼爸，“这么大年龄了，不容易，要好好保养！”

爸爸被那女的瞥一眼，竟然还显得有些不好意思。但她接着说出的话，好像掴了他一巴掌。“说什么嘛！”他嘟囔。

那女的有点恼了，甩了手，转过身去，说：“随你了，要不要？！”

“你怎么就断定我要？”爸爸说。

那女的愣了一下，好像明白了什么，笑了：“怕露馅？那当初也得处理得利索点啊！”

“什么意思？”爸爸问。

“没什么意思，又不是我把人家女人肚子搞大了！”那女的说。

“什么人家女人？我会做那种事？”

“那我就不知道了，反正与我无关！下一个……”

妈妈回头埋怨爸爸，被爸爸这么一闹，妈妈好像清醒了。但爸爸不依，仍然冲那女人喊：“你怎么这样！你怎么这样……”爸爸纠缠着那女的，好像要那女人负责一样。

还好那女的已经转进里间了。妈妈啐爸爸：“干什么！跟她什么关系……”

“你这是什么态度啊……”爸爸改了口，他仍然纠缠那女的态度问题。

妈妈把爸爸拉回走廊，爸爸一屁股坐在走廊边的椅子上，把妈妈拉个趔趄。

“完了！全完了！”爸爸叫。爸爸的叫声让人感觉到绝望。我没想到我给他造成这么大的伤害。他手挥动着，动作无力，但仍然用力挥舞着。妈妈想去拉起他，没拉起。妈妈只能等着，等他情绪舒缓下来，再去拉他。他竟然把妈妈推开。

“走啊！”妈妈叫。

“去哪？”他应。

“上班啊！你忘了上班了？”

“还上什么班！”他说。

妈妈歪歪嘴。“你不走，我可要走！”妈妈说。

“你走得了？”爸爸说。

“怎么走不了？”妈妈应，“脚长在我自己身上！”

“他也在你身上！”爸爸戳妈妈肚子。

“什么‘他’？还只是一小团肉。”妈妈被爸爸惹笑了。

是的，我也诧异爸爸怎么用“他”指我，我印象中“他”都是指生下来的人，我还没生下来，而且我还根本没成形。

“肉会长大！”爸爸说。他还想说什么，嘴唇动动，又不作声了。他忽然抓住妈妈的手，“所以得赶快处理掉！不如就今天！”

处理掉？什么意思？

妈妈惊讶叫：“你是不是来前就想好了？这么快就做决定？”

“还能怎么办？”爸爸说。

“我想想……”妈妈说。

“还想什么啊！”爸爸叫起来，“难道你还想要？你看看，一个大宝已经要我们半条命了！再来一个，我们还活不活啊！绝对不能要！对不对？处理掉，好不好？好不好？啊？啊？”

他逼着妈妈的脸叫。妈妈躲避着，妈妈的身体燥热了起来，叫：“你说得简单！刀又不割在你身上！”

刀好像已经割在我的身上。

“可以药流！”

“药流，滴滴落落更糟糕！”

“人流手术不用动刀！”爸爸又说。

“器械有什么区别？”妈妈说，“你怎么不负点责任？”

“我怎么不负责任？这不在……”

“当初怎么不负点责任！”

“说这有什么用！”爸爸说。确实没用，妈妈好像喜欢抱怨，爸爸总说她说没有用的，相反，爸爸总是想着有用的，他目的明确，就是不要我。爸爸当然可以不要我，我本来就是被他排泄出来的，所以妈妈说爸爸不负责任也有道理。他现在懂得负责任了，但我已经在妈妈身体里了，只能由妈妈去挨手术。我跟妈妈已经连为一体，必须动手术才能去掉，妈妈你忍心不要我吗？但好像妈妈没有想到这个，她只害怕痛。

那以后他们在一起几乎都是谈这事，怎么把我处理掉。我觉得寒冷。我预感到哪一天，爸爸把妈妈说服了，或者妈妈自己忽然克服了怕疼心理，我的末日就会来临了。好在爸爸一直没能说服妈妈。妈妈一直没能克服自己，给了我时间。一天，他们在谈谁要来，是“妈”，“妈”就是奶奶了，这正是我期待的，奶奶来了，我就有救星了。他们说坐车什么的，还要去接，我奇怪上次奶奶来怎么都不需要？他们说的那一天终于来了，家里门铃一响，姐姐就跳起来要去听门口话筒。爸爸喝住了她。其实爸爸对姐姐也控制得太严了，只要她一动，他就紧张，就觉得她会闯祸。

爸爸自己去开门，进来的却不是奶奶。奶奶很瘦，这个有点胖，神态也温和，我听见妈妈也叫她“妈”。妈妈叫奶奶是叫“你妈”，不是“妈”。姐姐也不叫她“奶奶”，叫她“外婆”。我也应该叫她外婆了。

另外还有一个老头，姐姐叫他“外公”。他身材高大，看上去很有力气。不知为什么，我觉得他可以救我。但怎么知道有我？我着急，但我一点办法也没有。我只能希望外公看出来，但他完全没看出来。好在妈妈没去上班，她一整天跟外公在一起。总有露馅的时候吧？但没有。一整天，说话，开玩笑，骂姐姐，吃饭，到吃饭时，奇迹出现了，妈妈忽然呕吐起来。她还想忍着，但终于熬不住，冲进卫生间。她身后外婆还在跟她说着什么，叫："你怎么了？怎么了？"

妈妈趴在洗脸槽上，不管不顾大吐起来。外婆担心地进来了。"病了？"

"着凉了！"妈妈竭力在呕吐的间歇应答着。

"你这身体！"外婆埋怨着，"从小就不好，自己也不注意！"

外婆竟然相信了妈妈的谎言。她回头又埋怨爸爸，怪爸爸照料妈妈不够。"她这个人跟别人不一样，我不是跟你说过了吗？身体特别弱，从小就三日风两日雨。"

爸爸承认错误，转移方向。事情眼看就要往岔道上发展了，外婆真的以为妈妈是着凉了。一切重归平静，妈妈还企图逃避外婆外公的眼睛，说自己要先去休息。老天显灵，这时候，她又呕吐起来。这下吐得更厉害，外婆拍她的背没有用。但她仍然还在装没事，爸爸还故意具体说他怎么没有关心妈妈。他们还就这点上互相抱怨，他们真会演戏，配合得真好，我真看破了这样的人。这样的人，我也不一定要当他们的儿子。但我就是不甘心。我恨不得妈妈吐。妈妈吐得浑身发抖，我也不忍，她是我的妈妈，母子相连。妈妈吐得倒海翻江，我也受折磨，我哭。但为了保住性命，我必须忍住。妈妈吐得吐不出东西来了，外婆叫："胆汁都吐出来了，快去看医生！"

"不要看！"妈妈慌忙道。

"还不看！"外婆道。

"没事……"妈妈道。你还没事？我就再翻身，她又呕起来，这下只是空张着嘴。外婆起疑了，问妈妈。妈妈却还在撒谎，外婆说："我可是过来人！"

妈妈的语气变成了抵赖。外公也明白了。“你是谁生的？别说你妈，我都能看出来了！”

外公声音响亮，威严，对妈妈明显有威压作用，妈妈不敢看他，用被戳穿的眼神瞅着外婆，又瞅瞅爸爸。

## *4*

妈妈一承认，外公就哈哈大笑起来。那笑声仍然响亮，仍然是那么威严。觉得爸爸像被这种笑声摁住了一样，一动也没有动。外公讲起生育对一个民族的重要性，边上外婆不住地啐他不愧是当领导的。外公没有退休时是领导，他会高瞻远瞩，他的大嗓门使得他的道理显得更加不可辩驳。

对我来说，生命只是出于本能，但在外公话里，这是关系到民族存亡的大事，甚至是人类存亡，还是造化永恒的秘密。外公唤起了我潜在的崇高感，生命出生、成长，天经地义。我看到了高山、河流、平原、摇着的花草、跳来跳去的小动物，我听到遥远的轰轰的声音，像雷声，又像太阳在升起。但那其实是我自己喷薄欲出。我感应到世界的暖意，毕竟，这个世界是欢迎我的，爸爸妈妈不欢迎我，外公外婆欢迎我，还有奶奶。

奶奶很快从外婆那里知道了有我。她马上跑来，盯着妈妈肚子看我。“你们就瞒我，就瞒我一个！”她说，不过她眼睛笑笑的，没有责备的意思。奶奶要接过妈妈手里的活，妈妈不肯。“你现在不是一个人了！”奶奶说。

奶奶让妈妈到卧室里休息，还要爸爸把妈妈送进去。到房间，妈妈对爸爸说：“完了，事情复杂了！”

爸爸一听复杂就头大了，他曾说自己最怕复杂，柴米油盐的复杂，工作的复杂，人际关系的复杂，整个人生太复杂。爸爸烦恼地走出卧室，正瞧见姐姐爬到窗户上去了。姐姐就这样，上次外公外婆来时，她也是比平时更顽皮了，爸爸说是“人来疯”。爸爸骂姐姐，奶奶替姐姐说话。“你让她一个人待着,现在的孩子说起来真是可怜,关在家里,她受得了?还不上房揭瓦？”

“那能怎么办？”爸爸说，“总不能放她到外面危险吧？”

“谁让你放外面了？”奶奶说，“再生一个呗！给她生个弟弟……”

又转到这话题上来了，爸爸赶紧截住。“一个都累成这样了！”

“那我们当年怎么办？”奶奶说，“你和你两个妹妹，还三个呢！”

“跟你们当时怎么能一样？”爸爸说。

“怎么不一样？”

“我们当时有让你们那么操心的吗？”爸爸说,“这一个能顶两三个!在家烦人，到了学校，还要家长管。从幼儿园起，动不动就让家长和孩子一起做这个做那个，还美其名为‘亲子活动’！你也是当过老师的，你说说看，作业也要家长一起做，那还要老师你干什么？”

“这倒是！”奶奶说，“现在的年轻教师太舒服了！哪里像我们当年？”

“就是嘛！”爸爸趁机说。

奶奶好像觉察出掉进爸爸的圈套了，又说:“不过也是家长自己贱！”

“老师要求，能不配合吗？”爸爸说，“不配合，孩子在老师那里遭罪！”

“所以才说你们自己贱！”奶奶说，“小孩子受点委屈有什么？小孩子为什么要那么满足她？”

“你跟我说的不是一个意思……”

“都是一样！”奶奶说，“孩子就是要受苦，孩子就是要‘穷养’，怎么能‘富养’？”

妈妈在里面听得不高兴了，她叫爸爸：“你进来一下！”

爸爸进门，妈妈道：“门关上！”

爸爸刚把门关上，妈妈就爆发了：“孩子‘富养’怎么了？‘富养’

就会走邪路了？就会犯罪？”

“我妈也没说会犯罪。”爸爸这下又要为奶奶辩护。

“她就是这意思！真是当老师的，当了一辈子老师，觉得永远都是老师了！最烦的就是当老师的。说我们跟他们那代不一样，你怎么不回答她，他们那代的父母没他们现在这么‘作’的？孩子再烦也没这么烦，孩子再让我们累，也没有他们让我们累。孩子烦还可爱，我乐意，我自己当年穷，现在在孩子身上补偿，怎么不行？我自己的孩子，我自己的钱，又没有花你妈的钱！我乐意花自己的钱宠孩子！”

其实妈妈也不乐意，她也常抱怨姐姐，这不会做，那不会做，都读到三年级了，大便后，屁股还要爸爸擦。本来是妈妈擦，但妈妈嫌臭。但姐姐的衣服还是妈妈帮她穿的。每天早晨，都是妈妈给她穿衣服，连袜子都是妈妈给穿的。对这点，爸爸看不下去：“饭来张口，衣来伸手！”他说。有时候他也会归结到独生子女问题上。

有时候他会喝令姐姐自己动手，妈妈说：“算了算了，磨磨蹭蹭的，着凉了！病了还不是我们倒霉！”

爸爸说：“那你就永远给她穿，我们总会死，死了，谁给她穿？”

“那谁给她擦屁股？”妈妈也反过来揭爸爸的短。在给姐姐擦屁股的问题上，妈妈也一直不同意爸爸擦。爸爸就说：“光着屁股一直坐着，不也会着凉？”

“那不穿衣服不也会着凉？”妈妈说。

他们经常为姐姐的事争吵，但这争吵纯粹是为了反击对方。其实他们观点并没有什么不同，所以最后搅在一块了。回头一看，倒是问题仍在，没有争论出解决办法。也许很多问题就是没办法解决的，所以爸爸有口头禅：“有什么办法？”特别是在教育姐姐的事情上，爸爸妈妈简直是阵脚混乱，只得能够先怎么办就怎么办，能过关就先过关。这样，姐姐就成了赢家。于是，爸爸、妈妈替她做，她的手就腾出来玩了。她很习惯从爸爸、妈妈衣袋里掏手机，立刻就调出游戏来，都是打打杀杀的。

穿袖子时，妈妈必须逮住她的手伸进去，但她没玩到一个段落，还不肯手让妈妈逮住。“这么好的衣服还不穿！”妈妈说她，“什么都给你最好的，吃最好的，穿最好的……”

“又不是我要穿！”姐姐竟然说。

妈妈诧异。“这衣服这么好看，是名牌，你知道多少钱吗？你还不高兴！”

“是你自己要高兴！”姐姐说。

“什么？”

“就是！我是你的模特儿！”姐姐说。

“你说什么啊！”妈妈叫起来，“你这哪里学来乱七八糟的？”

“就是！我就是你的模特儿！”

妈妈恼了：“好，你脱了，不要穿，脱光，光着身子上学去！”

“我又没说要脱光！”姐姐倒先哭了起来。

“你所有衣服都是名牌。我给你买，就买名牌！你要穿地摊上的，去别人家穿去，我家没有，我的孩子绝不能穿地摊货，你就不是我的孩子！”

妈妈撂下衣服，自顾吃饭去了。爸爸只能接过来给姐姐穿衣服。姐姐仍然不穿，爸爸也气了，抽了她一耳光。姐姐疯了一样拖着穿一半的衣服，跑到厅上拿座机。她竟然给奶奶打电话。一拨通电话，她就又是哭又是叫。爸爸没料到姐姐会来这一手，姐姐一直是怕奶奶的，这孩子脑瓜子到底想什么？

“莫非她看出了我们怕我妈？”过后爸爸跟妈妈说。

“以后我们说话，还得防着她点！”妈妈说。

“防她有什么用？我妈一来，不都知道了？”爸爸说，“一说话，就说那事，你应她不行，不应她也不行。她惦记上你肚子了！”

爸爸、妈妈商量，还得让奶奶断了要孙子的念头，得跟她摆实际困难。在妈妈提议下，爸爸有个晚上专门去奶奶家，跟奶奶谈。妈妈知道奶奶是个爱过洒脱日子的人，当初姐姐出生，她怎么也不肯带姐姐，就先拿带孩子的问题来将奶奶的军。

爸爸回来时妈妈还在骂姐姐，姐姐做作业磨磨蹭蹭。爸爸一回来，妈妈就撇下姐姐问爸爸情况怎样，爸爸样子颓丧，不说话。妈妈就喝姐姐不要做作业了，去睡。把姐姐安顿下，妈妈拉爸爸去卧室，把门关上，不让姐姐听到。爸爸才开口，他被奶奶打败了。

先就带孩子问题，奶奶竟然说她可以带。“她能带了？”妈妈叫，“当初她怎么不带大宝？”

“她说当初是还在上班。”爸爸转达奶奶的话。

“什么上班！是返聘！挣钱就那么重要吗？无非是因为第一胎是你想要的，反正你想要，就可以不管了。这第二胎是她想要的，她要挣钱，挣的钱是她自己的，反正可以做现成奶奶。现在钱赚够了，人也老了，她能带？”

“还别说，我们想到的她也想到了，她说可以去雇保姆。我本来想说雇保姆没钱，她倒先说了，她来出钱。”

“真是有钱好啊！想怎样就怎样，想叫我生我就得生！”妈妈冷笑。

“我又说，我们都上班，孩子放家里交给保姆，怎么放心？她竟说她可以看着保姆。”

“保姆看着孩子，她看着保姆，亏你妈想得出！”妈妈说，“我们家这么小，放不下两尊菩萨！在哪里睡？”

“她说她晚上可以回自己的家。”爸爸说，“我就问那孩子怎么办？我们白天得上班，晚上带不了孩子。”

“对，你就这么问她！”妈妈说，“她不会说孩子跟保姆睡吧？”

“她说晚上叫保姆回去，她来跟孩子睡。”

“跟她睡？”妈妈说，“她要住我们家来？”

爸爸对这反应倒不强烈，他只有挫败感。“反正不可能！”他说。

“我的孩子跟她睡？”妈妈仍说，“生病了怎么办？”

“你还真要这孩子了？”爸爸说，“你被她绕进去了！我妈有多大能量你又不是不知道。他们这代人，再硬的骨头都能啃。”

“但总有啃不了的骨头。”妈妈说。

“我也说了啊，‘奶粉贵、看病贵、入托贵’，好，你有钱，就算千辛万苦把孩子拉扯大了，读书，又‘择校贵’，你怎么办？我妈又是当一辈子老师的，最重视这个，但这是癌症。我说你不是不知道，你还在学校时，学校两极分化就那么厉害，不好的学校，整个地烂掉了。过去不好的学校学生如果肯学，还有读出来的，现在学生想学都没机会，正常教学都没有了，读书改变命运已不可能了。你知道现在不好的学校老师是怎么干的吗？该教的内容都不一定教得全，作业叫学生互相改。我一个同事告诉我，他儿子的考卷，不管是单元考还是半期考、期末考，从来没有发下来过，就是老师连改都没改嘛！当然老师也有说辞：这些垃圾生，还教什么？维持维持纪律就算了。大部分家长，既然让孩子到这学校，也就没什么高的要求。你愿意让你的孙子在这样的学校？当垃圾？当初大宝上学时，你还没退，还可以靠你关系，现在不能了。养而不教，教而不善，不如不生不养，免得到头来害孩子也害自己，一辈子包袱了！”

“你妈怎么说？”妈妈问。

“她说可以拿钱出来赞助。”

“你妈真是有钱啊！有钱就是好！”妈妈又说，“有钱能使鬼推磨！”

“怎么能让她推？”爸爸说，“我跟她说了，你真是退休退傻了，早out了！现在已经不允许赞助了！”

“她怎么说？”

“她说，不是那么多人都在赞助吗？要不然他们怎么上好学校的？我说，那么多人！我们属于那些人吗？人家是什么人？我们是什么人？中国还有那么多富豪呢，我们是这种人吗？你儿子是这种人吗？”爸爸拿中指戳自己的鼻尖。他跟奶奶说时，一定也是这么戳自己的。“你儿子是笨蛋！窝囊废！你不是也这么说我吗？窝囊废，自己都混不清楚，还生什么孩子？作孽！她说，有我呢！她说有她呢！但有什么用？你会死，到时候你死了，孩子怎么办？到时候压在我手上，我怎么办？我没办法！你也根本不该生我！你死了我怎么办？她说：放肆！你还讲不讲人话？你还讲不讲道理？她讲道理？她这是讲道理？不行，不能被她绕到她的道理里去！不能跟她啰嗦了！我们自己掌握命运，我们自己干自己的！”

妈妈点头。妈妈没有感觉到，这下她是被爸爸绕进去了。她反对奶奶，但她并没有想好怎么把我处理掉。爸爸跟她说我们干我们的是什么意思？我怀疑爸爸是故意激起妈妈对奶奶的不满，这样，把我除掉就成了主要问题，用什么方式除掉，就先把会不会痛遮盖了。

“就说意外流掉了！”爸爸说，“到时候我再负荆请罪，是意外，没办法的。再说，反正已经没了！”

“你把你妈搞定，我爸我来对付！”妈妈说。

“到时我去你爸那里负荆请罪，说都是我的责任。”爸爸说。

其实妈妈也很怕外公，爸爸这么说，妈妈竟生出感激来了。于是接着再说手术的事，妈妈很自然就同意了。爸爸好像为了感激妈妈，或是为了赎罪，说可以去找熟人。“毕竟是手术！”爸爸说，“现在中国，干什么不要熟人？开刀没熟人、不给红包你看看？这好歹也是开刀！”

妈妈又觉得疼了，但她被爸爸搂着，她赖在爸爸身上，只是感觉着酸酸的疼，是一种幸福的疼。“没关系……”她理解道。

“还是有关系！”爸爸体贴道。妈妈、爸爸，你们怎么就没有想到我？刀也动在我身上。

他们开始寻找熟人。他们想啊想啊，爸爸想，妈妈也想，整个晚上，但都没想到有谁。除非奶奶的那个家长刘主任，但这门路当然不能用，一用，奶奶就会知道了。妈妈说不是在外公那个城市，要不然外公会有门路。爸爸说：“你傻呀？你爸和我妈一个鼻孔出气！”

继续想，想到睡觉，还是没想出哪个熟人来。“唉，熟人怎么了？”

爸爸说，“没熟人就不要看病了？这是什么风气！这是什么社会！”爸爸骂起社会风气，妈妈就也跟着爸爸骂。爸爸道：“不就是红包吗？大不了去医院，见穿白大褂的就拉住，就塞红包！”

妈妈说：“不是熟人，谁敢收你钱？”

“那怎么办？”爸爸反问妈妈，把问题反踢给妈妈，妈妈也不知道怎么办。爸爸就又捶自己的脑袋，捶得咚咚响。妈妈心疼了，控制住他的拳头。爸爸又悔恨自己那晚射进去，责备自己不负责任。他说真想是自己怀孕了，让自己千刀万剐！妈妈就又去捂他的嘴。

“哪有千刀？哪有那么严重？”妈妈说。其实她一半也在安慰自己。“大不了当作又一次分娩，”她说，“又不是没有分娩过。难道有分娩那么痛？”

妈妈忘了，当初分娩是托了熟人的，奶奶的家长，那个刘医生。爸爸也没有去提醒妈妈。他才不会去提醒，他巴不得妈妈糊里糊涂爬上手术台，他要做的就是哄她。他也说绝对没有分娩痛，电脑资料上说的。他搂着妈妈，说了成山的安慰的话、温存的话。妈妈身体酥软了，点着头，顺从地听着。爸爸还直接把妈妈拉进了被窝，也没有洗脸洗脚，就像我进入妈妈身体的那个晚上。但现在是不会发生那样的事了，相反，是要把那晚上的结果除掉。爸爸不停地抚摸着妈妈，自我到母亲身体里后，我从没有见到他们这么亲密，就为了把我除掉。我哭。妈妈也哭了，但妈妈是幸福得哭起来的，爸爸也流泪了，他是为什么流泪呢？肯定不是因为我被杀流泪，杀我的刀悬在我的身上，握着刀的手那么坚定。

他们决定第二天就去医院。他们睡去了，只有我睡不着。我知道天一亮，我就死定了。我想让奶奶外公知道，可是我被困在妈妈肚子里。

## *5*

第二天一早，妈妈就给单位打电话，称她生病了，请假半天。爸爸急着把姐姐送到学校，再陪妈妈去医院。但姐姐却比平时更加磨蹭。爸爸催她，她竟然耍泼起来。妈妈愣，道："你这小孩，今天怎么了？吃错药了？"

"就他重要，我不重要！"姐姐又说。

爸妈面面相觑。"他？谁啊？"

姐姐戳妈妈肚子里的我。爸爸妈妈猛然明白过来，昨晚姐姐没有睡去，话都被她听到了。"这鬼精灵！"爸爸说。

"哦，你就为了这个使坏啊？"妈妈说，"他才只有一小块肉呢！你就嫉妒了？"

"连一小块肉也不会有了！"爸爸说，"你满意了吧？所以你要快，就是为了不要这块肉。"

姐姐动作快了。哦，姐姐，你也这么不要我。她快了，我的命就更缩短了。

爸爸兜着妈妈的背，妈妈兜着我，到了医院。挂号，排号，看医生。医生说，手术要预约。爸爸急了，妈妈也有点急，我想爸爸是害怕妈妈到时反悔了，妈妈其实也怕自己后悔。但我的命暂时留下了。爸爸磨医生，医生说这是制度。爸爸说这制度一点也不合理，但医生说制度就是制度。爸爸出来后就向妈妈骂这制度，但我感激医生，感激医院，感激这制度。在爸爸那里不合理的，我都感激。爸爸只好继续哄着妈妈。几天来，他对妈妈特别温柔。他还去替妈妈做饭。"我这是练习，到时候我给你做好吃的，我给你补身子！"爸爸说。

妈妈心里甜滋滋的，嘴里却说："又不是坐月子！"

"这就等于坐月子！要好好做！"爸爸认真道，"就可惜不能请产假。但你一下班回家，我就让你享受产假待遇！我一辈子对你好！"

我知道，那时候已经没有我了。预约手术在三天后，我捡回来的命在一天天蚀去。预约那天，爸爸又搂着妈妈，妈妈又兜着我，我又一点力气也使不上地被兜到了医院。在走廊上等手术时，一个女人从流产手术室出来，脸色煞白，都走不动了。她一屁股坐在离手术室最近的椅子上，好像死过去了。一个男人瞅着她，没有任何表示。爸爸道：

“这什么男人！如果是我……”

妈妈好像没听到爸爸的话，站起来，走近那女人，问她怎么了。那女人没有回答，只对妈妈挥挥手，好像她连回答的力气都没有了。妈妈身体一紧，就往医院外走。妈妈身体紧起来时，我就被她紧紧搂住，她是紧紧搂着我走的。爸爸在后面叫她，她也不理睬。爸爸跟着妈妈到了一楼，问怎么了？妈妈说要走。

“走？好容易预约到了，以后还得再预约，再麻烦……”

“你就知道麻烦！”妈妈说。

“不是，我的意思是……来都来了，就一下……”

“就一下？”妈妈啐，“对你们男人，就这么轻松！”

“我哪里会轻松？”爸爸辩解，“你怎么把我跟那个男人看成一样？我不是也骂他了吗？我跟他怎么一样？我也不忍心，我也紧张……”

妈妈不管，就是要离开。“……我也付出很多……你以为我就容易吗？啊，容易吗？”爸爸越说声音越大。

妈妈叫：“你再大声点！”

爸爸说：“我比你付出更多！”爸爸更大声叫，简直是号。

“你这样，还说会对我最好！男人就是靠不住！”妈妈叫。

爸爸索性叫：“我是靠不住！所以你别生！生了你更没依靠，你和他都没依靠！”

妈妈当然也不想生下我。她只是怕做手术疼，那个女人的样子更把她吓坏了。过后爸爸向妈妈检讨，妈妈跟爸爸和好了，但一直不答应再去预约手术。一天下班，路上有人给她发一张广告，可以无痛人流。她竟然把广告带回家来了。晚上她去网上查，但网上说这很危险，弄不好会大出血。她吓得把广告丢垃圾桶里。

要不是姐姐把“无痛人流”写在作业上，爸爸还不知道妈妈动了这心思。姐姐是在往垃圾桶里丢废纸时，看到那广告的。第二天语文课，老师要大家用“人流”组成一个词组，她答：“无痛的人流”。老师说她捣乱，思想意识有问题，向爸爸告状。“现在的孩子头脑怎么这么复杂？你们家长得小心点！”老师说。

爸爸审问姐姐，才知道是看了妈妈拿回来的广告。“这个你也信？”爸爸责怪妈妈。

“我是实在没办法了！”妈妈眼红了。

爸爸就安慰妈妈，这是他重新哄妈妈做手术的机会。“不过什么方法也都不妨试一试。”他说，“现在网上很多文章也靠不住，专家也会乱说，危言耸听，所以叫‘砖家’。”

妈妈不爱听了。“你是说我可以去当白老鼠？”

“不，不，不是这个意思！”爸爸连忙说，“我哪里会是这个意思？我是说，我们不能当试验品，可以想别的办法嘛！”

手术就又拖延下来了。我的生命又延续了。但我很清楚，总有一天，在我也不知道的哪一天，我的生命会突然终结。这其实是更可怕的。爸爸一直在哄妈妈，说不定妈妈哪天就想通了。妈妈果然有一天又顺从了爸爸，他们又去医院预约。这不是上一次预约，上一次是人到了医院，直接预约。这次可以网络预约，但是爸爸觉得还是人去靠得住，并且他要陪妈妈去。妈妈说，预约又不是做手术，两个人都请假干什么？但爸爸坚持要一起去。

结果人家不给预约，说妈妈得做钳刮术了。

“钳刮术？”妈妈叫，“不不，我还是做流产……”

“十二周后就得引产了。”人家说。

“现在医生就会吓唬人。他到底会不会看病啊？”妈妈出来后，对爸爸说。

爸爸被提醒，决定还是去问问刘主任。妈妈当然不能出面，刘主任会认出来的。爸爸单独去刘主任医院，谎称是替朋友问的。但刘主任也说得做钳刮术。

爸爸叮咛刘主任不要告诉奶奶，但刘医生还是告诉了奶奶。妈妈后来埋怨爸爸演技差，刘医生既然有了怀疑，怎么可能不告诉奶奶?

奶奶警惕了，猜到了是要把我流产掉。奶奶跑来闹，爸爸被奶奶闹烦了，索性说了实话。爸爸又说没能力再生一个，奶奶这下不跟爸爸辩论了，也不跟妈妈说，直接把电话打到外公那里。奶奶真有办法，她向外公许愿，孩子生下来了可以姓外公的姓。

妈妈是接到外婆的电话，才知道奶奶下了这一招。“她这是干什么啊？”

外婆道：“什么干什么？”

“你们这是干什么啊？”妈妈说。

“你听我说！”外公接过电话。“很多人早就这么做了。农村允许生二胎，第一个姓男方的，第二个姓女方的。我公园里认识的一个人，在老家的二儿子就是这样，第一个姓他的，可惜是个女孩，他老担心第二胎是男的，却姓了女方的姓，那就亏了！当然他是农村人，我们城市人开明，无论是男是女都好！”

外婆又拿过电话：“你哥生的是女孩，你不是不知道。”

“那还说男女都一样呢！”妈妈说。

“当然不一样！”外婆说，“说是这么说，但能一样吗？”

“你们都一个德行！”妈妈说。

“你这怎么说话的？”外婆说，“你不看看你爸这么大年纪了，连个孙子也没有？要不是国家全面放开二胎政策……”

“当初是为了他爸，”妈妈抢道，“说他爸活不了多久了，赶在走前看看孙子，结果生出了那么个作孽的。现在又要为我爸……”

外公接过电话：“也不只为了我！一个国家要发展，一个民族要繁衍生息，你看现在老龄化趋势，从这大局上说……”

“你是领导！”妈妈打断外公。

“你是领导的女儿！”外公道。

“领导的女儿怎么了？就得当响应政策的牺牲品？你得到当领导的好处了吗？你觉悟高，知道繁衍生息、老龄化趋势，早些年干吗去了？计划生育，你也说是‘国策’、大局。国家不让生就不能生，国家让生我就得生？我又不是生育工具！”

外公生气了：“形势在变化，政策当然也会变化。制定政策自有道理！”

“我也有道理！”妈妈说。

“你有什么道理？”外公反问。

我后悔我不该在这时候动了一下。我并不是有意的，是我实在憋得慌，不由得就动了一下。妈妈要吐了，她就利用这个：“又不是你生，你知道我有多难受吗？”

“当初你妈不也难受？”外公说，“当初你妈生你时，反应特别厉害。”

“反应总是有的，”外婆在电话边道，“没什么的，你生大宝时不也反应？”

“那时是那时，那时我想要，现在我不想要！不要又要受苦，我这是何苦来？”

“想生就生啊？”外公说，“不想生就不生啊？做人这么轻松？那还不简单了？做人只顾自己，那我们为什么要生下你们？我们顾自己，什么福享不了？就因为有你们！”

妈妈哭了。“你说什么呢！”外婆埋怨外公，夺过电话，“去去，你去外面散散心！”她又对话筒：“你爸这是气话，你又不是不知道。他是个只顾享福的人吗？你和你哥没在家，他整天念叨家里太安静，我们太孤寡。你小时候，他最疼你，比对你哥都疼，也因为你确实很可爱！”

外婆回忆起妈妈小时候可爱的事，说到有趣的，妈妈抹着眼泪笑了。外婆说：“生孩子养孩子是苦，没有不苦的。我要不苦，你现在就不会对我这么亲了。有苦才有甜嘛！你是做了母亲的人，这点还不明白？”

“可是他让我太难受了！”妈妈说，“比大宝那时还难受！”

我知道我让妈妈难受。我暗暗发誓，我不让妈妈难受了，这样她是不是就不会打掉我？

“八成是男孩！”外婆判断，“男孩好啊！”

“好什么好！”妈妈说。她竟然跟外婆讨论是男孩好还是女孩好了。是不是她喜欢了，就不会处理掉？

“既会有你小时候的可爱，又有力气！”外婆说。

“难受死我了！”妈妈又说，她摸了摸我。那以后，我发现妈妈常会摸我了。当然以前她也摸我，那是因为我让她难受了，有时候她还会怨恨地拍我。现在她真的是摸我了，温柔地摸。有时候也会拍，但也是温柔的。也会埋怨，还会骂，但语气是甜蜜的。她还会叫爸爸来当救兵，以前就会，出了点小事她就叫爸爸。但现在是欢快地叫。爸爸赶过来，问怎么了？妈妈戳着我，嗲声嗲气对爸爸说：

“他踢我！”

爸爸愣在那里。爸爸好像感觉到了什么，他说：“还是得抓紧！”

我知道爸爸的“抓紧”是什么意思。我期待着妈妈拒绝爸爸，但妈妈没有。妈妈仍然是不要我的，她只是犹豫，她没那么急切了。爸爸变得更加急切，逼妈妈，妈妈就用怕痛来抵挡。是抵挡，以前是真怕，或者说只是怕，现在更多是借口。

“长痛不如短痛！”爸爸说，“再拖下去，就只能引产了！医生不是说了吗？”

妈妈一个抖。妈妈真怕引产。

“引产就跟生产没区别了！”爸爸又威胁。

“那宁可生下来！”有一次，妈妈终于说。

“你说什么傻话！”爸爸叫，“生下来怎么办？再生下来，怎么办？”爸爸转去骂姐姐，“你又干什么！”

其实姐姐并没干坏事，她只是拿一把尺子在桌上敲。“尺子不是钱买的？”爸爸说。姐姐端详了一下尺子，说尺子没有坏，爸爸又说桌子会敲坏了，“又没钱，你又费钱！从小到大，在你身上花了多少钱！又是早教，又是学才艺，什么都让你学了……”

“又不是我要学的！”姐姐争辩。

“你又这么说！”爸爸这下冲过去，把姐姐手上的尺子夺过来，一挥一挥的，犹犹豫豫一直没有敲到姐姐身上去。他只动嘴，继续数落着：“……又是赞助，上好幼儿园，现在又上好学校，又是补习，都是钱堆出来的！你还读成这样！”

姐姐书读得不好，这早知道，为什么现在搬出来说？好像他刚知道姐姐读不好，猛然受不了。他突然发狠了，竟对着姐姐的头敲了下去。姐姐哭了起来。妈妈叫：“你真敲啊！”

妈妈不忍心了。我发现妈妈近来心情起了微妙的变化，她性情变得温柔了。“她就这样，你又不是不知道！”

“知道又怎样？最后没有前途,担子还不是压在我们身上？”爸爸说。

“读好书也没有前途，上大学又能怎样？”妈妈说，“你看现在大学毕业等于失业。我听我们单位一个同事说，她老公在大学里，那就业率都是假的，单位还要毕业生随便找个地方干，混个就业率。没有就业协议书，不让拿毕业证。都这样，大家都这样，我们还希望什么？将来大学上不上无所谓了！”

“不上更没希望！”爸爸说，“你以为我抱什么希望？但总得有个饭碗吧？不能‘啃老’吧？再说，我们有什么让她‘啃’？我们连我们的爹妈那代都不如，他们至少还有退休金给子女啃，我们呢？”

“那也没办法怪孩子了！”妈妈说，“我们自己都没能力，还要他们有能力？”

“所以还要生他们干什么？受苦、受罪？我们自己受苦受罪还不够？”

爸爸又转回他的理由来了。

## *6*

几十年后我再想起爸爸的话，那时候我也是爸爸了。我能感受到爸爸的苦心了。但当时我完全无法领会，为什么生下来就受苦受难？我投胎的国家是忌讳谈灾难的，这里的人只谈幸福，好像谈幸福就能得到幸福。但他们没有幸福起来，相反，他们遭受的苦难却特别多。但再遭受苦难，他们仍然要繁衍后代，希望后代能幸福起来。一代代繁衍下来，这个民族繁衍了世界上最多的人口，这些人成了世界上最苦难的人。但他们仍然没有绝望，他们只是把感受苦难的神经变得麻木一些，再麻木一些，于是也有了幸福感。爸爸神经纤腻，成了不可思议的人。

其实在当时，在很远的西方，就有人有着更能感受苦难的神经。我在图书馆文献里发现了他们。他们如在黑暗中潜行，他们的神经在黑暗中闪电一样一闪一闪。他们终于明白了黑暗没有尽头，他们开始像神父一样布道。最初他们只是写科幻小说，其中有 H.P. 洛夫克拉夫特的科幻作家，他描绘宇宙恐怖景象，人在宇宙里渺小无力，接着是一个叫托马斯·利戈蒂的小说家，直指人类根本困境。他们的信仰来源庞杂，叔本华的，东方佛教的，又加入现代基因决定论。他们说生育是死亡在邀请人类玩一场必输的游戏，他们说生子比杀人更残忍，谋杀只是将他人的生命缩短，而生育则是造出了一桩本无必要的死亡。他们反对生育，并非像环保主义者或者人本主义者那样对人类忧虑，而是人类根本就不该存在。那时候我已经游历西方，我偶然翻到一本叫《从未有过》的书，开篇就说："未来存在始终是一个严重的危害。虽然生活中的美好事物会使人的生活比其他人好得多，但如果不存在，就不可能被剥夺。不存在的人不能被剥夺。"书中还做了对比：

对存在者来说：（1）痛苦是坏的；

（2）快乐是好的。

而对不存在者：（3）缺乏痛苦是好的，即使没人享受到这个好处；

（4）缺乏快乐是不坏的，除非是某人被剥夺了快乐。

那么，比较存在者与不存在者所遭受的痛苦，即比较（1）与（3）、（2）与（4），可以发现，（3）比（1）更可取，而（2）与（4）比不出哪个更可取。那么，不存在总比存在要可取。

这是我看过的对人生的最清晰的分析，像闪电，清晰而怪异。即使是我后来已是职业杀手，也很难接受直面这种残酷。我不知道我爸当时坚决要打掉我，是否受这些理论的影响？我出生后，他就死了，他不可能像我这样去国外。当然那时已有网络，但他应该没有，他不生我的理由还只是没有保障。但也难说，他也许只是没有说，后来的事情证明他很阴险，只是我当时还对他抱着希望。我毕竟还幼稚。但也许，我当时也愿意相信爸爸还不至于那么绝望，这样，我还有跟他讨价还价的机会：爸爸，我还没生出来，怎么就把我看死了呢？放我生出来再说吧！

我羡慕那些已经被放出来的孩子。一天，我被爸爸、妈妈带去喝一个“满月酒”。是爸爸那边的什么亲戚，生了小孩，欢天喜地的。我又见到了奶奶。奶奶不住地往妈妈肚子瞅我。她夸那亲戚福气，说以后她也要找这酒家办“满月酒”，还向酒家要了名片。亲戚们稀奇，爸爸赶紧把奶奶拉开了。

开吃了，司仪很隆重地在台上说话，拿着麦克风，声音很大。他说：“今天，我们聚在一起，庆祝一个生命诞生了！”

我眼前又出现了太阳，早晨上等太阳轰隆隆升起，大地苏醒，万物欢腾。可是爸爸却冷冷道：

“‘诞生’？好有文采！每一个摇篮都是一个坟头！”

还好只是嘀咕，别人没听清，妈妈扯爸爸袖子：“说什么呢！”

“这些不知自己可悲的人哪！”爸爸仍说。

妈妈不再说爸爸，她怕爸爸越阻止越要说，今天这场面明显让爸爸有了更紧迫感。鞭炮响起时，诞生的婴儿的爸爸、妈妈满面红光过来敬酒，婴儿的奶奶小心翼翼抱着孩子，跟在后面，侧着身子把孩子给大家看。

大家满嘴祝福，满手塞钱、塞银镯子。那孩子竟不懂事地哇地哭了起来。但大人们很宽容，都笑了，夸他的哭声响，健康强壮。又有人说他爸就强壮，生出的孩子当然强壮，子孙万代强壮下去，都生男孩，传宗接代……这些应该都是好话，孩子的爸妈脸上开成了花。但我爸却绷着脸。这时姐姐把桌上的杯子打破了，爸爸一巴掌盖到姐姐头上。

“啧啧！怎么能这么打孩子！”边上有人责备。

又有人说：“孩子从这么小养大，容易吗？这么一巴掌盖在天灵盖上，有个三长两短怎么办？”

爸爸道：“是我的孩子！”

“你的孩子怎么了？”奶奶说，“就可以糟蹋了？不疼人，也疼钱！不想钱，也不想法律？”

“法律就法律！”爸爸仍说。

“那我怎么办哟！我养你这么大，你蹲监狱……”奶奶说。

“当初又没叫你生我！”爸爸叫，“你生我，跟我商量过吗？问过我愿意不愿意被生出来吗？”

“你这是什么话！”大家纷纷指责我爸，说他的话完全没道理。我也觉得爸爸这话没道理，要说商量，他也没跟我商量，问问我愿意不愿意生下来。我当然愿意，但他不愿意，主动权都在生的那一方，那么生爸爸的主动权也在奶奶那一方了，这么说爸爸的话又有道理了。我搞不清了，这世界上的事太复杂。所以爸爸也可以理直气壮了：“你又没跟我说我将来要承担责任，要给你生几个……”

爸爸戛然止住了。是妈妈在桌子下面拉爸爸衣服。

过后有亲戚来问，妈妈是不是又有了？“你以为我们是猪啊！”爸爸粗暴顶了回去。

爸爸变得越来越暴躁了。大概是打不到我，打得到姐姐，他就拿姐姐出气。姐姐一犯事，他就打，一边打还一边喊：

“打死你，我蹲监狱去！”

爸爸好像还记得那天跟奶奶吵架的话。妈妈兜着我去拉爸爸，但爸爸不依，我被拽得晕头转向。整个家闹得乱糟糟的。妈妈力气差爸爸好几截，只能叫："她死了，你蹲监狱就没事了？就是不判你，你就心安理得？毕竟是你的女儿，从生出来那么小……"

"所以当初就不该生出来！"爸爸应。

"没生出来也是肉！"妈妈说。

"趁这肉还没知没觉……"爸爸说。我知道爸爸指的是什么。他以为我是没有知觉的，所以可以杀。但妈妈不一样，我在她身上，她会感觉到我，母子连心。"你怎么知道没知觉？"妈妈反驳。

"反正没眼睛没鼻子没嘴巴！"爸爸说。我很奇怪这想法，没有眼睛没有鼻子没有嘴巴就不是生命？这世界上的人吞食果蔬，他们就真没有觉得汁液就是果蔬的鲜血？他们砍树，我都能听到树在喊痛，他们就听不到？甚至，开山挖土，我都能听到山在哼哼。他们不会听到，他们的灵性已经被垃圾污染了。但至少我跟妈妈血肉相连。有一次，爸爸又说我又没眼睛鼻子，妈妈应：

"说不定已经有了呢！"

爸爸愣。他的脸绿了。"所以要赶快！"一会儿,他几乎是自言自语。

就在这时,爸爸公司要他去出差。"谁都不叫,就叫我！就欺负我！"爸爸回来对妈妈说,"还说不去就滚蛋。我怕滚蛋？这种工作我早不想干了,累死了,又只有那么一点钱。但不干了怎么办？饿死？我可以饿死，你可以改嫁，但她怎么办？"爸爸指姐姐。

"你胡说什么啊！"妈妈叫，"你近来越来越会胡说了！"

"我胡说？难道不是？"爸爸说，"没有她就好办了！都是为了她！都是为了孩子！所以绝对不能再要了！多一个孩子，就多被要挟！"

爸爸平静下来后，妈妈才知道，爸爸不愿意去，是怕耽搁了时间，他急着要处理掉我。他念念不忘杀死我，这是我的爸爸吗？他要赶在出差前把我打掉。但是妈妈仍然害怕，这可是钳刮手术！妈妈只是后悔，早知道当初做掉。

爸爸出差的那段时间里，姐姐没人带，送到奶奶那里去了，妈妈经常兜着我发呆。她后悔当初没有当机立断，想起当初，恍若隔世。但有时也觉得好在当初犹豫，现在肚子里还有我。她摸着我时，又会觉得有点庆幸。妈妈单位里有个同事也怀孕，问妈妈当初怀姐姐时候的情形，妈妈很热心地给她传授经验，那同事说："你好像是正怀着一样！"

"要是正怀着呢？"妈妈说。同事没明白，妈妈笑着不作解释。妈妈这么说时，我感觉到她身体里涌动着暖流。但当外婆打电话来问起我，妈妈又岔开了。她仍然没有想好要留下我。

爸爸出差回来了，情绪很不好。晚上睡觉前，爸爸对妈妈说："我才知道为什么派我去了，别人其实去领教过了，都怕了。那个主任，仗着他有权，什么事都干得出来！"

"干什么了？"妈妈问。

"去 KTV，动手动脚。"

"女的？"

"男的。"

"男的？"妈妈几乎是欢快地叫起来。

"你老公被人摸，你这么高兴！"爸爸啐。

"人家只是好奇嘛！"妈妈说。妈妈有时很孩子气。

"一个大男人，拿手摸你的大腿……"爸爸继续说，在妈妈身上演示。妈妈毛孔竖起来："别碰我！"

"你想想要是有个女人对你这样。"爸爸说，"不，女人对女人还可以忍受，这是男的！"

"他是同性恋？"

"天知道！反正我不是。"爸爸说，"怎么受得了？我往远里坐，他又坐过来。我推开，他又这样！真应该派个女的去。我给同事打电话，才知道他们都尝过。我说应该派个女销售去啊，他们说，去女的怎么卖得动？太脏了！原来知道这社会脏，没想到脏到这地步！更气人的是，我说我也不干了，同事还说，我得干，他们可以丢饭碗，我不行！凭什么？他们说就因为你生的是女儿，儿子大不了当混混，去偷去抢，你生女儿的就不行，还得给女儿准备足够钱，不让她受外界诱惑，所以女孩要富养嘛！敢情我生女儿就该死？”

“这是什么话！”妈妈说。

“不过男人的感受你不懂！”爸爸说。

“怎么不懂？”

“当爸的感受！我是她爸爸！”爸爸说。妈妈没明白。爸爸继续骂，“恶心！上厕所吐了，出来还得让他摸！我现在不让摸，将来我女儿就要被人摸！我这活什么呢！”

妈妈只能怜惜地抚着爸爸。奇怪的是，爸爸出差回来，再没有提打胎的事，好像因出差发生的事，受了刺激，把杀我的事给忘了。他对姐姐更急躁了，老是说他做的一切都是为了姐姐。家里确实一切都围着姐姐转，姐姐也因此越来越放肆了。就说吃饭吧，这么大了还要喂饭，还这不吃，那不吃。妈妈把菜塞到她饭里，她不吃，夹回盘子里。都已经沾着她的饭了，她照样夹出来丢回盘子里。妈妈恼了，骂她，爸爸竟然把脏兮兮满是饭汁的菜夹到自己碗里。爸爸对姐姐有时很凶，有时又太宠。这样妈妈就跟他吵起来。有一次爸爸对妈妈承认，他是受不了没完没了被姐姐的事纠缠。人家是在过日子，他是在挨日子。人家是疼孩子，他是希望混过关，能混过一关是一关。放姐姐一马，是为了放自己一马。妈妈其实也会有这种心理，但妈妈生气起来，又不认可爸爸这么和稀泥。爸爸把姐姐弄脏的菜夹到他自己碗里，妈妈就又把菜从爸爸碗里夹出来，摁在姐姐饭里，还用筷子捣烂了。但姐姐照样夹出来，直接丢到爸爸碗里。更让妈妈生气的是，爸爸就迅速咬到嘴里去，妈妈想夺都没法夺。

“你不觉得这样子像狗！”妈妈气得骂爸爸，爸爸也不生气。爸爸再不生妈妈的气了。他对姐姐也低三下四的，还会对姐姐说：

"我的姑奶奶，我怕你了！饶了我好不好？"

但他有时候又猛地暴躁起来，姐姐并没有做大坏事，他竟把姐姐大揍一顿，把姐姐扒了裤子打，打得姐姐屁股红得快爆了，皮薄薄的，都能看见皮里的血管了。然后，他又会抱着姐姐的光屁股哭。他是爸爸，竟然像妈妈那样哭，摸着姐姐皮都透明的屁股。有一次，他竟然说：

"我给你跪下了！"

他的腿真的弯了下去，把姐姐吓得挣脱着跑走了。妈妈去劝他，他发疯一样摇着头，扭着身体，叫："我没办法了！没办法了！不行了！不行了！"他转而去向妈妈跪。妈妈以为他是身体撑不住了，去扶他，才发现他是端端正正跪着。他求妈妈放过他，"再来一个我要死了！"

什么时候又转到这话题上来了。

"二十周啦！"他道。

妈妈一时没有反应过来。她一直浑浑噩噩，爸爸没去提这事，她也逃避着。这下她才发现爸爸所做的一切都在给她施加压力。爸爸下的是暗功。二十周，要引产了，爸爸清楚妈妈更不会同意的，所以他才搞出这么一出。但他应该没料到妈妈竟说："那就不打。"

妈妈说得很小声，又好像是随口说出的。"你说什么？"爸爸问。爸爸倒问得很大声，他大声，应该也因为诧异。

"不打了！"这下妈妈说大声了。她好像想定了。她终于做出了决定，我感激妈妈。爸爸愣了好长时间，像突然被丢来一只球在手上，不知怎么办才好。

"我知道，我知道，我知道你怕疼……"他说。

"所以不如生下来。"妈妈说。

"但引产等于生产，生产跟引产一样疼！生大宝时，你忘记了？一样一样的……既然一样，那么不如引产……"

"既然一样不如生下来。"妈妈说。

“不如引产……”

“这是一条命！”妈妈说。

“你昏了头了！”爸爸叫，“你理性一点好不好？”

这就是爸爸和妈妈的不同。爸爸可以理性，妈妈理性不了；爸爸当初是发泄掉，但精子在妈妈身体里变成了生命；爸爸可以后悔，妈妈后悔不了。爸爸理解不了妈妈，他的理由在妈妈那里老是失去效力。

“你们女人真是奇了怪了！生孩子时疼得呼天抢地，发誓再不生了，到头来却忘了疼，女人都这么健忘？现在还要再去受？”

“不受又能怎样？”妈妈说。

“既然要受，同样是疼，那为什么不打掉？”

“又不是你怀着，你懂什么！”妈妈说，不理爸爸了。

对爸爸来说，生出来跟打掉都是受难，但是完全不一样的受难。一个是生的受难，一个是死的受难。对爸爸来说，处理掉我是解决了问题，但对妈妈来说，处理掉我，愧疚会留在心里。

过后妈妈也曾去网上查了引产手术过程，好像是要给自己一个理性的理由。她看到一篇自称是妇产科医生的人写的文章，描绘如何在胎儿头上注射针剂，怎样弄断胎儿骨头，最难办的是头骨，必须夹碎。这太恐怖了！妈妈叫来爸爸也看，说：

“这哪里是杀人？这简直是残杀！”

我也第一次知道我是会这么死的。我更不能死了！

爸爸也没话了。

过了一段时间，有一次爸爸又说：“再生一个，你就不觉得亏欠大宝？”

“你就知道她！”妈妈说。

“不知道她知道谁？眼前摆着。”爸爸说，“总不能眼睛看到的不顾，去顾眼睛看不到的吧？”

“我怎么不顾了？”妈妈说。

“你看你最近，都做什么饭！”爸爸抓妈妈的短，“怪不得她不吃。”

姐姐不爱吃饭，一直是这样，但爸爸现在拿它来指责妈妈。妈妈也觉得她确实没精力做饭了。“我带着身子，还折腾我！”妈妈说。

“那是你的事！”爸爸应，“你非得要，是你的事了。那你也得把分内的做好吧？”

“凭什么做饭就是我分内的事？”妈妈生气了，反问，“凭什么她要我怎样，我就得怎样？你要满足她，你去做！”

爸爸真的进厨房做饭了。他是菜刀都拿得哆哆嗦嗦的人，哪里会做？但姐姐还要他这么做，那么做。他让姐姐使唤着，笨手笨脚，磕磕碰碰。妈妈在厨房外冷眼旁观，说：

“见过贱的，没见过这么贱的！”

爸爸做的菜不会让姐姐满意，姐姐就闹。爸爸就对姐姐哀求：“姑奶奶，妈妈又要骂爸爸了！”

或者：“你这样，爸爸很难做的！”

姐姐是爸爸的天使，我却是爸爸的天敌。

姐姐还不知足，有一天，她竟然提出要买自己的手机。她说班上有同学有。“爸爸妈妈的不是给你玩了吗？”爸爸说。

“我要自己有！”她说。她竟然还要最新款的 iPhone6s，她说她同学小芳有。

“人家有你就得有？”妈妈本来是喜欢自己的女儿体体面面，现在越来越不喜欢她了，啐她，“人家家里有钱！”

“为什么我们家没钱？”姐姐问。

“问你爸！”妈妈说。

妈妈是想趁机攻击爸爸，寒碜他，但姐姐不知道，真的去问爸爸。爸爸否认：“我们家也不会很没钱。”那么，就要满足姐姐买 iPhone6s 的要求了。爸爸说：“那很贵的。我都没有用这么贵的。”

这不是理由，应该先满足小孩，姐姐已经很习惯了。姐姐叫：“我要！”

“你这就不讲道理了！”爸爸沉下脸来，不料姐姐不怕。爸爸只能又软下来了，说过一段再买，新出的肯定贵，过一段就降价了。

“那都淘汰了！”姐姐说，“系统都走不动了！”姐姐说。

“你懂什么系统？”爸爸笑了起来，“现在的孩子什么都懂！”爸爸还对妈妈说。

“你就这么纵容她！”妈妈说。

“我没本事，我们的孩子，已经太亏欠她了！”爸爸说。

又是这话。有一次妈妈应他：“你就不觉得亏欠我？”

爸爸愣。“你跟小孩争什么嘛！”爸爸说。

有一次妈妈跟爸爸吵架，还说：“你娶她好了！”

“你说什么话！”

“你自己心里明白！”妈妈说。

“我不明白！”爸爸道，“我拼死拼活，外面要干，家里也要干，你还不满意？”

“家里你就做个饭！”妈妈应，“我不也上班，我更累！”

“你累是你自己造成的！”爸爸说，又想把矛头指向我。

妈妈道：“打住，别扯这个！人家没带身子都不要上班！”

“那好，那就怪我没本事了！没本事让你不要上班！没本事养你！”爸爸忽然激动起来，“我应该怪自己没本事！现在男人都这么没本事，我特别没本事！我还娶什么老婆生什么孩子！我作孽，我还作什么孽！”他突然抽手掴了自己一巴掌。

妈妈吓住了。爸爸的脸色反而淡定下来，好像这一巴掌让他得理了，他变得坚固了。妈妈去拉他，他却还要打自己，嘴里骂着自己“作孽”，要去死。他真的奔到厨房拿菜刀，妈妈慌了，去阻拦，摔了一跟头。妈妈惨叫，我好痛。我定下来时，我蓦地瞧见爸爸，他并不慌张，也没有去扶妈妈，他站得远远的，问：

“没事吧？”

当然也许是因为他们刚吵架，情绪回不过来，所以才没来扶妈妈。

但我从他眼里瞧见了贼光。

那以后我总感觉爸爸用那样的眼睛在看我。爸爸固然一直要杀我，但他的眼光从来没有那么冰冷。他会拿菜刀杀我吗？但表面上一切又恢复了正常，爸爸妈妈又和好了，妈妈有时高兴，还说庆幸那天没有摔流产了。妈妈也是不清楚，为什么又去提我？她好像忘了爸爸是没有允许生我的。只是爸爸他不说。

妈妈竟然开始胎教，对着肚脐又是放音乐，又是读诗。爸爸仍然什么也没说。

一天，姐姐又吵着要手机，爸爸说，就是买了也不是她的。姐姐问：“为什么？”

“你以为什么都是你的？”爸爸说。

“还是谁的？”姐姐问。

“弟弟呀！”爸爸说。蓦地，我感觉到一股阴气。爸爸应该清楚，姐姐现在对别的都不在乎了，已玩厌了，就这手机能打动她。妈妈还没有意识到爸爸的用意，她还以为爸爸忽然提起了我，是认可了我。“你就要有弟弟了！”妈妈说，教育道，“有了弟弟，你就是姐姐了，你要懂得让了，东西要先让给弟弟……”

“我不要！”姐姐道。

“不行！”爸爸严厉道，“你是独生子女太舒服了！不仅 iPhone6s，什么都要分一半给弟弟！你房间也要分一半给弟弟住！”

“我不要弟弟！”姐姐叫。

“不许！”爸爸更严厉叫。他已经很久没有对姐姐这么严厉了，“不要也得要！”

姐姐哭了。妈妈觉得过分了，道：“唉，八字还没一撇呢，说这些干什么！”

“你不是一定要生吗？”爸爸道。

妈妈愣。“不是还没生吗？”

“你还是要生！”

“生不生，跟她说什么？好好的去惹她干什么？又闹开了！好好，不要弟弟，不要了！”妈妈安慰姐姐，“就你一个，好了吧？”

“真的？”姐姐问。

“真的。”妈妈说。

“骗你的！”爸爸却道。

“你怎么这样跟小孩说！”妈妈说。

“我该怎么说？对她撒谎？将来生下来，就能永远瞒得了她？”

妈妈才明白，爸爸并没有认可把孩子生下来。爸爸怎么可能认可呢？只是妈妈自已犯傻了，怀孕把她怀傻了。她不知说什么，站起来想走掉。她挺着肚子，动作有点慢。她还不知道保护我，哪怕拿手护一护，她把我整个亮出来。

“你看，弟弟在那！”我听见爸爸对姐姐指我。我感觉到一股杀气向我逼来。

“我不要！我不要弟弟！”姐姐叫。她停顿了一下，好像在搜着最狠的话。

“我要把他杀死！”她握着拳头，横着一挥。这话，这动作，把妈妈逗乐了。但爸爸没有乐，他脸铁青，他对姐姐道：“你敢！你要杀死他？他就在妈妈肚子里，你杀啊！你踢他，踢啊！踢啊！”

那杀气凝成了一把刀。但爸爸没有拿菜刀。但爸爸应该吃透了姐姐脾气，经不起激将，他还知道姐姐玩多了打打杀杀游戏。但妈妈没有觉察，她停下动作，严肃下来，想正面教训几句姐姐。我立刻冲妈妈肚皮一蹬腿，妈妈哎哟一声，猫下身子。就在那一刹那，姐姐的脚尖踢在妈妈头顶上。妈妈缩成一团，身体发冷，我如在冰窟。她捂着我，好一会儿才抬起头来，去摸被踢的头，又睁开眼睛去寻姐姐。姐姐也摔倒了，她一动不动趴在地上，好像也意识到自己闯了大祸了，不敢爬起来。

妈妈又把目光转向爸爸。爸爸好像也害怕了，这个拿菜刀都哆哆嗦嗦的人，竟然借刀杀人。

“没想到……”他支吾。他忽然冲姐姐叫，“你真踢啊！你这孩子，你真踢啊！你疯了吧？”

“是疯了！”妈妈说。

爸爸讨好地对妈妈：“还好……你猫个腰，刚好在这时候猫个腰，是疼了？”

“是疼！”妈妈冷冷道，“是他让我疼了一下！是他救了我！”

“这家伙，”爸爸竭力显出笑，“可真神了！他好像知道……他什么都知道……成精了！”

## 7

我是成精了。垃圾场熏出来的，能不成精吗？这世界一切我都懂，本不该懂的，我被迫懂了。我不仅有胎儿应该有的灵气，还有浊气。我头朝下，我能够看清这世界本相，但我有时又头朝上，与虚伪世界同流合污。我一阵头朝下，一阵头朝下。妈妈有一次不舒服，去产检，医生说我头朝上，生产会有危险，要妈妈做操。妈妈做操，我就恢复头朝下了。我是怜悯妈妈。看清世界，但世界本不应这样丑陋的。

母爱支援着我善的本性，但母爱也通过胎教早早让我跟这个世界连接。生出来的孩子成精，说是进化，不如说是恶化。老实说，有时候我也不想被生出来，如果能够不经过那么残忍的过程，我可以死。我已经疲惫了，没意思了，不要说爸爸不欢迎我，就是欢迎我，这世界又是怎样的世界？

随着我长大，我越来越感觉到不能适应妈妈呼吸进来的气息。这气息里混杂着我们家窗外的垃圾颗粒，混杂着妈妈上下班路上的粉尘。爸妈姐姐还有所有的人，简直就生活在垃圾堆里。有时候我的魂飞出妈妈身体，飞到天上，俯视着这个世界，这个世界整一个垃圾场，垃圾飞舞。人们挤在一起，所谓的家，不过是在垃圾堆中硬隔起来的。就在家内，吃饭的地方跟拉屎撒尿的卫生间只一墙之隔，拉屎撒尿的卫生间隔个墙，就是睡觉的床，只是人们不去想而已。人们趴在饭桌上吃香喝辣，吃吃吃吃，其实吃喝的都是垃圾。我爸工厂是做垃圾食品的，他推销出去，大家吃。他自己也吃，他虽然警惕着不吃他自己工厂生产出来的垃圾，但也吃了别人生产出来的垃圾。对这他未尝不知，但他没有办法。谁也没有办法，谁都在竭力不吃垃圾，但又不得不吃着；谁都在骂制造垃圾的，但自己也在制造垃圾。这么想着我感觉恐惧。我哭。我与其是恐惧被打掉，毋宁是恐惧安全生出来后，就得与这肮脏世界同流合污；几十年后我读到一个叫克里斯托弗·希钦斯的人的诗句："你被从你母亲的子宫里驱逐出来，就像炮弹被从大炮里喷射出来一样，你被扔向一面布满了指甲锉和锈铁钩的大门。"我与其是为求生而哭，毋宁是为求死不能而哭。但生又是人的本能，我已经像太阳一样喷薄欲出，不，是被推着，非出来不可。老天当初让妈妈暴露怀孕，就是造化在欢迎我，我跟造化合二为一了。我并没有觉得是被驱逐到这个世界来。

妈妈也感受到我要生出来的力量。有时候我也想，妈妈这是何苦呢？何苦一定要把我生下来？她是不是脑子不清楚呢？她知道我出来后会怎样吗？她没有想到，她只知道恐惧爸爸。自己的丈夫、最亲密的人、躺在枕边那么多年的人，竟然是杀人魔。

我们不能再跟杀人魔待一起了，妈妈兜着我去外公、外婆家。一路上妈妈都是哭，我想安慰妈妈，但我一点办法也没有。快到外公家时，妈妈才想起给她单位打电话，说自己生病了，请两天假。

外公、外婆听妈妈诉说，非常生气。他们说，以前还真没看出来爸爸是这种衣冠禽兽。外公打电话给奶奶，奶奶也很生气，说一定要好好教育爸爸。"多大了你儿子？"外公挖苦奶奶，"还教育？要能教育，你就是教育工作者，怎么教育成这样了？"

奶奶不爱听了。"亲家你这是什么话？我们家教育很差吗？"

“都出杀人犯了，还要怎么差？”

“怎么是杀人犯？话不能这么说！”奶奶又转而为爸爸辩护了。毕竟，奶奶是爸爸的妈，就好像妈妈是我的妈一样。

“不是杀人犯，那是什么？要不要报警，让公安机关来定罪？”

奶奶慌了，求外公。外公让我解气，就是要让爸爸坐牢！外公好像明白我的心理，他坚决不依奶奶。“要说杀人，也是你外孙女！”奶奶忽然说。

我的姐姐是外公的外孙女。外公愣住了。“那他也是教唆犯！”外公又说。

“他也是你女婿呀！”奶奶又说。这关系搅在一起了，就像这世界乌七八糟，分不清楚。“都是一家人，一家人……”奶奶趁机又说。

“一家人？一家人能开杀戒？”

奶奶拼命道歉，并且保证让爸爸来道歉。“叫他跪下来，负荆请罪！你们打他！这作孽的！”

外公竟然心软了。更让我失望的是，妈妈睡了一觉，心情竟也好多了。这世界上的人就这么苟且吗？她竟然问外公，爸爸什么时候来道歉？爸爸一道歉，她就跟爸爸回家。她说东西都在家里，还是在家习惯，而且她还得上班。

爸爸终于来了，是被奶奶拖着来的。我又看到了爸爸，这是一个我不认识的人，一个要杀我的人，一个杀人者。我怎么也不会想到他是我爸爸。姐姐也跟着来了，她也不是我姐姐。

爸爸来时，外公把妈妈藏在里屋，不让爸爸见，说要熬熬爸爸。但妈妈熬不住，自己要出来。爸爸并没有道歉，他竟仍要妈妈把我打掉。“你还胡说！”奶奶举手要打爸爸。但她是举起两只手，自己两个巴掌拍一下，根本没有打在爸爸脸上，“来前不是说好了？”

“是要说好！”爸爸说，“既然到这份儿上，那就把问题摊出来，彻底说说！”

外公生气了："说什么？说杀人？"

"对，我是杀人。你们说我是杀人犯，我也认了。报警也行。只要孩子打掉，我坐牢也安心！"

"你！"外公要发飙。爸爸说："您听我讲下去，您听听有没有道理！"

"什么道理？杀人还有道理？"

"是计划生育！"爸爸说。

"你别拿这词压我，政策我比你懂！现在政策是全面放开二胎……"

"放开？给保障了吗？"爸爸反问。外公愣住了。妈妈心里也叮的一响，这也是她曾经说过的。

"不管怎样，人类必须繁衍！"外公说。

"能繁衍得了吗？"爸爸问，"能养活吗？"

"怎么不能养活？现在这种经济条件，又不是困难时期，我们每个人省下一口饭，不必，只要少浪费一点就可以养活！"

"就这么养活啊？"

"也不是，"外婆为外公解释，"我们是说最坏，当然我们会把最好的给小孩，哪个做大人的不会把最好的给小孩吃嘛！"

"就吃啊？吃就是活？"

"那你还要怎样！"外公说。

"还说多么疼孙子！"爸爸挖苦道。

"我怎么不疼？"外公说。

"养孩子又不是养猪！"爸爸说，理直气壮，"以生活质量下降为代价……"

"为什么不能下降？"外公反问，"做父母的就不能付出牺牲？"

"孩子也跟着牺牲？"爸爸问，"要生就要给他幸福，不能给他幸福，生下来让他受穷，在这样的世界？只能受苦受罪，那才是残忍！只顾自己，就是自私。中国很多父母亲以为自己很伟大，其实是自私！"

我感觉到妈妈的心猛烈冲撞了起来，这都是她曾经的观点。人类是唯一用道理杀人的动物，杀自己亲生子还冠冕堂皇。现在她改变了吗？

但我也自问，让我生出来受苦受罪，我愿意吗？爸爸继续说：

“这样，孩子生出来只会恨你，繁衍？这是恶的繁衍，恨的延续！”

“你这是什么话？”外公暴跳起来，“难道我们生你还生错了？现在年轻人都什么乱七八糟的思想！”他对奶奶说，“亲家母，您就教育出这样忘恩负义的‘白眼狼’来？要那么幸福，我们当初为什么要去生你们？要那么舒服，你妈应该当初把你‘溺马桶’！”

“为什么不溺？”爸爸问，“免得造孽到现在。”

“放肆！”奶奶喝，“越说越荒唐了！单是看在我们为你受了那么多苦，没功劳也有苦劳，你能说得出这种话来？”

爸爸对奶奶说：“这是另外的问题，那是情，现在我们谈的是理。情是一回事，理又是另一回事。妈，你问自己，也不必要说出来，如果再让你做一次选择，你愿意生我到这世界来吗？”

“当然愿意！”奶奶不假思索答。

“你说真话了吗？我小时候，你经常冲我说：要是没有你，我死就死了！”

“吓，你还记得这话！”奶奶说，“那是气话！”

“真的吗？”

“那时候是太苦了！”奶奶说，“我们这一代活得苦，‘既要忙外，又要忙内’，‘上有老，下有小’……”

“我们这一代更是！”爸爸提高了嗓门，像抓住了奶奶的破绽，“我们更是！你们还有保障，我们连退休金都不知道向谁要了！”

“怎么可能！”外公说，“不过是转到社保了！”

“转到？”爸爸冷笑道，“不愧是当领导的，真会说话！还不知到时候能不能拿得到！”

“怎么拿不到？”

“问你们这些当领导的啊！什么时候把我们钱卷跑了……”

“那只是个案！”外公说。

“‘个案’？我们草民可承受不了‘个案’。再说，延迟退休就不是‘个案’了！你们当然可以安享晚年了，可以想七想八了，就因为你们过关了！我现在恨不得已是你们这年龄了，也过关。将来还不知会闹出什么幺蛾子呢！资源透支，你们是最后一代能够吃国家红利的人。”

“即使这样，”奶奶说，“我们也可以补贴给你们！啃老，也没问题嘛！”

“你们还有东西让我们这一代啃，我们拿什么给下一代啃？再说，谁愿意啃老？我们为什么要靠啃老过日子？我们也是人，我们也有尊严！”

“跟父母讲什么尊严不尊严的？”奶奶道，“你是既像有志气，又像没志气！”

“谁没有志气？”爸爸说，“我们也想实现自己的价值！”

“能实现当然好，不能实现，花父母亲的也没关系嘛！”外婆也帮腔，“父母愿意给，你就接受。只要孝顺就行，就是报答。父母的钱就是给子孙花的嘛！分什么你我，你妈又有钱……”

爸爸嫌恶地瞧外婆：“又不是你的钱！”

这话让妈妈生气，毕竟外婆是妈妈的妈妈。“你这是什么话？”妈妈开腔了，“难道你还想啃我爸妈？你是男人吗？”

“我不是男人！”爸爸竟然道。

“你！你听，亲家母，这就是他说的！那你还娶什么女人呢？还娶我女儿干吗呢？”

“我后悔了！”

“你耍什么疯！”奶奶喝爸爸，又对外公道，“他就是这样，有时说起话来没谱，但心里不是这么想的……”

“我就是这么想的！”爸爸道。

“吓！”奶奶喝道，举起了手，这下真的打在爸爸脑袋上，“你是知了，越捏越叫！”她又对妈妈：“他这脾气你是知道的，但是他人不坏，就是脾气坏。都怪我从小惯了他……”奶奶做起了自我批评，“夫妻最了解了，一日夫妻百日恩，床头吵架床尾好，是不是？走，跟我回去！我一定管教他，跟我回去！”

奶奶明显太急了，她急着结束这个局面。但她还要把妈妈拉回去，这跨度太大了，妈妈怎么可能就范？而且她这样反形成了对妈妈的逼迫，她去牵妈妈的手，妈妈一把甩掉。

“我不回去！”妈妈叫。妈妈那叫声简直瘆人。

奶奶又去牵妈妈的手。“不回去怎么好？我们不跟他计较，单是为了肚子里的孩子，我们就不跟他计较……”

“肚子里孩子跟他没关系！”妈妈叫，“离婚！”

妈妈要跟爸爸离婚，按说爸爸可以一走了之。离婚了，妈妈跟他没关系了，妈妈肚子里的我也跟他没关系了。但奇怪，爸爸却不走。妈妈就冲过来推他，他仍然钉住脚，不肯动。姐姐看出要发生什么事了，大哭起来。奶奶说：“你看你看，大宝被吓成这样！她懂事了，小孩经历了事就会懂事起来的！以后就乖了！以后要乖哦！”她对姐姐说。姐姐点头，“你看你看，乖了。孩子多不怕，乖就好！”

姐姐呜咽道：“我要妈妈！”

外婆把她拉到身边，姐姐又道：“我要爸爸！”

她跑向爸爸，攀着爸爸裤腿。爸爸把她抱起来，姐姐那么大了，爸爸抱得有点吃力，就又把她放下了。但他接着又把姐姐抱起来。他也并不是抱不动姐姐，而是抱了姐姐后，不知该怎么办。是啊，平时他顾姐姐时，妈妈在一边忙家务，分工明确、默契，现在情形变了，他不知怎么办了。也许爸爸不愿意跟妈妈离婚，只是因为他不知所措，毕竟跟妈妈一起生活了这么久了。他的气焰明显灭了，甚至显得可怜兮兮。那边外婆也在劝妈妈，但妈妈坚决要离婚。外婆对奶奶说，只得让妈妈冷静一下。奶奶对妈妈说，爸爸的态度你已经看到了。“他还是在乎你的，他不能没有你，我也不能没有你！”

妈妈很知道奶奶这话什么意思。奶奶是不能没有妈妈肚子里的我。

奶奶接着的话就把她暴露了：

“亲家，孙子可得保住了！”

问题是姐姐怎么办？外婆要姐姐留下来几天，奶奶赞成，但外公不赞成。“人家要上课！”外公说。

“低年级的课，缺几节没关系的。”奶奶说。奶奶当了一辈子老师，竟然赞成姐姐旷课，“到时候我给她补。一两天，就一两天，我一定再带他来负荆请罪！”

原来奶奶是为了过几天再来。

爸爸还真被奶奶管服了，第二天就由奶奶带着来了。这下老实多了，话也软了。外公也趁机教训了他一通，他再没有争辩。但是妈妈不见爸爸，自己待在里屋。她坚决要离婚，铁了心了。奶奶在外面对妈妈说，看在孩子分儿上，还是要冷静点。妈妈应出去：“我非常冷静！”

外面安静了好一阵。突然一串脚步声，直逼里屋门前，是爸爸。“那好，你把孩子打后再离！”爸爸道。

“反正离了，跟你什么关系！”妈妈应。

“我的孩子！”爸爸说。

“你要孩子？大宝给你！”妈妈说。我实在太感激妈妈了。我也不知道是怎么了，是我太乖了，还是姐姐实在太伤妈妈的心了，妈妈坚决选我，不选姐姐。

“我不要！”姐姐叫。奶奶拍一下姐姐屁股：“别吵！”

爸爸指着妈妈肚子：“这是我的孩子！我要为他负责！”

“负责？”妈妈冷笑，“你是个负责的人吗？”

“我怎么不是？”爸爸道，“要不是，我会这么苦？”

“现在你不要苦了，”妈妈说，“我苦我自己的，我自己的事自己处理！”妈妈摸着我。

“你的事？他也是我的！”爸爸说。

“他又没出来，你又没见过他，他也不认识你！”

“他是我的骨血！”爸爸说。我感觉身体被电击了一下，好像被爸爸感应了。接着是有一种酸疼,好像我的血我的骨髓被抽走一般,我想哭。我感觉妈妈身体里也有一种酸酸的暗流。我们是融在一起的，分不开了。妈妈情绪黯然下来，道：“反正我不会让他受苦的。”

“怎么可能不受苦？”爸爸道。

“反正我知道不会！”妈妈坚持说，“我会加倍爱他！”

“爱？”爸爸嘲讽道，“他一出生就没有了爸爸，他还没出生就被剥夺了父爱！”

“还什么父爱呀？”妈妈道，她又被爸爸这话刺激了起来，“还什么父爱？你要杀他，还有爱？还不如别人，宁可认别人做父亲……”

爸爸愣了许久，问：“你这是什么意思？”

“就是这意思！”妈妈答。

爸爸没说话了，他返身走了。奶奶在后面叫他，他都好像没有听见。奶奶匆忙跟外公、外婆告别，牵着姐姐追爸爸。外婆进屋埋怨妈妈，怪她太耍脾气了，见好就收。“毕竟还是两口子嘛！”

“谁跟他两口子？”妈妈说。

我理解妈妈身体里的冷。只要反走一遍妈妈这段时间的心路，我就明白，妈妈的内心是一重重积累了对爸爸的不满。当然同时跟我的感情也一层层加深了。我甚至能感受到妈妈带着对爸爸报复的心理，特别纵容我。她觉得爸爸怎么纵容姐姐，她就怎么纵容我。我被妈妈兜着，有一种酥麻的感觉。有时会产生当初从爸爸身体里射出，刺穿妈妈卵子时的快感。我爱妈妈。妈妈肚子越来越大了，带着我，行动笨拙，我很感抱歉，但又觉得妈妈应该这样受难，应该这样宠我。

## *8*

爸爸两天没有音讯，好像断了线一样。我不明白那天爸爸怎么突然走了，前一刻还争得脸红脖粗，戛然就止住了，走了。第三天，他才又给妈妈打电话，妈妈也掐断。他又往外公家打电话，外婆接。他在关心妈妈不去上班，工作要丢掉了，现在找工作很难的。外婆传达时，妈妈说："丢工作跟他什么关系？"

"你丢工作，到头来他不也倒霉？"

"离了，跟他什么关系！"妈妈仍然说。

"你还来真的了！"外婆啐。

妈妈不去上班，只管保养我。我在妈妈肚子里迅速成熟。外公开始慌张，问妈妈单位怎么办。按他判断，接下来就会被判自动离职。现在工作这么难找，就业形势恶化。外公估计得没错，实际上妈妈单位已经下了最后通牒：三天之内到岗。妈妈不管，三天后，她丢工作了。妈妈得到正式告知时，哭了起来，她搂着我哭，我也哭。

外公还不知道。"解铃还须系铃人！"外公说，还得让爸爸来做妈妈思想工作。外公给爸爸家打电话，奶奶接起。奶奶说，爸爸既要忙内又要忙外，既要当爹又要当妈，累死了，她只好搬过去帮他。外公故意按了免提，让妈妈听到。外公叫爸爸接电话，奶奶说，爸爸出去了。奶奶说："亲家，我们做父母的要劝合不劝离啊！"

"是啊！我也是这么说！"外公说。

"生孩子是好事，"奶奶又说，"没想到闹成这样了！早知道不生就不生……"

外婆也几次埋怨外公这样的话，说都是为了外公有个传姓的。外婆像妈妈，爱埋怨。"我也没想到……"外公说，"其实，要小孩干什么？大人都搞不清楚……"

"要没孩子，早跟他离了！"妈妈插嘴道。

"你说什么！"外公赶忙把话筒捂住。但奶奶还是听到了，奶奶说：

"怪不得现在年轻人结婚，迟迟不肯生孩子，原来是揣着这种心思啊！"

“没想好，生什么孩子！”妈妈道。

“我后悔了，我忏悔！”爸爸的声音突然出现了，原来爸爸没有出门，他是不接电话，或者是奶奶没让他接，“我该死，我罪该万死！我去自杀好了！反正也活不下去了！工作没了，饭碗砸了！”

外公吃惊，他就怕这个。“你说什么？”他问。

“你还不知道？”爸爸说，“她没告诉你？反正靠我一个人也养不起家了，散了就散了！”

外公身子一歪，倒在地上了。

外公也开始仇视妈妈了。他竭力躲着见妈妈。外婆说还是得收拾残局，劝妈妈回爸爸那里去，再解决别的事。妈妈坚决要离。“别要孩子脾气了！”外婆说。

“谁要孩子脾气了？”妈妈说，“我都有两个孩子了！”

“你有两个孩子了，还这么要脾气？”外婆说。

妈妈一天吃六餐，三餐饭，早午晚各一餐点心。都是外婆做的。外婆一边伺候妈妈，一边忧愁地瞅着妈妈肚子里的我，自言自语：“怎么办哟！”

“什么怎么办？”妈妈说。

“谁来养他？”外婆说。

“我养！”

“你带着一个孩子，怎么找工作？就是找到了，你一个人能养活？”

“养不活再找个人养！”妈妈说。

“你能不能说话负责任点！”外婆说，“你还真是不如他。”

“他负责任？”

“人家至少懂得提醒你别丢工作！”

“他那不过是想不欠我！他这人我还不知道？不会因为他的缘故造成我损失，他能心安理得。”

“那也是负责任！”外婆说，“他不让孩子生下来，现在想来，也是为你为孩子负责。你以为带着孩子再婚是好玩的？你会怎样先不说，孩子当‘拖油瓶’，你把他的孩子当‘拖油瓶’？”

“什么‘拖油瓶’？”妈妈叫，“你们这些老脑筋！”

“不是老脑筋，”外婆说，“是人之常情，人的本性！什么都逃不出人的本性。自己亲自己的骨肉，感应自己的骨血，是本性，在再远的地方也能感应！”

我知道有感应这种情形，我也知道人之常情、人之本性，我从有知觉起，就带着这种本性，这是我的灵性的源泉。我感受到这世界是有规律的，但现在世界已经混乱了，父亲不把儿子当儿子，当然儿子也不把父亲当父亲。我多么希望爸爸能接受我呀！我们好好当父子。但是已经不可能了，我哭。

“他感应去吧！”妈妈说，“他会感应，就不会把我丢在这里！”

爸爸好像确实把妈妈彻底丢下了。那几天，妈妈情绪变得非常激烈，我知道她是对爸爸彻底绝望了，这下她真决定离了。有一天，爸爸来了一个短信。不是电话，只是短信。短信只有一句话：

你真要生下来？

妈妈气急败坏删掉了。妈妈是恨爸爸不是在关心她，而是在纠缠不要生我。

爸爸再无消息了。我隐约感觉不好。外婆好像也感觉很不好，又给奶奶打电话，问爸爸最近在干什么。奶奶说，也不知在干些什么，忙忙碌碌。“他总是忙，你又不是不知道！”奶奶没好气。

外婆讨了没趣。又过一段，她又熬不住，又打电话过去。这次不敢问爸爸在干什么，问他好不好。奶奶说：“挺好的。”外婆问：“真的？”奶奶说：“有什么不好的？想通了就好！”奶奶说爸爸同意离婚。让爸爸接电话，爸爸接了，说他会抽空过去把事情了了。就把电话挂了。

虽然爸爸语气温和，但我感觉一把凌厉的刀向我逼来了。我想把我的感觉传递给妈妈，但妈妈没有领会我。她的心完全被我，不，是被她怀我的幸福感占据了。我不知外婆是否也感觉到危险，她更殷勤地带妈妈和我去观音庙拜观音了。这个世界越来越神神道道，各种宗教盛行，但人们离神性却越来越远。人们求子，求福，求发财，求长命百岁……那一天，一群人突然冲进来开枪射击，他们声讨被杀者沉迷贪嗔，不谙苦谛。然后他们也自杀。报纸说他们是某个民间信教团体的一个分支，他们的行为类似于西方的"黑弥撒"，他们以善的名义行恶。

我联想起爸爸做过的事，他也是。我脑子里第一次会做道德批判。我在还没有出生时，就有了道德观。我过早地知道了道德，也过早地跨越了道德，从子宫直达棺材，我命中注定成了杀手。

好在那天妈妈没有去观音庙，躲过一劫。妈妈庆幸之余，又快乐起来了。她每天一定要带我去散步。以前，休息日，白天待在家里，傍晚再待不住了,晚饭后一定要出去散步。现在她没有上班,傍晚一定要出去，她说运动有益于生产。爸爸太了解妈妈的习惯了。妈妈，再过三个月我就要出生了，你能不能忍一下不出门?

这天晚饭前，爸爸来了。他们心平气和商量去办离婚的时间。最后，爸爸强调他一直是负责任的。他还是在暗暗强调他是道德的。他说他一直很体贴妈妈，比如外公外婆家地面比门外高，妈妈从小习惯了一出门就低踩。当初结婚装修房子时，爸爸专门去量了外公外婆家门内外的落差——一块砖，于是新房屋内地面硬是垫高了一块砖的高度。爸爸妈妈没有吵架时,爸爸经常拿这事说妈妈娇气。"爱就是害！"他说。或者,"这样纵容你，你成了长短脚，我可不负责哦！"

爸爸应该不想负责了。出门，他从包包里掏出两块砖，平铺在外公外婆家门口。

## 9

外公外婆家在七楼，每次妈妈回来，都走得气喘吁吁，最近她必须用倒计数才能上来。现在是向下滚。我听到妈妈尖叫。我感觉撞到一堵墙，一弹，转折，又继续往下滚，又撞上一堵墙，又一弹，又往下滚……我疼得叫起来，但很快我叫不出来了，也不感觉疼了，只感觉在汹涌的潮水中激荡，我不知道自己在哪里了。

“作孽……作孽……”我迷迷糊糊听到有人说。外面是铁器声响。我感觉像被剥茧一样，我的世界一层一层透亮起来了。到了最后一层，门一样哗啦开了。“七成八败九成熟……”有人高兴道，“观音保佑！母子平安！真是奇迹了！”

“命真大！”又有人说。

我的眼前模糊一片。我知道我没有死。我死不了。我终于诞生了！

妈妈像尸体一样躺在那里。他们把我抱去给妈妈吻，吻是冰冷的，一切都冷，我已经被拖出温暖的子宫了。我竭力让自己适应冰冷的世界，吸进了第一口冷气。

“咦，这孩子怎么不哭？”又有人说。

我没有听到自己哭。我确实没有哭。我想起我曾经参加的诞生宴上那个婴儿哭，我明白了所有人诞生时都会哭。诞生是欢欣的，为什么要哭呢？也许是发现这世界是那么丑陋，但已经生出来了。所有婴儿都爱哭，所有人一生都伴随着哭。我在妈妈肚子里时也哭，我不知道别的婴儿在妈妈肚子里时是否哭？我已经哭得太多了，我哭够了！

外婆把我放进摇篮。我躺在乱糟糟的褥子上，等于躺在垃圾场。摇篮真像爸爸说过的，像坟头。但我不能就这样躺着，把摇篮躺成坟头。我已诞生了，一个未来的职业杀手诞生了。我要起来！谁也扼杀不了我了。我挣扎。我瞧左，又瞧右。有人叫：

“咦，这孩子不哭，就是眼睛找来找去，找啥呢！”

我找我爸！

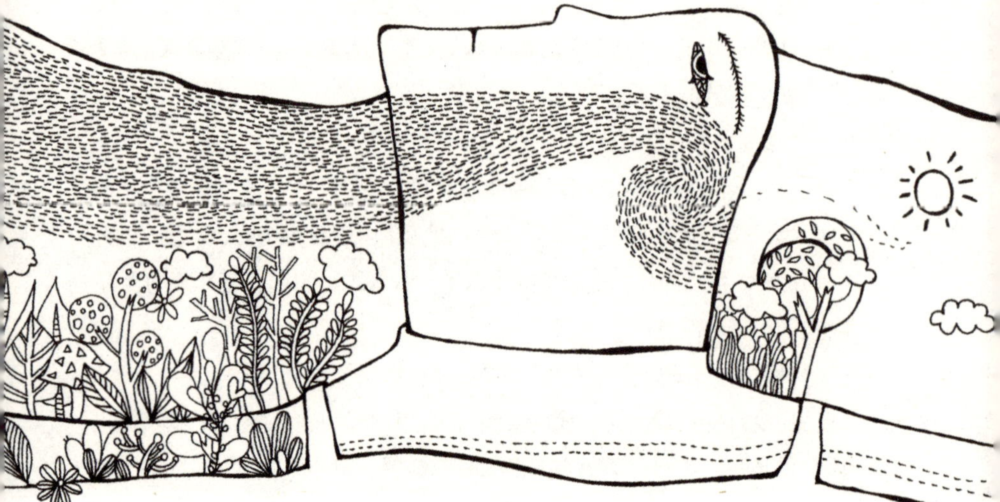

# 【家】

## 1

那哭声从哪里传来？大街上人来人往，人人表情稀松平常。哪张脸激越起来了，应该是遇到了熟人。或者是他正看着手机、平板电脑什么的。我们也习惯看到自言自语了，只要有手机在耳朵上，我们就知道是在打电话，不是精神病。手机没按在耳朵上也可能是在打电话，端在嘴前的，捏着麦的，还可以用蓝牙。科技飞速发展。那么，如果一个陌生人突然向你开口说话呢？也许他是问路，也许不是，那么他就是在推销。这也已经司空见惯。但如果他向你亮出一把刀呢？那也没什么，可能是推销刀的。虽然媒体总报道抢劫什么的，但这是闹市，再说怎么可能就我中彩？波澜不惊还是生活基本常态。

有时觉得最无奈的就是波澜不惊。满街那些脸，没有表情，但又带着散不去的焦灼。中国人的黄色皮肤，本来就容易让人想到被烤焦的麦田。有太多焦心的事了，远到子孙万代，近到衣食住行，比如等公交车，公交车老是不来。太阳打在眉骨上，眼睛睁不开，强撑着遥望远方。一辆公交车车头出现了，驶近了，进站了，人群拥向车门。司机扯着嗓门喊出来："前门上，后门下！后门下！前门是上车的！"一个老人家抓着车门，颤巍巍的，从前门挤下来。司机又叫："让让老人……"司机沙哑的声音后面，一个哭声响了起来。

起初没人觉察，等公交车开走了，人们才发觉有个哭声。这哭声不是小孩的，也不是女人的，竟然是一个男人的声音。空气好像被撕开了一个口子。所有人都现出惊愕的表情。循声望去，在街对面，一辆小车堵在非机动车道上，也不知是谁把车停这里。在那车旁边，有个男人跪在地上哭。他一边哭，一边喊：

“没有钱！”

是乞丐吧？但他穿得很正常，甚至还有点考究。这样的形象，上了公交车人们不会躲，进了商店，保安不会赶。他哭得淌出了鼻涕，他伸手向裤袋摸，竟然摸出了手绢。现在谁还用手绢？但如果谁还用，说明他趣味不一般。那手绢还散发着樟脑的味道，让人想起他家有着殷实的箱橱。他膝盖旁放着的皮包也蛮有品位的。是外地人到这里被偷了？没有回家的路费。他哭得很悲惨，不少人拿手机拍他，他脸对着手机镜头，哭得更纵情了。于是就有人向他投去了钱，一角，一元。有一枚一元硬币还骨碌碌滚到他的膝盖前，但他没有去捡。他甚至瞥都不瞥一眼这些钱。嫌少？确实，一元一元的能抵什么用？于是就有人投去十元纸钞。那纸钞飘到了他的头上，他头一抖，恼怒地把它抖掉。纸钞掉在了地上。他竟然不要钱，大家不知所措了。

“听口音，好像不是外地的。”有人说。

“好像在哪里见过。”又有人说。这话让大家不安起来。难道他就是自己的相熟、邻居，甚至干脆就是自己的家人？这指认简直恶毒。我们虽然平民百姓，但我们体面。大家眼睛你踢着我，我踢着你。不认识！你认识？我也不认识！

“我知道了，这是在拍《开心真人秀》！”一个小孩叫。这是最近正火的电视节目，每周六晚上八点都有播。大家纷纷扭头寻找摄像机。可是并没有发现摄像机，拍照的都是手机。也许摄像机藏在更远的什么地方。于是大家又退得更远一些，仍然没有找到。又抬头找，怀疑镜头就在街边大楼的哪个窗户里。那么多窗户，架着个镜头，别想找到了。

于是大家开始乐。他们已经相信了这就是在拍节目，自己已经中了圈套。于是他们开始溃散，躲开拍摄范围。那个哭泣的男人发觉了，显得很不安。他用哀求的眼光瞧着大家。这更证实了他需要观众。一个人跳上前去，戳他喊：

“我知道在搞什么了！别装啦！”

男人愣住了，止住哭。“我装什么了？”他叫，他的手在包上重重一拍，“我真的没有钱！”

“我也没有钱！”一个年轻人道。大家哗啦笑了起来。笑声好像巴掌抽打在男人脸上。他的表情麻木了，神情绝望了下去。

“你们怎么就不相信我！”他垂死挣扎叫。

“我当然得相信你，上你的节目！”一个说。

“什么节目？”他的表情又活络了。大家又乐了。“我真的是没钱！”他又说，“你们怎么就没有同情心！”

大家不笑了，这话伤了大家。“试同情心啊？”

“不是试！”

“那不是给你钱了吗？嫌少？”一个掏出百元大钞，在他眼前晃，“一百，要不要？想钱想疯了！”

“疯了！”

## 2

消息传到我们这里，我们都不相信自己的耳朵了。难以想象他会干出这种事。

“他可是个好人。”居委会主任说，“要交什么钱，从来都配合，捐款也很热心。再没有比募捐这种事更让人头疼的了。宁可派我去挖化粪池，也别叫我去募捐！上面压，下面顶，我们像乞丐一样挨家挨户讨钱。人家明明在家，还亮着灯，就是不开门。这还算客气的了，不客气的，索性啐你一脸口水：‘又是捐，又是捐！我自己都没饭吃了，谁给我捐！’”

“吃饭就差这一点钱吗？”主任说，“无非是素质问题。中国人素质就是低。只有去他们家心里不紧张。要是中国每个家庭都像他们家这样高素质就好了！都说家庭是社会的细胞，这样的家庭多了，我们的社会自然就和谐了！”

主任说，就在大前天，她还为了建设省奥林匹克体育馆，去他们家募捐。仍然是一开口，他就摸钱包，从钱包里掏出两张百元的。他本来掏出一张，主任承认，她是想让他多捐点，所以故意耽搁着，没有立即伸手去接。她了解他。如果是别人，可能会把钱收回去，必须快速接过钱。他不一样，他会觉得可能没有满足对方，会再添。果然他又添了一张。当然，主要也是看他家经济条件比较好，主任说，“他们家根本不穷。就是没买新房时，他们家境也是邻居里最殷实的，典型的中产家庭。他们是我们这里最早买车的，那不，他哭穷时，他的车还停在边上，就是那一辆白色的。”

我们就是他的旧邻居。七年前，他买了新房子，但新家也在我们这附近。他去上班，还是要经过我们这条老巷子。就在今天早上，就是几个小时前，我还瞧着他去上班，提着他那个公文皮包。

当时还有几个玩鸟的人在巷口，见到他，看看天，说：“老师都去上班了！”

他在一所中学当老师，数学老师。他上班总是很准时。也许是因为数学课总是排在第一节？后来我们才知道，他还当班主任，所以早读课必须到，所以才雷打不动准时上班。

“迟一分钟，全班乱了！”他说。

想想，那些在公司上班的，虽然打卡很严格，但迟到也就迟到了，不过是扣钱，不至于出乱子。学生不懂事，乱跑怎么办？打闹起来怎么办？他准时得像一口钟，我们也对他多了敬重。但那一天，他班级真乱了。先是早读课，巡察的教务处主任发现他没在班上，问学生，学生说老师没来。早读课完了，仍不见他的影子。告到校长那里，校长去问门卫，门卫说他早上来过，又走了。他留下了一封信，一看，竟然是辞职信。他为什么自己不交给校长？门卫说他好像急着要去办什么事。他竟是急匆匆上街哭穷。

“之前毫无征兆。”校长也说，“照常上课，课堂也很正常。有的老师喜欢在课堂上发牢骚，他不会。他一直是遵纪守法的老师。再说，他收入也不低呀！”

校长当然知道他的收入。不错，在我们眼里，他们家的家境也一直是这里最殷实的。他家散发出来的樟脑丸味道就给我们这种感觉，当然那是他们刚搬来时的感觉，二十多年前了。但二十多年来，我们的贫穷感没有减弱，樟脑丸唤起我们的感受就一直存在。我们曾鄙视樟脑丸味道，同时也鄙视他那样赚钱方式。他每天提着包包上班，能挣什么钱？当初我被“下岗”，我相信自己的能力，我跟别人不一样，我有文凭，有头脑有眼光，我搞起了自由职业，但到头来却失败了。我这种没有任何背景又自命不凡的，只能被当作肥猪宰杀。回头想想，还是有公家养着好。特别是当老师的，只要提着公文包去上班，就稳稳有工资赚。这十多年来，带“国”字的单位日子又大为好过了，中国毕竟还是中国，学校虽然比不上“国企”“央企”，也参照公务员。虽然不像公务员那样掌握权力，但也比上不足，比下有余。

教师还涨工资。我们瞧见他们家不停地添置东西。他们就住我楼上，东西都要经过我家门口抬上去。他家有洗衣机了，他家换大彩电了，他家买卡拉 OK 机了，还外加两个音箱。从此楼上每晚就响起了卡拉 OK 那富有扩散性的歌声。他总是唱那首《走进新时代》，或者《春天的故事》，好像他只会唱这两首。我们从没看过他唱歌的样子，我们简直不相信那就是他的声音，那不是他平时跟我们说话时的声音。我们曾经想象他讲课时声音跟平时不一样，这没什么，无非是刻板点。但我们没有想过，他唱歌是怎样的声音。那声音有点发嗲，让我们听了发臊。

那机器还带评分的。“爸爸八十分！”他儿子叫。“妈妈八十五分！”儿子又叫，好像一个裁判。“我就是最后一句没唱好，”他说，“‘开创未——’，‘开创——未——来——！’上不去。”

“人家有练声，懂得换假声。”他老婆说。

他试着换假声，却像把脖子拧了。

第二天，他走路都在琢磨着换假声，脖子一别一别的。晚上，才吃饭，他儿子就嚷开了：“昨晚是妈妈赢，爸爸落后！今晚爸爸加油呀！”

“就是换假声问题。”他说。于是赶赶吃饭，赶赶收拾，老婆洗碗，他先去开卡拉OK机。家庭卡拉OK又比赛了。还是那歌，还是那一句：“开创——未——来——！”换假声，好像有点效果了。“九十分！”儿子叫。鼓掌，全家鼓掌。“世上无难事，只怕有心人！”他说，毕竟是老师。

这下轮到妈妈输了。“八十九分！”

“这机器分数怎么打的？八十九分？高不高低不低的！它怎么就能算出这分数？八十九，不是九十分，不是八十八分？”

他解释道：“这是电脑，用数据技术，是科学。有评分标准说明的。你看，你错音一次，扣了五分。错词零次，扣零分。错节拍两次，扣六分。可见你在节拍上要加强。加强了，分数就上去了！科学是不会弄虚作假的。”

他总是相信科学，总是那么理性。

“我刚才也有点听出来了，”他又说，“我在音乐上也是门外汉，但还是听出来了，就是那里：‘纤绳荡悠悠’，纤绳、荡悠、悠、悠！四拍，一、二、三、四！”

他哪里还是门外汉？在我们听来，太懂乐理了。他一个数学老师，怎么就也懂音乐了？我们中间，还有人猜测不是数学的“1、2、3、4”可以对应上音乐的“1、2、3、4”。这当然是不可能的，那么他怎么就懂了呢？他变得神秘了。但归根结底，还不因为有钱吗？能买得起卡拉OK机。老说“文化搭台，经济唱戏”，他这是“经济搭台，文化唱戏”，前者显示的是经济，后者显示的是文化。我们没经济也没文化，我们只能当听众，当观众。

那一阵刚刚有超市，大百货一样的店面，有空调，东西包装得又那么考究，一定便宜不了，我们都不敢去。他们家是我们这里最早去超市的。

“人家国外都是超市。”他说。

但这是中国，我们只敢去农贸市场，肮脏简陋，却令我们安心。但没多久，政府要“农改超”了，把农贸市场全变成超市。我们被赶着没活路，他却说：

“是该‘农改超’。农贸市场，脏兮兮的，污水横流，像什么样！应当跟国际接轨。”

他喜欢说“接轨”，什么都“接轨”。对政府做法，他总是很支持，不像我们总是发牢骚。“都是为了建设好国家嘛！建设好自己的家园。”他说，“发牢骚有什么用？无济于事嘛！”

有时候我会生疑，他是没有牢骚可发，还是觉得发了没用就不发，不如去支持，能改善多少是多少？不管怎样，他是老好人，用现在的话说，浑身是“正能量”。央视“你幸福吗”节目，最应该去采访他。他是我所见到的最有幸福感的人。

每到周末，午饭过后，他们一家都会去逛超市。逛超市跟去农贸市场感觉大不相同，不只是购物，是跟国际接轨，是有文化感的。穿得赴宴似的，他老婆的高跟鞋戳得地板噔噔响，他的儿子早冲到楼下了，嚷：

“我们去超市喽！”

“乱嚷什么，宝宝！”他制止。他们家儿子叫宝宝，“这孩子，呵呵！”

孩子嚷着，父亲制止着，谦和地笑着，他老婆忙碌地抓这整那，好像总是忘这忘那。终于可以一挡一挡地锁他们家门的防盗锁了，他们一家出现在巷子里，他又高又瘦，他老婆又矮又胖，他们走在一起，她胳膊还吊着他，就像他那个皮包。他跟大家和蔼地打招呼，打完招呼就把头高昂起来。他的眼镜片，其中一片被太阳光晃成了镜子，他活像瞎子，模样可笑。

我们骨子里不一定看得起他，一个教师，又不是当官的。过去还是“臭老九”，现在再了不起，也不过是“孩子王”。有知识又怎样？再加工资也不过死工资，只不过比我们旱涝保收而已。我们猜测他老婆可能比他会赚钱，他老婆在公司，天知道搞什么。他老婆也比他张扬，这社会，谁有钱不摆出来？没钱也要装有钱。

但他们家确实有钱。他们不仅逛超市，还真买了。以前添置洗衣机什么的，也只是偶尔添置，去超市可不一样，是日常消费。大包小包地提回来，她说：

“超市东西可真是贵！一百块，一找就光！”

可是贵，下次还照样去买。每星期都去，可见他们家真是有经济实力。他们家的窗台上堆满了超市包装箱、购物袋，厨房、卫生间、卧室，到处都是超市的瓶呀罐的，保鲜膜、草莓派、凤梨酥、日本筷、洗手液、香纸巾、马桶垫，还有孩子的玩具变形金刚，还有乐百氏饮料。

这景象直把我们比得无地自容。熬了几个月，我家也试着去超市转转。我们听说可以不买东西，那出口的一排收银台不会卡住没买东西的人。我瞧见了消费前沿的景象：呼朋唤友，扶老携幼。初试云雨的，怯生生随着人潮走，人潮涌向这里，他们就到这里；涌向那里，就到那里。东张西望，还有那么点腼腆，好像走在人家外国的国土上，好像进入了宫殿。这是草民的集体朝圣。他们家已经不再怯生生了，而是一惊一乍。他老婆对什么都好奇，他儿子更是手脚不停，所有的东西都要摸个遍，作为父亲的他就制止小孩，但他只是用嘴说，悠然别着手，还咝咝吸着牙缝，俨然是胸有成竹的主宰者。他们家还是他主宰，在这个慵懒的午后，他沉着地主宰着生活，“纤绳、荡悠、悠！荡悠、悠！”

有客人从落后地区来，他们也带去逛超市，看看城市人都怎么买东西的。这时候他老婆就做出熟门熟路的样子了，这里钻钻，那里闯闯，好像是在逛自己的家。这就是我的生活。被丰富的物质拥抱着，自己也相信这就是现实了，对真现实的认知力消退了，人被催眠。这种感受我也有了，人穷志短，穷人更容易被收买，或者干脆说，穷人时刻都等着被收买。只消多花一点钱，我也是生活的主人翁了。你能，我为什么就不能？我也学会逛超市了。有促销熟食的,用牙签挑着送我嘴前,要我吃。我就吃，不吃白不吃，吃了也白吃。那里有电动按摩椅试用，我就大大咧咧坐上去。我老婆没见过世面，捏一把汗，我油条道：

“没关系！这就是给你坐的。你不坐，怎么买？对吗？小姐？”我对促销小姐。

“欢迎试用！”小姐说。

我向老婆挑挑眉毛。她真是土鳖。过高级生活还要教吗？谁不会？我们渐渐也知道送礼时用超市的塑料袋了，可以显示礼物的档次。这就是包装的力量。世界需要包装。把那些包装的东西买回家，我们的家也被包装了。稀奇地研究撕开口等机关,大人搞不懂,小孩往往比大人灵活。毕竟他们是未来啊！用完了，还可以买小杂货铺散装的廉价的东西，装进去。渐渐的，也不这么折腾了，直接买包装的算了，觉得其实超市东西也不是很贵。这是一个观念的转变，一旦这么想，就看不上小杂货铺的东西了,在超市里就手伸得凶了。这个也不错,那个也需要。而且方便,在一个店里一次性搞定。结果买了很多,到结账时,发现被算出了许多钱。其实很多是处在可买可不买之间。既然买了，就用呗，也觉得应该买了。消费水平提高了，再下不来了。开支大了，收入没提高，没办法，就拆东墙补西墙吧！就怕再下去，东墙也没得拆了。

他们家却很从容。我们不敢去超市时，他们去；我们去了，他们购物完还去餐馆吃饭。他们家好像常去肯德基，吃不完，还带回来。他们家儿子抓着肯德基大鸡腿，在我家窗户前晃来晃去，显摆，我的孩子眼睛直了，就差流下口水。

“这是肯德基！”他儿子喷着嘴里的香气说，好像在启蒙。

“肯德基！‘巨无霸’！”我家小子就也说。他抓了个肯德基家族中名字最霸气的“巨无霸”。

“什么‘巨无霸’？是大鸡腿！”他儿子说。

“我知道！”我家小子说，“还有‘巨无霸’！你没吃过‘巨无霸’？”

我家小子机灵，穷人只能机灵，反问他，好像自己吃过“巨无霸”一样。其实他只吃过杂牌的麦肯基。他是从肯德基广告里看到的。他们家孩子倒诚实，有钱人没必要装，他承认没吃过“巨无霸”，说：

“下次就让我爸买‘巨无霸’！”

人家有钱，要买什么就买什么。哪里像我们穷人家的孩子？溜进肯德基玩滑滑梯，遇到服务员不顺心的，还要来赶：“有吃的玩，没吃的出去！”

接着的周末，他们家儿子果然吃上了“巨无霸”。他们家儿子还居然吃上火了，亮着嘴里的疮疱。“痛死啦！”他说，“都是那‘巨无霸’吃的！”

孩子被伤害是对我们最大的伤害。我也给我的儿子买了“巨无霸”。但是他们家竟然三天两头就吃“巨无霸”，我做不到，跟他们家竞争，就像当初美苏争霸，只能苏联经济被拖垮。我就赤膊上阵，对他们家孩子说：

“还吃什么肯德基呀！叫你爸带你去吃……法国大餐，日本料理！”

“哪有钱哪！”他爸应，笑着。我们知道那笑意味着什么。

我嚷：“你还没有钱？吃一顿西餐也不过两三百。两三百算什么？咱们蛮花出去呗！”

他们家还真是去吃了一顿西餐。他家孩子一路喊着走了：“去吃西餐喽！”

我老婆恨恨道：“吃死他们！”

“就吃？吃又能花多少钱？”我说。

但他们家又张罗着旅游了。中国人，吃得好穿得好就是过上好日子了，他们却还能去旅游。我们听到楼上他家孩子在嚷：“我想去北京！”

“我想去上海！”他老婆说。

“我想去海南！”他说，“天涯海角好地方！”

“不嘛！我想去看北京天安门！”孩子用哭腔道。

“好好好，都去，都去！”他说，“等节假日，一个节日去一个地方。”

“谢谢爸爸！”孩子叫。

“还有呢？”他问。

“谢谢妈妈！”

“可要乖哟！”孩子的妈带着笑腔道。

“对，不乖就不去了！”他说，“有乖就哪里都去。首先书要读好！”

他们家孩子书读得好，在我们这里，算是最好的了，但是他总说：

“要继续努力，戒骄戒躁！”毕竟是当老师的。有了旅行计划后，就又多了具体的成绩要求，每次考试不能低于九十分。他们家孩子还真是很努力，好像都达到了父亲的要求，就为了下一个节日。一个月一个月地等，太漫长了。可以周末先去小透口气。超市也玩腻了，再玩什么呢？媒体上频繁出现一个词：休闲。

起初我不知道什么叫休闲，后来弄清楚了，是布尔乔亚一种玩的方式。那一阵媒体上老出现“布尔乔亚”这词，在中国简称“小资”。后来我看到报纸上有篇文章说，就是这“布尔乔亚”概念发展成“中产”概念的，“中产”的趣味就是“布尔乔亚”的趣味。但又有人说不一样，“布尔乔亚”趣味是欧洲的趣味，现在我们说的“中产”，更接近于美国的。这世界上，有的人人生是用来挣钱的，有的人人生是用来消费的。他们这一家的人生更像是用来消费，中产，在他们是个文化概念。但问题在于，现在看来，他们缺的是钱。

据说外国人喜欢休闲，中国人终于也能像外国人一样了。不只是为了吃，为了穿，甚至不是为了看名胜风景，只是务虚，这境界是我们不能望其项背的。我们为生计奔波，被生存驱赶，他们是“纤绳、荡悠、悠！荡悠、悠！”当然他们似乎也被驱赶着，是被休闲之心所驱赶。星期一、星期二、星期三、星期四、星期五、星期六，冲破黎明前的黑暗。星期六晚上，他总要问孩子：

“作业做完没有？做完了才去哟！”

赶快做，赶快做！可是孩子心里想着玩，一会儿就开小差了。“赶快做！不想去了？”他喝。

就又赶紧。可一会儿又愣了神。“到底想不想去？”他这么说，倒更像是在利诱孩子。实际上应该是他自己想去。

这么折腾着，孩子困了。“干脆睡觉去，睡觉去！明天再做！明天不去休闲了！”他宣布，“不去了！不去了！不去了！”

急躁的脚步声在楼板上乱响，像困兽。好像他的日子没有奔头了，本来第二天要去透气的，现在去不了了。这晚上，漫长的死亡。他开始打孩子。他老婆就来劝，斥孩子：

“这么不懂事！这么不懂事！这不，也太迟了，明天早点起来做，做好了再去休闲！”

第二天一早，大概孩子又拖延，又听到他嚷开了：“你能做得完？不去了，不去了！”

小孩没声音。我知道，小孩能说什么呢？父亲不让去就不去，他儿子很听话的。但他叫：

“你这么无所谓？你看你看，这孩子太无所谓了！”

母亲又叫孩子赶快抓紧时间。“抓紧？抓紧有什么用？”但是他叫，“反正来不及了！都几点了？太阳都老高了，都快中午了！还去休什么闲呀！”

“怎么来不及？来得及！”母亲对儿子道，“赶快做！”

“就是来得及，赶出来的东西，赶出来的作业有质量？书都没读好，还去什么？不要去了！不要去了！”

他简直气急败坏。他开始数落起儿子种种不是来，所有的，新账旧账，全翻了出来。“以后什么都别想了！”

孩子仍没有声音。他又叫："瞧瞧，多么顽固！你就是不认错！好，不去了，真的不去了！"

孩子的母亲醒悟过来，喝令孩子："赶快承认错误！宝宝，赶快承认错误！"

孩子承认错误。

"我没听见！"他叫，"这声音跟蚊子叫一样，谁听得见？"

"大声点！大声！"母亲又催。

就大声。父亲马上不火了，好像热炭浇上了冷水。他的声音也冷静了些。"木来是不能原谅的，这次原谅你。但是，下次再不原谅了！算了，今晚回来再做。快快去穿衣服，快快吃饭！慢了就不去了！"

孩子这才发现父亲母亲都已经穿戴整齐了。快快吃饭，碗放着回来再洗。互相问着该带的东西带齐了没有？出发。每次都是这样，每次都这么苛刻又敷衍了事，只要儿子一个承认错误，父亲再一个刁难，然后大家高高兴兴一块去休闲了。这时的父亲，不像父亲，倒像个贪玩的孩子。

后来国家实行了"双休日"，但他们仍然要赶在星期六出门休闲。他们完全可以调整为星期天去休闲，这样孩子就有足够的时间做作业。有人说，他们那是为了星期天可以调整一下。但到了无论如何都要星期六出门的地步，总有迫不及待的嫌疑。

一个星期六，电闪雷鸣。可是衣服已经穿好，钥匙已经攥在手上，心已是离弦的箭。父亲催母亲，母亲催儿子，儿子催父亲，再不走就要去不成了！一家逃难一样跑到楼前，大雨就下下来了。我听见他的脚步像雨中屋檐下的猫，贴着墙根走，一圈、两圈、三圈……越走越急。雷电闪亮时，那脚拽着电光，让我心悸。我不知道他为什么非要去休闲？这是休闲吗？简直是去赶死。当然我也可以换位思考，到了他们这种地步，没有休闲的休假日该怎么过？没有休闲，接下来一星期又该怎么熬？

## 3

他们休闲，跑遍了我们这个城市的周边。他们又把目标延伸到邻省。怎么去？交通是问题。

“要是有了车，生活半径就大起来了！”他说。

毕竟是数学老师，满口术语，还“半径”。我们都以为他不过是说说，不料他真的去考驾照了。我们都以为他一个教书的，一定考不过，不料他考过了，原来考驾照也并不难。但也没什么，考得过驾照，能买得起车吗？不料有一天，他竟然真把车开回来了，白色，很高贵的样子，还是“丰田”的。整个街坊都热闹起来了，许多人围观。他们一家坐在车里跟大家打招呼。之前总觉得有私家车是外国人的事，不料中国人也可以有。但也仍觉得这种事离我们街坊尚远，不料一下子就出现在面前了。都说中国用几十年时间就走完了西方几百年的发展路，中国变化快，他们家也变化快。我们眼睁睁瞧着周末、休息日，他们一家“拓展生活半径”去了。

有时候他们也让我家小子爬上车玩，到哪里兜一圈。把我家小子给高兴的。孩子高兴，我这做大人的也高兴。如果说在超市购物、经常吃肯德基上，我还有底气跟他一争高下，买车上，我已经彻底放弃竞争了。这样，见他们对我孩子好，我也觉得他们好。心平常了，也聊上了，我随口问他这车多少钱，他说都做好十四万多。什么叫都做好？他说，买车，除了裸车外，还得交税，还得上牌、买保险什么的，还有贴膜，七七八八得好几千呢！我完全没想到。高消费就是不一样，就好像去高级宾馆吃饭，还得给小费。正当我咋舌时，他对我说：

“你也买一辆。”

“我？”

“对呀！其实也不贵的。”他说。

你买得起，我就买得起？但也许他不是故意寒碜我，他只站在自己立场说话。都说中国人已经进入有私家车的时代了，媒体还总报道中国的堵车问题，好像中国已经是发达国家了。但这中国跟我没有关系，这中国人不是指我。媒体、统计部门高高在上，把我们这些人排除在他们视野之外。

但其实，我自己又何尝不也这样？我也承认中国人温饱问题解决了，中国人富裕了，某种程度上我们确实比过去富裕了，但当我们这么说时，我们不会想到大量的贫穷地区的人。我们说起中国时，无论赞扬，还是发牢骚，都不会想起他们。但他们确实是存在着的，并且大量地存在着，他们也是中国人。

上帝给人眼睛是向前看的，我看着我这邻居一路飞奔，日子越过越滋润，我望尘莫及。他们又寻思换新房了。

上世纪 90 年代初，他的单位建教工宿舍楼，上面领导和老教师一大堆，他又没结婚，没分到房。到了区教育局又建一栋时，他结婚了，但仍然没排上。但按规定，老教师有旧房的，必须腾出来才能分新房，他于是拿到了旧房。他拿到的房子不像我这样是公房。最初中国人大多是公房，但渐渐的买私房的越来越多了，住公房和私房的差别就出来了。中国人重视私人财产。但像我这样，只能希望拆迁，才可能拿补偿或安置房，有了私房。他却不一样，他是私房，可以卖出一些钱。

但即使如此，离买新房的价格仍然差得非常远。关于买房，他其实很早就念叨了，确实，那种房子，跟他们的生活形成挺大的反差。我们以为他会先买房，然后再买车。当然，买车毕竟不需要那么多钱，他们可以先满足消费欲。

但买了车，买房就迫在眉睫了。单是停车就成问题。有时候觉得他们做事挺莽撞的，不属于理性消费的人。他把车开回来那天，就遇到这问题。最后他老婆爬出来，指挥他倒车，好容易用屁股退出去，到半夜，车才又开进来停，停在过道上，结果第二天发现车被人刮了。他老婆大骂这里的人素质低。我不知道他们出现买新房的念头，跟这次车被刮有多大关系。但不管怎样，他们那车，停车真是大问题，看他拽着方向盘挪着笨牛一样的车，我都替他出汗。后来车就停到巷子外的大路的路边了，结果被抄牌了。最后他想出办法，去求一百米开外的一家建设银行，塞给保安钱，晚上停在里面的停车场，第二天就开走。这样，他就得走出巷子，步行去停车的地方。特别是刮风下雨，他撑着伞，艰难步行，我们觉得他等于没有车。

可以卖掉旧房，还可以启动住房公积金。他单位好，有公积金。还可以按揭。"国家有这个政策！"他说。好像这国家政策就是为他，为他们这层人设置的一样。80 年代政策是"让一部分人先富起来"，90 年代后是换一拨人富起来，现在是他这一拨中产阶级。我看报纸上说，发达国家的特征就是有大量的中产家庭，中产家庭成为社会的中坚，成为社会的良性细胞。

他还去补习挣钱。星期天，他们家门口堆了一堆学生的鞋子。但这是教育局不允许的，他还是干。在这点上他又不守法规，他有一种为自己开脱的说法：

"面包还是应该有的嘛！"

到了这关头，怎么可能还墨守成规？中国人，谁这么傻？

在选址上，他和老婆发生了分歧。他觉得买便宜的地段就好，毕竟是贷款，能少点债务就少点债务。这样，还能从容地生活，他性格中既有进取的一面，又有小富即安的一面。但他的老婆说他这是"会算不会来往"。有时候我们也觉得，虽然他会算，但他老婆是实实在在懂经济。他老婆要买地段好的房子，不仅保值，还能升值。争论着，房子涨价了。好地段的房子涨得更厉害了，他老婆埋怨他，现在得花更多的钱了。他也慌了，赶紧下手。

当时我们周边正在建一个楼盘。我们这里房子破，但地处中心，他们才决定买那楼盘的。也考虑离原来住的地方近，熟悉，生活方便，跟老邻居还能经常见面。但你住的是新房子，高楼大厦，我们住的是破房子，我心里嘀咕，他多少有点在我们这里炫耀的意思。当然能够经常去工地看看，这是方便。他对那房子非常上心，毕竟这房子让他们家负债累累。他还老对人家的施工指手画脚，把人家惹烦了。

“我这是合理化建议。”他说，“合理化建议”是他的口头禅，跟“接轨”一样。

“出去，出去！”人家对他喊。

“我买了这里的房子，”他道，“花了六十万多！你们收了我的钱，就不管我了？”

“你是向开发商买的，跟我们有什么关系？”人家说，“我们只管施工。”

“施工我也懂，我这阵专门学过建筑原理。”

他竟然还上心到去研究建筑。但人家道：

“你研究建筑？研究过生命吗？你这样在工地钻来钻去，发生了危险，责任就在我们了。”

他仍然不走，说他房子在这里。人家说：“你是命重要，还是房子重要？命都没了，还有房子？”

“房子重要！”有一次他竟然答。

也确实，房子也许真比人重要。没了房子，人怎么活？人死了，债还在，还得还债。现在想起来，那一阵，我们只看着他频繁跑工地，以为他是在为买房而兴奋着，忽略了他付出了那么多。我们只看见人家吃，没看人家干；只看人家赚钱，没看人家赚得多辛苦；只看人家买房子，没看到人家欠债。

我们甚至还常生出恶毒念头，希望他的房子真出了什么问题。让他的房子成了“楼歪歪”，让他的房子倒掉。现在不是有那么多房倒桥塌事件吗？如果倒的是豪宅，死的是富人，我们是不会心生同情的，还会觉得解气。当然他不是富豪，但也算是既得利益者，日子过得滋润。居委会主任再来募捐，我们就用眼睛努他们的家，又努那还裹着脚手架的他们未来的家：

“找他们呀！拎几块砖建奥体馆，头又不疼。”

他们有钱买新房，就有义务为社会做贡献。我们指的并非“公益”，而是“私益”。你们的身家性命都押在这个社会，社会乱了，我们反正打赤脚的不怕穿鞋的，而你们，付出的代价可就大了，所以你们为了“私益”，也必须维护好这个社会。

现在想起来，我们不该把矛头对准他。他只不过中产，真正有钱的到国外买房子了，已经移民，或者正在办移民，中产家庭是很难有钱移民的。我看网上一篇文章说，现在中国是上面寡头，下面民粹，社会断裂，他就挂在断裂带上。他是我们够得着的仇视对象。

乔迁前一个晚上，他来我们平时聚集闲聊的地方，跟老邻居告别。我说，你从此彻底过上高尚生活了。他嘟哝了一句：

“背债了！”

我们愣。他又说：“毛主席说，‘既无外债，又无内债’，现在我是做不到了！”

这话我们都知道，好像是上世纪60年代我们被苏联逼债，终于还清了，说了这句扬眉吐气的话。中国人历来忌讳欠债。刚“改革开放”时，报纸介绍说美国人是借钱消费的，我们都觉得不可思议，简直可怕。但转念一想，这也没什么，时代变了，现在是消费时代，借钱消费的人多了。你既然敢借，你就肯定还得起。

“这有什么？好房子住上了，”我说，“债慢慢还呗，你一个中产家庭，没问题。”

“不能出什么事！”他又说。

我们又愣。“还完就好了！”大家又安慰他。

“就是还完了债，就不会出什么事吗？”他说。

“这简直是钻牛角尖。”他有时真是钻牛角尖的人。

“没有钻牛角尖。”他那又瘦又长的手掌在我们眼前横向摆了摆。他语气缓和下来，“看到调查了吗？中产，还得有一笔流动资产才行。”

“流动资产？”

“就像消防队，养兵千日，随叫随到，才有保障！”

我们想都没想过这种保障，这是加双保险，只有到他这份儿上才会想到，但既然得不到就算了呗！我们觉得他简直是在纠缠。“你不当中产会死呀？”我们叫，“你不买房会死呀？你把车卖掉会死呀？你不借钱会死呀？”

想想，他们家到现在应该还没有还清房贷。但这些年来，我们还是觉得他是有房产的人，他们的房子买了六十多万，我们就认为他至少有了六十多万家产，没去想他这是贷款买的。房价飙升，他们那房子值一百多万了，我们就认为他们的家产也升值了。没有去想这房子虽然升值，但他们自己住着，只是理论上的升值，只是数字上的增加，他们家，只是纸上富贵。

新房的小区只有很少的停车位，常常停不上，只能继续停在建设银行，所以他还得从我们这里走。

按我的想法，他们家离他单位又不远，开车堵在路上，比乘公交车更费时，不如把车卖了。之前买车，还因为周末要去“拓展半径”，但后来也不再去了。周末他得在家里补习挣钱。当然那车还可以送孩子上学，还有送老婆上班。自从有车了，他们家就都坐这车上班了。

那么我又有更大的不解。他开着车载着家人，感觉好吗？特别是载着老婆。都说车是男人的情人，驾着情人，捎着老婆，哪里还有什么情调？我虽然没有汽车，但有电动车，我一度开了个小店，经常载着店里小妹去兜风，我知道那种感觉。也许他根本没有感觉不适，他在家庭之外根本没有女人，他只有家里这个女人。在我看来，他像是被阉割的男人。他长得白白净净，没有胡子。他晚上从不出去玩，至多在我们这里站站，说几句话，就回家了。也许家就是他的全部。

我们父母那时代，看重家庭会被认为是落后的，是猥琐的，应该弃小家爱大家。生活，就是革命生活，家庭，也必须是革命家庭。后来革命崩溃，人们幡然醒悟只有搞好小家、搞好衣食住行的生活才是真的。“现在就是过生活！别的，管他妈的！”我父亲就常说这样的话。中国人温顺地钻进了个人小生活，男人的视野也缩小到了小家庭。但男人毕竟是野狗，不能被庸常生活圈养的。古代男人可以娶妾，狎妓也不是新鲜事。民国时，虽然提倡一夫一妻，但只要男人有经济能力，仍然可以三妻四妾，还有嫖娼。1949 年后彻底禁止了，激情转移到革命运动上去了。当无法寄情于革命时，退回家庭，但只是暂时的。家庭毕竟承担不了男人的全部激情，没几年，男人又温饱思淫欲了。可是他却不一样。他跟我们说完话，往家走，我真难以想象他如何度过这漫长的夜晚？当然，他可以改作业，可以备课，然后呢？这是温馨的良夜吗？在我看来是捂死人的厚厚棉被。他竟然温顺地走进去，钻进去。想想都可怕。

我要不是因为孩子，早就掀翻家庭这床棉被了。也许他也是为了孩子？中国家庭，归根结底以孩子为中心，一个家庭所以能承续下去，就因为孩子。我和我老婆吵架，吵到要离婚时，她会说：

“你走就走，儿子留下！”

“你滚蛋！”我也说，“儿子给我留下！”

无论是我，还是她，原来心里都只有孩子，所谓夫妻感情，都是假的。婚姻家庭的本来面目昭然若揭了。

他跟我们谈得最多的就是他的儿子。他儿子比我们的儿子都乖，特别是学习好。我们叹息自己的孩子不肯读书，他要是在场，我们就会说：

“这跟你没关系。”

他就会笑着，说：“哪里哪里！”

“哪里哪里”，毕竟是知识分子。可以理解成是在谦虚，是否定，但也可以理解成是得意。我们更多感受到他的自得。他儿子上的那初中，年年中考全市第一。

他儿子上高中，不需要他接送了，我就很少见到他儿子。两年前，我又见到他儿子，已经长得跟大人一样了。问高中考哪里了？他说一中。这是全省最好的高中。还嫉妒得我回来，把我儿子臭骂一顿，他连一类校都没考上。小孩从小一起长大，长大了，就拉开距离了，贫富贵贱就这么区分出来了。孩子是未来，第二代显现了。一边是希望，一边是无望。改革开放，到头来穷人更加没有出路。当年穷人的孩子还可以通过努力读书改变命运，现在已经不可能了。当年，虽然也有好学校差学校，但差学校还可以飞出金凤凰。现在，差学校，老师都不好好教书了，覆巢之下岂有完卵？只有去好学校才有正常的教学。但要去好学校，从小学起就要择校，交择校费，还得补习。他家有钱，自己也补习，把补习赚来的钱付一点儿子的补习费，良性循环。

大概一年前，他晚饭后散步到我们这里。他开始散步了，大家打趣说他开始养生了。不知什么时候起，他的言谈沉稳了许多，这使得他在我们心目中增加了不少重量。或者说，他身上那沉重感让我们认同。我们在黑暗中交流，如同在黑暗中握手。

他叹息的时候多，话不多，有时候只言片语，我们听不明白他要表达什么。好像他被一朵乌云压着，他躲而无处可躲。甚至他还是驮着乌云赶路。不知不觉，他已经搬走六年多了，这六年里，我们都各自驮着生活，像赶趟一样。简直像赶死。但他应该还好吧？什么趟都让他赶上了。

说了半天，听明白了，他在忧虑孩子。“你孩子书读得那么好，”大家说，“考上大学绝对没问题！”

“考上大学算什么？”他却说。

“考上大学还不满足？”

“现在大学升学率是百分之九十呢！”

噢，倒真是，现在考上高职高专都算考上大学了，我儿子也只能上这样的学校。他儿子书读得好，当然眼睛瞅着的是真正的大学，好大学。

“上北大、清华，也没问题的。”我们说。反正我们自己的子女上不了，我们这是虚妄之下随口说。不料他说：

“北大毕业也有去卖猪肉的。”

这我们知道，北大高才生去卖猪肉事件。但我们更多的是起哄，我们的孩子本科大学的门都不一定摸得到，谈什么北大、清华？他的儿子也许能摸得到？所以他觉得这种事有可能到自己身上。

“那只是个例。”一个说，“北大、清华毕业，毕竟是北大、清华毕业。”

“那如果不是北大、清华呢？”他说。

那确实就难说了。“所以呀，就是考上了大学，好大学，毕业后也不一定找得到工作！”他说，“还得养着！”

对这点，我确实也很焦虑。孩子一年年长大，有时候我既希望孩子长大，又担心孩子长大。可是不希望孩子长大，孩子也会一天天在长大。那么大的块头，就不是给他一碗两碗饭吃就可以的了。那么硕大的像麻烦一样的身体，嘴上长着孔毛，嗓音粗粗的，没有出路，拿他怎么办？但无论如何，他这种家境还是可以养得起的。

“你有什么关系？又不是我们！”我说。

“哪里呀！”他说，“年轻人，年纪轻轻的待在家里。”

“都长成大榕树了！”我们都谈到别的事了，他仍然纠结这问题。他比画着头顶上的榕树，手打一个大圈。我们就在榕树下，“不仅要掀瓦，还要把地基摧毁！”

我们知道榕树生长起来，确实可怕。他应该是指人需要实现价值，不是吃饭那么简单。但这在我是个奢侈的问题，他毕竟已经中产了，马云说，中国中产阶级人口数已经达到了三亿。

那以后，每次说话，他总是心事重重。看我们的眼神也幽幽的。说着说着就转到钱的问题上，他以前可是从没有这样的。有时候我们会在他背后开玩笑，说他是不是要向我们借钱呀？那岂非向和尚借梳子？玩笑归玩笑，我们知道他不会这么没脑子。也确实他没开口。我想，那至多是作为一种排遣吧！说钱并不等于就是指钱，钱只是一个说辞，一种对生活的感受，甚至只是揶揄。却不料他跑到大街上哭穷了。

## *4*

他在派出所角落，保持着跪的姿势。警方说，他的身体好像僵住了，只能照这姿势把他抬来派出所。他的嘴也好像因为身体僵住，打不开了，甚至连眼睛都没有表情。

警方怀疑他在街上哭穷，是在非法集资。这点，无论居委会主任，还是他学校的校长，还是我们，谁也不相信。他绝对是个守法的人。再说，集资者总要吹嘘自己的经济实力，哭穷能集资吗？至多就是乞讨。有人把当时的视频发到网上，从网上视频看，也不像在集资。但人家给他钱，他也没要。

说真的，要说了解，我们对他也不是很了解，邻居而已。现在这世道，谁了解谁呀？只有他家人了解他。但既然是家人，话可信吗？好在警方也并非要查个水落石出，只要他开口申辩，就他放回去。但是他什么也不说。

他老婆哭哭啼啼。她也不知道他怎么了？她说这阵子他一直在盘算着孩子出国留学的事。他要送孩子出国留学？这我们完全不知道。恍然记起，他很长一段时间，除了跟我们说钱，再没说别的什么了。只有一次，他说到国外教育好。这很正常，我们也觉得国外教育好，我们没有想到他真的行动起来了。留学可不是买车买房，土豪家庭才能送孩子留学。

他老婆说，都怪她，是她最初提起这事的，说现在有人把孩子送出国留学了，现在中国怎么办？“其实我们经常说这话题，中国这样下去怎么办？我们孩子怎么办？”她说，“只是那次说得多了些，说孩子上大学也难说有工作，孩子长大了，本来应该到社会去。不是我们推卸责任，我们当然也要为社会做贡献，我们这样家庭也愿意为社会做贡献，把孩子教育好，送到社会去，就是我们做的最大贡献。但现在孩子搁在我们父母手里，社会问题转嫁到家庭，成了家庭问题。都说中国怎么样没办法改变，还是躲进自己的家，把自己的家搞好，家归根到底就是孩子，孩子就是一切，孩子就是未来，我们大人，说不好听点，该怎样就怎样了。但孩子不能！但不能又能怎么样？”

送孩子去留学，她只是随口说说，没想到他上心了。但留学需要大笔的钱，他们没有钱。她说，孩子小时候，他一再强调要抓好孩子学习。孩子学习不好，将来没个好工作，过不上好生活，甚至生存都成了问题，做父母的要为他一生纳钱债了，付出更大代价。无数这样的例子摆在面前。所以他们一直对决定小孩前途的学习非常重视。可是，再怎么重视，孩子学习好，到头来还得去国外读书，还得花钱。

他就想着卖房子，只有卖房子，才够应付这个巨大的费用。但他们只有一套房，卖了全家住哪里？他说可以以大房换小房。他们家房子其实也不大，两房，仅仅够住。他说孩子到时候去国外住了，一房也够住了。但小房子就意味着厅也小，整个房子看着都紧巴巴的，生活质量就下降了。生活质量一旦上去了，是不能下降的。于是想到了换地段，换边郊去，这样就能保住面积了。另外，还可以再启动公积金。

但问题又来了，他们家房子还在按揭，按揭的房子必须先结清，必须有一笔周转的钱，他们手上没有现钱。有一天他回来说，问题解决了。只要能够找用现金支付的买方，替这边还掉尾款。可以委托中介。他很兴奋，留学的路通了。他老婆说，如果最初路就被堵死了，后面的事也不会发生了。中介看似给人解决问题，其实是给人设置陷阱。“岂止房产中介，银行不也是？”她说，“像美女蛇一样，诱惑你掉进他们精心设计的陷阱。这社会到处都是美丽的陷阱！”

“还好还没卖出去。”他老婆说，“当时还急呢，还准备贱卖。我也迫切想把孩子送出去，起初没想到这种路我们家也可以走，竟然被他算出可能性来了！他是数学老师。”

我很诧异，这跟是不是数学老师有关系吗？难道她以为钱是算出来的？

他计算，如果卖房成功，换成郊区房子，买新房，启动公积金，他们只需要付个首付。手头就有钱了。于是着手申请。他没有找留学中介，自己申请，这样又可以省下中介费。他想申请美国，但听说很难，签证不容易签下来，更重要的是学费贵。目标又转向澳大利亚，教育资源好，是移民国家。他老婆说，最初并没有很明确让孩子留在外面，只是想留学，国内教育不行，工作难找。她不舍得孩子留在外面，就一个孩子，而且他们老了怎么办？他说只要孩子移民了，就不愁父母到不了国外。

她也不想去国外生活。但花那么大成本，把孩子送到外面了，到时候再让他回来？她也觉得算盘是反着打了。但再打听，澳大利亚移民政策收紧了，也很难留下来。他说：

“这外国的政策怎么也像月亮？初一、十五不一样！”

又转去加拿大。

“加拿大更好，理性上说，加拿大更好！”他说，“‘八国集团’国家两万七千名代表选举全球声誉最好国家，加拿大夺魁！美国没进二十强，也没什么好的！”

他埋汰美国。中国人习惯于什么都以美国为参照。但既然不认可美国，为什么要拿它做参照？他要觉得美国不好，为什么最初还要申请美国？有时候我很奇怪，我们这些没什么知识的人都知道美国好，那些有知识的，却总说美国也没什么好。但这里也有区别，那些靠知识飞黄腾达的知识分子，虽然嘴上说美国不是天堂，但他们行动上却跑美国去了，或者享受着美国人给的好处。像他这样无法换取美国好处的，还真的是觉得美国不好。不过我也怀疑他那是阿Q，就好像他的理性，其实不过是无可奈何之下的顺从。这毋宁是一种策略，一种小聪明，不这样又能怎样？某种程度上，他是我们这个社会被夹得最死的那类人。

申请加拿大留学，必须提供保证金证明。保证金证明还要体现历史记录，否则就会被怀疑是临时借来的。历史记录需要多长？一年。金额各种各样的说法，最后问了中介，中介说没具体规定，几十万到一百万。没有规定反而让人心中没底，为了成功，就只能多多益善。他算了一下，孩子已经上高二了，就是他能借到钱，也必须现在就借，冻结上一年。何况，能向谁借？他平时清高，从不向人借钱，像乞丐一样向人借钱，他丢不起这个脸。他又打房子主意。中介说，他们的房子已经住了这么多年，足以证明是自己资产了。只是你们得把房子卖了，变成现金。

“我们正在卖房！”他叫。真是天无绝人之路。

但一想，不对，卖房是要再买房的。不再买房，住哪里？但留学中介说，只需要提供房产买卖手续的文件。“签证官怎么知道这钱又拿去干什么了？”中介说。

真是“上有政策，下有对策”。“还是你们有办法！”他感激道，“我都想去不成了，这么个拦路虎。这加拿大也是的，不相信咱们中国人经济实力呀？”

“主要是以前做假做多了，去美国的，去日本的，很多是借来的钱，存进去，开个证明，再取出来。”

“美国也需要资金证明？”他问。

“当然。”中介说。

他竟然不知道，这么重要的事。他老婆说，有时觉得他挺严谨，稳扎稳打，但有时又觉得他其实挺毛手毛脚的。

“您这资金证明，拿美国都够。”中介又说。

他老婆说，他的眼睛发亮了。

“对了，您还得提供收入证明。”

“什么收入证明？这不证明我们有钱了吗？”

“这还不够，还得提供您和您爱人的年收入证明，需要明细。”

“这没问题，单位可以打。”

“收入有一定的要求。”

“多少？”

“这没有硬性规定，只是得让签证官相信，父母的经济收入足够支持学生把大学读完。”

“一年要多少？你帮我估算一下。”他说。

“加拿大吗？”

“美国。”

他还是希望把孩子送到美国去。

“美国比加拿大好。”他说。

“那是呀！”

“你算算！”他催促。

“好，请稍等。”中介拿来美国的资料，在计算器上一边按，一边说明，“……您孩子是要去上大学的，大学至少要四年，一年大概四万多美元，折合人民币，按现在的汇率，三十万吧。私立公立差别很大，您一定是想把孩子送到好大学的吧？‘盟校’之类的。”

“对，‘盟校’！”他说。他老婆不知道什么叫“盟校”。“上就要上好的。”他说。

“咱们不算哈佛的，那太贵，我们就算个平均值……”中介说。

他点头，好像这价格完全没有问题。他那泰然的样子，好像就是哈佛也没什么问题，他负担得起。他老婆说，当时她就坐不住了。

“就学费？”她问中介。

“对，但每年会递增。”

“还有生活费？”她问。

中介道：“生活费我们再算算……”

他老婆说，她马上预计到五十万才能打得住。她把中介按计算器的手压住了。

## 5

我们一直以为他老婆的收入比他高，至少，是他工资之外的一份不菲的隐性收入。我们高估了。他们家的经济，在我们眼里猛然塌下半边天。那么，他们怎么敢继续走下去？

他老婆说，她想放弃，但他不放弃。她又想放弃去美国，就去加拿大。就是去加拿大留学，那费用承担起来，也十分艰难。但他坚决要去美国。

“他固执起来就这样，”他老婆说，“他头脑就装着美国了，中毒一样。去时还是办加拿大的。他说既然可以去美国，为什么不去？我说美国签证签不下来的，但在中介那里，那中介问过我儿子的条件，说这么优秀，签下来的可能性很大。中介管你什么？签不下来，他们也有中介费挣！”

“不管中介什么目的，这是机遇。钱以后可以补，但机遇错过了，就再也没有了。”他说。他说美国大学是全世界最好的，他从网上查了全世界大学排行榜。“中介不是说了吗？我们的孩子条件好，还可以申请到奖学金。”

“就先别做这打算了。”他老婆说。她说自己其实很多时候比他保守，没有到手的东西不算。

“那就不算奖学金。”他说，“进‘盟校’总没问题吧？”

“什么是‘盟校’？”她问他。

他说就是美国最好那些大学的联盟，这些大学出来的，前途无量。

“他在教育口，这些东西我不懂。”他老婆说，“说到孩子前途，我也动摇了。还有什么比孩子前途更重要的？看看身边那些亲戚同事的孩子，不是找不到工作，就是工作不清不楚的，三天两头换工作，到头来全家跟着苦恼。我们的孩子却能够上世界一流大学，前途无量。”

一边是一团灰暗，一边是一片光明；一边是世界一流大学，一边即使是北大、清华也挤不进世界一流；一边是美国，加拿大都不够理想，一边是中国。两边强烈一对比，让他们发昏了。

为了孩子的前途，单是为了我们做父母的将来幸福，全家幸福，其实都押在孩子身上，孩子不幸福，全家哪里可能幸福？所以我也动摇了。就是砸锅卖铁，也要把孩子供出来。

但砸锅卖铁，也得有东西可卖。两口子，两把老骨头了，谁要？眼睛只能又投到房子上。他又有了办法，不买房子了，租房子住，这样至少能省下买新房的首付。他老婆说，做出这个决定，连他们自己都觉得不可思议。他们一直很重视房子，作为中国人，很难摆脱拥有自己房子的情结。房子不仅是最大的财产，还是立锥之地。一孩子，二房子。这个决定简直是釜底抽薪。但这是为了孩子，为了孩子可以赴汤蹈火，把一生献出去。中国父母就是这样伟大，近乎疯狂。这是疯狂的希望，绝望之下的疯狂的希望。何况孩子就是希望，牺牲房子为了孩子，将来还有希望买到房子，到时候去美国买房子，住在美国。

好在他们很快发现划不来，没有房子，租房的费用出来了，每个月至少也得两千多，而且启动不了公积金。公积金利用不了，必须退休以后才能领取。天知道那时候怎样了呢！所以还得买房子。

只能想别的弄钱的办法。拆东墙补西壁已经不可能，“没有钱就是没有钱！”他老婆说。这我们深有体会，只是我们没想到他们家也会陷入没钱的绝境。

好在眼下交的只是第一年的学费和其他杂费，签证费、体检费什么的，都是小意思了。加上中介费，他们现在还可以付得起。至于机票和第一年生活费，那是办成之后才需要的。但她惦记着以后怎么办？她想到了去借，但他不同意。“你们应该都知道，他这个人就是这样，书呆子一个，又固执。跟他一起生活，很辛苦的。他很理想主义。”

但在我们眼里，他是个理性的人。也许“理想”跟“理性”在他身上可以合二为一？我们曾一度给他取个绰号：“哥德巴赫猜想”。他刚成为我们邻居时，知道他是数学老师，数学在我们这些人眼里是个重要又无用的东西，从小到大我们都要读，但所读的，除了加减乘除基本没有用。那么搞数学的都在为什么而忙？我们想到了陈景润。他不仅搞数学，还要摘数学皇冠上的明珠，这是伟大的事业，但这是无用的伟大。在我们眼里，这位作为数学老师的邻居，也是干着无用的伟大工作，他的姿势是严谨而坚韧地攀登无用的数学高峰。

“不借怎么办？但他说不要急，再想想办法。”他老婆说，“他说办法总会有的！难道他能够算出钱来？难道他能够变出钱来？我们现在统计局就很会算，人均收入已经多少多少了，哪里有？问他们怎么算的？他们还真能算得有鼻子有眼的。但有什么用？我们实际收入多少还是多少，一分不会多出来！”

他老婆说，至少她得知道到时候有没有可能借到钱，心中有个底。她就去探听亲戚朋友。她跟他们套近乎，送小恩小惠，然后开口说缺钱。人家很吃惊，说你没钱为什么非要送孩子去留学？买房子也就算了，很多人都买房子。买车也就算了，买车的人也不少。但留学，是只有非常有钱的人才能做的事，为什么要“鸭子混着凤凰飞”？

她也觉得对，回头对他说，还是算了，不要送孩子去美国留学了，在中国又不是不能读。

“你还说这糊涂的话！”他说，“你还不明白？”

她当然明白，他们夫妇，乃至整个家庭都已经有共识了。但到实在没办法时，就又会生出侥幸：自己的孩子读得不错，也能在国内上好大学，占有好的教育资源，毕业也未必会像大多数毕业生那样找不到工作。他急了，他们吵了起来。他们从来没有吵得这么大，这是天大的问题，孩子就是天。

“谁是孩子的父亲？”他说。

他这话什么意思？他老婆说，她也是孩子的母亲。父亲怎么了？他原来这么大男子主义，父权主义。但也许正因为这样，他把对孩子的责任，自己一个人承担起来了。他因此最后把自己逼死了。

他们吵到了要离婚。他说：

“你走吧，宝宝跟我！”

“你走！我什么都不要，只要宝宝！”她也说。

他们竟然也这样，我本来以为只有我和我老婆吵架时才会这么说。但他们的儿子已经长大了，哪里能够由父母说跟谁就跟谁？而且，作为孩子，应该也不愿意失去任何一方。何况又是为自己的事，儿子说：

“爸，妈，你们不要再吵了！我不去留学了！”

“你说什么？”他叫，“你不去留学？你是不想去留学？”

“在这里挺好的嘛！”

“挺好？好在哪里？”

儿子说不出来。

“完全不行了！”他手在眼前一挥，俨然要把眼前一切全盘抹杀，“所以必须彻底解决问题！”

他老婆说，他这动作，让她想到当年的革命小将，否定一切，打倒一切，改天换地，彻底革命。我们都是从那年代过来的，也许我们身体里都流着焦躁的血液。

“谁愿意折腾？”他继续说，“谁愿意背井离乡？谁也不愿意！我最好在中国待下去，在这房子里永远住下去，我们一家在一起，团团圆圆。但是没办法。必须接受挑战！你就是没勇气接受挑战！你们这一代，温室里的花朵，没勇气做暴风雨中的雄鹰！”

他常会用过去的词句，现在大家都不用了的。也许是因为他是当老师的？学校跟社会面总是隔了一层，看看教材的知识和观念老化就知道了。也许还因为他是理科老师，对词汇更新不敏感。

“什么嘛，哪有那么严重？孩子读得又不差。”他老婆帮孩子说话。

“读得不差就够了？”他咬文嚼字。

“那我就说好，”她说，“读得好！”

“好？能上北大、清华？”

“好就要上北大、清华？没上北大、清华就不行？”她反问，“没上北大、清华就是笨蛋？”

“我也可以争取！”儿子道。

可是父亲仍不罢休。“就是上北大、清华又怎样？出来还不是卖猪肉？”

“又是这话！”他老婆说。

“不爱听了？可这是事实。你可能连卖猪肉都不行，卖猪肉还是自主创业，创业成功了，现在绝大多数大学毕业生，自主创业？都是被人骗！现在多少大学毕业生找不到工作的？知道为什么吗？那些工作签约率都是假的，学校动员学生签约，什么乱七八糟的单位都要签，只求签约率装门面，骗招生。哪可能有那么高的签约率？哪可能有就业率？整个经济不行，没有后劲，不能持续发展了，后代资源早被透支了！”他又对儿子：“你别以为你现在还能好好的，有吃有穿，住这样的房子，你这是在享受父母的资源。当然，也是我们父母掠夺了你们下一代的资源。我们是做没尾事了，透支了下面几代的资源。你到农村去看看，田都没了，以后吃什么？有点头脑的都知道把子孙后代吃光了，留给你们的是越来越没有活路，重新穷困，穷死，饿死，乱，乱死！”

他老婆说，虽然她也不看好将来，但她仍然觉得他过于危言耸听了。他说的许多内容，报纸电视也说到过，比如可持续发展、生态破坏、经济下滑什么的，但从他嘴里说出来，也未免太夸张了，想得太绝望了。难道他内心这么黑暗？他不是一直跟这个社会很和谐的吗？当然也许是因为无奈，希望以和谐换来希望。“发牢骚有什么用？无济于事嘛！”他常这么说。他希望这个社会好起来，他不给社会添麻烦。

“过去连批评都不批评，”他老婆说，“这些年，问题越来越多了，一说话就会涉及各种问题，特别是儿子越来越大，到了决定命运的关键时候。但我也没料到他会这样诅咒社会，是的，就是诅咒。夸大事实不是诅咒是什么？或者是宁可信其坏，也不信其好？我本来以为我心态不好，这下才发现，他比我更绝望。”

“而且，平心而论，实话实说，这社会不好，你也不是没有责任。”她老婆又说，“不是我要反击他才这么说。他老说我‘妇人之见’，那你是男人，你觉得这社会不好，你又为社会做了什么？就说环境破坏，你是环保的人吗？别看你平时遵纪守法，但你从来没有自觉维护过这个社会。这国家出了这么多问题，你也有责任，但是你却想着撒腿跑国外去。

被我这么反击，他受不了了，他说好，他可以不跑，他是知识分子，他知道‘先天下之忧而忧，后天下之乐而乐’，这点上他比我有觉悟。他都可以殉国。我应该是戳到他这个知识分子的痛处了，那以后他分明生出了报复心。他开始整孩子，用各种数据来证明孩子学习不行，离上北大、清华还远。其实本来也没希望进北大、清华，说上北大、清华，只是表示有决心嘛！”

“我儿子真是很乖，”她继续说，“说实在的，管国家怎么样，外面一塌糊涂，我们改变不了，但我们可以把自己的家搞好。孩子好，是最值得欣慰的。我们家孩子读得好，又乖，就是在大人吵架时插嘴，心情也可以理解，说的也是事实嘛！但他却不能容自己的孩子。也是被他爸刺激了吧，孩子他学习更努力了，在年级排名越来越靠前。但他爸呢？却不像当爸的。告诉他，他脸色反而阴沉下去，说：离上北大、清华还远着呢！这是什么人？就为了证明他正确？当然他也有说辞，说什么是为了给孩子压力，督促孩子。他这是督促吗？如果是督促，在背后应该肯定孩子吧？但他在孩子背后也从来没好话。他分明就是在打压孩子。我跟孩子说，不要理爸爸，学习是自己的事，成绩是自己的，前途是自己的。我们家孩子真是乖，成绩仍然在往上走。他呢？他竟然丧心病狂来捣乱。那一次，第二天就模拟考，孩子晚上做迟了点，当然我承认，我这孩子做事情有点‘拖延症’，但也不是一天两天了，从小就这样，他早知道，而且第二天就模拟考了。孩子没复习完，他却逼孩子睡觉。他说要准备就平时准备，‘临时抱佛脚’没用，真正会读书的考前都不需要读，是去玩，早早休息。他是老师，说的总有道理。孩子被逼得没办法，只能去睡觉，第二天早上早起再复习。结果他又催孩子上学。我说时间没还到，他说路上万一堵了，迟到了，准备再充分也没有用了。我就说那你送孩子去吧，你们知道他已经不送孩子上学了，都是孩子自己乘公交，但今天不一样。他竟然很配合，答应了。谁知不坐他的车还好，坐他的车，堵住了，就埋怨我。你应该估计得到会堵车，怎么不拒绝我的建议？一路发牢骚。你不是不发牢骚的人吗？要是坐公交，堵不堵另说，孩子还可以利用路上时间复习一点。坐他的车，被他一路骂，脑子都搞乱了。我后来怀疑这是他故意在捣乱，设计孩子。人家设计孩子是为了孩子好，他设计孩子是给孩子使绊子。结果，孩子考砸了，排名一下子回到解放前。这下他倒好像得意了，他赢了，他有理由了，他嘲讽孩子你还说能上北大、清华呢，好高骛远，什么什么的。说这种成绩只能上个'三本'！我说就这么一次考不好，你是老师，应该知道一次考试不能代表什么，何况考不好也有你的原因。他说怎么有他的原因？不要强调客观,说孩子就是会强调客观,是跟我学的。我说这不是强调客观，是讲客观，客观事实就是这样嘛！

"'你们联合起来反对我？'他叫，'我知道你们联合起来反对我！'

"我们是要反对他，因为他是错的。他说不过我，又转而打起了悲情牌。他叫：'我全是为了你们，为了这个家，为你！'他戳儿子，'所有一切都是为你做，你还不领情？我白做了！换个别人，我才不会自讨苦吃！'

"他这么说时瞥了我一下。我知道他在说换成我都不会做。我算什么？他眼里只有儿子。换成我也不会为他做！我为我儿子做！

"'……都是为了你！'他继续指孩子，'因为你是我儿子！说白了，就因为我造了孽，生下了你这个孽债，我是为了还债！'

"'你这是什么话！'我说。

"'什么话？实话！实话实说！'他说。

"他竟然说得这么无情，亲情伦理，全都没了。这还是父亲吗？他这么说，孩子是最受伤害的，孩子叫起来：'那你把我打死吧！'他从来都是很乖的，他爸的话实在太伤感情了。'打死我就不用还债了！'他叫。

"'打死你？我不敢打死你？大不了蹲监狱，大不了杀人偿命！我不怕死，你以为我活着很幸福？'他还真的打了孩子。孩子很快就㞞了，毕竟是乖乖儿，躲着他。他追着打。还不解气，又冲进厨房，去抓菜刀。我赶紧上去夺。我说你这是干什么嘛！有话好好说嘛！现在说出来不怕丢人，家丑不能外扬，扬了也就扬了。我们家竟然出了这种事！我求他了，儿子也求饶了，叫：‘爸爸我不敢了……’

“被儿子这么一说，他的手松了，刀让我夺了下来。他疲惫地坐在地上，道：‘我哪里是要杀死你？我是要杀死自己。’他还在说这种话。他杀孩子还是自杀，有什么区别？他还在说，什么他死了，孩子还留在这世界上，孽还在！他说他可以死，但自己的孩子，再不听话，再不成器，怎么可能弄死他？就是孩子想死，当父母的也不能让他死，反而要去救他，拿自己的命去抵。父母把命抵上了，谁来供养孩子？谁再来阻止孩子去死？就是同意孩子死，谁帮助孩子死？谁替他下手？什么乱七八糟的，但说得确实很惨。我没料到他会有这种心理。我哭了，孩子也哭了。

“他又说：‘不是爸爸固执，不要说孩子你的前途，我们做父母的，把子孙资源吃光了，我们就能寿终正寝了？我们就要老了，老了死了也就罢了，但老了死不了，怎么办？现在我也没退休金了，也要领社保了，那么一点社保怎么养得活？还好我这代没有计划生育，我还有个哥哥，可以一起补贴爹妈，你爷爷、奶奶就拿那么点养老金。说句不孝顺的话，还好你爷爷、奶奶命活得短，但现在命都活得长了，只有一个孩子。你自己都搞不清楚，哪里能顾我们？所以我们现在就得攒钱。但哪有钱攒？又能攒多少？人家美国养老福利多好！’这倒确实是。孩子很乖的，说：‘爸爸，我听你的话！’”

“但听话，怎样叫听话？”她继续说，“听你的，去留学。但是钱呢？吵了半天，又回到原来问题上了。他说会有办法的，但我看，他并没有办法。这世界搞什么都有办法，就是搞钱，没办法就是没办法。没有钱，铁铁硬。他应该也很清楚症结在哪里，他说他可以再去收一批学生补习，周末两天两个班。但这能多赚多少钱？我说还是去探探到时候能否借到钱，他不让我去。我说我一个女人也不愿意去丢脸，你是男人，你去更好。

他却也不去，总说总会有办法的。

“一字没画。孩子能做的还是学习，听话就是好好读书。但孩子专心读书，在他看来，又有跟他作对的嫌疑，或者是在错误道路上走，他不感冒，搞得孩子一次次表态他是想去留学的。现在想来，每次孩子表态，可能倒成了对他的逼迫。留学需要钱，要有钱，得把房子卖了，卖了房子，才能着手申请留学。但房子一直没卖掉。那一阵房地产萧条，还传说会崩盘，没人买房子了。只能降低价格。但降低了，我们手头的钱又少了，心里更没底了。

“糟糕的是，这边，孩子慢慢也不努力读书了。反正要出国，不要高考了，整个放松了状态。人家都在全力备考，他怎么能这样？在这种时候。如果留学走不了呢？他是老师，也觉得这样不行。但他不是去告诫小孩仍然要好好读书，不管能不能出国，我们做两手准备。他应该这样教育孩子的，但他却教育得三心二意的。我说孩子，孩子不听，孩子有他作为靠山。他把全部赌注押在留学上了。我第一次才发现，他是这么不理性的人。

“我简直就是坐在火山口上。他这是把孩子往死里带，把这个家往死里逼啊！我们又经常吵。每次吵，最后都要归结到钱的问题上，他说可以再把房子的价格降下来，把房子卖了，启动留学申请程序。但是人家仍然不买账，要我们再降，说房地产要崩盘了。我们说怎么可能崩盘？都是危言耸听。买主说，至少会降价吧？现在这趋势，还在降，到时候房子套在手里。唉，你们说，这国家怎么偏在这时候控制房地产呢？要控制你早控制呀！也不知有没有中介从中做鬼。中介是知道我们急用钱的，买主不依，就来压我们，好做成这笔生意。真不该当时让中介知道我们急着要卖。但我们确实是急的呀！所以他们就趁火打劫。你们也知道现在的人有多坏。他说中国这不好那不好，还没有说到人心，人心坏了才是最可怕的。他也气了，说对方简直是敲诈，要就要，不要拉倒，我们不受敲诈要挟。这是他的性格。我们是有人格不是？我们好歹也是有头有脸有社会地位的家庭。

“这对他刺激很大。他大骂，发誓坚决不待在中国，一定要移民出去。‘你看看，看到没有？’他说，‘还不想出去？老子这一步跨出去，再不回来了！永远不回来了！’他又做出彻底解决的手势。但这一步怎么跨出去？我劝他妥协，他不干，说：挺住！但我们确实挺不住。本来，他要犟，就随他好了，反正我也无所谓孩子出去，他犟了，办不成，他自己负责。但经过这事，我又觉得应该把孩子送出去了。孩子的前途哪里误得起？他说再想想别的办法。我说哪里还有别的办法？家产都翻个底朝天了。他无非就是能算。他又在纸上算呀算的，纸算了一堆。算能算出钱来？浪费纸张。我又说他，他火了，叫：你看我没本事？他总是这么自尊心强，但自尊心能顶什么用？他的本事只是算数，他的本事只是吵的时候大声。他吵的时候大声，发火，这也好呀，你行动呀！但过后又沉了，像火柴掉进了水里，沉到深水里，连火柴都不见了。他倒非常沉着。就这么沉着，日子一天天过去，我这边心急如焚，他倒好，还是算算算，无动于衷，像神仙一样，我看他是睡着了！”

我能理解，人到什么办法也没有的时候，容易被催眠。他应该清楚，这么大笔的钱，不可能靠辛劳，一元一元挣来的，必须想个窍门，迅速暴富。但也许他上街哭，真是为了集资？集资也未必一定要让被集资者觉得你很富有，富有还需要集资吗？正因为我不富有，大家都还没有大量的财富，所以我们才要创造财富。这恰恰是集资者的口号。他则更是剑走偏锋，去哭穷，去行乞。这世界上的财富都不是靠正常渠道挣来的，靠出奇制胜，难道他就是？我不知道。他是知识分子，他脑袋比我们好，他比我们会算，他有神仙法，我不知道……

## *6*

……我真的不知道。我没有钱，我没有想象力。那些成功的故事总是不可复制，我只能看着人家一夜暴富。我总被告知，现在百万富翁算不得什么了，千元面额的人民币也要发行了。千元，意味着什么？意味着人家就要拿一千元当一百元花，意味着一千元也一找就光，意味着现在的百元就要变成十元，十元就要变成一元……我更穷了。

我的耳朵里总是塞满了一掷千金的传说。我不知道我离富人有多远。我不知道这世界上有钱人有多少钱，即使富豪榜上告诉我，我仍然有点犹疑，觉得他们实际财产不止那么多。能计算的财富还算财富吗？虽然那些数字对我来说，已是天文数字，我几辈子也挣不了那么多。我习惯用“至少”想象别人：至少有几百万、几千万、几亿、几十亿、几百亿、几千亿……我总觉得自己的想象力像没有弹性的橡皮筋。“至少”指向无限，指向虚妄，反正我永远也达不到，反正我穷得没法算，可以忽略不计了，“最多有口饭吃”，说自己，我常用“最多”，指向无限的小。我喜欢看统计局发布的中国人人均收入数据，但看了又不信。有这么高吗？也许别人有，我没有。也许所有人都达到了，只有我没达到，我拖了后腿了。我是中国人里最穷的人！我被掠夺，“下岗”，房子没分到，孩子读书也被学校掠夺，看病被医院掠夺，好容易攒点钱，被贬值，被股市套，我穷到说不出个数字了。

我和大家围在一起骂娘。我们也清楚骂也没用。这倒生出了安逸，被催眠。其实我也曾经想过超脱于世，用读书麻醉自己，但不行，书中既没有黄金屋，也没有颜如玉。中国人的生存意义一定要建立在财富、声色犬马之上，就是玩，就是聚在一起，就是聊天，也揣着致用心态，否则就是白玩了，白聚了，白聊了。我去巷口聊天，我老婆就认为我是无所事事。

我说：“好好，那我明天去偷去抢！”

但我会是去偷抢的人吗？我可是良民。但我真的是良民吗？我的心从来就没有安生过，我睡觉从来就没有睡踏实过。我无时无刻不在觊觎着财富，这财富在我心里，不在我手里。它巨大，但我不知道它有多大，至少……像一只我从没有跟它交上手的传说中的老虎。我跟老虎对视，老虎没有动,我也没有动。老虎没有冲过来,我也没有逃。我们长久对视，两眼惺忪了，从视觉到全身，渐渐麻木了，慵懒了，我们暂时相安无事。

这世界有多少只老虎？只不过老虎在打着盹，不知什么时候会醒过来。

也许这老虎已经醒了，只是它没有动，它懒洋洋的，它在蓄势。它的对手也在惯性之下浑浑噩噩,比如他,随着惯性计算着。他老婆想起来，早上她收拾书房，看到他竟然把算式写在报纸上，不是像平时那样写在空白纸上。

“那么窄窄的一点点空白，够写几个字嘛！”她说。

“报纸？”我问。

“是。”

“什么报纸？

“都市报，上面有什么电影的宣传。”

“《星际穿越》？美国大片？”

“对！”她说，那张报纸被写得密密匝匝的，所有的空白处都被写满了，用数学老师特有的工整的字，从右边延续到下边，再打个箭头到报纸眉头的空白处，继续演算。甚至都挤进了行与行之间了，还爬上了图片色彩淡的地方，包括男主角的额头。开头字体还比较大，越写越小，越写越密，到后来简直都叠在一起了，只有他自己才辨认得出来，别人看到的只是一团黑墨。但最大的几个数字分外清晰，舒适地占着大空间：

20000000

天！他竟然算这笔账！这几天在热映这个大片，但电影票贼贵，我们看不起。再说只有年轻人才热衷这种科幻的东西，我们只是看了报纸，随便闲聊。昨天傍晚我们就在巷口聊，地球环境恶化，人类无法生存了，美国人要上天寻找新的生存星球了。美国人真是吃饱了撑的，人家往他们那里跑，他们却还不满足，要往外星球跑？我们是饿汉想象不出饱汉撑。

报纸上说，太阳系附近有个虫洞，可以由此穿越到外太空去。这跟我们没关系，我们在地球上还活得像蚂蚁。当然中国人也可以去月球了。但这跟我们仍然没有关系，就像GDP。美国人已经在开发“月球游”了，知道要多少钱吗？两千万美金！大家一笑。这个说，你可以去！那个说，你才可以去。这个又说，你不管怎样也比我活得好。那个应：床下踢毽子，平平高。这个仍耍嘴皮子：你在床下？那我就在地底下了。都转向我：你可以去。我应：那我要去偷、去抢、去杀人、去放火了！大家又笑，道：那倒不必，你可以去贷款嘛！

我不再应，瞧见报纸，那篇谈论《星际穿越》的文章里，用楷体显眼地写了一行诗，说是电影一开始就引用的：

不要温顺地走进那个良夜

作者是狄兰·托马斯。说这是诗人要喊住濒死的父亲不要顺从死亡。但不顺从又能怎样？他自己两年后也喝了十八杯威士忌暴毙。顺从吧，人家登天，我们入地。温顺，和谐，繁荣，慵懒，意淫……温水炖青蛙。

他下班回来了。一个就说：“你可以去。”

“去哪里？”他问。

“去月球。”

我把报纸递给他。他看了看：“这哪里是去月球？虫洞，我知道，这是去外太空嘛！”

“那是熟门熟路了，更可以去了！”大家说。

“这是科幻，”他说，“科学幻想。当然科学幻想是建立在科学之上的，将来也可能会成为现实。”

“还等将来？地球要毁灭了！”一个说，“至少先逃到月球上去。”

他嘻地一笑。

一个说："真有这事，美国人正在开发，就是贵了点。但对你们来说，头不疼的！"

"怎么可能嘛！"他说，又一笑。

"我们还不知道？"大家几乎齐声道，"其实也花不了多少。"

"多少？"他居然问。

"两千万。"

"人民币？"

"美金。"

他又笑了。"开什么玩笑嘛！"

大家觉得有趣了。"谁开玩笑？"

"哪有钱！"他说。

"你没钱，谁有钱？"人家戳戳他提包，"这里装的不都是钱？"

"这算什么钱？"

"还可以贷款嘛！"

他又笑了。他笑着走了。

我们后来也就散了，回家喝粥，睡觉，过我们应当过的生活。那张报纸也不知丢哪里去了。我恍然记起当时他走时身上有一串轻响，那是纸在风中响的声音。

他老婆说，昨晚他是带了一张报纸回来的。他已经很久没看报纸了，现在都上网了。他一边脱鞋，一边说：

"那些人真有意思。"

"怎么？"他老婆问。

"说可以贷款。"他说。

贷款？他老婆说，当时她脑门一亮，对啊，怎么没想到？可以拿房子抵押贷款，这样就有确切拿到钱的时间，也不受那些买房人敲诈了。但不卖房子，哪来保证金证明？她还想到了别的贷款方式，比如留学贷款……

“贷款，你以为不要还？”他说。

这倒是，还有利息，利息加本金，恐怕他们收入才够还利息。更重要的是，贷款应该是有期限的，到时候必须还本金。那边仍然要付留学费用。只能作罢。

他开始看报纸。吃饭时还一边吃一边看。他从不这样，他总是教育小孩，吃饭就是吃饭。

孩子瞥一眼报纸上的图片，道：“《星际穿越》，听说很好看！”

“这是人类共同的梦想。”他说，“中国古代也有嫦娥奔月。现在真的可以月球游了，很快就可以移民月球了。美国人也想去月球。”

又说：“想想，美国有什么好？到处都是恐怖袭击。”

“那我们何苦送孩子去那种危险的地方？”他老婆说，“那就别折腾了，到时候一步到位移民去月球。”她只是纯粹开个玩笑。

“一步到位当然好！”不料他认真说。如果说，我们的玩笑把他推到陷阱边缘，他老婆这个玩笑，则把他推进去了。

他吃得很潦草，吃罢，没有像平时那样去散个步，钻进了书房。改作业，他老婆听到他那干净利落的打钩打叉声，总是那么权威，一下，一下，然后是一阵急速走笔，那一般是在写“阅”字。

然后，他打开了电脑。他老婆说，让她奇怪的是，他竟然在电脑上看电影。他从不在电脑上看电影的，他怕影片的声音会影响孩子学习。他上网只看新闻。

他老婆说，那电影声音很吵，他书房里从没有发出过这种声音。中途停了一次，出来倒水，脸是绿的。难道他看的是恐怖片？他老婆好奇，瞅了一眼书房，从定格的屏幕看，那男主人公就是报纸上那位。

电影完了，他就又开始计算。家里发生大事，紧急状况，他总是展现出计算的姿势。这种姿势让他老婆不信任，但也让他心安。无可奈何之下，也许他真能算下来什么，数学是神奇的，可能出奇迹。这时候他像定心石，像运筹帷幄的将领。但并没有奇迹。他老婆说，其实她饭后也算了一下，没戏，利息加本金，他们根本应付不过来，就是在过后几年里不吃不喝，也不够应付。他比她会算，应该一算就算得出来的。但他怎么算了那么久？一直到半夜了，他还在算。

她不知道他算的是另一笔账。

这简直荒唐。去留学的账他都算不下来，他怎么还算去月球的账？但也许正因为留学的账无论如何算不下来，他的信心被打击了，他的尊严被挤压了，他恼怒了。去路被堵住，他被逼到墙根，只能跳到墙上去。但跳上墙后，下不去了，眼界高了，要求高了，他面临更严峻的挑战，他要算去月球的账。这账更算不下来。姑且算一下嘛！他对自己说，这只是算着玩的，是娱乐，是计算游戏。他平时也常做这种游戏，弄些题来解一解，这是他读大学时养成的自娱自乐的方式。在数字里穿梭、游戏，这是他的精神麻醉剂，所以他能够长期淡定地生活过来。但在关键时刻，他竟然还这么淡定，他老婆觉得他是无能，无责任心，甚至是傻。

他老婆先睡了。“太困了！眼皮像幕布罩下来了。”她说。她不知道书房里，幕一直没有落下去，一道光对着黑幕照着，就像路灯照着小街，不，就像在炽光照射下的漫长夜审，在黑暗中醒着，醒在黑暗中，分不清是黑夜还是白天，分不清是睡还是醒。我可以想象他当时就处在这样的照亮中，他算着。

他老婆想起来，半夜，她起来上洗手间，瞧见他直愣愣坐在书桌前。他的身影好像一张挺立的纸。他还在计算着，沙沙沙，沙沙沙！第二天她收拾书房，看到那些密密匝匝的字迹，耳边又隐约响起了写字声，沙沙沙，沙沙沙！像操练。但也并非都是操练，也有分神的时候，玩耍的时候，那“20000000”的每个“0”，都被重笔圈过，还圈得非常圆润。

“20000000”写在报纸最大的空白处，写得很宽松，字很大。我想象他写下这几个数字时的情景，他没有感觉会发生后面的事，他只是随便算算，如果，如果去月球，这两千万美元要折合多少人民币？这里碰到了汇率浮动的问题，他取巧地选择了这半年来汇率最高的那个数值，他还为自己如此取巧而微微不安。

这只是一个人的费用，他当然明白。可以让儿子先去，然后全家去，亲属团圆，一样的方法。

然后他算自己的家产。不用算了，这些日子，他们家的家底，已经被他底朝天翻了几遍了。但他不相信，还是重新算了一遍，就好像找东西，找过的地方还得重新找。结果出来了，一点不多，一点不少。

于是他开始算贷款。他算的确实是房子抵押贷款。这比清点家产复杂些，但对他来说没什么。而且，因为复杂，因为难算，才不会一眼见底，才有可能出现希望。*沙沙沙，沙沙沙*……答案出来了，没希望。也许算错了，再算。*沙沙沙，沙沙沙*……没有错。换一种方法算。*沙沙沙，沙沙沙*……仍是一样的结果。换一种贷款方式。他上网查，某个银行的某种贷款，算算看有没有能力偿还。他其实也知道网上信息不一定准确，再说利率也一直在变化，他完全可以第二天去银行问确切了再计算。但他挨不到第二天，他挨不过今夜。那么就先算算吧！他想，应该也八九不离十了。*沙沙沙，沙沙沙*，答案一样：他还不起！

这种表述简直是可笑的，语焉不详。什么还不起？难道老子几辈子也还不起？他不服。于是确证。还真是他家几辈子也还不起！

他又找别家银行贷款项目。也许这时他不该算下去，天下乌鸦一般黑，有天上掉馅饼这种事吗？他怎么可能有几倍的生命？他至少应该告诉自己，得去银行问清具体数据了再算，这样才有意义。这样，能先把自己哄去睡觉。但他没有这么做，因为恰恰就是他自己，迫不及待地要答案。还是继续找下去，算下去。好像有一股魔力在吸引他，紧紧吸着他。昏昏沉沉，如在白夜，那种真黑的明亮。又像瞎子透着眼皮看到了亮光。好像前面就有希望，算着就有希望。真应了那首诗：温顺地走进了良夜。

*沙沙沙，沙沙沙*……又一个结果出来了，仍然是几辈子还不起。肯定算错了！他想，我这脑袋不行！他多么希望是自己错了啊，多么希望

自己是不合格的数学教师，是个差生，是个白痴，说他这些年都在滥竽充数吃白饭也行啊！他搜尽记忆要找自己曾经犯下的计算错误，他居心险恶地谋告自己。但没有找到，他的计算能力无可指责。他没有别的技能，他的技能就是演算，他大半生的业绩确凿证明了这一点。现在，这些他所有业绩，竟然是用来摧毁他的。

组合贷。看到了这个词，他脑门一亮。如果真有这种组合贷……应该有的！肯定有的！那么，可以用各种贷款品种挪来挪去，仍然可以拆东墙补西壁，用第二笔贷款还第一笔贷款及利息。当然这样他又有了新的债务及利息，无妨，可以再贷第三笔，用第三笔贷款来还第二笔贷款及利息，然后再用第四笔贷款来还第三笔……他的计算能力够棒，但也算出了越滚越多的利息。他的偿还能力越来越小，他已经没有了造血功能了。

他跑去抄箱子。他老婆说，他们家始终保存着两个大皮箱，这是他们结婚时置办的，到现在还放着东西。他不肯扔，说这是他们家最初藏财产的地方。其实在他观念里，有这样的大皮箱才意味着有坚实的财产。为了防虫，他们家始终有用樟脑丸。后来说樟脑丸有毒，会致癌，产品更新了，但他仍然留恋那个味道，偏要找有那味道的。他翻箱倒柜，他老婆被吵醒了。“这个神经病，半夜三更的！”她说，她没有多想，又睡下去了。她不知道老公搜刮家产，都搜刮到了这个几乎废弃的皮箱，已经是多么危机了。

“没有任何可以换现的！就知道了！”他嘟哝，倒好像是刚得到证实一样。非常穷，非常穷！

他骇然回头，房间已经不是原来的房间，门已经不是原来的门，灶已经不是原来的灶，床已经不是原来的床，老婆、孩子已经不是原来的老婆、孩子，家已经不是原来的家。这个家，一贫如洗！

也许还是应该向亲友借。但人家为什么要借给你？除非人家也有求于你。想想，他并没有什么让人求的。没钱，有权也行，但他也没有任何权力。他才发现，在这个社会上，自己原来并没有什么重量。当然他可以向学生家长借，他们孩子卡在他手上。他从来羞于向家长索取，这是他的信条，他的底线，他不愿意败坏自己的形象。但都什么时候了，还讲形象？他的底线后退了。就这么一次！他对自己说，以后再也不干了，再好好当老师，洗手不干，坚决不干，还要忏悔。

他把学生面孔在脑子里过了一遍，然后筛选，可以向谁借。但筛选来筛选去，这个不行，那个不敢，只剩下几个。他于是再筛，可能借到的都开口问。哪怕施诈，哪怕杀人，哪怕被法律制裁，以命赎罪，只要能送儿子这一脚出去，留下他自己，什么责任都承担，千刀万剐都行，下地狱都行！

普天下的父亲都会这样做，我也会这样做。我可以想象，那个夜晚，在他的书房里发生过多少罪恶事件：诈骗、抢夺、谋杀、追杀、围杀……十面埋伏，千军万马，孤注一掷决战。

但他仍没法弄到需要的数目。

平时觉得到处都是富豪，富豪都在哪里？

那只“打盹的老虎”打了个哈欠，睁开了眼睛。

他清晰地看到那两千万美元，这是巨大的深渊。虽然它只是写在纸上的几个数字，但它是体积极小能量巨大的黑洞。那些研究黑洞的科学家，后来都要发疯，去信上帝。上帝啊！

但上帝救不了他。上帝不来中国。

倒是他假扮上帝。社区居委会来赞助，他首当其冲。路上见到乞丐，他每每会丢下一点钱。好像这已成了他的本能。施舍成为本能是不是预示着危险？他曾经跟我们说过，有一次，他丢下钱时，那个乞丐忽然抓住他的手号啕痛哭了起来。他猝然感到害怕，想挣脱，可是那乞丐把他抓得那么紧，整个身子坠在他身上。他说，那一刻，他忽然觉得自己才是被施舍者，做个被施舍者是多么幸福！

“真想大哭一场啊！”他应该想。他发现自己很早以前就想痛哭一场。

## 7

警方最终把他放了。“主要是没造成大的社会危害。”警方说。

看他状态，警方没有让他把车开回去，车暂时寄放在派出所里。

校长表示不会计较他辞职，认为他是一时糊涂。“今天先在家休息，明天早读课一定要准时到班级！”

“他不是从来都很准时嘛！”他老婆欢快地应，擦干了眼泪，转个身子，拿出化妆盒补妆。

大家拥着他回家。我们第一次看到他单元房的家，蛮温馨的。让他躺着休息，说都是太紧张惹的祸。“不要胡思乱想了，”居委会主任说，“这么好的日子，好好过！”

大家告辞出来，有人替他担心，要是传到学生那里，他以后怎么教书？但有人说，学生那时都在学校，还好处理及时，至于我们邻居，这么久的老邻居了，不会因为这么一件事对他改变看法。但我总感觉有一块冷食搁在胃里。他怎么会闹出这种事来？这种事，如果要发生，也应该发生在我们身上。

我自认为窥探到他的内心，但我注意到他对我们的咋呼没有任何反应。我直觉还会发生什么。果然，我们刚回到巷子口，他老婆就急急忙忙跑来了，说他不见了。我们正慌张着，警方打电话来，说他又在街上哭穷了。

难道他还没有清醒过来？难道他还在纠缠登月的账？如果不是，如果只是送孩子留学，费用还是可以周转过来的，房子再降些价格也可以，抵押贷款也可以，先交了第一笔，以后总有办法的。就在他失踪前几分钟，他老婆还这么跟他说，结果一转身，他就又跑去哭穷了。

其实，办法还有的是。贷款不行，还可以采取募捐方式。现在到处都在募捐，编个让人同情的理由，上网。他不是会上网吗？这种事他应该也知道。他不是都已经准备杀人了吗？他何必上街哭穷？能哭出什么来？还穿得考究，还带着他那个颇有品位的包。他不是有车吗？他把包随身带出来干什么？他只是去哭的。

而且，警方说，他仍然没有接受人家的施舍。

我明白了，他未必是被穷逼到墙根。他是自己把自己逼到了墙根。登月球，只要不是傻子，都知道不靠谱。他再愚钝，也不至于到这种地步。他是用它来撕开这个世界。

有的夜晚是用来沉迷的，有的夜晚是用来撕开的。良夜，有时安详静谧，有时阴谋四起。盘算着登月，毋宁就是他的阴谋：羞辱自己，激怒自己。那是对浑浑噩噩的唤醒，是对冥冥中危机感的抵御。

甚至，送儿子留学都是一个阴谋，为的是照亮自己的穷困。

他又被派出所送回来。但第二天早上，他又跑去哭穷了。“这下他成了社会不安定因素了！”居委会主任说。车拿回来后，他开着车上街，把车停在路上，然后哭穷。人们看他从车上下来，把公文包摆地上，就开始哭穷。有一次，有人认出来他的公文包：“是古琦！世界名牌！”

我才知道他那包包是世界名牌。

“不会是仿的吧？”

“高仿的也要几万呢！”

人们愤怒了。“几万？够我们全家吃一年呢！”

“你穷，我们他妈的怎么办？我们都要去死了！那么多人都不要活了！”

“你这是来寒碜我们的吧？”

“妈的，疯了！”

“疯了！”

他真是疯了。

# 【宠】

## 1

乡下人老想当城里人，不知什么时候起，反过来了，城里人往乡下跑。摘果子的，捡土产的，他们说这是“绿色食品”，还有买鸡鸭的，还有到乡下建房子的。城里商店里卖的东西信不过，城里的水信不过，城里的空气信不过，城里人对人信不过，他们像难民一样逃到乡下。据说户口要落在农村还很难。有专家还担心，城里人大量涌到乡村，会毁掉乡村的青山绿水。

在我爹眼里，青山绿水是穷山恶水，没得生计，我们倒想去城里落户。但也做不到。爹就在乡下养“绿色鸡”。“绿色鸡”是他发明的词，就是土鸡。不用饲料养，用剩饭菜养。不是圈养，是放养。卖的价格比吃饲料的高一倍。城里人纷纷来买，这些来寻找拯救的城里人，倒把我家给拯救了。他们有时还拖家带口。城里的小孩瞧着活鸡，稀奇极了。他们从没有见过活鸡，鸡都是在电视或图片上看到的。瞧着他们追着鸡的样子，真傻。

城里人傻，还因为他们好骗。其实爹也用饲料养鸡，要不，成本太高了。城里人竟然也买。点着卖鸡的钱，望着客人远去，爹总要叹一句：

“真是‘钱多人傻’啊！”

这些年，来买鸡的人出手更凶了。不是一只两只拎走，而是好几只，有时候一装就是一篓子，说是做“百鸡宴”。我知道“百鸡宴”，一群群人虎狼一样吃着鸡的尸体，就着酒，脸上满是油。他们一点也不去想鸡有多疼。想到这场景，我就在心里判这些人下辈子当鸡，被宰被吃。吃珍稀动物要判刑，吃狗，有爱狗的人来救，还会被谴责，但吃鸡就理所当然。

来买的人说，他们是开会所的。他们不讲价，只要货好就行。爹知道，会所一道菜比一般餐馆高出好几倍，来消费的也不计较，当官的，花的是公款。爹不说“钱多人傻”了，说：

“谁都不是傻子啊！”

又对我说：“要不傻，就去当官！你将来要去当官！”

那时候我不知道当官有什么好，我只惦记着我的鸡。只有那只鸡从不喂饲料，我还专门抓了虫子喂它。我专门给它开小灶，起初爹不答应，骂我，我不管，爹就随我了。那是一只公鸡，被我养得体格健硕，鸡冠鲜红。它浑身羽毛光亮，阳光一照，熠熠发着五彩。它报晓起来，简直就像将军在发号施令。和它在一起，我会觉得自己不再微不足道。

这只鸡也只认我。我摸别的鸡，别的鸡躲开了。这只鸡不躲，安安静静让我摸，身体是顺柔的，不僵硬。天黑了，我有时把它抱出来玩。它眼睛看不见，就定定站在我脚边。我的脚动，它就也动，完全凭感觉。我脚到哪里，它也到哪里，完全信赖我。我觉得它就像一只狗，那么忠诚，那么聪明。当然我起步时，会把脚步放得慢慢的。我知道它毕竟不是狗，没有狗那么灵敏，我能体会它的难处。

我不开心时，就会去找它。把它端置在椅子上或桌子上，对着我。我向它倾诉，它通人性，会把脖子靠过来，然后把身体偎在我身上。我觉得好温暖，鸡的身体暖，比人身体的温度热上好几度。

它越长越大，爹给它做了一次手术。我不肯，但爹坚持要做。我不知道为什么要做那手术。爹说，做了能更快长大。我后来才知道，那叫阉。但阉的是鸡的腹部，爹在鸡腹下割开一个洞，把一小粒东西取出来。鸡果然更迅速长大了。它身体越长越大，但它的“鸡鸡”却越来越小，竟至于好像都没有了，成了一个洞。相反的，我的“鸡鸡”却越来越凸出。我常会去抠鸡那个洞，探索消失的“鸡鸡”缩到哪里了。这是孩子好奇的天性，喜欢探密，比如掏鸟窝、探蛇洞。我很小时也对自己的肛门好奇。渐渐的，我将手指深探进鸡的洞里，我自己的“鸡鸡”就会变大起来。这时候我会感觉莫名的心焦。

我以为自己心焦，是担心鸡被卖掉。虽然土鸡长得慢，但这只公鸡长得快。它越是长得快，就会越快被卖掉。鸡总是鸡。而且它又那么抢眼，单是那红鸡冠就抢人眼目，老远就看得见。为了不让买客挑走，买客一来，我就将它藏起来。那鸡也很乖，不会发出一点点声音，只跟我四目相对。这又像我们在玩“躲猫猫”，倒也有趣了。但有一次，一个顾客挑来挑去，就是没满意的。他说是要挑一只祭祀用的，要特大特肥的，爹就想起这只鸡来。那一刻我刚好被妈喊去，只把鸡用稻草掩住。结果鸡被爹找到了。我听到鸡叫，奔出来，那鸡已经在顾客手里了。顾客掂量着，转了转。爹自夸道：

“领导，这可不是大种鸡，可不是吃饲料的！”

顾客道：“我不是领导。”

我认得，这人是领导的司机，经常代领导来买鸡。纠正了多少遍了，爹还是叫他领导。“这么大，哪里找？可是一口饭一口饭喂出来的啊，领导！”爹说。

我平时见领导的司机都害怕，这下顾不着了。我大叫一声，扑过去救我的鸡。我叫着这鸡不卖。爹喝道：

“不卖？留着做祖宗！”

不由分说，爹就开始捆绑。把鸡的脚捆上，塞进网兜里。鸡的脚趾从网洞伸出来，瞎抓着。网兜被爹提着，鸡整个身体腾空，完全使不上力气。我悔死了，自己刚才怎么跑开了！

顾客又欣赏鸡，然后点钱，接过鸡，就往一辆车走。那车我认得，标志是四个圈的，叫“奥迪”，官车。眼看鸡就要被带走了，再也见不到了，我心一裂，又要冲上去，被妈抱住。

“再不卖掉就老了，谁要？”妈在我耳边说，“鸡不中留，鸡总归是鸡……”

我拼命挣脱，没有鸡，我就不能活了。其实我原来对鸡的感情并没有这么强烈。鸡只不过是鸡，给我玩的鸡。不知怎么的，现在突然感觉跟鸡生死相依了。但我被妈的胳膊捆得死死的。

我明白再反抗也没有用了。钱已经算过了，顾客越来越走近他的车。我猛一激灵，据以往观察，顾客总会把鸡放在车的后备厢。我装作想通了，服从了，手插口袋，浪荡着步子向那车挪步。我转到车的另一侧，再趁客人打开后备厢那一刹那，打开车后座的门，爬了进去。我要跟着我的鸡。只要我在，鸡就还有救。我猫在后座跟前座之间，我个头小，客人没发觉，启动了引擎。

## 2

一路上我想着怎么救鸡。进不了后备厢，有椅背挡着。后来我才知道汽车后座位的椅背很多是可以放下的。要是早知道，我的鸡就直接得救了。我没办法到后备厢去，又不敢弄出动静，只能眼睁睁让人家载到目的地。司机去开后备厢时，我溜出来。司机提了鸡，回头撞见了我。幸好不是在我爬出来的当儿。客人只觉得我脸熟，稍微愣了愣。客人太忙了，没多寻思，扣下后备厢盖，把鸡提进门。

这是一个豪宅，领导的家果然是领导的家。我从侧面围墙爬进去，里面更是豪华。厅堂上还摆着供桌，上面已经摆上了一些供品。最抢眼的是一个猪头，煮得半熟，装在盘子上。猪向前伸着头，眯着眼睛，嘴角向上翘，显出笑的样子。我知道猪头呀、羊头呀、狗头呀一旦煮过，都会显出笑的样子，所以大人骂嬉皮笑脸，总是骂：“像煮熟的狗头！”

我见多了杀猪，村里响起最大声号叫，就知道是杀猪了。猪被人拉出来，猪不肯走，人就前面揪它耳朵，后面提它尾巴，将它硬拽到屠场。有时候猪叫得太凶，有的猪还会咬，就拿绳子从它嘴里贯穿进去，再转出来，打几圈，那嘴就闭上了。猪被拽着，四脚几乎架空，但猪毕竟比鸡重，人没法把它提起来，不好放到案板上。人也有办法，用一根棍子抬住它的肚子，它就到案板上了。

屠夫端着装着一半水的盆子过来，放在猪头部那端的地上。几个人合力把猪的身子侧过来，屠夫在猪脖子上探索两下。猪毕竟笨，不比鸡灵敏，这时候大多很麻木，安安静静的。等到起刀扎进，才又挣扎，但为时已晚。血像泉水一样涌出来，淌在那盆子上。有时还撒出尿来，有时尿还冲到盆子里，跟血混在一起。猪渐渐不动了，只有脚在颤抖。屠夫拿勺子在血上舀，舀掉面上的泡沫。

这还没完，烫水，刮毛。为了好刮毛，还有用打气筒往猪身体里打气的，猪被打得圆滚滚的。开膛破腹、掏下水、大卸八块，然后才有现在这样被斩下来的猪头。猪怎么可能笑？哪怕是猪依然顺受，像牛。我见过杀牛，牛那么大块头，那么大力气，却不反抗，任人摆布，它好像懂得自己要被杀，只流着泪。这更让人不忍。好在牛肉不能当供品，要供牛，得供全牛。所以现在人就都不供牛了，牛才被赦免了死刑。

我从小跟牲畜玩一起，对所有牲畜被杀掉吃掉都很反感。我爱它们，但人却只想着吃它们。还要让它们表现出笑脸来，好像它们很愿意被杀被吃一样。我最讨厌肯德基，那广告还把鸡描绘成欢快的样子，挺着脖子，昂着脑袋，翘着嘴，撅着屁股，喊着人们去吃它。有的鸡的广告，还给鸡胸上挂上大红花，让鸡叫："为丰富人民群众餐桌贡献力量！"鸡会这么叫吗？贡献？凭什么要鸡做贡献？我还曾听一个人恬不知耻地说：

"没有人吃，它们有机会活吗？"

敢情它们就是倒霉，倒霉的就该倒霉，吃的吃得有功，被吃的还应该感谢吃的人，如果没有吃的人，那么你连现状都维持不了。

更搞笑的是，那些说是用来祭神的猪呀鸡呀，最后都送进人自己的嘴里。他们要特别肥的，说是为了神，其实是为自己。

那个猪头，额上也被扎了一朵大红花，英雄花。好像它是光荣的英雄一样。我记得爹有一张老照片，那是爹很年轻时候，也被戴上英雄花，说是种田大户，其实他把自己口粮都贡献出去了。爹回忆说，那一次乡领导还对他说：

“我们太需要你这样的英雄了！”

爹在心里说：“凭什么我当英雄？你来当呀！”

英雄，就要牺牲。我最初读书，读到“牺牲”这个词，以为是指为革命事业英勇献身，后来才知道，它原意是指牲畜。但我不知道，祭祀原来还用人的，叫作“人祭”。人割舍的东西越珍贵，就越虔诚，那么割舍自己当然最虔诚。“人祭”有火烧的，水溺的，活埋的，刺喉沥血的，砍头的，还有把人剁成肉，蒸为肉羹。我长大后从书上看到，玛雅人害怕太阳毁灭人类，还用人的心和血来喂养太阳，寻求拯救。起初奴隶主和奴隶都争相把心挖出来祭太阳，后来奴隶主不愿意牺牲了，就让奴隶当牺牲品。再后来，谁也不愿意当牺牲品了，只让牲畜去当牺牲品。还要做得冠冕堂皇。鸡有鸡冠，我的鸡鸡冠通红，连大红花都不需要扎了，所以这户人家执意要挑它。但杀了我的鸡，就等于杀了我。我宁可自己去当牺牲品，也不能让鸡去当。

我紧张地找我的鸡。鸡体积小，但我的鸡有鲜红的鸡冠。我很快发现了，它被丢在天井的墙脚。一起被丢在那里的还有两只鸭子。它们都被捆绑着。天井上人进进出出，各做各的事，洗东西的，切东西的，还有抬东西的。一个年龄稍大的女人在指挥，她穿得极为考究。“放这放这！”她叫。

“王总，放心吧！我们知道怎么做。”一个稍微年轻些的女人说。

我不知道这“王总”是谁，应该是主人。那么那个稍微年轻的女人就是客人了。又叫对方“王总”,应该是王总的手下。那么就是来帮忙的。那些人应该都是来帮忙的，他们彼此好像也不太认识，这给了我混入的机会。待王总一走，我也装作帮忙的，趁一群人搬桌椅，我搬了张椅子接近我的鸡。我要把鸡偷出来。鸡见到我,眼睛一亮。我担心它发出声响，正要给它做手势，有人擦身而过。是那个稍微年轻的女人，她手里端着两份水。我知道，那是盐水，血在盐水里容易凝固。一份装鸡血，一份装两只鸭的血。

女人把碗放在地上，开始围围兜。她就是女屠夫了！女屠夫围好了围兜，就去摆弄菜刀。她要动手了！我心里发紧，得赶快把鸡救出来。我挡在鸡前面，但那女屠夫避开我，就向鸡鸭伸手。她的手背皮肤粗糙。我血往头上冲，如果她抓的是鸡，我就强抢。只能这样，虽然我都不知道该怎么逃出去。那手碰到了我的鸡，鸡闪开，好乖。那手好像也并不执意要逮鸡，就伸向了鸭子。鸭子被抓在那手里，鸡躲过了一劫。

鸭子伸长脖子大嚷。鸭子就是比鸡笨拙，两下就被制服了。它脖子抻得那么长，刚好方便人家下手。揪下脖子上的茸毛，拿刀一划，血自来水一样流出来。然后女屠夫把刀在它身上擦了擦，一别脖子，将脖子当绳索盘住翅膀，丢一边。好在还有一只鸭子，但难说那女屠夫接着还会选鸭子。我不顾一切先把鸡拎起来。那女屠夫回来再逮，竟然没留意少了鸡。她只向墙根伸手，理所当然逮的是鸭子。

她一转身，我就要往外跑，先转到侧面墙边，然后翻墙。但我被一个人挡住了。

“挡道！”那人骂。

我一看,正是那个去买鸡的男人,领导的司机。我一吓,把鸡给撒了。

“大人忙着……”那人继续嘟哝。他跟我打个照面，又一愣，他认出了我。

“怎么是你？”

“我爹叫我来……”我只能敷衍。

“怎么？”

“鸡抓错了！”我索性道。

“怎么可能！”男人道，“我看中的就是这只鸡，红红的鸡冠。”

他寻找鸡，好在鸡已经被我撤下，它在地上。“怎么丢这里？这鸡我可是千挑万拣的！”

他把鸡拎起来，向大家炫耀道：“瞧，难得见到这么膘壮的！这可不是大种鸡，吃饲料的有什么意思？刚才专门拎给厅长看了，厅长也惊奇，说神肯定会喜欢的。”

他又对那女屠夫：“夫人也说喜欢！”

“王总？”

“你当然要叫‘王总’，你刚去人家公司，要改口过来！”

“我看你呀，最好也改口！”女屠夫小声说。

“也是，”男人说，“‘王总’比‘夫人’霸气。夫人，不，王总还说，不过意我们两口子都来帮忙。我说，这有什么？应该的！我是厅长的兵，你是夫人的兵！”

“就你会说话！”女屠夫说。我明白了，这一男一女是两口子。但我没闲暇管这些，我说：“不是……”

“什么不是？”

“不是这只！”

男人饶有风趣道：“你怎么知道我要哪只？”

我灵机一动:“这不是最好的，还有一只，那才叫大，又大，又肥！”

那男人现出贪婪的神态。“那你爹怎么不早说？我都跟他说了，这是最最重要的祭祀，领导的祭祀！是给神吃的，神没吃好，领导就完了！”

女屠夫赶忙制止他。“你是不会说话！”

这下又变成不会说话了。

“我爹忘了！那只真的很棒，你去看看就知道了！”我诱惑道。

“算了，来不及了！”那男人说，把鸡丢给女屠夫。他丢鸡时还显出嫌弃的样子，他心里想着另一只鸡了。这又让我不满，我不能容忍人家轻视我的鸡。

鸡被丢向女屠夫时，扑腾着翅膀。我想，要是它能飞就好了。飞出天井，飞上天空。鸡本来应该会飞的，像鸟一样，但是现在的鸡都不会飞了。这是人豢养的结果。人不会飞,所以也让鸡飞不起来,才能控制它,吃它,太阴险了。我没有想吃这鸡,但我把它养得这么大,它也飞不起来。这样想着，我又怪罪自己，爱它就是害它。自己哪里是爱？只是自私。

女屠夫没接着，鸡摔在地上。鸡竭力要站起来，但它的脚被捆着。如果脚没有被捆绑,就是不能飞也能跑。人要抓住鸡是不容易的,鸡灵活,人笨。鸡小,人大。鸡矮,人高,人猫下腰来就更笨了。但我很容易抓到鸡,我个头小,更重要的是鸡会迎向我。鸡期待着我来救,跑几步就扭头瞅我。我当然不能辜负鸡的期待，我像足球守门员一样弓着腿，瞅机会。一旦鸡投入我怀里，我就紧紧抱住鸡突围。我相信只要我抱住鸡，就能突围，虽然我还没想出突围的路径。但问题在于现在这鸡根本跑不了，它腿被捆绑着，它只能在地上打滚。也许正因为它根本跑不了，我才无须去想逃跑的路径，所以我才自信自己能够逃跑成功。

## 3

女屠夫没有把鸡拎起来，直接在地上下手了。边上的人帮她拿来盐水碗，放在鸡面前。这些帮凶！女屠夫一只脚踩上鸡翅膀，另一只脚踩上鸡脚。我替鸡觉得疼，我喊起来：

“疼！疼！”

女屠夫抬头,问我怎么了？发现我瞧着鸡,女屠夫释然了,还笑了笑。她竟然还笑！我道：

“要是把你脚拿去踩，你疼不疼？”

女屠夫道：“孩子，这鸡是你养大的吧？”

我点头。

“所以才不舍得。”女屠夫说。

难得她还理解我。她把踩在鸡脚上的脚松开些。鸡脚一直铆足了劲，被她这一松，像弹簧一样弹了出来，把装着盐水的碗踢翻了。不仅踢翻，碗还破了。这我没料到，也觉得神奇，这鸡怎么有这么大的力气。也许它真有特异功能。对，就是有特异功能！我又叫：

“你看，你看！跟你说就是不听！”

女屠夫愣住了。我看出我的话起作用了，继续说：“这不是一般的鸡，很神的！”

女屠夫明显畏缩了。人毕竟很迷信，搞祭祀的人绝对迷信。我要更加一码。

“我们家都不敢杀它！所以才养这么大……这么老……它是鸡魔！”

我猛然想出“鸡魔”这吓人的说法。我忽然发现鸡用冤枉的目光瞧着我，好像在说：“我怎么是鸡魔？难道你一直把我看成魔鬼？”我也觉得污蔑鸡了。在女屠夫愣神当儿，我甚至去想，自己这么说鸡，把鸡救出来了，以后怎么向它赔罪。我悄悄向鸡使眼色，让鸡明白这只不过是吓唬那女屠夫的。

那女屠夫真被吓住了，道：“什么鸡魔！”

“真的！”我煞有介事。

“无稽之谈！”

“我说的是真的！”我又道。我杜撰起在这鸡身上发生的神奇事来。我调动起自己的道听途说的知识、电视上的传说、动漫上的情节，再发挥想象，添油加醋。女屠夫听着，脸色有点发绿了。这种事，宁可信其有，不可信其无。她叫：

“怎么在神面前讲这个！呸！”

“真的！真的！”我更大声道。

“还说！”女屠夫生气了，“你这孩子到底怎么了？你爹怎么管教你的？你有爹管还是没爹管？”

“好了没？”这时候那司机，也就是她丈夫又走了进来。他瞧见女屠夫还抓着鸡，“还没杀？水都开了！”

女屠夫下意识瞧瞧边上冒着蒸气的灶。

“一只鸡也搞不定！”男人又说。

“谁搞不定？”女屠夫应，“两只鸭都杀过来了！”

我以为她一定会把责任推到我身上，都是我在干扰。但她没有说。她明显想推诿，但终究没有说我，只说：

“先烫鸭好了！”

“烫鸭有什么用？鸭又不赶着供，晚上酒席上吃的。鸡是要供的，要是来不及12点前，误了厅长的事，看厅长怎么收拾你！”

“厅长也这么迷信！”我说。

“谁不迷信？这祭祀的事。”那男人说。

男人这话，好像又勾起了他老婆的迷信心理，她说：“可是这鸡好凶啊！”

“凶怕什么？祭品正需要凶！凶才强大，有力！越凶越好！”

现在我后悔自己说鸡凶了。确实，祭品最好强壮，过去还用野兽献祭的。我连忙说：“不是凶，是神！”

“神？”

“怪！”

“怪力乱神？”男人哈哈笑了起来，“那刚好收了它！”

他把鸡接过来。这个男屠夫！他就站着，别鸡的翅膀。女屠夫很搭手地把鸡脚抓住，倒起来。男屠夫又把鸡头别过来，用抓鸡的手的拇指摁住鸡头，让脖子顶出来，就去揪脖子上的茸毛。那些细细的茸毛，我平时经常小心抚摸的，被他粗暴揪下，丢在地上，地上丢了一撮撮，鸡的脖子亮出了红嫩嫩的肉，还有鸡皮疙瘩。我又感受到鸡的疼了。我更知道接着要发生什么，我冲过去，控制住男屠夫的手。男屠夫惊，叫：

“你干什么！”

“不行！”我叫。

那男屠夫好像明白过来。"不就是要钱吗？要加钱？"

我摇头。但转念想，如果说加钱，也许对方会放弃。就又点头。那男屠夫却道：

"加钱就加钱！"

真是财大气粗。我懊悔了，又摇头。男屠夫道：

"差多少？给你！不就是钱吗？"

这就是有钱人普遍的德行。有钱人就是没良心，只认钱。我没有退路了，只能拼命摇头。

"不要钱？"那男屠夫问。

"这鸡不卖！"我直说了。

"不卖？那养它干吗？养着玩？"

"就是！"

"那为什么要卖我？玩我？玩我们领导？告诉你爹去，我们领导可是一手遮天。领导一生气，你爹那养鸡场是非法的，就得关闭！"

我想最好关闭。关闭了，就没有鸡被买走被杀了。"关闭就关闭！"我应。

那男屠夫调侃道："去问问你爹肯不肯！"

他把我手甩开，就去拿菜刀。女屠夫递来那只杀鸭的菜刀，还带着血，还有鸭毛。男屠夫接过，就向鸡脖子去。

"啊！啊！不要！不要……"我叫起来。我扑上去，直接去夺男屠夫手上的菜刀。男屠夫叫：

"干什么！危险！"

危险就危险！我想。我把另一只手也伸出去，一并握住，一边仍然制造声势叫："啊！啊！"

"放手啊！"那男屠夫叫。女屠夫也分出手来帮他，一手仍抓着鸡脚。鸡脚扑腾，趁机起义。但鸡的脚被悬在半空，好像使不上劲。鸡急切地瞧着我，我知道鸡的所有希望都在我的手上，我拼尽吃奶力气，但是边上其他人也来帮他们了。他们人多。她们都是女人，却没有同情心。这么多女人合着掰我的手。我的力气运不上手指，渐渐撑不住了。我惨淡瞧着鸡：我快不行了！我只是小孩，他们全是大人。我只一个，他们这么多个。如果爹妈在就好了，但爹妈会向着这些人的。一边卖鸡，一边买鸡，他们是同谋。大人们全没良心。只剩下我一个人保护你，但我不行了！实在不行了！我不敢正视鸡了，我知道鸡目不转睛盯着我，我一下也不敢看鸡。我感觉自己的手指已经被掰开好几根了。我已经被掰掉一边手了。我听到了鸡的哀鸣。可怜的鸡！最可怜的就是鸡！我索性抽出那只被掰开的手，重新发出进攻，支援那只还守住阵地的手。也许是这手松了一下，重聚了力气，一上阵，特别有冲击力。它直击那拿刀的手，刀被震，刀锋一闪。

“刀啊！”男屠夫叫。

我以为刀要剐到自己了。这我无所畏惧，我已把自己生命置之度外，我可以和鸡一起死。我没想到自己竟然不怕死。我曾经想过，如果爹发生危险，我敢不敢去救？不敢。如果是妈？想来想去还是不敢。怎么鸡发生了危险，我却敢了？也许爹妈发生危险并没有实际发生，只是想象。但也许还有一个更重要的原因，我对鸡比对爹妈亲。爹妈只是概念上的亲人，鸡跟我是耳鬓厮磨、肌肤相亲的。我已经习惯于每天要抱鸡，不摸它，我就感觉不到活着的快乐。如果能以自己的死换取鸡的活，那更好了。我又开始进攻。

“刀剐到了！”男屠夫威胁。

我意识到刀离他很远。那么，就是要剐到鸡了。刀就在鸡脖子前，在争夺中，刀不小心就会剐到鸡脖子。我迟疑了。这一迟疑，我的手就被大家扯开了。

好在我的另一只手还守着。我又一次冲锋，但又被拉住。我一次次冲锋，但一次次被牵制住。我的手被他们牵制着，就好像游泳，怎么也无法游到对岸，水是空的，又是有力的，我的脚是虚脱的。遥不可及，遥不可及……我无力了。

在这种状况下，我忽然去怪鸡了：你也出把力呀！我这是救你，你总不能坐等我救吧？这可是你自己的命啊！你不是也有爪吗？你的腿被绑着，但你的爪还能动，你有指甲，尖尖的，长长的，不像鸭子有笨笨的蹼，你要发挥作用呀！鸡好像明白了我的意思，加快转动起它的爪来。其实它原来就一直在转动着爪子，企图划到人。它当然知道自己救自己。但是它整个脚被控制着，人头避着，爪子根本扎不到人，只在空中张牙舞爪。

鸡的武器被架空，我的武器被牵制，刽子手的武器抓在手上。我知道自己这方毫无胜算，只能回过来求人，不要杀鸡。男屠夫道：

“不杀？拿什么祭？”

女屠夫也说：“这祭祀很重要的！”

“我知道，我知道……”我只能先承认对方，以此缓兵。“但这样祭了，会有祸的！”我道。

男屠夫笑道：“还是这话！”

“真的！真的！”我道。

“祭还会有祸？礼多人不怪！神仙不打送礼人！”

“这鸡神了！”

“不就是特别凶嘛！”

“踢破碗了！”我突然说。我让男屠夫瞧那被踢破的瓷碗，它被收拾在墙根。我又去望女屠夫，渴望让女屠夫出来证明。但女屠夫没有出来说。男屠夫说：

“这有什么？我一踢也破！”他做出要过去踢那碗的样子。这下女屠夫出来制止了，小声喝：

“别乱来！”

眼睛还警惕地睨了睨边上的人。男屠夫真是夏天的知了，越捏越叫：“就是嘛！破瓷发财啊！”

“说是这么说，但是破总是不好的！”女屠夫说，“你不在意，厅长在意吗？王总在意吗？又不是你祭祀！”

男屠夫说：“那总不能向厅长汇报吧？那不成了我们不会办事？”

原来他们也是在敷衍，欺上瞒下。哪里是为厅长着想？他们看似对厅长忠心耿耿，其实是假忠。他们只忠于自己。那么，厅长祭祀，跟他们有什么关系？当然，我也听说过，领导倒了，司机也完了。所以他们千方百计要维护领导。但同时他们更要维护自己，所以那女屠夫说：

“你会办事？别的可以敷衍，这个可不能。到时候出了事！巡视组就要来了，你又不是不知道！”

我好像听明白了。我灵机一动，我就是要把他们戳穿，我就是要利用厅长心虚。厅长忌讳了，就会有转机了。我大叫起来：

“厅长，厅长！”

女屠夫慌忙把我嘴捂上。捂有什么用？捂就没事了？我死命摆头，摆脱那捂着我的手。

“我要告诉厅长！”我叫。

那手又慌忙捂上我。那手跟着我摆，我再挣脱不掉。那边男屠夫又动作了起来，刀口眼看凑近了鸡脖子。只要再接近，就碰到鸡脖子了。如果不采取措施，鸡就死了。死而不能复生。我冷静了，不叫了。我只哼哼，急切地哼哼，让对方觉得我有什么重要的话要说。女屠夫松开手。

“让我摸一下总可以吧？”我哀求，“最后摸一下！”

这要求合理，女屠夫接受了，让男屠夫等我摸一下。男屠夫说：“你快点！”

我点头。我走近鸡，鸡感觉着我走近，身体松弛下来。我温柔地摸鸡脖子上的毛，那长长的像阳光四射的毛。鸡身体柔顺了，好像得救了。它不知道这是向它最后的告别。这让我更加难受。我把脸贴在鸡的肚皮上，哭了起来。

今天是躲不过这一劫了！我想，自己能做的只能是尽量不让它疼。

我向女屠夫提出，女屠夫说："好好，不疼！"

这许诺让我宽慰。毕竟是女人，心软，有爱心，像妈妈一样，也是鸡的妈妈！但是操刀的是那个男屠夫。我又求男屠夫："不要让它疼！"

"好，好——！"

那男屠夫拖长声音应。这是敷衍，但也可以理解成加重语气。我明明知道这是敷衍，但我仍让自己相信这是在郑重承诺。不这样又能怎样？鸡瞧着我，好像在询问我，相信我的判断。于是我又怀疑男屠夫是在敷衍。再审视男屠夫，男屠夫把头无奈地摇了摇。这是不耐烦。但至少他被我烦得不得不按照我的要求做了。这也好。

我于是又得寸进尺了，又要求："要轻轻地！"

"肯定轻轻地！"女人说。

"好，好——！"男屠夫也说。

男屠夫应着，又引菜刀。刀锋逼近了鸡脖子。幸好鸡头被别在后面，它的眼睛被男屠夫的手挡着，它看不到刀。我去跟鸡聊天，这样，猛然一下，就结束了，鸡不觉得疼。"就好了！"我对鸡说。我眼尾瞥着刀。刀碰上了鸡脖子，那嫩红的肉。鸡叫了起来。但竟然没出血，根本没切开口子。男屠夫"啧"了一声。他伸长手臂，往边上的花盆沿磨刀口。他要把刀磨得锋利！我阻止：

"你答应轻轻地！你答应的！"

"是轻轻地嘛！但刀口这么钝！"

这逻辑听起来像耍赖。但再想想，刀钝了，就快不了，确实只能重割。割不开还得再割，一次次割。我曾见到一次杀鸡，钝刀口像拉锯子一样，最后把鸡脖子都快锯断了。我只能让男屠夫去磨。男屠夫一来一回磨了两下，说：

"这下快脆了！"

快脆，也就是快速干脆把鸡杀死。但没办法，长痛不如短痛，干脆地死总比折腾半天才死好。既要温水炖青蛙，又要快刀斩乱麻。男屠夫又引刀向鸡。我闭上眼睛。鸡又叫，我睁眼一看，鸡脖子开了一道口。但仍然没有出血，但我能体会到那非常疼。鸡当然要拼死挣扎。我把鸡抱住，没有去制止刽子手，我没有理由，只能接受命运，我也只能让鸡接受命运。但鸡也要挣脱我。它瞪着我，好像在说：

“你出卖我！”

原来鸡根本没有领会我的苦心，根本没弄明白我跟刽子手苦心谈判。当然，牺牲的是鸡，又不是我，我凭什么代表鸡？但是我是真替鸡着想的啊！我觉得这时候我就像领导，鸡就像群众，一点都不体恤领导鞠躬尽瘁。唉，群众总是不能理解。“不是，不是……”我想向鸡说明，但是鸡听不懂，也没有时间了。换位一想，就是听得懂有时间，它又怎么会认同？把你放它的位置上，谁会愿意失去生命？什么道理都没用，活命才是硬道理。

## *4*

但问题是你已经抓在人家手里，翅膀被死死钳制着，你还能逃？愿意死得死，不愿意死也得死。愿意死，死得轻松，不愿意死，死得折腾。你作为鸡，反正要被杀，只有两种死，一种是好死，另一种是好死而不得。我就对鸡说：“没关系，就一下！一下就好了！”

鸡却一昂头，好像在说：“为什么是我？”

“因为你是鸡呀！”我说。我知道自己答得没道理，简直拙劣。但大家不都这么认为的吗？这时候我觉得谁都认为的就是有道理的了。谁都认为吃鸡理所当然，鸡就是养着吃的，那些号称有爱心的爱狗的人，他们也吃鸡。

鸡又一昂首。我知道鸡又在质疑：“那么多鸡，这次为什么偏挑我？”

是的，但谁叫你长得膘壮？就只能先你了。祭品就是要挑膘壮的。人家看重你，不也是你的光荣吗？戴英雄花！我脑海忽然冒出这场景，一系列场景：猪戴着英雄花，鸡戴着英雄花，爹作为种粮大户戴着英雄花，电影里上前线的军人戴着英雄花，还有我小时候，学校里那些学雷锋积极分子戴着英雄花，当时我和大家一起起哄。但现在，在这严峻时刻，这场景变得崇高了，一点也不搞笑，一点也不荒诞。即使你不信，至少，在必死前提下，当祭品总是光荣的吧？你是为崇高事业献身的，“重于泰山”。

“你会很光荣的！”我说。

但鸡仍然挣扎，鸡毕竟是鸡。我又检讨自己：当然要怪我，我把你养得这么膘壮，是我不对！我知道，是我坏！我坏！我对鸡说。现在后悔也迟了，你已经膘壮了，你已经被选中了，你已经捏在人家手里了。愿意献身，献身得光荣；不愿意献身，也得献身，还可耻。当然现在不是给鸡说理的时候，只能哄：

“就一下！只是划一下，划一下就放开你了。然后，我给你好吃的，好玩的，你会得到很多……”

这是哄骗。但是为它好。人生不就是一场哄骗吗？不知不觉把生命哄骗掉，这就是菩萨普度众生。我这么想着，觉得自己义无反顾了。我继续骗，我又对男屠夫说，其实是说给鸡听：

“只划一下，是不是？”

男屠夫不耐烦道：“是啦！”

“你听，是不是？就划一下！”

鸡脖子一偏一偏的，好像在指它的伤口，好像在说：“已经划一下了！”

“我知道，我知道。再一下！”我说，“好不好？”

鸡不答应，它的脖子摇来摇去，但它又不是鸭，脖子不长，就那么点回旋余地。那男屠夫又把它的头往后压。鸡又大叫。

“你看，不听话，就会这样了！”我威胁鸡。我简直是叛徒。“听话！听话……”我哄。我越过男屠夫的手，瞧被别在后面的鸡的眼睛。鸡竟然流泪了。我从来没见过鸡流泪。我想起我见过的那只被宰杀前流泪的牛。都说牛比鸡通人性，但这鸡也很通人性。通人性就懂事，懂事，也就是说它清清楚楚知道自己面临着什么。那更可怜了。我心都碎了。但是没办法了，接受吧！认命吧！“人为刀俎，我为鱼肉。”我为鸡拭去眼泪。我摸鸡的头。我听见鸡还在嘟哝：

“我不要……”

“听话！听话！”我继续安慰。安慰着，哄骗着，我感觉慵懒，这种老生常谈让我慵懒。我在慵懒中等着男屠夫下刀。男屠夫终于下刀了，鸡又挣扎。我立刻意识到自己错了，自己不该慵懒。鸡哀求地望着我，好像在说：

“不行啊！实在不行啊！求求你！求求你跟人说一下，我不要……”

“我知道，我知道……”我说。

这确实非常难，我被夹在中间。我哪边都搞不定。我只能继续慵懒，安慰鸡：

“没关系！乖，乖乖！就一下，只一下！”

鸡的脚一摆一摆，我知道它在说：“我不要……”

“没关系！”

脚摆得更厉害了，已经完全不再张牙舞爪，已经彻底缴械。这动作甚至显得有点优雅，一种放下武器讲道理的优雅。我有机可乘了。

“只是划一下，就放你下去……”我记得小时候打针，大人就是这样利诱的。

“真的？”

“真的！一下，就没事了！”

“好吧！”

但鸡冠仍然挺挺的，我知道这说明它仍然梗着脖子。这样，刀下去，它会感觉强烈，会很痛的。我去抚慰它脖子，脖子柔顺下去了，但它仍发出细丝般的声音：“咦——咦——”那是细弱的抗拒，是顺从之下的不顺从，是不顺从之下的顺从。我听着，心都被刺穿了。这是温柔地杀它，它是听话地被杀。它的爪子拳得更紧了。是我害了你！给你下套，骗你，我太阴险了，太卑鄙了！不能再想了，不能再拖下去了！我让自己的心硬起来。我瞅男屠夫，暗示他下刀。男屠夫领会，又割了一下。

鸡又挣扎，叫：“疼！”

“我知道，我知道，疼！”我对鸡说。

但是鸡仍然挣扎。

“我知道很疼啊！”我又说。

我蓦然悲怆起来，悲鸣：“我怎么会不知道很疼呢？”

鸡并没有体谅我。

“要不肯，他们火起来，那才会死！”我转而威逼，“他们很凶的！”

好像它不反抗就不会死似的。简直卑劣。人就是要它死的，我却骗它不会死。“就划一下！啊？”我继续哄。

鸡忽然得知自己原来不会死，停住了，瞧我，好像在问：“真的？”

“真的！”我答。

“你保证！”

“我保证！”我道。但我怎么能保证？我看鸡，它顺从了，它的鸡冠软了下来，盖住了半只眼睛。外国电视里把人杀死前，往往在人家眼睛蒙上布。这是文明，文明地处死，文明的杀戮。也许眼睛蒙上还真让人安宁，看不见悬崖，把命运交出去。鸡抽抽搭搭，不再挣扎，把一切交给了我，我是它最信任的、唯一可托付的人。

那么我就是导致它死的罪人了！我也是刽子手。但我又能怎么办？罪人就罪人吧，只要鸡不那么痛苦地死去。我觉得自己是悲剧英雄了。不，也许更像“替罪羊”。村里有个教堂，信教的人常说“替罪羊”的故事。这就是拯救者的命运，功罪在一身。我觉得自己境界不一样了。

但我其实又实在不能承担罪的重压，那个“替罪羊”有圣母，而我的世界中的母亲和女人只是要卖鸡或杀鸡的。那“替罪羊”背后还有上帝，但我没有。我周围的人只信自己，只信自己活，活是绝对硬道理。也许鸡也根本不信我，它自始至终就知道自己肯定要死，它只不过要我负疚、负罪。那我更不能承担了。我必须把责任推给别人，那要杀鸡的人：

“你也保证！”我对男屠夫。

男屠夫不耐烦，不应。女人为我保证：“好，好！”

“现在人说话都不算话，不讲诚信！”我忽然又去纠缠这个问题，又好像不愿意继续下去，要反水。

“你有毛病，跟鸡说……”男屠夫道。女人制止了他，“添乱！”她啐男屠夫。

“你也太纵容他了！”男屠夫对女人。

我也觉得，自己有点太过分了。我对鸡：“你听，他们怪我了，我被他们怪了，但我是为了你！”

女人对男屠夫道：“你要办事还是吵架！”

这是什么意思？办事？办什么事？这是他们的黑话，人的黑话，我觉得自己听不懂。我让自己感觉听不懂，在寻思，实际上是在维持糊涂，是在装糊涂，在延误。在我寻思之时，男屠夫挥动手臂，一阵风过，鸡又大挣扎，但它已经叫不出来了。

血像喷泉一样射出来。

我冲男屠夫喊：“你怎么这样！果然说话不算话！没诚信！”

好像原来我就没有答应让鸡死一样，我只答应划一划。但男屠夫说话不算话，我被骗了。我后悔莫及，哇地哭了起来。我愿意承认自己被骗了，因此只是失误。但我同时又把一切罪责揽在自己身上。只有这样，我才认可自己。也只有这样，我才能跟鸡捆绑在一起，我的痛也才能在被虐之时产生更大的痛，从而得到慰藉。

鸡拼命挣扎。它什么也不顾了，它已经不再相信我了：“你骗了我！”不再相信救世主，它只相信自己救自己。它扭动脖子，竟然从那男屠夫手上扭脱出来。我以前只知道鸡的脖子灵活，没料到那细细的脖子还这么有力。它一个腾空,立刻翻身过来。也许正因为它翻身,血才会往上喷。我不知道，我也惊呆了，我从来没看到鸡血像喷泉一样往上喷的，也不知道是鸡先翻转过来，还是血先喷出来的。

鸡竟然从男屠夫手中挣脱了。但它也只是在地上打滚。男屠夫又去抓它，我抢上前去，但鸡先被男屠夫抓在手里。

男屠夫显得烦躁，血喷了一地，他已没心思再放血。他把鸡脖子扭过来，在翅膀上打一圈，摔在地上。鸡扑腾着，脚在抽，仍然那么有力。但我想很快抽动就会减弱了。

“你们会遭报应的！”我叫。

男屠夫嘲弄地瞥了我一眼，就要去洗手。我向鸡奔去，还没到，鸡竟然站了起来。它的头竟然从翅膀里挣脱出来，被打在一起的翅膀不知什么时候已经松开了。

它瞪了男屠夫，又瞪女人。我叫它，它也不理，它也瞪着我，侧目。这时候我才了解什么是侧目。它站得不稳，它也顾不着站稳，就走了起来。它的脖子上还开着口，胸前还流着血。它走到哪里，血就滴在哪里。男屠夫又要回来重新捆它，我大叫起来：

“不要动！我告诉过你们，它是神鸡！”

大家都有点发怔，我知道起了作用，我更大声叫，我要把那个最迷信的厅长叫出来。

厅长果然来了。瞧着鸡。它走得踉踉跄跄，但却很挺拔，顶着红鸡冠。它的红鸡冠并没有褪色，简直是飘扬的红旗。它走着走着，竟然有点矫健了，竟然有点骄傲了。厅长对着它，不自觉随着它动，或者说是躲着它。鸡走一下，他就愣一下，也走。它走左，他就走右。鸡踱着圈，厅长绕着圈，其他的人也随着厅长战战兢兢走圈。这有点像舞台上的戏，一个英雄镇住一群敌人。一边是鸡，一边是所有的人。包括我。

鸡忽然像是笑了一下。令人不寒而栗。厅长一抖，问：

“谁弄的鸡？”

“是我……”男屠夫嘟哝。

“杀鸡儆猴……谁出的主意！”

男屠夫吓得简直要跪下去。“不是我……是夫人，不，王总让我去买只鸡，最大最壮的鸡……”

“馊主意！”厅长说，“快放了！”

“放生……”那男屠夫机灵，用了个吉利的说法，“对对，放生！放生也是积德，救苦救难……”

我觉得可笑。这些人到底信不信神？也许他们根本是什么也不信，他们只信自己，对自己有用的就信，杀还是放，都看对自己有利没利，是救自己还是害自己。对司机来说，领导倒了他就失势，对职工来说，老总倒了他就失业。他们都是拴在一个利益链上的蚂蚱。他们根本不敬神，只是怕神。平时领导看上去很可怕，想着都可怕，但他们也有怕的时候，他们愿意只是这样！怕得跟孙子似的，他们不怕时就穷凶极恶。

“我替你放生！”我叫。我跑过去，把鸡抱起来，就往外跑。我要以最快速度抱着鸡跑开。虽然鸡被割开了血管，虽然它没救了，它要死，但我仍然抱它走。我担心厅长反悔，跑得飞快。我跑出时，被那个厅长夫人撞见了，她叫我，我装作没听见，只管跑。她叫：

“小偷，小偷！”

“别喊了！”厅长喝住她，“你能干什么事！”

我抱着鸡，一口气跑回家。

## 5

鸡竟然还没死。我找到兽医，把鸡的伤口包扎起来。那伤口竟然渐渐愈合了。爹知道我又把鸡拿回来，骂我，我辩说是领导让我抱回来的，爹啐：

“领导是傻子？”

爹说要等领导司机再来时，再把鸡还回去。我祈祷着司机不会来。那司机还真的再不来了。没多久，我从电视上看到那领导的照片，说是因为贪腐被抓起来了。我跟爹说，就是这领导。爹说：

“原来是贪官！贪官的鸡，也不要还他了！”

我禁不住想：也许真是没有鸡祭神的缘故，所以厅长才被抓了。但我当然不信这些，我的教育告诉我，这些是迷信。我相信厅长被抓，是因为他自己腐败。

但大人们传说，其实厅长并非最大的贪官，他只是牺牲品。有一天，我跟爹妈聊起那天厅长说的“杀鸡儆猴”，爹哈哈大笑了，说：

“你想杀鸡儆猴，猴想杀猴儆猴。猴子很聪明的。我去吃过猴脑，抓猴时，笼子里的猴子都想拼命把别的猴子挤出去，献给人吃。这是个互为牺牲的世界。不过力气最大的反被我们挑上了，就因为它最强壮。”

我没明白爹的话。但那厅长认罪态度很好，报纸上登了厅长的忏悔：“我忘记了革命的初衷：为革命事业牺牲自己。”

这话唤起了我内心久违的崇高感。爹的话，我就听懂了一句：这是一个互为牺牲的世界。但在还没有成贪官的厅长那里，在认罪的人那里，牺牲却是一种崇高。爹觉得厅长的话是真的。

这崇高感很神奇。鸡的状况也呼应了这种神奇，它不仅没有死，体格竟然恢复了。

我每晚都要抱着鸡睡。我经常做噩梦，梦见鸡被杀，我拯救鸡，刀硬生生要插入鸡的脖子。醒来时，发现自己的“鸡鸡”挺立，像祭着敌人头颅的旗杆。

城里的会所纷纷关闭了，来批量买鸡的少了，爹的生意也不好做了，鸡场就倒闭了。一手遮天的厅长倒了，按说爹的鸡场应该就没有威胁了。爹又反过来怪我当初不该把鸡救回来，没顺从了厅长。不救，鸡当成了祭品，那么厅长就不会倒。厅长不倒，会所就不会倒，鸡场就会很兴旺，他就可以千秋万代养鸡卖鸡，一直把这生意干下去。但兴旺的鸡场，也千秋万代有着死亡的鬼哭狼嚎。爹委实很踌躇。

鸡卖光了，最终剩下这只公鸡。每当爹瞧着这鸡，这鸡就会身体抽搐，偎到我怀里。我明白只要在家里，鸡就在劫难逃。一个晚上，我抱着那只鸡出走了。我到了一个山上，跟鸡一起生活，像私奔。

我又做噩梦，是爹要杀这鸡。这是幸存者，和我经历过生死的，我当然要救它。我抱着它东躲西藏。但爹好像把这只鸡给忘了，再没提它。我只能回忆着梦中的惨烈，感觉自己是从战场硝烟里回来的士兵，那般落寞。

我渐渐不再做噩梦了，于是连接着我和鸡的纽带，也渐渐松弛了。后来我也回家吃饭睡觉了，得空回来陪鸡。后来没空时候多了。鸡开始不满了，说我不像当初那样爱它了。

确实。其实我所谓的忙，无非是玩。我感觉自己像一只实在关不住的野狗。有一次，我逛到村里的教堂，里面在唱诗，那旋律，我总觉得不像外国的，带着当地的腔调，倒像本土的民谣。我走进去，蓦然望见布道台中央那个“替罪羊”耶稣。耶稣被钉在十字架上，他手掌上的铁钉铮铮可见。我想起鸡脖子上的伤痕，想象着上面还插着刀。

我觉得疼了。我跑回山上，跑到鸡身边，抱着鸡痛哭。我想像那些教徒一样，真心诚意匍匐在鸡跟前忏悔，求它宽恕。正是它的受难，使得我生命有了意义。它是我的救赎。

我甚至想去信教，我长大了上神学院，将来当牧师。

但是鸡不是羊，它只是鸡。它不肯任人摆布，不任人宰割，也不任人寄托。它特别明白，我其实也在利用它。它扭身走开。我拉住它：

“要不，你也割我一刀！要不你啄我，啄我！”

我亮出自己的脖子。鸡不理睬我，用刚踩过鸡屎的脚踢我，把我的救赎之路踢得满是鸡屎。

我也没耐性了。我又不是教徒，我只是普通人，一个也吃鸡的人。我想：我为什么要求它宽恕？它还是我救的，它才应该感激我！“没有我，你能活？要没我救你，你早被当祭品了，早成了人家的盘中餐、嘴里肉、屁股拉出的屎了！”

鸡也咯咯顶嘴：“你别救啊！别救啊！”

我想，当初真不该救这鸡。鸡就应该被杀，被吃。现在没人可以杀这鸡了，我不能，也不能把它交给别人。不能杀的鸡，不能献祭的鸡，不能成神的鸡，拿它怎么办呢？“活像烦死的老妈！”有时我会冒出这比喻。不知什么时候，我开始懂女人了。

我一直没信教。也没实现我爹的愿望，当上官。

我成了诗人，整天想着拯救世界。

# 我的黑暗写作（后记）

我的母亲死了。我将她的遗物锁进了一个小房间，那是母亲的坟墓。我想永远跟庸俗的母亲告别，我期待着跟妻子过上高雅的生活。但是很快地，我发现妻子越来越像母亲了。这是我早年的一篇小说，名叫《坟墓》，1981 年写的。

当时我十八岁，大学二年级，这小说是作为写作课作业上交的，上写作课的是当时我视为灯塔的孙绍振老师。交后某一天，孙老师通过一个同学把小说交还给我，一看，最后一页满满写着他的批语。他叮嘱我去找他，我当然想去，但又害怕。我几乎是战战兢兢摸到他家的，他给了我一叠五百格的写着“中国作家协会福建分会”的稿纸，绿色格子的，让我把小说抄好，他拿去推荐发表。从此我可以去他家了，至今如此，只不过从战战兢兢，到了可以轻松吹牛了。去年，我又在他家瞎聊，说起当年有压力，我的怕，孙老师说：“你会怕？你这个人怕过什么？”当时还真的怕。

在我成为作家的路上，还被另外两个老师推了一下，他们是我中学时的老师。一个是语文老师，叫陈家盛。在他的课上，我的作文“天马行空”（他的话）。这不是优点，甚至很不合规范，但他纵容我，让我至今没有成为“写作匠”。另一个是我的班主任颜丽真，她当着全班说我以后会成为作家。“相信吗？陈曦以后会成为作家！”她说。那时候我只叫陈曦。好孩子是夸出来的，人走出最初几步也需要夸。孙老师也当着全年级这么说我，他说："有的人天生就是当作家的料！"而且当时我年级那几个漂亮女同学都在场。他还说："我读北大时没有这水平。"当然我心里明白，他指的并非我的写作水平，而是他后来多次说到的"黑暗"：怎么一个十八岁的孩子，就有这么黑暗的心？这倒是，他那代人读大学时，还崇拜着信仰着许多东西。即使到了我那年代，人们仍然还相信着什么，我们已经迎来了曙光，但是我却顽固地闭起了眼睛。

现在想来，我的顽固还真对了。我不能不得意而又悲哀地发现，把世界看得再黑暗，最后都会应验；那些对未来抱着希望的人，最终都会被嘲弄。所以，我们大可把世界想得坏一些。原因其实也很简单，撇开别的因素，人生本来就是绝望的。我们从生下来的那一刻起，就开始走向死亡了。当初我为我的小说起名《坟墓》，更多的是"作"，危言耸听，其实当时我没有任何生活经验，至多只是预感，那不是二十多年后我写《抓痒》时。预感没有根据，但却往往准确。作家与其是凭经验写作，毋宁是凭预感，不，凭猜想写作，甚至是臆断。越往坏里写，就越切近本相。世界被遮蔽得如此严重，不用利器就无法揭开它，文学就是这样的利器。作家是对黑暗特别敏感的人，甚至是神经质，是夸大。当我们听鲁迅说中国历史是"吃人"的历史时，当福柯用疯癫反照我们的"文明"时，我们虽然心存疑虑，但是我们被刺激了。人是慵懒的动物，就好像被抓了放在炖罐里的田鸡，水在加温，它虽然觉得不妙，但是还可以忍受，它就忍受着；到了水烧热了，开了，它想反抗，想逃脱，但已无能为力了。

《坟墓》最终没有发表。孙老师辗转推荐了许多杂志，都以"太黑暗"为理由拒绝了。那时候的写作策略是：虽然可以写"阴暗面"，但必须更多地展现"光明面"——主流还是好的，我们的事业仍然大有希望，至少给个"光明的尾巴"。我不能这么做，所以就自绝于发表了。但孙老师的认可已极大地鼓舞了我，甚至，不能发表更刺激了我，我更一路走到黑了，从写作到现实生活。我的档案千疮百孔时，我仍然没有发表一个字。

其实，我也并非不想发表作品，也曾企图妥协。我曾经写了一篇叫作《暮归》的小说，写的是两兄弟，哥哥痴呆，弟弟必须照顾他。因为有这么一个哥哥,弟弟娶不到老婆。有一天,这个痴呆的哥哥离家失踪了,这是糟糕的事，但又是弟弟改变境遇的契机。由于亲情，弟弟当然仍去寻找,但找得有点三心二意。有时告诉自己,我已找了,我已仁至义尽了,有时又想起童年跟哥哥玩耍的情景，责备自己。总之内心很挣扎，我的写作也如在黑夜穿行。写到最后，猛地醒来，考虑发表问题了，妥协了，来个“光明的尾巴”，让这个弟弟“人性回归”，坚持寻找，终于把哥哥找到了。

但这小说仍然无法发表。也许重要的不是你是否加了“光明的尾巴”,而在于你精神世界的无可救药的黑暗，就好像一个狰狞的人，即使笑了，也是皮笑肉不笑，甚至是狞笑。我所喜欢的陀思妥耶夫斯基就是这样，他的世界里有上帝，但是恰是这上帝的存在，让他的世界更加不堪，就像一束光射进了黑暗的屋子。同样是俄国作家的安得烈耶夫的一篇小说就描绘了这样的情形：一个婴孩在黑屋子里诞生了。

陀思妥耶夫斯基和安得烈耶夫是我最初喜欢的作家，后来大量介绍进来许多现代作家和作品，中国作家们趋之若鹜，但我对他们感兴趣的只是他们身上的异端倾向。卡夫卡不错，但并不惊世骇俗，对我来说，世界本来就是那样的,写作也就应该那样。难道还有别的方式的写作吗?这我倒很稀奇。这使得我的写作,一开始就跟那些“才子作家”分道扬镳。“才子作家”太聪明，所以他们欣赏的也是聪明作家。我不喜欢聪明的作家，我会欣赏他们的聪明，但不会跟他们同伍写作。对那些花里胡哨的现代主义流派，我也不是太有兴趣。把它们看作一种对垒游戏还有点意思，但是对垒是为了什么？我也不是爱玩游戏的人，把自己的写作囿于某个阵营，那么你自己呢？你在哪里？

倒是觉得一个作家有点意思，就是川端康成。这也是许多作家喜欢侃谈的，也因此我差点儿把他丢弃。一谈起他，大家就爱说“美”，当时还出现了不少模仿他的“美”的作品。我讨厌所谓的“美”。但是我很犹疑，虽然那篇广为流传的川端康成的演讲标题叫《我在美丽的日本》，但是那个“美丽”，似乎并不是我们说的“美丽”。

在大家误读之处，我对他有了兴趣。

看川端康成的照片，也不像个制造“美”的人。后来在东京一个文学馆，我看到了川端康成的手稿，字也不美，张牙舞爪，明白地说，是神经兮兮，让我记起照片中的他那双大得有点狰狞而又神经质的眼睛。他《雪国》里有句话，说驹子干净：“令人想到它的脚趾弯里大概也是干净的。”这种细致到脚趾弯的神经质，不只是细致。大凡细致，是因为孤独，孤独使人钻进小天地。一个患有孤独症的小孩是不在乎外界的，只在乎自己的世界，说自己的话。

顺便说一下，《我在美丽的日本》也是错译，《美しい日本の私》应是《美丽的日本的我》，不通？但通了，就是中国人的思维了。

1989 年我到了日本，遭遇了夏目漱石、川端康成之外的诸多日本作家。注意，是遭遇，不是受影响。我知道了日本还有那么多我大学教科书上没有说到的好作家，我知道了芥川龙之介、太宰治、三岛由纪夫，我还发现川端康成最好的作品并非《伊豆的舞女》，也不是《古都》，甚至不是《雪国》，而是《睡美人》。这些作家和作品，都指向了暗——肉体的暗，精神的暗。即使是竭力要“去日本化”的村上春树，也探索“灵魂的幽暗国度”。暗，是使日本文学璀璨的秘密。日本传统美学里有个“物哀”，什么是“物哀”？“事物引发的内心感动”，这种感动中国也有，但“物哀”却固执地坚守着低回的情绪。

从色彩学看，灰是最美的颜色。

川端康成小时是很悲苦的，与眼瞎耳背的祖父相依为命，所谓“哭着过日子”。他本可以看清形势，励志奋发，但是他却执着于“孤儿根性”。有研究者认为他多少有点自我沉溺。不错，作家某种程度上必须自我沉溺，保持愤怒、绝望状态，必须自我暗示。但也难说这不是生活的暗示。

川端康成“深深感到我们人类‘为生活而生活的可悲性’”，我们的生活难道不可悲吗？对穷人来说，他被生活所压迫；对富人来说，他被生活所要挟；对所有的人类来说，他们被生活所阉割和规训。那么这已经不是灰暗了，而是黑暗。人生就是暗夜潜行。文学艺术倒因此诞生了。“国家不幸诗家幸，赋到沧桑句便工”。文学艺术寄生于黑暗，又挣脱黑暗，又拥抱黑暗，非“魔界”不入，“意志薄弱的人是进不去的”（川端康成语），简直就是与黑暗调情。所以现实政治家如韩非者，视文人为“蠹”，文艺家更等而下之了。政客讲“正”，文艺家忌“正”。政客声称“正”即是真，文艺家看穿了政客是拿“正”偷换“真”。所谓“真理”，不过是“正理”。因此我厌恶真理，并且深恶痛绝。

孔夫子整理《诗经》的几千年来，中国文学有条很粗的主线，就是“正”。凡符合它，则被推崇；凡背离它，则遭贬抑。所有的作家，只有符合了“正”，才有了价值。这条主线后来演变成了几乎独霸文坛的现实主义，“真实性”“现实性”乃至“革命性”“进步性”，几乎成了文学的天条。在“正”的名义下，甚至可以反真实。也许问题不是出在“现实主义”，这个来源于西语 realism 的“现实主义”，到如今让它回到它的故乡，也已无法回译到“真实性”“现实性”“革命性”“进步性”的内涵了。对比几乎同时引进的日本，同属于东方文化圈，相似的时代背景和文化条件，甚至动机都惊人地一致，但由 realism 翻译而来的リアリズム，一直只是默默流淌的支流。日本文学历来远离政治中心，即使是作为政治势力象征的天皇，提笔赋诗，抒发的也不是“龟虽寿”的抱负，而是吟诵“物哀”之情。而中国的现实主义引进者们，虽然也反对“文以载道”，但是他们反对的是所“载”之“道”，而不是“载道”功能本身。“文以载道”、“代天子立言”、忧国忧民、入世干政、“铁肩担道义，妙手著文章”，传统文学的重实用功利，再加上哲学反映论，让“写真”成了“写正”。

在我写作之初，就不断受到此类问题的困扰。我总是遭到责问：这是真实的吗？对我写作的争议，某种程度上说，就是关于“真”（其实是“正”）的争议。但我固执认为文学与“正”是没有几毛钱关系的。当初开始写作时，也跟几乎所有中国写作者一样，自欺欺人地觉得是为真理呐喊，负有什么使命，到现在逃脱不出来了，才发现，所谓使命不过是冥冥之中让你陷进去的那个陷阱，并非你要为之奋斗的东西。现在你只能去写作，不能逃脱。所谓为真理而写作，不过是反抗；所谓有正义感，不过你有坏脾气。见了贼咬，见了好人也咬。恰好他咬到贼了，就被认为是有是非的。他还咬自己。唯一可以解释的原因是他已经疯了，或者，已经有了毒瘾。我们人体本来与生自带有鸦片样物质的，要是没有它，我们时刻都会感觉到身体里神经在闪射，血管里血在奔突，我们一刻也得不到安宁。文学让这种体内鸦片样物质失效，只能依赖上体外鸦片样物质的供给。

这是愚蠢，是失算。你为什么要写作？可是写作已经成了宿命。就像飞蛾扑火，明知会烧痛、会焚毁，但不能自已了。写作之痛就像牙疼，越是怕痛，就越是要拿舌头去顶伤口。只有在痛中，存在才得到确认，精神才高高飞翔，苦难才变得迷人。文学不是规训人回到生活逻辑之中，而是放纵人游离于生活逻辑之外。对痛感的体验，使得我们的生命从自然、庸常状态中区分开来，乌纳穆诺说：“只要我们不曾感受到不舒服、苦难或者悲痛，我们就不会知道我们拥有心、肺、胃等器官。生理上的苦难或怆痛，它能向我们展现自己内心的精髓。而精神上的苦难或怆痛也同样真切。因为除非我们受到刺痛，否则我们从来不注意我们曾经拥有一颗灵魂。”

灵魂是什么？就是黑暗底下的光。陀思妥耶夫斯基和安得烈耶夫那里就有这种光，他们的作品里有着惊心动魄的黑暗，以及黑暗与被黑暗所逼出来的光明的较量。但似乎人们更多的是看到光明，看到神性战胜了魔性，而不是魔性在神性之中，如同靡菲斯特与浮士德，你中有我，我中有你。这才是黑暗底下的光，而不只是光。因为这种浅薄的误读，当遭遇法国人萨德，必然像某类学者那样，无法研究鲁迅，只能去研究林语堂。萨德代表一种绝对的黑暗，黑暗底下的黑暗。与他同列的还有奥地利人莫索克，他的《穿裘皮大衣的维纳斯》，还有同样也是奥地利人的卡夫卡的《饥饿艺术家》，还有同样也是奥地利人的艾兴格尔，她的《被缚者》。

这引诱了我博士论文的方向。有人说，写作与搞学术研究是冲突的，文学研究会把一个作家毁掉。某种意义上说，是的，但我的论文写作，却厘清了我的写作思路。自荷马以来，叙事传统是断死续生，小说产生于以讲故事的方式对抗生命的衰败与死亡。法国人萨德则不同，同样是讲故事，他的《索多玛的一百二十天》不像《十日谈》，也不像《一千零一夜》，催动萨德书写的意志是死亡本能。许多人读萨德，认为他写的固然不是爱，却是欲。这是一种误解。欲属于生之领域，而萨德是死的呼唤者。这也让他区别于欲望写作，欲望写作是奔着快乐而去的，但萨德所书写的欲望却毫无快乐可言。驱使人类文明的是追求快乐之欲，于是萨德必然被文明所罢黜。萨德之“恶”，就在这。

陀思妥耶夫斯基被普遍认为是离上帝最近的作家，他左手捧着不忍的心，右手挥起残忍的刀。但我却觉得，萨德离上帝更近。他不是上帝的选民，但他洞悉上帝的秘密，他是上帝的“私生子”。伟大的作家都是上帝的“私生子”。他无暇在作品中呈现光明与黑暗，他只写黑暗本身，对他来说，写作本身就是黑暗行为。然后，他把硕大的黑暗砸向这个世界，猛然溅出光来，令凡俗的眼睛短暂失明。

我的黑暗写作似乎颇有成效，“黑暗”乃至“变态”“欲望”“性”“生猛”“犀利”很快成了我的标签。许多年前广州搞了个《抓痒》研讨会，我辩称《抓痒》写的是爱的坚守，无人认可。也许他们还在心里笑：你可真会往自己脸上贴金，爱是这样的吗？台湾出版我的《冒犯书》，干脆在封面赫然打上“天才黑暗作家”（“天才”不属实，应为“天生”），英国《独立报》书评版评论我英文版《冒犯书》，还真是说到了萨德。

我承认我虽然苦于被标签化，但更多的是自得。“黑心人自有黑幸福”，这是雨果《悲惨世界》里的一句话。

黑暗中写这篇文章，就着一盏灯写黑暗，文章就要结束，这时，举世震惊的法国巴黎恐怖袭击爆发。那一天被称为“黑色星期五”。为什么是“黑色”？当年我在日本，看媒体采访日本“黑社会”（日本称为“暴力团”）成员，问其为何要加入“黑社会”？回答:迷恋红色的感觉！“红色”即革命，改天换地，直到灵魂深处，我们不陌生。“红色”即是激情，没有“红色”的生活一片黑暗，《红与黑》里的于连就陷入了深重的黑暗。我们很能理解“黑”与“暴力”的联系，但却常忽视了“黑”与“红”的“同构”。“黑色星期五”，对被虐杀者是“黑色”的，而对虐杀者，则是以“黑色”行动完成了“红色”理想。另外，我们这些谴责屠杀者，当我们义正词严时，我们是否也能够正视自己内心的激情?

其实，作为作家，我也一直很惶惑。作家应该是知识分子，知识分子与技术分子不同的是，当他接受知识时，他同时也被激发了理想。哪怕这种理想只是“美”，作家也是“美”的“原教旨主义者”。但“美”异常诡异:当“美”被阐释为“真”,它成了对我们生存处境的逼视;当“美”被阐释为“善”,它必须“清洁”这个世界,屠杀不可避免;当“美”是“唯美”,它的实质是“唯恶”,它是塞壬的歌声,谷崎润一郎索性直接称“唯美主义”为“恶魔主义”;至于美的最高形式的“崇高”,则更是通过“恶”来成就的。“美”是用“恶”的“黑色”造就的“红色理想”。那么，如果没有严格界定文学艺术与生活的界限，一如没有严格界定宗教与世俗、乌托邦政治与现实的界限，恐怖主义灾难就难以避免了。不少恐怖主义者是“文青”“艺青”出身。从文艺走向现实，仅一步之遥。

去年，我所供职的福建师大文学院联合中国作协、人民文学出版社，在北京搞了我的一个作品研讨会。去前，我约好我一个学生，他曾追随我写作，我们约好在研讨会场见面。但我到北京时被告知，他进了精神病院。我们相约时他还好好的，也许那时候就发病了，只是我没有觉察出来？抑或我自己精神也未必正常？

我不能肯定他就是因我而病的，但他追随我，我是否多少需要一点反思？想想，在喜欢我作品及也写我这样作品的熟人中，已有多个进过精神病院，有更多跟现实相处得一塌糊涂。我是否完全逃得了干系？我的黑暗写作，是否已成了“恐怖写作”？我是否成了“文学恐怖主义者”？

研讨会最后，按照惯例，被研讨人要说几句。我忽然不想谈我的文学观念了，我想谈写作的伦理问题。但我没有谈好，一是回归世俗，就该考虑人家到了吃饭时间了，不好拖会；二是也难以谈好。并且过后也没有矫正，我的黑血仍然在流，套用一句曾经的诗句：要想热血不这样奔流，凭人类的理性显然不够。更糟糕的是，仍然有人表示喜欢我的写作，希望跟我同道。当然，我也可以鼓励他们，并且还可以很顺溜地以很“正”的价值观，给他们“启蒙”，可以毫无障碍，理直气壮。但那是不负责任。钱理群先生反思“启蒙”时，引了鲁迅的话：自己做不到的事，不能鼓动别人去做。是的，这是虚伪。但自己做得到的事呢？我委实也不能鼓动别人去做。这是不负责任。我可以当烈士，但我没权利鼓动别人当烈士。我可以一条路走到黑，但我不能引诱别人。何况这些人中，很多是我的学生，我不是他们的父母，我没有喂他们一口饭，没有为他们花一分钱，也不必给他们未来的不幸还债，我有什么资格向他们灌输我的文学理想？

而且，我还是父亲。我常被问道：你孩子读你的小说吗？

教师诲于正，父亲授于利，作家写于恶。我不知所以。也许我能做的，只能是不让写作从私人领域进入到公共领域，不让文学从乌托邦世界进入到现实生活世界。写恶文，做好人。

2017 年 6 月 16 日